Phébus *libretto*

LE BOUC ÉMISSAIRE

DAPHNÉ DU MAURIER

LE BOUC ÉMISSAIRE

roman

Traduit de l'anglais par
DENISE VAN MOPPÈS

Phébus *libretto*

Illustration de couverture :
James Tissot
La Demoiselle de magasin (détail)
Art Gallery of Ontario, Toronto

Titre original de l'ouvrage en anglais :
The Scapegoat

CHAPITRE PREMIER

Je laissai ma voiture près de la cathédrale et descendis les marches de la place des Jacobins. Il pleuvait toujours très fort. Il pleuvait sans discontinuer depuis que j'avais quitté Tours et ce paysage adoré était réduit pour moi à la surface luisante de la route nationale coupée par le balancement régulier et monotone de l'essuie-glace.

J'étais arrivé au Mans, affreusement abattu. Je ne connaissais que trop cette mélancolie inséparable des derniers jours de vacances, mais j'éprouvais cette fois plus que jamais l'angoisse du temps trop vite enfui, non parce que trop rempli mais parce que je n'y avais rien accompli. Les notes prises pour les cours que je devais faire pendant l'automne étaient d'une précision scolaire, dates et faits qu'il me faudrait habiller par la suite d'un langage susceptible d'éveiller une étincelle d'intérêt dans l'esprit obtus de mes élèves. Mais même si je parvenais à retenir, une brève demi-heure, leur attention chancelante, je serais bien obligé de reconnaître, lorsque j'aurais fini, que tout ce que je leur apportais était inutile, que je ne leur offrais que des espèces de chromos historiques, des modèles de cire, des marionnettes... Le sens véritable de l'histoire m'échappait, parce que je n'avais jamais été suffisamment proche du peuple qui l'avait vécue.

J'avais trop tendance à me plonger dans un passé à demi réel, à demi imaginaire, en fermant les yeux à la réalité présente. Dans les villes que je connaissais le mieux, comme Tours, Blois ou Orléans, je m'abandonnais à mes songes, recréant d'autres murailles, des rues plus anciennes, remplaçant un angle décrépit par la façade flamboyante d'autrefois, et tout cela était beaucoup plus vivant pour moi que les architectures qui s'offraient à mes yeux; leurs ombres seules me donnaient une impression de sécurité tandis que la lumière dure de la réalité nourrissait mes appréhensions et mon incertitude.

J'avais caressé d'une main émue les murs enfumés du château de Blois, mais je n'avais rien vu des milliers de gens qui vivaient et souffraient peut-être à quelques centaines de mètres de là. A mon côté, parfumé et paré de joyaux, tenant dans son bras comme un nourrisson un petit chien de cour, c'était Henri III qui me touchait l'épaule de son gant de velours, et le charme faux de son visage féminin et rusé m'était plus familier que le masque ébahi des touristes qui m'entouraient en mangeant des bonbons tandis que je guettais un pas, un cri, la mort du duc de Guise. A Orléans, j'avais chevauché à côté de la Pucelle et, comme le Bâtard, lui avais tenu l'étrier, au bruit des acclamations, dans l'envolée des cloches. Je m'étais agenouillé pour prier avec elle, et j'avais attendu les Voix que j'avais parfois crues toutes proches mais qui ne m'avaient jamais parlé. Et j'étais sorti à pas lents de la cathédrale, le regard fixé sur la fille garçonnière aux yeux purs et fervents, pour me trouver soudain rejeté des frontières de son univers mystique dans un présent où elle n'était plus qu'une statue et moi un historien quelconque, et où la France pour le salut de qui elle était morte se montrait peuplée d'hommes et de femmes vivants que je n'essayais même pas de comprendre.

En quittant Tours le dernier matin, la perspective des médiocres cours que j'allais faire à Londres et le sentiment d'avoir passé ma vie, non seulement en France mais aussi en Angleterre à regarder les gens sans jamais prendre part à leur bonheur ou à leur peine, me remplirent d'une espèce de désespoir encore accru par la pluie qui fouettait les vitres de ma voiture, et quand j'arrivai au Mans où je n'avais pas le projet de m'arrêter, je me ravisai et décidai d'y déjeuner, espérant que la diversion me ferait du bien.

C'était jour de marché place des Jacobins; camions, carrioles bâchées de toile verte étaient parqués jusqu'aux marches que je descendis, et des rangées d'éventaires étaient dressées tout près les unes des autres. Ce devait être un marché important car la place était bondée de paysans, et l'on respirait dans l'air des odeurs de légumes et de bétail qui montaient du sol détrempé et des enclos fumants où les bêtes remuaient, mal à l'aise, flanc contre flanc. Près de moi, trois hommes poussaient un taureau vers un camion. Le pauvre animal meuglait, agitait sa tête prisonnière, reculait à l'entrée que remplissaient déjà plusieurs de ses frères reniflants et inquiets. Je vis des lueurs rouges dans ses yeux affolés lorsqu'un des hommes lui piqua l'échine avec une fourche.

Deux femmes en châles noirs discutaient à côté d'une carriole; l'une tenait par les pattes une poule qui protestait en battant des ailes contre le panier de pommes où la femme s'appuyait; un grand gars en veste de velours noisette s'approcha, le visage empourpré et égayé par une halte au bistrot voisin, l'œil vague, la démarche mal assurée. Il grommelait tout bas en regardant les pièces de monnaie étalées sur sa paume; il ne trouvait pas son compte, mal évalué sans doute dans l'euphorie de la fumée, de la sueur et de l'alcool, et il s'en prit à sa mère et à sa femme. Je me représentai la ferme qu'il habitait après son père, maison basse, jaunâtre, à toit de tuiles, s'étalant avec ses dépendances au bout d'un chemin de sable défoncé, au milieu des champs plats et bruns où s'alignaient en ce moment les citrouilles vert citron ou rose saumon qui serviraient à la nourriture des bêtes pendant l'hiver, ou même à faire la soupe des fermiers.

Je longeai le camion et, traversant la place des Jacobins, gagnai la brasserie du coin. Un soleil pâle parut soudain dans le ciel brouillé et les gens qui, un instant auparavant, ressemblaient à des taches noires, tassées sur la place, à des espèces de corbeaux renfrognés, s'animèrent, prirent des couleurs, sourirent, gesticulèrent, et se mirent à vaquer à leurs affaires avec un plaisir retrouvé sous le ciel percé de rayons qui transmuaient en or la morne matinée.

La brasserie était bondée, l'air chargé d'un arôme de bonne cuisine lourde et savoureuse, de fromage piqué à la pointe de couteaux mouillés de sauce, de vin répandu, de marc de café, et aussi de l'odeur âcre des vêtements trempés de pluie qui commençaient à sécher, le tout dans le nuage de fumée bleue des cigarettes gauloises.

Je découvris une place dans un coin, près de la porte de service, et c'est aux battements de la porte ouverte, fermée, impatiemment poussée par les garçons portant des plateaux lourdement chargés de victuailles, que je mangeai ma bonne omelette chaude fourrée de fines herbes dont le jus verdissait l'assiette. Au début, le spectacle aiguisa mon appétit, mais, plus tard, mon repas terminé, cette abondance de pommes frites et de côtelettes de porc alourdit ma digestion. La femme à côté de qui je déjeunais, dans une intimité forcée malgré la séparation d'un cabas bourré et décousu qui me pressait la hanche, engloutissait encore des flageolets quand je commandai mon café ; elle avait entamé avec sa sœur le chapitre de la vie chère et n'accordait pas la moindre attention à la petite fille pâlotte assise sur les genoux du mari et qui demandait à aller à la toilette. Leur conversation ne tarissait pas, et, tandis que je l'écoutais – car là était ma seule distraction quand mes préoccupations historiques me laissaient un répit – mon chagrin un instant oublié revint me tourmenter : j'étais un étranger, je n'étais pas un des leurs. Des années d'études, des années d'exercice, l'aisance avec laquelle je parlais leur langue, enseignais leur histoire, expliquais leur culture, ne m'avaient pas rapproché de ces gens. J'étais trop timide, trop conscient de nos différences. Mon savoir était une science de bibliothèque et mon expérience quotidienne n'allait pas plus loin que celle d'un touriste. J'éprouvais un désir douloureux de connaître ce pays et ce peuple. L'odeur de la terre, les reflets sur les routes mouillées, la peinture déteinte des persiennes masquant des fenêtres où mon regard ne pénétrerait jamais, les façades grises des maisons dont je ne franchirais jamais le seuil étaient pour moi un constant reproche, la marque de mon exclusion, de ma nationalité étrangère. D'autres pouvaient pousser la barrière, forcer l'entrée ; pas moi. Je ne serais jamais français, je ne serais jamais l'un d'entre eux.

Le boutiquier et sa famille se levèrent et partirent ; le vacarme s'apaisait, la fumée se dissipait et le patron et sa femme s'installèrent pour prendre à leur tour leur repas derrière le comptoir. Je payai et sortis, et me mis à flâner sans but le long des rues ; mon absence de dessein, mon regard errant, et jusqu'à mes vêtements – pantalon de flanelle grise, veste de tweed usagée – trahissaient en moi l'Anglais au milieu de cette foule de provinciaux en ce jour de marché, à la recherche d'occasions parmi les bottines à clous pendues par les lacets, les tabliers à pois noirs et blancs, les pantoufles écossaises, les casseroles et les parapluies. Des jeunes filles passèrent en riant, bras dessus, bras dessous, les cheveux tout frais bouclés par le coiffeur; des vieilles s'arrêtaient, réfléchissaient, hochaient la tête au prix des nappes à carreaux, et s'éloignaient sans rien acheter; des jeunes gens au menton bleu, en complets prune, l'inévitable mégot au coin de la lèvre, lorgnaient les filles et se donnaient des coups de coude; tous, le jour fini, rentreraient vers un logis familier. Ces champs silencieux étaient à eux; à eux, le sommeil du bétail, la brume montant du sol détrempé, la cuisine où volaient des mouches, le chat lapant son lait au pied d'un berceau, la voix grondeuse de la vieille grand-mère dévidant ses griefs, le tintement du seau que son fils balancerait en pataugeant dans la boue de la cour.

Moi, cependant, j'entrerais dans un hôtel inconnu et j'y serais accueilli comme un des leurs jusqu'au moment où je présenterais mon passeport britannique. Ce serait alors le salut, le silence, les marques de politesse, le ton de légère doléance : « Nous n'avons pas beaucoup de monde pour l'instant. C'est la fin de saison », sous-entendant que j'aurais préféré sans doute me mêler à la foule cordiale de mes compatriotes, porteurs de Kodak, qui se montraient des photos, se prêtaient les livres de la collection Penguin, se passaient le *Daily Mail*. Ils ne sauraient jamais, ces directeurs d'hôtels où je passais la nuit, pas plus que les passants que je frôlais dans la rue, que je ne goûtais ni la compagnie de mes compatriotes ni la mienne, et que j'aspirais à cette chose impossible : être l'un d'entre eux, élevé, instruit parmi eux, uni à eux par des liens de famille et de sang qu'ils reconnaîtraient, qu'ils comprendraient, de façon à pouvoir vivre au milieu d'eux en partageant leurs rires, en ressentant leurs peines, en mangeant un pain qui ne serait plus le pain de l'étranger mais le mien et le leur.

Je continuai ma marche, et la pluie se remit à tomber, dispersant les passants vers les boutiques ou l'abri des voitures. Qui, en effet, se promène sous la pluie à moins d'être sorti pour affaires comme ces hommes coiffés de melons démodés qui se hâtaient vers la préfecture, une serviette sous le bras ? J'hésitai un instant au coin de la place Aristide-Briand, et j'entrai à Notre-Dame de la Couture, près de la préfecture. Il n'y avait dans l'église qu'une vieille qui priait, les yeux grands ouverts et mouillés de larmes ; un peu plus tard une jeune femme s'avança en claquant rapidement ses hauts talons et alluma un cierge devant une statue bleuâtre. Je me sentis alors submergé par une espèce de sombre désespoir menaçant ma raison, et je me dis qu'il fallait me griser ou mourir. Qu'importait que je fusse un raté ! Qui s'en souciait ? Personne sans doute dans mon petit monde extérieur, ni les quelques amis qui croyaient me bien connaître, ni les gens qui m'employaient, ni les étudiants qui suivaient mes cours, ni les fonctionnaires du British Museum qui me saluaient courtoisement au passage, ni aucune des douces ombres ternes de Londres parmi lesquelles je vivais ma vie d'universitaire de trente-huit ans, calme, modeste et respectueux des lois ; quant à mes parents, ils étaient morts depuis si longtemps qu'il ne me souvenait même plus de leurs caresses. Mais quelqu'un en moi appelait au secours. Cet être intérieur, comment jugeait-il mon œuvre misérable ?

Ce qu'il était, d'où il provenait, quels besoins et quels désirs il pouvait posséder, je n'aurais pas su le dire. J'étais si habitué à lui refuser la parole que son caractère m'était inconnu ; mais il avait peut-être un rire moqueur, un cœur sec, une âme violente et un langage cru. Il n'habitait pas un logis solitaire encombré de livres, il ne se réveillait pas chaque matin sans famille, sans appétits impérieux, sans amis chers, n'ayant pour seul but et seule ancre que son goût de l'histoire de France et de la langue française qui, par une espèce de chance, lui servait de gagne-pain.

Peut-être, si je ne l'avais pas tenu sous clef au fond de moi, aurait-il ri, fanfaronné, attaqué, menti. Peut-être souffrait-il, peut-être haïssait-il, peut-être ne vivait-il que de cruauté. Comment savoir s'il n'était pas capable de tuer, de voler – ou de se dévouer pour des causes perdues, d'aimer l'humanité, d'embrasser une foi où la divinité de l'homme se fondrait dans celle de Dieu ? Quelle que fût sa nature, il restait tapi derrière la façade insignifiante du pâle personnage assis en ce moment dans l'église de Notre-Dame de la Couture, et qui attendait la fin de la pluie, la fin du jour, la fin des vacances, la venue de l'automne, et que le train-train quotidien de sa vie londonienne se refermât sur lui une fois de plus...

Comment ouvrir la porte ? Quel levier libérerait l'autre moi ? Je ne connaissais pas de réponse à cette question, en dehors de l'apaisement trouble et passager que m'apporteraient une halte dans un café et une bouteille de vin ; après quoi je reprendrais le volant et ma route vers le nord. Pourtant, il existait peut-être une autre réponse, et dans cette église même : la prière. Mais pourquoi prier ? Pour confirmer la décision déjà à demi prise en moi-même d'aller à l'abbaye dans l'espoir d'y découvrir ce qu'on pouvait faire d'une vie ratée ?

La vieille se releva et partit en enfonçant son chapelet dans ses jupes. Ses larmes avaient disparu, mais était-ce parce qu'elle avait trouvé la consolation ou parce qu'elles avaient séché sur ses joues, je n'aurais su le dire. Je songeai à ma carte Michelin restée dans la voiture, et au trait bleu dont j'avais entouré l'abbaye de la Grande Trappe. Pourquoi avais-je fait cela ? Que comptais-je trouver là ? Aurais-je le courage de tirer la sonnette du bâtiment où on logeait les hôtes ? Ma réponse était peut-être là, de même que la réponse à l'homme qui était au fond de moi.

Je suivis la vieille femme hors de l'église. J'eus un soudain désir de lui demander si elle était malade ou récemment veuve, si elle avait un fils mourant, et si sa prière lui avait rendu l'espoir ; mais quand je la rejoignis sous le porche, elle prit mon air interrogatif pour la pitié d'un touriste et, avec un petit regard de côté, tendit la main à mon aumône. Je lui donnai deux cents francs en me méprisant pour mon manque de vraie charité et je m'enfuis, déçu.

Il ne pleuvait plus. Des bandes bleues striaient le ciel, et le pavé mouillé luisait au soleil. Les gens rentraient du travail à bicyclette. La fumée sombre des cheminées d'usine s'élevait, noire et sinistre sur le ciel lavé.

Je me perdis dans les rues, m'éloignant des boulevards à boutiques par des voies qui ne semblaient mener nulle part, assombries par des murs d'usine et de hautes bâtisses grises, et je savais que je marchais ainsi sans raison ; j'aurais dû reprendre ma voiture et aller retenir une chambre pour la nuit dans un hôtel du centre de la ville ou bien quitter définitivement Le Mans et rouler vers Mortagne et la Grande Trappe. La vue de la gare devant moi me surprit et je me rappelai que la cathédrale devant laquelle j'avais laissé ma voiture était à l'autre bout de la ville. Je n'avais plus qu'à prendre un taxi pour m'y rendre, mais je voulais d'abord boire un verre au buffet de la gare et décider si j'irais ou non à la Grande Trappe. Comme je traversais la rue, une voiture ralentit pour m'éviter en faisant grincer ses freins et le conducteur se pencha à la portière et me cria en français :

– Bonjour, Jean. Depuis quand êtes-vous rentré ?

Le fait que je m'appelle John m'égara. Je crus une seconde que j'avais rencontré cet homme quelque part, que j'aurais dû le reconnaître et je lui criai également en français :

– Je ne fais que passer. Je rentre ce soir – tout en me demandant qui diable il pouvait être.

– Un voyage inutile, j'imagine, reprit-il, mais vous ferez croire chez vous que vous avez réussi.

La réflexion était injurieuse. Qu'est-ce qui lui faisait penser que mes vacances avaient été inutiles ? Et d'où savait-il que j'éprouvais un tel sentiment d'échec ?

Je me rendis compte alors que cet homme m'était totalement inconnu. Nous ne nous étions jamais vus. Je m'inclinai poliment en m'excusant.

– Je vous demande pardon, dis-je. Je crois que nous faisons tous deux erreur.

A mon grand étonnement, il se mit à rire et me lança un clin d'œil très appuyé en disant :

– D'accord, je ne vous ai pas vu. Mais qu'est-ce que vous faites au Mans quand vous pourriez être à Paris ? Vous me raconterez ça dimanche.

Il démarra et s'éloigna, toujours riant. Je regardai la voiture disparaître, puis entrai au buffet de la gare. Cet homme était soûl et d'humeur à plaisanter ; il avait bien raison, et j'étais prêt à l'imiter. La salle du buffet était pleine de gens qui descendaient du train ou se disposaient à y monter. Un groupe de voyageurs bavards m'écartèrent du comptoir pour s'y accouder. Des valises me heurtaient les tibias. Des sifflements retentissaient, le vacarme assourdissant d'un express entrant en gare se tut, suivi par le halètement d'un train omnibus ; des chiens tenus en laisse aboyaient, un enfant pleurait. Je songeai avec nostalgie à ma voiture garée près de la cathédrale ;

j'aurais pu y être assis en paix et fumer une cigarette en étudiant la carte Michelin.

Quelqu'un me heurta du coude pendant que je buvais et dit ces mots :

– Je vous demande pardon.

Comme je m'écartais pour lui laisser la place, il se retourna et me regarda. Je le regardai aussi et je m'aperçus, dans un bizarre mélange de surprise, de peur et de malaise, que son visage et sa voix ne m'étaient que trop bien connus.

C'était moi que je regardais.

CHAPITRE II

Nous ne disions rien : nous continuions à nous dévisager. J'avais entendu parler de coïncidences de ce genre, de gens qui se rencontraient par hasard et se découvraient être des cousins perdus de vue depuis des années, ou des jumeaux séparés à la naissance. C'est une idée dont on s'amuse à moins qu'elle n'atteigne à la tragédie comme dans l'histoire du Masque de Fer.

La rencontre ici n'avait rien de drôle, ni de tragique d'ailleurs. Cette ressemblance me causait une sensation légèrement pénible, et me rappelait les moments où j'avais vu soudain mon image en passant devant la vitrine d'un magasin et où l'homme dans le miroir m'était apparu comme une caricature grotesque de celui que ma vanité imaginait. C'étaient de ces incidents qui me laissaient un peu humilié, un peu vexé, mais ils ne m'avaient jamais fait passer le long de l'échine ce frisson, que j'éprouvai à la présente rencontre, accompagné d'un furieux désir de fuir.

Ce fut l'autre qui rompit le silence.

– Vous n'êtes pas le diable, par hasard ?

– Je pourrais vous poser la même question, répondis-je.

– Attendez…

Il me prit par le bras et m'attira vers le comptoir. Bien que le miroir du bar fût embué et en partie caché par des verres et des bouteilles, sans parler de la confusion générale des images où de nombreux autres visages se mêlaient, nous nous y voyions assez nettement, debout côte à côte, le regard tendu, inquiet, scrutant ses reflets comme si notre vie dépendait de ce qui allait en surgir. Et ce qui en surgissait n'était pas une ressemblance fortuite, une similitude superficielle rompue par des différences de teintes dans les cheveux ou les yeux, par des dissemblances dans les traits, l'expression, la taille, ou la largeur d'épaules : l'on eût cru la double image d'un seul individu.

Il dit – et ses intonations avaient à mon oreille le son même des miennes :

– J'ai pour règle de ne jamais m'étonner de rien dans la vie ; il n'y a pas de raison de faire une exception à présent. Qu'est-ce que vous prenez ?

J'étais trop abasourdi pour m'en soucier. Il commanda deux cognacs, et nous nous dirigeâmes d'un commun accord vers l'extrémité du comptoir où le miroir était moins embué et la foule moins dense.

Nous regardions le miroir puis nous nous regardions l'un l'autre comme deux acteurs examinant leur maquillage. Il sourit, je souris aussi et, lorsqu'il fronça le sourcil, je l'imitai ou plutôt m'imitai moi-même ; il rajusta sa cravate, je rajustai la mienne, et nous vidâmes chacun notre verre d'un seul coup pour nous voir en train de boire.

– Avez-vous de la fortune ? me demanda-t-il.

– Non, dis-je. Pourquoi ?

– Nous pourrions faire un numéro dans un cirque ou gagner des millions au music-hall. Si vous n'avez pas un train à prendre tout de suite je propose que nous continuions à boire.

Il commanda deux nouveaux cognacs. Personne ne semblait s'étonner de notre ressemblance.

– Tous ces gens croient que vous êtes mon frère jumeau, venu me chercher à la gare, dit-il. C'est peut-être vrai. D'où venez-vous ?

– De Londres, lui dis-je.

– Vous y avez vos affaires ?

– Je ne suis pas dans les affaires.

– Je vous demandais où vous habitiez et de quelle province vous êtes originaire.

Je me rendis compte qu'il me prenait pour un Français comme lui.

– Je suis Anglais, dis-je, mais j'ai particulièrement étudié votre langue.

Il leva les sourcils.

– Mes félicitations, dit-il. Je ne vous aurais jamais pris pour un étranger. Qu'est-ce que vous faites au Mans ?

Je lui expliquai que j'arrivais à la fin de mes vacances, et je lui fis un bref récit de ma randonnée. Je lui dis que j'étais historien et enseignais en Angleterre la France et son passé.

Cela parut l'amuser.

– C'est comme cela que vous gagnez votre vie ? Incroyable, dit-il – et il m'offrit une cigarette.

– Vous avez des historiens ici aussi qui font la même chose, dis-je. En fait, votre pays prend l'instruction beaucoup plus au sérieux que le mien. Il y a des milliers de professeurs qui donnent des cours d'histoire dans toute la France.

– Naturellement, dit-il, mais ce sont tous des Français qui parlent de la France. Ce ne sont pas des Français qui vont passer leurs vacances de l'autre côté de la Manche puis reviennent ici pour parler de l'Angleterre. Je ne comprends pas ce qui vous intéresse à ce point dans mon pays. Êtes-vous bien payé ?

– Rien de trop.

– Marié ?

– Non, et je n'ai aucune famille. Je vis seul.

– Vous avez de la chance, fit-il avec conviction en levant son verre. A votre bienheureuse liberté ! Souhaitez qu'elle dure.

– Et vous ? dis-je.

– Moi, fit-il. Oh ! moi, je vis en famille. Que trop ! Et depuis toujours. Je puis dire que je n'y ai jamais échappé. Sauf pendant la guerre.

– Vous vous occupez d'affaires ?

– J'ai quelques propriétés. J'habite à une trentaine de kilomètres d'ici. Vous connaissez la Sarthe ?

– Je connais mieux la région au sud de la Loire. J'aimerais visiter la Sarthe, mais je dois repartir. Ça sera pour une autre fois.

– Dommage. Ç'aurait été amusant de... – il n'acheva pas sa phrase et regarda son verre. Vous avez une voiture ?

– Oui, je l'ai laissée près de la cathédrale. Je me suis perdu en me promenant, et je me suis retrouvé dans le quartier de la gare.

– Vous passez la nuit au Mans ?

– Je ne sais pas. Je n'ai pas de projets. A vrai dire…

Je me tus. Le cognac me réchauffait et m'éclairait intérieurement de façon agréable. J'avais l'impression que je pouvais tout confier à cet homme, que lui parler était la même chose que me parler à moi-même.

– A vrai dire, continuai-je, je pensais aller passer quelques jours à la Grande Trappe.

– La Grande Trappe ? fit-il. Vous voulez parler de l'abbaye cistercienne près de Mortagne ?

– Oui, répondis-je. Ce ne doit pas être à beaucoup plus de quatre-vingts kilomètres d'ici.

– Pour l'amour de Dieu, qu'est-ce que vous voulez y faire ?

La question contenait sa réponse. C'est pour trouver l'amour de Dieu que les hommes allaient à la Grande Trappe. Du moins, je le supposais.

– Je pensais que si je m'y arrêtais avant de rentrer en Angleterre, je trouverais peut-être le courage de continuer à vivre, dis-je.

Il me regarda pensivement en buvant son cognac.

– Qu'est-ce qui ne va pas ? dit-il. Une histoire de femme ?

– Non, dis-je.

– D'argent ?

– Non.

– Vous avez fait des bêtises ?

– Non.

– Vous avez un cancer ?

– Non.

Il haussa les épaules.

– Vous êtes peut-être alcoolique, dit-il, ou homosexuel. Ou alors vous avez le goût du malheur. Il faut que ce soit grave, pour que vous pensiez sérieusement à aller à la Trappe.

Je regardai de nouveau le miroir. Maintenant, pour la première fois, je perçus une différence entre nous. Elle résidait moins dans les vêtements, son complet sombre et ma veste de tweed, que dans son aisance auprès de ma réserve. Il parlait, regardait, souriait, comme je ne l'avais jamais fait.

– Il n'y a rien de très grave, dis-je. Sinon que j'ai raté ma vie.

– Nous en sommes tous là, dit-il, vous, moi, tous les gens que vous voyez dans ce buffet de gare. Nous sommes tous des ratés. Le secret de l'existence, c'est de reconnaître ce fait assez tôt et de s'y résigner. Ensuite, ça n'a plus d'importance.

– Ça a de l'importance, dis-je, et je ne suis pas résigné.

Il vida son verre et regarda l'horloge au mur.

– Pour ce qui est de la Grande Trappe, dit-il, rien ne vous presse ; les bons moines ont l'éternité devant eux, ils vous attendront bien quelques heures de plus. Allons dans un endroit où nous serons plus confortablement installés pour boire, et peut-être dîner, car, pour moi, je ne suis nullement pressé de retrouver ma famille.

Il me souvint alors de l'automobiliste qui m'avait interpellé dans la rue.

– Vous appelez-vous Jean ? demandai-je.

– Oui, dit-il. Jean de Gué. Pourquoi ?

– Quelqu'un a dû me prendre pour vous devant la gare. Un type en voiture m'a crié : « Bonjour, Jean ! » et quand je lui ai dit qu'il se trompait, cela a paru l'amuser et il a probablement pensé que je ne voulais pas être reconnu. Ou plutôt vous.

– Cela ne m'étonnerait pas. Qu'avez-vous fait ?

– Rien. Il est parti en riant et en disant qu'on se verrait dimanche.

– Ah ! oui, la chasse...

Mes paroles avaient dû déclencher en lui un nouveau train de pensées car son expression changea et j'aurais voulu pouvoir la déchiffrer. Ses yeux bleus s'assombrirent et je me demandai si les miens aussi avaient ce regard quand un problème difficile se présentait à mon esprit.

Il fit signe à un porteur qui attendait patiemment auprès de deux valises devant la porte à tambour du buffet.

– Vous disiez que vous avez laissé votre voiture près de la cathédrale ?

– Oui, répondis-je.

– Alors, si cela ne vous ennuyait pas trop d'y mettre mes valises, nous pourrions aller la chercher et dîner quelque part ?

– Certainement. Où vous voudrez.

Il donna un pourboire au porteur, appela un taxi et nous partîmes. C'était étrange, cela ressemblait à un rêve, à un de ces rêves comme j'en faisais souvent et où j'étais l'ombre qui me regardait agir. Nous étions dans la réalité mais je m'y trouvais aussi dénué de substance, aussi dénué de volonté qu'en songe.

– Il s'y est complètement trompé ?

– Qui ?

Sa voix me surprit presque comme la voix de la conscience. Il n'avait pas parlé depuis que nous étions montés dans le taxi.

– L'homme qui vous a interpellé devant la gare.

– Oh ! oui, complètement. Il vous fera sans doute des reproches quand il vous verra. Je me rappelle maintenant : il savait que vous aviez été absent car il supposait que votre voyage n'avait pas réussi. Cela vous dit quelque chose ?

– Et comment !

Je ne poursuivis pas. Cela ne me regardait point. Au bout d'un moment, je l'observais presque à la dérobée et constatai qu'il m'observait également à la dérobée. Nos yeux se rencontrèrent et, au lieu de sourire machinalement de cette similitude, j'éprouvai une sensation pénible comme d'un contact dangereux. Je me détournai vers la fenêtre. Comme le taxi s'arrêtait devant la cathédrale, les cloches se mirent à sonner l'angélus. J'ai toujours été sensible à cette heure, et cet appel me surprend et m'émeut chaque fois. Ce soir-là le carillon s'éleva comme un appel, éclatant, insistant, au moment où nous descendions du taxi. Puis il s'adoucit, devint murmure, le murmure soupir, et le soupir reproche. Deux ou trois personnes entrèrent dans la cathédrale. Je m'approchai de ma voiture et sortis ma clef pour ouvrir la portière. Mon compagnon examina la petite auto avec intérêt.

– Une Ford Consul, dit-il. De quelle année ?

– Voilà deux ans que je l'ai. Elle a fait près de vingt mille kilomètres.

– Vous en êtes content ?

– Très. Je ne m'en sers guère que le dimanche.

Je mis ses valises dans le coffre arrière tandis qu'il me posait toutes sortes de questions sur la voiture, avec l'intérêt d'un petit garçon découvrant une nouvelle mécanique. Il tripota les changements de vitesses, tâta les sièges pour en éprouver les ressorts, joua avec les freins et les cadrans et, finalement, me demanda avec ardeur la permission de la conduire.

– Certes, dis-je. Vous connaissez la ville mieux que moi.

Il s'installa au volant avec assurance et je montai à côté de lui. Tout en tournant autour de la cathédrale pour s'engager rue Voltaire, il continuait à s'exclamer puérilement : « Magnifique ! Épatant ! » ravi de ce qui m'apparut vite, accoutumé que j'étais à une conduite infiniment plus prudente, une course folle. Après avoir brûlé un feu rouge, fait bondir un vieillard échappé de justesse à la mort, et forcé une grosse Buick conduite par un Américain furieux à raser le trottoir, il se mit à faire le tour de la ville afin, dit-il, de voir de quoi elle était capable.

– Vous savez, dit-il, ça m'amuse énormément de me servir des affaires des autres. C'est un des plus grands plaisirs de l'existence.

Il prit un tournant comme s'il se fût agi d'une piste de bobsleigh et je fermai les yeux.

– En attendant, vous devez mourir de faim, remarqua-t-il.

– Pas du tout, murmurai-je. Je suis à votre disposition.

Je m'avisai tout en parlant que la langue française était trop délicate, trop polie.

– J'avais l'intention de vous emmener dans le seul restaurant de la ville où l'on mange vraiment splendidement, dit-il, mais j'ai changé d'avis. J'y suis connu et j'ai envie ce soir d'être sans identité. On n'a pas tous les jours l'occasion de se trouver nez à nez avec soi-même.

Ses paroles me donnèrent la même impression de malaise que j'avais éprouvée en taxi. Notre ressemblance était un phénomène que ni lui ni moi n'avions envie d'exhiber en public. Je me rendis compte tout à coup que je ne désirais pas me montrer avec lui. Je redoutais les regards des serveurs. J'en avais vaguement honte. C'était une sensation bizarre. Il commença de ralentir en se rapprochant du centre de la ville.

– Peut-être, après tout, ne rentrerai-je pas chez moi ce soir, dit-il. Je pourrais passer la nuit à l'hôtel.

Il avait l'air de penser tout haut. Je ne crois pas qu'il attendait que je lui répondisse. Il reprit :

– Quand nous aurons fini de dîner, il sera un peu tard pour téléphoner à Gaston d'amener la voiture. D'ailleurs, ils ne m'attendent pas.

Je m'étais déjà formulé des excuses de ce genre pour remettre à plus tard une besogne désagréable. Je me demandai pourquoi il était si peu pressé de rentrer chez lui.

– Et vous ? dit-il en se tournant vers moi à l'arrêt d'un feu rouge. Avez-vous toujours autant envie d'aller à la Grande Trappe ? Vous pourriez passer la nuit ici dans un hôtel.

Sa voix était bizarre. On eût dit qu'il hésitait, à la recherche d'un accord entre nous, de la solution d'un problème que nous ne comprenions tout à fait ni l'un ni l'autre, et le regard qu'il posait sur moi était à la fois scrutateur et fuyant.

– Peut-être, dis-je. Je ne sais pas.

En traversant les rues du centre, il ne s'extasiait plus sur la voiture ; il semblait préoccupé. Il ne s'arrêta devant aucun des principaux hôtels que j'avais remarqués au cours de la journée, mais gagna un quartier plus gris, plus morne, proche des usines et des entrepôts, enfilant des ruelles où l'on voyait des pensions de famille modestes et de ces petits hôtels à la nuit ou à l'heure où l'on ne vous demande pas votre passeport et où on ne vous pose pas de questions.

– C'est plus tranquille par ici, dit-il – et je n'aurais toujours pas pu dire s'il s'adressait à moi ou s'il pensait tout haut.

Mais son choix ne me séduisit guère lorsqu'il arrêta la voiture devant un bâtiment vétuste entre deux autres également décrépits et dont la porte entrouverte était surmontée du mot « Hôtel » en lettres lumineuses bleuâtres.

– Ces endroits sont parfois commodes, dit-il. On n'a pas toujours envie de rencontrer ses amis.

Je ne répondis pas. Il arrêta le moteur et ouvrit la portière.

– Vous venez ? dit-il.

Je n'avais aucune envie de pénétrer les mystères du « Tout Confort » que je voyais annoncé en petites lettres sous les lampes bleues, mais je descendis de voiture et sortis ses deux valises du coffre.

– Je ne crois pas, lui répondis-je. Entrez retenir votre chambre, si vous voulez. Je préfère dîner d'abord, je déciderai ensuite ce que je ferai.

J'inclinais plutôt à reprendre la route jusqu'à Mortagne pour obliquer de là sur la Grande Trappe.

– Comme vous voudrez, dit-il d'un air indifférent – et j'allumai une cigarette en le regardant pousser la porte de l'hôtel.

Le cognac que j'avais bu au buffet de la gare commençait à faire son effet. Rien de ce qui se passait n'avait de réalité et je me demandais vaguement ce que je faisais là dans cette vilaine rue reculée du Mans à attendre un compagnon dont, moins d'une heure auparavant, je ne soupçonnais même pas l'existence et qui restait pour moi un parfait étranger mais qui, par le hasard d'une ressemblance, avait pris la direction de ma soirée, en décidant pour le meilleur ou pour le pire. Je me demandais si je ne ferais pas mieux de remonter dans ma voiture et de filer, terminant définitivement cette rencontre qui, d'abord passionnante, prenait à présent une tournure menaçante et même néfaste. J'avais la main sur la poignée de la porte, quand il revint.

– Voilà qui est fait, dit-il. Allons dîner. Pas besoin de la voiture. Je connais un bistrot juste au coin.

Je ne trouvai pas d'excuse pour le quitter et, me méprisant de ma faiblesse, je le suivis dans la rue comme une ombre.

Il me conduisit dans un établissement mi-restaurant mi-bistrot de la rue adjacente. L'entrée était encombrée de bicyclettes – on se fût cru au siège d'un club de cyclistes – et l'intérieur rempli de garçons en maillots de couleurs qui chantaient et parlaient fort tandis qu'un groupe d'hommes plus âgés, des ouvriers pour la plupart, jouaient aux dés autour d'une table. Mon compagnon se fraya un chemin avec assurance entre les gens et les chaises, et nous nous assîmes à une petite table derrière un paravent déglingué où la voix stridente des jeunes gens nous parvenait à demi couverte par les sons d'une mauvaise radio.

Le patron, à la fois garçon et barman, me mit dans la main un menu illisible. Un verre de vin et une assiette de soupe que je n'avais pas commandés apparurent sur la table devant moi ; le plafond se confondait avec le plancher et le temps n'avait plus de sens ; mon compagnon, penché vers moi, levait son verre en disant :

– A votre séjour à la Trappe !

Il arrive qu'un quatrième verre d'alcool dissipe provisoirement la confusion provoquée par les trois premiers, et, à mesure que je buvais et mangeais, le visage de mon vis-à-vis reprit sa netteté, se dépouilla de son étrangeté et devint aussi inoffensif et aussi familier que le mien dans la glace, souriant quand je souriais, fronçant le sourcil quand je le français. Sa voix qui semblait un écho de la mienne me poussait à la conversation, m'excitait à la confession, si bien que je me trouvai en train de parler de solitude, de mort, de la coquille vide de mon univers personnel, de l'incertitude des sentiments, de l'absence de toute passion.

– C'est pourquoi, m'entendis-je dire, c'est pourquoi, à la Trappe, les moines qui vivent dans le silence doivent connaître une réponse, ils doivent savoir comment remplir ce vide, eux qui se sont volontairement enfoncés dans la nuit pour découvrir la lumière… tandis que moi…

Je me tus, essayant de préciser ma pensée car ce que j'essayais de lui dire était essentiel pour nous deux.

– En d'autres termes, continuai-je, à la Trappe, même si on ne peut pas me fournir la réponse, on pourra me dire de quel côté la chercher ; car bien qu'il doive y avoir une réponse individuelle à nos problèmes individuels, tout comme chaque serrure a sa clef propre, pourquoi cette réponse ne serait-elle pas universelle, à la manière d'un passe-partout qui ouvre toutes les portes ?

Ses yeux bleus, impertinents et amusés, ne reflétaient pas mon humeur d'ivrogne mais exprimaient le doute qui la suivrait, l'ironie du réveil.

– Non, mon ami, dit-il. Si vous en saviez aussi long que moi sur la religion, vous la fuiriez comme la peste. J'ai une sœur qui ne pense qu'à cela. La vie m'a appris une chose : c'est que la seule force active de la nature est la convoitise. Insectes, mammifères, hommes, femmes, enfants, nous sommes tous avides. Ce n'est pas très joli, mais qu'y peut-on ? La seule chose à faire est d'assouvir ces convoitises, de satisfaire les appétits des gens, de leur donner ce qu'ils désirent. Le malheur c'est qu'ils sont insatiables. – il soupira et se versa du vin. Vous vous plaignez du vide de votre existence. Elle m'apparaît à moi comme le paradis. Un appartement pour vous tout seul, pas de liens de famille, pas de soucis d'affaires, et tout Londres pour vos ébats si le cœur vous en dit. Il est vrai que Londres ne m'a pas paru bien gai, les quelques mois d'exil que j'y ai passés pendant la guerre, mais c'est tout de même une grande ville où l'on peut vivre librement. On ne s'y sent pas la corde au cou.

Sa voix était devenue dure et il y avait de la rancune et de l'exaspération dans ses yeux; c'était la première fois qu'il trahissait des soucis personnels. Se penchant vers moi, il continua :

– Vous avez une veine insensée et vous n'êtes pas content ! Vous me dites que vos parents sont morts depuis des années, que personne n'a aucun droit sur vous. Vous êtes un homme libre, vous pouvez vous réveiller, manger, travailler, coucher seul. Appréciez votre bonheur et oubliez ce projet stupide d'aller à la Trappe.

Comme tous les solitaires, j'étais trop sensible aux charmes de la sympathie et je parlais trop. Il connaissait toutes les petites misères de ma vie alors que je ne savais rien de la sienne.

– Eh bien, dis-je, à votre tour, maintenant, de vous confesser. Qu'est-ce qui ne va pas ?

Je crus un moment qu'il allait se confier à moi. Quelque chose bougea dans son regard, un éclair d'hésitation qui s'effaça ensuite, faisant place à son sourire indulgent, à son haussement d'épaules nonchalant.

– Oh ! moi ! dit-il. Mon seul malheur c'est que je suis encombré par trop de choses, trop de gens.

Et l'air d'indifférence avec lequel il alluma une cigarette était un avertissement de ne pas l'interroger davantage. Je pouvais me livrer à l'introspection si j'en avais envie, explorer mes humeurs sombres, mais les siennes m'étaient interdites. Nous avions terminé notre repas, mais nous restions assis là, buvant et fumant au milieu des propos et des rires des jeunes cyclistes qui nous parvenaient par grandes bouffées, mêlés aux chansons grinçantes de la radio, au raclement des chaises sur le plancher et aux discussions des ouvriers jouant aux dés.

Je me tus. Je n'avais plus rien à dire, tout à coup, et ses yeux fixés sur moi me gênaient bizarrement. Quand il me dit qu'il devait téléphoner chez lui et se leva de table, j'éprouvai une espèce de soulagement, comme si son absence allait me laisser respirer plus librement. Quand il revint, je dis :

– Alors ? sans penser à une question précise et il répondit brièvement :

– Je leur ai dit d'envoyer la voiture me chercher demain.

Il appela le patron et paya l'addition en faisant taire mes faibles protestations, puis, me prenant par le bras, il m'entraîna vers la porte à travers les groupes de jeunes gens.

Dehors, il faisait nuit et il pleuvait de nouveau. La rue était déserte. Il n'y a rien de plus lugubre qu'un faubourg de province par un soir de pluie. Je murmurai quelque chose à propos de la voiture, de la route que j'allais reprendre et de l'extraordinaire aventure qu'avait été notre rencontre, mais il ne lâcha pas mon bras et me dit :

– Je ne peux pas vous laisser partir comme ça. C'est trop inouï.

Nous revînmes à l'entrée de son vilain petit hôtel ; je vis à travers la porte toujours entrouverte qu'il n'y avait personne derrière le bureau. Il le remarqua lui aussi et dit vivement :

– Montons. Venez boire le coup de l'étrier avant de repartir.

Sa voix était rapide et insistante comme s'il importait de ne pas perdre de temps. Je voulus refuser, mais il m'entraîna vers l'escalier puis le long d'un couloir du premier étage. Il sortit une clef de sa poche, ouvrit une porte et tourna le commutateur, éclairant une minable petite chambre à un lit.

– Là, dit-il. Asseyez-vous. Faites comme chez vous.

Je m'assis sur le lit car une de ses valises ouverte occupait l'unique chaise. Il en avait sorti un pyjama, des brosses à cheveux et une paire de pantoufles. Il y prit une gourde de cognac et en remplit le verre à dents. De nouveau, le plafond rejoignit le plancher comme dans la salle du bistrot, et j'eus l'impression que tout ce qui se passait là était fatal, inévitable, que je ne me débarrasserais jamais de lui ni lui de moi : il me suivrait en bas et dans ma voiture et je ne m'en libérerais jamais. Il était mon ombre ou moi la sienne, et nous étions liés l'un à l'autre pour l'éternité.

– Qu'y a-t-il ? Vous n'êtes pas bien ? dit-il et ses yeux pénétraient en moi.

Je me levai, déchiré entre deux désirs : l'un, d'ouvrir la porte et de me sauver dans la rue ; l'autre, de me poser à côté de lui comme au buffet de la gare pour regarder dans la glace. Je savais que la première impulsion était sage et que l'autre avait quelque chose de pervers, mais je devais lui obéir, je devais faire une dernière fois cette expérience. Il dut deviner mon intention, car nous nous tournâmes d'un commun accord vers le miroir et, dans le vide de cette petite chambre la ressemblance apparaissait encore plus inquiétante, plus maléfique que dans la salle bondée du buffet, au milieu du bruit, de la fumée, de la foule, ou que dans le bistrot, où j'avais fini par l'oublier. Cette pauvre chambre au papier à fleurs, au plancher grinçant, ressemblait à une tombe où rien du monde ne parvenait plus ; nous y étions enfermés ensemble et il n'y avait pas d'issue. Il mit le verre à dents rempli de cognac dans ma main tremblante et but à la gourde, puis il dit d'une voix aussi mal assurée que la mienne – à moins que ce ne fût moi qui parlais et lui qui m'écoutait :

– Si je mettais vos vêtements et vous les miens ?

Je me rappelle que l'un de nous éclata de rire, tandis que je tombais sur le sol.

CHAPITRE III

On cognait à la porte. Le bruit se prolongea, dissipant mon rêve, s'imposant à ma conscience jusqu'au moment où, me dégageant Dieu sait de quelles profondeurs de ténèbres, je criai : « Entrez ! » en regardant autour de moi le décor inattendu de la chambre que je reconnaissais peu à peu à mesure qu'il devenait réel. Un homme parut, vêtu d'une livrée de chauffeur démodée et fanée : tunique boutonnée, culotte courte, leggins, casquette à la main. Il était petit et trapu, et ses yeux d'un brun foncé me dévisagèrent dès le seuil avec compassion.

– Monsieur le comte est enfin réveillé ? dit-il.

Je le regardai un instant sans comprendre puis, tournant de nouveau les yeux vers la chambre, j'aperçus une valise ouverte sur la chaise, une autre par terre, et les vêtements de mon compagnon de la veille jetés au pied du lit où j'étais couché. Je portais un pyjama de coton rayé que je ne reconnus pas. Il y avait sur le lavabo un verre à dents et une gourde. Pas le moindre vêtement à moi ; je ne me rappelais d'ailleurs pas les avoir retirés ni rangés. Tout ce que je me rappelais, c'est que je m'étais regardé dans la glace à côté de mon compagnon.

– Qui êtes-vous ? demandai-je au chauffeur. Que voulez-vous ?

Il soupira, jeta un regard indulgent au désordre de la chambre avant de me dire :

– Monsieur le comte voudrait dormir encore un peu ?

– Monsieur le comte n'est pas ici, répond-je. Il doit être sorti. Quelle heure est-il ?

Les événements de la veille me revenaient à l'esprit avec plus de clarté et il me souvint que mon compagnon avait téléphoné du bistrot et donné des instructions pour qu'une voiture vînt le chercher le lendemain. Cet homme devait être le chauffeur demandé qui me prenait pour son maître. Il regarda sa montre et me dit qu'il était cinq heures.

– Comment, cinq heures ? fis-je.

Je vis par la fenêtre qu'il faisait grand jour et j'entendis dehors le bruit des voitures.

– Il est cinq heures de l'après-midi, dit le chauffeur. Monsieur a dormi très profondément toute la journée. Je suis ici depuis onze heures du matin.

Ses paroles n'impliquaient aucun reproche, elles énonçaient simplement un fait. Je portai la main à mon crâne abominablement douloureux. Je sentis une bosse sous mes doigts et leur pression éveilla une souffrance aiguë, mais ce n'était pas là la seule cause de ma migraine. Je me rappelai les libations de la veille au soir et le dernier verre à dents rempli de cognac. Était-ce bien le dernier ? Je ne savais plus.

– Je suis tombé, dis-je au chauffeur, et je pense aussi qu'on a dû me droguer.

– C'est bien possible, dit-il. Ce sont des choses qui arrivent.

Il parlait sur le ton apaisant d'une vieille nounou s'adressant à un enfant. Je sortis mes jambes du lit et regardai ce pantalon de pyjama inconnu. Il m'allait et pourtant ce n'était pas le mien ; en outre, je ne me rappelais pas l'avoir enfilé. Je tendis la main et touchai le gilet et le pantalon posés au pied du lit ; le tissu était différent des miens et je reconnus le complet sombre de mon compagnon.

– Où sont passés mes vêtements ? demandai-je.

Le chauffeur s'approcha et, prenant le costume, suspendit le veston au dossier de la chaise et défroissa le pantalon.

– Monsieur le comte devait penser à autre chose en se déshabillant, remarqua-t-il en souriant.

– Non, dis-je. Ces vêtements ne m'appartiennent pas. Ce sont ceux de votre maître. Les miens doivent être dans l'armoire.

Il leva les sourcils et fronça les lèvres avec une petite grimace de complaisance comme on en a pour amuser un enfant, alla à l'armoire et l'ouvrit. Elle était vide.

– Ouvrez les tiroirs, dis-je.

Il ouvrit les tiroirs, vides eux aussi. Je me levai et allai fouiller dans les deux valises, celle qui encombrait la chaise et celle qu'on avait laissée par terre. Je les trouvai remplies d'objets appartenant à mon compagnon de la veille. Je compris alors que nous avions dû échanger nos vêtements en état d'ivresse, cette pensée me répugna et je l'écartai. Je ne voulais rien me rappeler de ce qui s'était passé au cours de cette soirée.

Je m'approchai de la fenêtre et regardai dans la rue. Une Renault était rangée devant l'hôtel, ma voiture avait disparu.

– Avez-vous vu ma voiture en arrivant ? demandai-je au chauffeur.

L'homme parut surpris.

– Monsieur le comte a acheté une nouvelle voiture ? Il n'y avait aucune voiture là ce matin quand je suis arrivé.

Son obstination dans l'erreur m'agaçait.

– Non, dis-je, irrité, ma voiture à moi, ma Ford. Je ne suis pas M. le comte. M. le comte est parti avec mes vêtements. Allez voir s'il n'a pas laissé un message en bas. Il a dû prendre aussi ma voiture. C'est une blague qu'il m'a faite, mais je ne la trouve pas très drôle.

Une expression nouvelle parut dans les yeux du chauffeur. Il eut l'air soucieux, inquiet.

– Rien ne presse, dit-il, si monsieur le comte veut se reposer encore un peu.

Il vint à moi et, très doucement, tendit la main et me tâta le front.

– Voulez-vous que j'aille chercher quelque chose à la pharmacie ? demanda-t-il. Cela fait mal quand on vous touche comme ça ?

Il fallait être patient.

– Voulez-vous demander à la personne qui est en bas au bureau de monter ici ? dis-je.

Il sortit et, quand il eut refermé la porte, je repris l'inspection de la chambre, mais nulle part, ni dans l'armoire ni dans les tiroirs de la commode ni sur la table je ne trouvai le moindre objet qui fût à moi. Mes vêtements avaient disparu et, avec eux, mon portefeuille, mon passeport, mon argent, mon agenda, mon trousseau de clés, mon stylo, tous les objets personnels que j'avais coutume de porter sur moi. Il n'y avait pas ici un bouton de col ou de manchette qui m'appartînt, tout était à lui. La valise ouverte montrait ses brosses portant les initiales J. de G., un second complet, des souliers, un nécessaire à raser, un savon, une éponge ; il y avait sur la coiffeuse un portefeuille contenant de l'argent, des cartes gravées au nom du Comte de Gué et, dans le coin en bas à gauche une adresse : Saint-Gilles, Sarthe. Je vidai la seconde valise, dans le vain espoir d'y découvrir quelque chose qui fût à moi, mais ne trouvai rien. Rien d'autre que ses vêtements, une pendulette de voyage, un petit sous-main, un carnet de chèques et divers paquets enveloppés dans du papier qui avaient l'aspect de cadeaux.

Je revins m'asseoir sur le lit et pris ma tête dans mes mains. Je ne pouvais rien faire qu'attendre. Il allait revenir. Il devait revenir. Il avait pris ma voiture, je n'avais qu'à me présenter à la police, donner le numéro minéralogique, expliquer la perte de mon portefeuille contenant de l'argent, des chèques de voyage et mon passeport, et on le retrouverait. En attendant… en attendant quoi ?

Le chauffeur revint dans la chambre et, avec lui, un personnage crasseux à l'air sournois qui devait être l'employé à la réception ou même le patron. Il tenait à la main un bout de papier qu'il me tendit et je vis que c'était la note, indiquant le prix d'une chambre à un lit pour une nuit et une journée.

– Vous avez quelque chose à me demander, monsieur ? fit-il.

– Où est le monsieur avec qui j'étais hier soir ? Quelqu'un l'a-t-il vu sortir ce matin ?

– Vous étiez seul quand vous avez retenu la chambre hier soir, répondit l'homme. Je ne pourrais dire si vous étiez seul quand vous êtes revenu plus tard dans la soirée. Nous sommes discrets, nous ne posons jamais de questions à nos clients.

Je percevais sous le ton obséquieux une familiarité, un mépris. Le chauffeur regardait par terre. Je vis l'employé ou l'hôtelier regarder mon lit défait, puis la bouteille de cognac sur le lavabo.

– Il faut que j'aille au commissariat de police, dis-je.

L'homme parut surpris :

– On vous a volé, monsieur ?

Le chauffeur releva les yeux et, sa casquette toujours à la main, vint se poster près de moi comme pour me protéger.

– Il vaut mieux ne pas faire d'histoires, monsieur le comte, dit-il à voix basse. Ces choses-là sont toujours désagréables. Dans une heure ou deux, monsieur se sentira mieux. Je vais aider monsieur à s'habiller, et nous rentrerons à la maison le plus vite possible. Des discussions dans un endroit comme celui-ci peuvent être gênantes, monsieur le sait bien.

Je sentis tout à coup la colère m'envahir. Je devais avoir l'air d'un imbécile dans cette ignoble petite chambre, vêtu d'un pyjama qui n'était pas à moi, mon identité méconnue comme dans un sketch de music-hall, victime d'une farce qui amusait sans doute beaucoup mon compagnon de la veille, mais que je ne trouvais pas drôle du tout. Parfait. Puisqu'il avait voulu me mystifier, je lui rendrais la pareille. Je mettrais ses vêtements, conduirais sa voiture comme un fou – à la manière dont il conduisait certainement la mienne – et me ferais arrêter ; après quoi je n'aurais plus qu'à attendre qu'il vienne expliquer comme il pourrait son action insensée.

– Très bien. Laissez-moi, dis-je au chauffeur.

Il sortit, emmenant l'hôtelier et, habité par un étrange dégoût mêlé de fureur, je commençai à m'habiller.

Quand je fus prêt, rasé avec son rasoir et les cheveux lissés avec ses brosses, mon image m'apparut dans la glace, modifiée de façon indéfinissable. Ma propre personne s'était dissoute. C'était l'homme appelé Jean de Gué qui était là en ce moment, tel que je l'avais vu la veille pour la première fois quand il s'était heurté à moi au buffet de la gare. Le changement de vêtements avait entraîné un changement de personnalité ; mes épaules semblaient plus larges, je paraissais porter plus haut la tête ; jusqu'à l'expression de mes yeux qui ressemblait à la sienne. Je me forçai à sourire, et l'image dans le miroir me sourit avec une espèce de petit rire négligent qui s'accordait avec les épaules carrées et rembourrées du veston et le nœud papillon si différent de toutes les cravates que j'avais jamais portées. Lentement, je pris son portefeuille et comptai les billets. Il y avait une vingtaine de mille francs, sans compter quelque menue monnaie posée sur la commode. Je fouillai soigneusement le portefeuille en quête d'une note d'explication, d'un griffonnage avouant le tour qu'il me jouait. Il n'y avait rien, pas un mot, pas un indice prouvant qu'il eût jamais été dans une chambre, qu'il fût jamais descendu dans cet hôtel.

Ma colère grandissait. Je prévoyais la chaîne des explications qu'il allait me falloir fournir : l'invraisemblable déposition à la police, l'ennui des policiers, leur répugnance à m'accompagner au buffet de la gare et au bistrot pour s'y entendre confirmer ma déclaration que nous étions venus là à deux, deux êtres d'aspect identique. Il devait bien se moquer de moi en ce moment, Jean de Gué, roulant depuis près d'une journée au volant de ma voiture au nord, à l'est, au sud ou à l'ouest, où bon lui semblait, disposant de vingt-cinq livres en chèques de voyage, outre quelques billets, vêtu de mes vêtements, et peut-être même assis dans un café en train de lire mes notes de cours avec un air nonchalant et amusé. Il pouvait jouir librement de sa comédie, aller où il voulait et revenir quand il serait las de la plaisanterie ; tandis que je serais dans un commissariat de police ou dans un consulat en train d'exposer mon cas à des fonctionnaires qui, très probablement, n'en croiraient pas un mot.

Je remis le nécessaire et le pyjama dans la valise, puis je descendis et demandai au type à l'air sournois assis au bureau de descendre les bagages de la chambre. Il avait toujours son expression à demi familière, à demi amusée, comme s'il existait entre nous je ne sais quelle entente scabreuse, et je me demandai si Jean de Gué n'avait pas ses habitudes dans cet hôtel, s'il n'y venait pas en secret – Dieu sait pour quels rendez-vous. Quand j'eus payé la note et que l'hôtelier m'eût suivi pour porter les valises jusqu'à la vieille Renault où le chauffeur m'attendait, je me rendis compte que j'avais fait le premier pas sur la route du mensonge. En m'abstenant de protester, en ne réclamant pas tout de suite la police, en portant des vêtements qui n'étaient pas à moi et en me faisant passer, fût-ce une demi-heure, pour Jean de Gué, je m'étais mis dans mon tort. J'étais à présent le complice de l'homme disparu, et non plus son accusateur.

Le chauffeur avait mis les bagages dans la voiture et m'ouvrait à présent la portière.

– Monsieur le comte est tout à fait bien maintenant ? me demanda-t-il avec inquiétude.

J'aurais pu répondre : « Je ne suis pas monsieur le comte. Conduisez-moi tout de suite au commissariat de police », mais je n'en fis rien. J'accomplis le second pas décisif et montai sur le siège du conducteur de la Renault. Je connaissais bien cette marque car j'étais venu sans ma voiture les années précédentes, et il m'était souvent arrivé d'en louer une pour visiter les sites intéressants autour du village où je séjournais. Le chauffeur s'assit à côté de moi. Je mis la voiture en marche, avec un désir intense de m'éloigner de cet hôtel sordide et de n'y jamais revenir. Furieux, mécontent de moi, je pris la première route qui s'ouvrait à la sortie du Mans, et, fuyant la ville et les événements de la veille, je filai en pleine campagne sur la route nationale. La veille, il avait fait gémir impitoyablement ma pauvre Ford, parce qu'elle n'était pas à lui ; à présent, je lui rendais la monnaie de sa pièce. Je pressais sur l'accélérateur et la vieille voiture bondissait. Je peux l'endommager sans scrupule, songeais-je, ce n'est pas la mienne. Je n'ai aucune responsabilité et, s'il y a un accident, il sera au compte de Jean de Gué ; si je verse dans le fossé, c'est lui qui l'aura fait, pas moi.

Je me mis à rire et le chauffeur dit :

– Ça va mieux. J'ai eu peur au Mans que monsieur le comte tombe malade et qu'est-ce qui serait arrivé si on l'avait trouvé dans cet hôtel ? J'étais ennuyé hier quand monsieur le comte a dit qu'on vienne le chercher là. Heureusement que c'est moi qui suis venu et pas M. Paul. Oui, il avait trop à faire.

Je laissai passer ma troisième chance. J'aurais pu arrêter la voiture et lui dire : « Cela a assez duré. Ramenez-moi au Mans. Je ne connais pas M. Paul et je vais le prouver à vous et à la police. » Au lieu de cela, je filai de plus en plus vite, dépassant les voitures qui roulaient devant moi sur la route, possédé par un sentiment de liberté jamais éprouvé, l'impression que rien de ce que je faisais ne comptait désormais. Je portais les habits d'un autre, je conduisais la voiture d'un autre, et je n'avais de comptes à rendre à personne. J'étais libre pour la première fois.

J'avais dû rouler environ vingt-cinq kilomètres sur la route nationale quand un feu rouge m'obligea à ralentir à l'entrée d'un village. Je lus le nom du village sans y prêter autrement attention et nous l'avions traversé quand le chauffeur me dit :

– Monsieur le comte a manqué le tournant.

Je compris alors que j'étais engagé. Il était trop tard pour reculer. Un caprice du hasard m'avait amené ce jour-là, à cette heure, en cette minute, sur cet endroit de la route, ce point sur la carte, au cœur d'une région inconnue, dans un pays auquel je n'appartenais pas et que j'aspirais depuis des années à pénétrer. Pour la première fois, je perçus le sens de la plaisanterie, l'ironie de la situation, telle que Jean de Gué avait dû en être frappé, quand il m'avait laissé endormi à l'hôtel du Mans. « L'unique ressort dans la nature humaine est la convoitise, m'avait-il dit. Il faut satisfaire les appétits, donner aux gens ce qu'ils désirent. » Il m'avait donné ce que je demandais : un moyen de pénétrer où je voulais. Il m'avait prêté son nom, ses bagages, ses papiers. Je lui avais dit que mon existence était vide ; il m'avait donné la sienne. Je m'étais plaint d'avoir raté ma vie, il m'avait retiré le poids de l'échec en emportant mon identité, mes vêtements, et ma voiture. Ce que j'avais à porter à présent ne pouvait me gêner puisque cela ne m'appartenait pas. De même qu'un acteur peint des rides sur son visage et se dissimule derrière le rôle qu'il doit incarner, de même l'ancien moi anxieux que je connaissais trop bien pouvait se laisser dissoudre, oublier, et le nouveau serait un être sans souci, sans responsabilité, appelé Jean de Gué, car rien de ce que ferait ce faux Jean de Gué, aucune folie commise par lui, ne pourraient me toucher moi, John.

L'idée de cette curieuse situation traversa mon esprit tandis que je ralentissais. Je n'avais pas d'avenir, en dehors de ce que d'autres gens, des inconnus, en feraient, à commencer par le chauffeur assis à mon côté qui venait de m'annoncer, prophétiquement sans doute, que j'avais laissé passer le tournant.

– Bien, dis-je en arrêtant la voiture. Conduisez maintenant.

Il me regarda interrogativement sans répondre et nous changeâmes de place en silence. Il fit demi-tour pour retraverser le village que nous venions de dépasser et obliqua à gauche en abandonnant la route nationale.

Maintenant que je n'avais plus la voiture comme une chose vivante à diriger, je m'affalai sur la banquette arrière pareil à un mannequin vide de pensées. Ma fièvre et mon excitation tombèrent. Tant pis pour eux, songeai-je, sans me demander qui était « eux ».

Le soleil se coucha derrière nous, et la campagne où nous nous enfoncions vers l'est nous enveloppa dans le silence des forêts. Les fermes isolées se dressaient comme de brumeuses oasis au milieu des champs rougeoyants. Les arpents de terre s'étendaient avec la vaste magnificence d'un océan inexploré, et les fougères dorées comme des chevelures vierges bordaient le chemin qui ondulait entre les arbres. Rien n'avait pour moi de réalité, de substance. Tout ce que je voyais relevait du rêve, depuis le chaume pâle jusqu'aux souples tiges des tournesols prêts à tomber aux premières gelées de l'automne. La masse des meules de foin striées de gris, qui d'ordinaire se découpe nettement sur l'horizon, ici se confondait avec le sol, s'y enfonçait, et les longues allées de peupliers aux feuilles frémissantes surgissaient du néant et y retombaient. Des arbres fantômes, hauts et minces, se refermaient autour de la silhouette solitaire d'une paysanne qui cheminait, tête penchée, vers un but invisible. Obéissant à une soudaine impulsion, je dis au chauffeur d'arrêter la voiture et je demeurai un instant à écouter le silence tandis qu'un sombre soleil rouge disparaissait derrière nous, et que s'élevait un brouillard blanc. Nul voyageur s'aventurant pour la première fois sur une terre inexplorée n'avait pu se sentir plus seul que moi en cet instant sur cette route déserte. Le silence montait de ce sol pétri par les siècles, foulé par l'histoire, dont des générations d'hommes et de femmes s'étaient nourries, sur lequel ils avaient vécu et étaient morts, et rien de ce qu'ils avaient pensé et dit ne parvenait à troubler la paix féconde de ce sol. Là, à mes pieds, autour de moi, un cœur battait. Je me demandai un bref instant si je n'étais pas tout près de la réponse à mon tourment, à mon doute, à mon désespoir ; plus près dans ces champs, sous ce ciel éteint, que je n'aurais pu l'être si j'avais suivi ma première impulsion et m'étais rendu à la Grande Trappe.

Le chauffeur dit :

– Monsieur le comte n'est pas trop pressé de rentrer…

Je regardai son bon visage franc, il y avait de l'amitié au fond de ses prunelles brunes, et aussi de l'ironie, la malice gentille d'un homme qui aimait sûrement bien son maître, qui se serait battu et serait mort pour lui mais qui osait lui montrer ses erreurs. Je m'avisai que c'était la première fois que je lisais le dévouement dans un regard. Son affection amena sur mes lèvres la réponse d'un sourire lorsque je me rappelai que ce n'était pas moi qu'il aimait, mais Jean de Gué. Je remontai en voiture à côté de lui.

– Ce n'est pas toujours facile d'avoir une grande famille, dis-je, répétant les mots qu'on m'avait dits la veille.

– C'est bien vrai, répondit le chauffeur avec un haussement d'épaules et un soupir. Il y a tant de questions à régler dans un ménage comme celui-là. Je me demande quelquefois comment monsieur le comte arrive à éviter les catastrophes.

Un ménage comme celui-là… La route passait au sommet d'un coteau et ses signaux annonçaient le village de Saint-Gilles. Nous longeâmes le mur d'une très ancienne église, traversâmes une petite place sablée flanquée de quelques vieilles maisons, d'une épicerie, d'un bureau de tabac et d'un poste d'essence, puis, tournant à gauche, nous descendîmes une allée de tilleuls. C'est alors que l'énormité de ce que je faisais, de ce que j'avais déjà fait me frappa avec la violence d'un coup. Une vague d'inquiétude, que dis-je, de terreur m'envahit tout entier. J'éprouvai dans toute sa force le sens de l'expression « être pris de panique ». Je n'avais qu'une envie : courir, me cacher, devenir invisible n'importe où dans un trou, un fossé, ne plus me laisser porter de cette façon fatale et inévitable vers le château que je voyais foncer sur moi avec ses murs couverts de lierre, ses petites fenêtres, ses deux tours principales embrasées par les flammes mourantes du soleil. La voiture cahota sur un pont de bois franchissant un fossé qui avait peut-être été jadis rempli d'eau mais abandonné à présent aux herbes et aux orties, tourna sur le terre-plein couvert de gravier et s'arrêta devant le château. Une étroite terrasse courait sous les fenêtres aux volets déjà fermés pour la nuit et qui donnait à la façade un air perdu, mort. Comme j'hésitais, encore courbé sur mon siège, une silhouette d'homme surgit d'une porte obscure entre les fenêtres et se tint immobile sur la terrasse, en attente.

– Voilà M. Paul, dit le chauffeur. S'il me pose des questions, je lui dirai que M. le comte a eu à faire au Mans et que j'ai été le prendre à l'hôtel de Paris.

Il descendit de la voiture et je l'imitai avec lenteur.

– Gaston, lui cria l'homme qui était sur la terrasse, ne mettez pas la voiture au garage. J'en ai besoin. La Citroën est en panne.

Il me regardait, penché sur la balustrade.

– Eh bien, fit-il. Tu as pris ton temps !

Il ne souriait pas. La formule polie que je me forçais à prononcer mourut sur mes lèvres et, comme un coupable poursuivi qui se cache où il peut, j'allais me réfugier derrière la voiture, mais le chauffeur – je venais d'apprendre qu'il s'appelait Gaston – tenait déjà mes deux valises et me barrait le chemin. Je montai les marches de la terrasse, levant les yeux vers le premier regard pénétrant, car le tutoiement familier de cet homme annonçait un parent. Je vis qu'il était plus petit, plus mince et sans doute plus jeune que moi, mais son expression avait quelque chose de las dû peut-être au surmenage ou à une mauvaise santé, et des rides amères encadraient sa bouche. Je m'arrêtai près de lui, attendant de voir ce qu'il ferait.

– Tu aurais pu téléphoner, dit-il. On t'a attendu pour déjeuner. Françoise et Renée étaient sûres que tu avais eu un accident. Je leur ai dit que c'était peu probable et que tu passais sans doute la journée au bar de l'hôtel de Paris. Nous avons essayé de téléphoner, mais on nous a répondu qu'on ne t'avait pas vu. Après cela naturellement, ç'a été le chœur de lamentations habituel.

La surprise de ne pas me voir immédiatement démasqué par lui me fermait la bouche. Je ne sais trop ce que j'attendais : une hésitation sans doute, un regard plus appuyé, et que son intuition lui apprît que je n'étais pas celui qu'il connaissait, mais il me regarda de la tête aux pieds en riant d'un rire agacé et sans gaieté.

– Franchement, tu as l'air crevé, dit-il.

Quand Gaston m'avait souri, quelques instants auparavant, cette affection à laquelle je n'étais pas habitué avait été un bienfait immérité. Maintenant c'était l'hostilité que, pour la première fois de ma vie, je lisais. L'effet était étrange. Je m'en irritai pour le compte de Jean de Gué. Quoi qu'il eût pu faire pour s'attirer cette animosité, je prenais son parti.

– Trop aimable, dis-je. Ton opinion me laisse froid. Je me sens fort bien.

Il tourna les talons, se dirigeant vers la porte et Gaston surprit mon regard et me sourit. Je me rendis compte avec stupéfaction que j'avais dit ce qu'on attendait de moi, et le tutoiement dont je n'avais jamais usé jusqu'alors m'était venu naturellement, sans effort.

Je suivis le nommé Paul dans la maison. L'entrée, petite et

curieusement étroite, conduisait à un second vestibule beaucoup plus spacieux où j'apercevais un escalier montant vers les étages supérieurs. Une odeur de ménage propre et d'encaustique s'accordait mal avec les fauteuils transatlantiques fanés empilés contre le mur et voisinant de façon incongrue avec des chaises Louis XVI. A l'autre bout du vestibule, un grand chiffonnier se dressait entre deux fauteuils, un de ces meubles gracieusement galbés comme on en voit, protégés par des cordes des atteintes du public, dans les musées ; sur le mur opposé, un tableau noirci et tourmenté représentait le Christ en croix. Un murmure de voix nous parvenait à travers des portes entrouvertes.

Paul traversa le vestibule en disant :

– Jean est enfin arrivé, d'une voix trahissant l'exaspération qu'il m'avait déjà témoignée. Je pars, je suis en retard, continua-t-il – puis, s'adressant de nouveau à moi : Je vois que tu n'es pas en état de me raconter quoi que ce soit ce soir. Nous parlerons de tout demain matin.

Il retraversa le vestibule et sortit par la porte de la terrasse. Gaston, portant les deux valises, était entré. Je me demandais si je devais le suivre lorsqu'une femme appela de la pièce voisine : « Tu es là, Jean ? » d'une voix aiguë et plaintive.

Et le chauffeur me regarda de nouveau avec compassion. Lentement, d'un pas traînant, je franchis la porte entrouverte. J'eus une rapide impression d'espace, de lourds rideaux, de papier tapissé sur les murs. Des lampadaires portaient de vilains abat-jour à franges de perles qui étouffaient la lumière. Un lustre ravissant luisant à travers un voile de poussière pendait du haut plafond, ses bougies cassées et sans lumières. Une haute fenêtre dont les volets n'étaient pas encore fermés laissait voir des grandes pelouses non tondues qui allaient se perdre sous des avenues d'arbres et dont les vaches tachetées de blanc et de noir, aux silhouettes déformées par le crépuscule, broutaient l'herbe jusqu'au pied quasiment du château.

Trois femmes étaient assises dans le salon. Elles tournèrent les yeux à mon entrée et l'une d'elles, aussi grande que moi, aux traits durs et nets, à la bouche étroite, aux cheveux tirés et tordus en chignon, se leva vivement et quitta la pièce. Une autre, qui aurait été belle avec sa chevelure et ses yeux sombres si elle n'avait eu le teint brouillé et la bouche maussade, fixa sur moi un regard sans expression du fond du canapé où elle était assise, un ouvrage de couture ou de broderie posé à côté d'elle. Comme la première femme quittait la pièce, elle lui cria sans se tourner vers elle :

– Si tu tiens à t'en aller, Blanche, ferme au moins la porte, s'il te plaît ! Je crains les courants d'air.

La troisième avait des cheveux blonds sans éclat et presque sans couleur. Ses traits fins et ses yeux bleus avaient pu être jolis et peut-être l'étaient-ils encore, mais son air vaincu et mécontent détruisait la première impression de charme. Elle ne sourit pas, elle eut un petit rire agacé comme le nommé Paul, puis, se levant, traversa le parquet ciré pour venir à moi.

– Eh bien, dit-elle. Tu ne nous embrasses pas ?

CHAPITRE IV

Je baissai la tête et l'embrassai sur les deux joues puis, toujours sans rien dire, traversai le salon et allai embrasser l'autre femme de la même manière. La première, la blonde aux yeux bleus – celle qui m'avait appelé quand j'étais dans le vestibule car je reconnaissais sa voix – vint alors me prendre par le bras pour me conduire près de la cheminée où une unique bûche achevait de se consumer.

– Tu devrais avoir honte, dit-elle en me tutoyant comme avait fait Paul. Nous étions mortes d'inquiétude, nous pensions que tu avais eu un accident, mais c'est bien le dernier de tes soucis. Qu'as-tu fait toute la journée et pourquoi n'es-tu pas descendu à l'hôtel de Paris ? Paul leur a téléphoné et on lui a répondu qu'on ne t'avait pas vu. Je commence à croire que tu fais ces choses-là exprès, rien que pour nous effrayer et nous faire imaginer le pire.

– Que serait le pire ? lui demandai-je.

La rapidité de ma riposte me donna confiance. Le rêve ou plutôt le cauchemar était complètement étranger à tout ce que je connaissais. J'avais l'impression que je pouvais dire ou faire les choses les plus hardies, et que ces gens seraient obligés de les accepter.

– Tu savais bien que nous serions inquiets, dit la femme en laissant retomber mon bras et en me poussant légèrement. Quand tu es hors de la maison tu es capable de tout, et tu ne penses jamais qu'à toi. Tu parles trop, tu bois trop, tu conduis trop vite…

– En somme, je fais tout avec excès ? interrompis-je.

– Tu fais tout pour nous rendre malheureux, dit-elle.

– Oh ! laisse-le tranquille, s'écria l'autre femme. Tu vois bien qu'il ne te racontera rien. Tu perds ton temps.

– Merci, dis-je.

Elle leva les yeux de son ouvrage et me lança un regard d'intelligence. Étions-nous donc alliés ? Je me demandais qui elle était. Elle ne ressemblait pas à Paul bien qu'ils fussent tous deux bruns. L'autre femme s'assit et soupira. Je remarquai sa taille à ce moment et compris qu'elle était enceinte.

– Tu pourrais au moins nous dire ce qui s'est passé à Paris, fit-elle. Ou bien cela aussi doit-il être un mystère ?

– Je n'ai pas la moindre idée de ce qui a pu se passer à Paris, dis-je avec désinvolture. Je souffre d'amnésie.

– Tu souffres d'avoir trop bu, répondit-elle. Je le sens à ton haleine. Tu devrais te coucher et dormir. Ne va pas voir Marie-Noëlle, elle a la fièvre et c'est peut-être contagieux. Il y a un cas de rubéole au village et si j'attrapais ça… – elle se tut et nous regarda tous les deux d'un air significatif –, vous imaginez ce qui pourrait arriver.

Je restai debout, le dos au feu, me demandant comment m'échapper et découvrir la chambre qu'il fallait. Je reconnaîtrais évidemment les valises, à moins qu'on ne les eût vidées et emportées. En tout cas, je devais pouvoir trouver dans une des chambres les brosses portant les initiales J. de G. Le lit serait un refuge, un endroit où réfléchir et arrêter un plan. Mais désirais-je encore réfléchir, faire un plan ? Un rire irrépressible me monta à la gorge.

– Qu'y a-t-il maintenant ? demanda la blonde avec un reproche chagrin.

– C'est une situation inouïe, dis-je. Vous ne pouvez pas savoir à quel point.

La liberté de ce propos agit comme un charme sur la conscience que je conservais, à demi endormie, de moi-même. J'avais l'impression d'être invisible ou de parler d'une voix de ventriloque.

– Je ne vois rien de drôle dans une maladie contagieuse, dit la blonde, surtout en ce moment. Je n'ai aucune envie de mettre au monde un enfant aveugle ou estropié, ce qui peut parfaitement arriver quand on attrape la rubéole étant enceinte. Ou bien est-ce la situation à Paris que tu trouves inouïe ? J'espère pour tout le monde que tu es arrivé à un accord, mais j'ai peine à le croire.

J'évitai ses yeux interrogateurs et plaintifs en regardant l'autre femme. L'expression de celle-ci avait changé. Une onde colorée rehaussait son teint brouillé, ajoutant à sa beauté, mais elle semblait être sur le qui-vive, et, avant de baisser de nouveau les yeux sur son ouvrage, elle secoua imperceptiblement la tête comme pour me mettre en garde. Elle et de Gué étaient certainement alliés mais pour quelle cause ? Et quelles relations les unissaient tous trois ? Je décidai soudain de dire la vérité pour éprouver mon courage, et aussi parce que je n'étais plus certain d'avoir toute ma raison.

– A vrai dire, fis-je, je ne suis pas du tout Jean de Gué. Je suis un autre. Nous nous sommes rencontrés au Mans hier soir et avons échangé nos vêtements, puis il a disparu avec ma voiture, Dieu sait où, et je suis ici à sa place. Avouez que c'est une situation inouïe.

Je m'attendais à une exclamation de la blonde, mais elle se remit à soupirer en regardant l'unique bûche dans l'âtre, puis, sans plus s'occuper de moi, s'adressa à l'autre femme et dit :

– Paul doit rentrer tard ce soir ? Il ne l'a pas dit.

– Bien sûr qu'il rentrera tard après un dîner maçonnique, répondit la brune. Tu as déjà vu Paul rentrer de bonne heure d'une réunion de ce genre ?

– Il n'avait pas l'air trop disposé à s'amuser, reprit l'autre, et de voir l'état dans lequel Jean est rentré n'a pas dû contribuer à le mettre de meilleure humeur.

Ni l'une ni l'autre ne regardait dans ma direction. Mes propos, qu'elles avaient dû interpréter comme une plaisanterie de mauvais goût, étaient tombés à plat et elles ne les avaient même pas jugés dignes d'une réplique cinglante. Cela prouvait évidemment que la méprise était totale. Je pouvais agir à ma guise, dire et faire tout ce qui me plaisait : elles me croiraient simplement ivre ou fou. La sensation était inexprimable. J'avais éprouvé un premier vertige au volant de la Renault, mais maintenant que j'avais subi l'épreuve de la conversation avec les membres de la famille de Jean de Gué, et même de leur baiser, sans qu'ils se doutassent de rien, le sentiment de ma puissance n'avait plus de bornes. Je pouvais à mon gré faire un mal immense à ces gens que je ne connaissais pas – les insulter, bouleverser leur existence, les brouiller les uns avec les autres – et cela me laisserait absolument indifférent car ils étaient pour moi des marionnettes, des mannequins étrangers à ma vie. En me quittant endormi à l'hôtel du Mans, Jean de Gué mesurait-il ce danger ? Son action était-elle non pas l'énorme blague qu'il semblait mais le résultat d'un désir délibéré de faire détruire par moi ce foyer dont il se disait prisonnier ?

Je sentais sur moi les yeux pensifs et soupçonneux de la brune.

– Pourquoi ne montes-tu pas comme te l'a conseillé Françoise ? dit-elle.

Ses manières étaient étranges. L'on eût dit qu'elle voulait à toute force me faire quitter la pièce comme si elle craignait que je prononçasse des paroles dangereuses.

– Bon, j'y vais, dis-je – et j'ajoutai : Vous avez raison toutes les deux. J'ai beaucoup trop bu au Mans. J'ai passé la journée dans un hôtel, complètement abruti.

Le fait que je disais vrai ajoutait une saveur particulière à la tromperie. Les deux femmes me regardèrent. Elles ne répondirent ni l'une ni l'autre. Je traversai le salon et sortis dans le vestibule par la porte entrouverte. J'entendis la nommée Françoise déverser un torrent de paroles aussitôt que j'eus quitté la pièce.

Le vestibule était vide. J'écoutai à l'autre porte séparée de la première par le chiffonnier, et j'entendis un bruit lointain de cuisine, de robinet ouvert et de vaisselle. Je décidai de monter l'escalier. Le premier palier se terminait par un long couloir qui s'allongeait vers la droite et vers la gauche, tandis que l'escalier continuait à monter vers un second étage. J'hésitai puis suivis le couloir vers la gauche. Il était sombre, éclairé par une seule ampoule nue. Le plancher cria sous mes pas. J'éprouvai une secrète excitation en tendant la main pour tourner la poignée de la dernière porte. La pièce était obscure. Je trouvai le commutateur. La lumière révéla une haute pièce morne, des rideaux grenat masquant les fenêtres, un lit étroit et haut également couvert de tissu grenat au-dessus duquel pendait une grande reproduction de l'*Ecce Homo* de Guido Reni. Je voyais à sa forme que cette chambre était située dans une des tours car les fenêtres formaient une sorte d'alcôve circulaire où l'on avait aménagé une espèce d'oratoire avec un prie-Dieu, un crucifix, et même un bénitier. La petite cellule n'avait pas d'autre ornement que ces objets religieux, et le reste de la pièce était meublé d'un bureau, de chaises, d'une table, d'une lourde commode et d'une armoire. Un second tableau religieux faisait face au lit, représentant la Flagellation, et un troisième où l'on voyait Jésus succombant sous le poids de sa croix garnissait le mur voisin de la porte près de laquelle j'étais arrêté. La chambre donnait une impression glaciale ; on eût dit qu'elle n'avait jamais été chauffée. Son odeur même où l'encaustique se mêlait au tissu des lourdes tentures était austère.

J'éteignis la lumière et sortis. Ce faisant, je m'aperçus que j'étais observé. Une femme était descendue de l'étage supérieur dans le couloir et s'était arrêtée pour me regarder.

– Bonjour, monsieur le comte, dit-elle. Monsieur le comte cherche Mlle Blanche ?

– Oui, répondis-je, mentant avec rapidité. Elle n'est pas dans sa chambre.

Je me sentis obligé d'aller vers elle. Elle était petite, maigre et âgée ; à son vêtement et à son langage, je reconnaissais en elle une servante.

– Mlle Blanche est auprès de Mme la comtesse, dit-elle.

Je me demandai si elle devinait d'instinct qu'il se passait quelque chose d'anormal car ses yeux avaient une expression curieuse et étonnée en regardant vers la chambre que je venais de quitter.

– Ça ne fait rien, dis-je, Je la verrai plus tard.

– Il y a quelque chose de grave ? me demanda-t-elle.

Et ses petits yeux trahissaient une curiosité croissante. Son ton était intime, confiant, semblant impliquer quelque secret que nous aurions pu partager.

– Non, dis-je. Pourquoi ?

Ses yeux retournèrent à la porte fermée au bout du couloir.

– Je demande pardon à M. le comte, dit-elle. Je pensais qu'il devait y avoir quelque chose de grave pour que M. le comte aille dans la chambre de Mlle Blanche.

Ses yeux m'évitaient. Je ne percevais pas en eux d'affection, de chaleur, rien du dévouement que j'avais lu dans ceux de Gaston ; toutefois ils contenaient je ne sais quel sentiment de longue familiarité, et comme d'une entente mystérieuse entre nous.

– J'espère que le voyage de M. le comte à Paris a réussi ? demanda-t-elle sur un ton qui n'était pas entièrement déférent, comme pour laisser entendre que quelque chose aurait pu mal tourner et justifier sa critique.

– Parfaitement, répondis-je – et j'allais m'éloigner lorsqu'elle lâcha :

– Mme la comtesse sait que M. le comte est rentré. Je descendais justement au salon pour le dire à M. le comte. Il vaudrait mieux qu'il monte la voir tout de suite sinon elle ne me laissera pas en paix.

Mme la comtesse… ces mots étaient inquiétants. Si j'étais M. le comte, qui pouvait-elle être ? Le doute me reprit, l'annonce d'un nouvel accès de panique.

– J'irai plus tard, dis-je, rien ne presse.

– Monsieur le comte sait bien qu'elle ne peut pas attendre, dit la femme en fixant avec insistance sur moi le regard de ses petits yeux noirs.

Je compris que je n'y échapperais pas.

– Bon, dis-je.

La servante me précéda dans le long escalier tournant. Nous atteignîmes un couloir pareil à celui du premier étage, et où en débouchait un autre au bout duquel j'aperçus une porte ouverte sur un escalier de service d'où montait une odeur de cuisine. Nous franchîmes encore une porte et nous nous trouvâmes devant celle du fond du couloir. La servante l'ouvrit, en me faisant un petit signe de tête en manière d'avertissement, puis entra en disant à quelqu'un qui se trouvait dans la chambre :

– J'ai rencontré M. le comte dans l'escalier. Il montait vous voir.

Il y avait trois personnes dans cette pièce vaste mais si encombrée de meubles que c'est à peine si l'on avait la place de bouger entre les tables et les fauteuils. Dominant le reste du mobilier, un large lit se dressait entre des tentures retombantes. Un poêle flambant aux portes ouvertes répandait une chaleur intense, étouffante pour quiconque sortait des pièces froides de l'étage inférieur. Deux petits fox-terriers aux colliers garnis de rubans et de grelots tintinnabulants coururent à moi avec des aboiements aigus.

Je parcourus la chambre du regard, essayant d'y glaner quelques informations tandis que les chiens me sautaient aux jambes. Je reconnus la grande femme mince qui avait quitté le salon à mon entrée ; assis près d'elle, un très vieux curé aux cheveux blancs, sa petite calotte noire au sommet du crâne, montrait un aimable visage rond, rose et frais comme un derrière de bébé. Derrière lui, presque dans le poêle, une volumineuse vieille femme était assise au fond d'un grand fauteuil ; sa chair flasque formait des centaines de rides mais ses yeux, son nez, sa bouche ressemblaient si étonnamment, si horriblement aux miens, que j'eus une seconde de vertige et crus que Jean de Gué m'avait devancé ici et avait choisi ce déguisement pour achever la farce.

Elle tendit les bras et, attiré comme par un aimant, je vins m'agenouiller à côté de son fauteuil et fus aussitôt saisi, écrasé, perdu, dans cette montagne de chair et de lainages, happé comme une mouche dans une énorme toile d'araignée et en même temps fasciné par la ressemblance, par la découverte d'un nouvel aspect de moi-même vieilli, féminin et monstrueux. Je songeai à ma mère morte lorsque j'avais dix ans et n'en retrouvai qu'un souvenir pâle, effacé, sans rien de commun avec cette image énorme de tout ce qui aurait pu être.

Ses mains s'accrochaient à moi, refusant de me laisser m'éloigner, et, en même temps, me poussant, tandis qu'elle me chuchotait à l'oreille avec un rire de gorge :

– Là, là ! Sauve-toi, grand bébé, grande brute ! Tu es allé t'amuser, je sais.

Je m'écartai d'elle et regardai ses yeux à demi cachés entre les lourdes paupières et les poches de chair, et je vis que c'étaient mes yeux mais devenus moqueurs, mes yeux enfouis et transformés.

– Tout le monde est agité comme d'habitude par ta conduite, dit-elle. Françoise a des crises de nerfs, Marie-Noëlle a la fièvre, Renée boude, Paul est d'une humeur massacrante. Ouf ! Ils m'énervent tous tant qu'ils sont. J'étais la seule à ne pas m'inquiéter ; je savais, moi, que tu rentrerais quand tu en aurais envie et pas avant.

Elle me tira de nouveau contre elle, riant toujours dans sa gorge, puis me tapota l'épaule et me repoussa.

– Je suis seule dans cette maison à avoir un peu de foi, n'est-ce pas ? dit-elle, regardant le curé qui lui sourit en hochant la tête.

Mais, comme ce geste d'acquiescement se reproduisait de façon intermittente, je me rendis compte que c'était un tic nerveux, une espèce de spasme qu'il ne pouvait réprimer, et n'exprimait nullement son approbation. L'effet était déconcertant et je détournai les yeux, les fixant sur la femme mince qui ne m'avait pas accordé un seul regard depuis que j'étais entré dans la chambre. Elle tenait un livre qu'elle ferma.

– Vous ne désirez sans doute plus que je fasse la lecture, maman, dit-elle d'une voix morne et sans expression.

Je savais, grâce à ce que m'avait dit la servante, que c'était là Mlle Blanche dans la chambre de qui je m'étais introduit et je devinai qu'elle devait être la sœur aînée de mon moi prétendu. La comtesse se tourna vers le curé.

– Puisque Jean est rentré, monsieur le curé, dit-elle d'une voix dépouillée des rires qu'elle me soufflait à l'oreille et empreinte d'une respectueuse courtoisie, est-ce que vous m'en voudriez beaucoup si je vous demandais de renoncer ce soir à notre petite séance habituelle ? Il doit avoir tant de choses à me dire.

– Mais naturellement, madame, dit le curé.

Le sourire et le hochement de tête lui prêtaient un tel air d'acquiescement et de bienveillance qu'un refus de ses lèvres ne devait guère être convaincant.

– Je sais trop combien il vous a manqué, même pendant une si courte absence, et ce doit être un grand plaisir pour vous de le voir de retour. J'espère, poursuivit-il en s'adressant à moi, que tout s'est bien passé pour vous à Paris ? Il paraît que la circulation y est devenue impossible et qu'il faut des heures pour aller de la Concorde à Notre-Dame. Ça ne me plairait pas du tout, mais vous vous en arrangez très bien, vous autres jeunes.

– Cela dépend, dis-je, si l'on est à Paris pour affaires ou pour son plaisir.

En parlant avec lui, je me sentais en sûreté. Je n'avais pas envie de me trouver dans les rets de ma soi-disant mère qui saurait sûrement, d'instinct, qu'il se passait quelque chose d'anormal.

– C'est vrai, dit le curé, et j'imagine que, pour vous, cela tenait un peu des deux. Allons, je ne vous retiendrai pas davantage…

Et, sans préparation, il glissa de sa chaise sur ses genoux, ferma les yeux, croisa les mains et se mit à prier à mi-voix avec une grande rapidité, accompagné par Mlle Blanche, tandis que la mère, croisant elle aussi les mains, penchait sa tête massive sur sa poitrine. Je m'agenouillai à mon tour, les deux mains sur mes yeux tandis que les fox-terriers venaient renifler et tapoter mes poches. En regardant entre mes doigts je vis que la femme de chambre qui m'avait introduit dans la pièce était également à genoux, les yeux complètement fermés, répondant en écho chantonnant aux prières du curé. Il termina ses dévotions et, levant la main, fit le signe de la croix sur nous tous et se releva péniblement.

– Bonsoir, madame la comtesse. Bonsoir, monsieur le comte. Bonsoir, mademoiselle Blanche. Bonsoir, Charlotte, dit-il en saluant à la ronde, sa face rose baignée de sourires.

Il y eut une légère bousculade à la porte où l'abbé et la demoiselle de la maison s'effaçaient chacun pour laisser passer l'autre, aucun des deux ne voulant céder dans cette lutte de politesse jusqu'à ce qu'enfin le curé consentît à sortir le premier, suivi de Mlle Blanche baissant la tête comme un acolyte.

Charlotte, la servante, maniait des fioles dans un coin de la pièce puis revint vers nous en tenant un verre contenant un médicament.

– Monsieur le comte voudra aussi qu'on lui monte à dîner ici ? demanda-t-elle.

– Naturellement, idiote ! dit la comtesse, et je ne prendrai pas de cette saleté. Jetez-la. Allez chercher les plateaux. Allez, sortez !

Elle désignait la porte avec des gestes impatients. La chair de son visage était crispée par l'agacement.

– Viens ici, viens plus près, me dit-elle en me faisant signe de m'asseoir à côté d'elle tandis que les deux fox-terriers sautaient sur ses genoux et y restaient tapis. Alors, raconte. Tu as réussi ? Tu t'es entendu avec Carvalet ?

C'était, depuis mon arrivée au château, la première question directe qu'on me posait, question impossible à esquiver par une plaisanterie ou une parole impertinente. J'avalai ma salive.

– Si j'ai réussi quoi ? demandai-je.

– A renouveler le contrat, dit-elle.

Jean de Gué s'était donc rendu à Paris pour affaires. Je me rappelais qu'il y avait des enveloppes et des dossiers dans le porte-documents de la valise. Son ami rencontré devant la gare supposait la démarche vaine. L'affaire était sûrement d'importance et l'expression des yeux fixés sur moi me fit souvenir des mots de Jean de Gué sur l'avidité humaine. « Donnez-leur ce qu'ils désirent… » Tels étant ses principes, il aurait sûrement contenté sa mère en cet instant.

– Ne t'inquiète pas, dis-je, tout est arrangé.

– Ah ! – elle poussa un petit grognement de satisfaction. Tu as tout de même conclu avec eux pour finir ?

– Oui.

– Paul est tellement bête, dit-elle en se laissant aller dans son fauteuil, il se lamente continuellement, il voit toujours le pire. On aurait cru que nous étions complètement ruinés, à l'entendre, et obligés de fermer demain. Tu l'as vu ?

– Il sortait au moment où je suis arrivé, répondis-je.

– Mais tu lui as annoncé la nouvelle.

– Non, non, nous n'avons pas eu le temps.

– J'aurais cru qu'il aurait pris le temps d'écouter au moins cela, dit-elle. Qu'est-ce qui ne va pas ? Tu n'as pas l'air bien.

– J'ai trop bu au Mans.

– Au Mans ? Pourquoi boire au Mans ? Tu ne pouvais pas rester à Paris si tu avais envie d'arroser ça ?

– J'avais déjà commencé à Paris.

– Ah !… – cette fois l'exclamation n'était pas un grognement mais un soupir de sympathie : Pauvre petit, dit-elle. Ce n'est pas commode pour toi, hein ? Tu aurais dû rester plus longtemps à t'amuser. Viens, embrasse-moi encore. – elle me tira à elle et je fus de nouveau enfoui sous les plis de sa chair épaisse. Tu t'es bien amusé, j'espère, murmura-t-elle. Dis ? Dis-moi ça ?

L'insinuation était claire. Au lieu d'en être choqué, je trouvai assez piquant de voir cette énorme créature monstrueusement semblable à moi, qui venait de prier avec le curé, avide à présent de partager les secrets intimes de son fils.

– Bien sûr que je me suis amusé, maman, lui répondis-je en m'apercevant que je l'avais appelée maman sans le moindre effort.

Cela me choqua plus que tout ce qu'elle avait pu dire elle-même et je m'écartai d'elle.

– Alors, tu m'as apporté le petit cadeau que tu m'avais promis ?

Ses yeux se plissaient, son corps était raidi d'impatience. L'atmosphère était soudain tendue, étrange. Je ne savais que lui répondre.

– Je t'ai promis un cadeau ? demandai-je.

Sa grande lèvre pendante s'abaissa. Ses yeux avaient un regard suppliant et effrayé que je ne leur aurais pas imaginé un moment plus tôt.

– Tu n'as pas oublié ? dit-elle.

L'entrée de Blanche m'épargna la peine de chercher une réponse impossible. Le visage de la mère prit une autre expression comme elle se fût couverte d'un masque. Elle se pencha vers les fox-terriers sur ses genoux et se mit à les caresser.

– Là, là, Joujou, cesse de te mordre la queue, je te prie. Sois sage. Fais-lui un peu de place, Fifi, il n'y en a que pour toi sur mes genoux. Là, va chez ton oncle.

Elle mit de force dans mes mains le chien dont je n'avais aucune envie et qui se débattit, s'échappa et courut se cacher sous son fauteuil.

– Qu'est-ce qui prend à Fifi ? dit-elle étonnée. Elle ne t'a jamais fui. Elle devient folle ?

– Laisse-la tranquille. C'est à cause de l'odeur du chemin de fer qu'elle sent dans mes vêtements.

L'animal n'était pas dupe. C'était un point intéressant. En quoi consistait ma différence physique avec Jean de Gué ? La mère s'enfonçait dans son fauteuil en regardant sa fille d'un air maussade. Blanche était debout, droite et raide, les mains sur le dossier d'une chaise, les yeux fixés sur sa mère.

– Vous avez demandé qu'on monte vos deux dîners ici ? fit-elle.

– Oui, grommela sa mère. Jean trouve plus amusant de dîner avec moi.

– Vous ne croyez pas que vous avez eu déjà assez d'agitation comme ça ?

– Je ne suis pas agitée. Je suis parfaitement calme comme tu peux le constater toi-même. Tu dis cela uniquement pour gâcher notre plaisir.

– Je ne veux rien gâcher du tout. Je parle dans votre intérêt. Si vous êtes trop excitée, vous ne pourrez pas dormir et vous aurez une mauvaise journée demain.

– J'aurai une plus mauvaise journée et une plus mauvaise nuit si Jean ne reste pas avec moi maintenant.

– Très bien.

L'acceptation était calme, l'incident clos. La fille se mit en devoir de ranger les livres et les journaux qui traînaient dans la chambre et je fus frappé par l'absence de toute émotion dans sa voix et le fait qu'elle ne regardait jamais vers moi. Je lui donnai à peu près quarante-deux, quarante-trois ans, mais elle pouvait avoir moins ou davantage. La croix qu'elle portait au bout d'une chaîne sur un chandail sombre était sa seule concession à la parure. Elle approcha un guéridon du fauteuil de sa mère en vue du dîner.

– Charlotte vous a donné votre médicament ? demanda-t-elle.

– Oui, lui répondit sa mère.

La fille s'assit à quelque distance du poêle ronflant et prit un ouvrage de tricot sur une table. Je vis, sur cette même table, des livres de prières et une Bible ou d'autres volumes religieux.

– Pourquoi ne nous laisses-tu pas ? dit sa mère avec un soudain emportement.

– J'attends que Charlotte monte les plateaux, reprit Blanche.

Cet échange de propos eut pour effet immédiat de me ranger du côté de la mère. Pourquoi, je n'aurais su le dire. Son attitude était déplorable mais j'éprouvais de la sympathie pour elle et aucune pour sa fille. Je me demandai si la mère m'attirait à cause de sa ressemblance avec moi.

– Marie-Noëlle a de nouveau eu des visions, dit la comtesse.

Marie-Noëlle… Quelqu'un en bas avait dit que Marie-Noëlle avait la fièvre. Était-ce une autre pieuse sœur ? Je sentis qu'on attendait de moi quelque commentaire à cette nouvelle.

– Ce doit être la fièvre, dis-je.

– Elle n'a pas de fièvre. Elle n'a rien du tout, dit la comtesse. Elle veut se faire remarquer, voilà tout. Qu'est-ce que tu lui as dit en partant pour Paris qui l'a bouleversée ?

– Je ne lui ai rien dit, répondis-je.

– Sûrement si. Elle a répété à Françoise et à Renée que tu ne reviendrais pas. Non seulement tu le lui avais dit, mais aussi la Sainte Vierge. N'est-ce pas, Blanche ?

Je regardai la sœur rébarbative. Elle leva les yeux pâles qu'elle tenait fixés sur ses aiguilles cliquetantes et les dirigea non vers moi mais vers sa mère.

– Si Marie-Noëlle a des visions, dit-elle – et pour moi, je le crois –, il serait temps que quelqu'un dans cette maison les prît au sérieux. Il y a longtemps que je le dis. Le curé est de mon avis.

– C'est absurde, répliqua la mère. J'en ai parlé ce soir même au curé. Il dit que c'est très fréquent, surtout chez les pauvres. Marie-Noëlle a dû prendre ces idées chez Germaine. Je demanderai à Charlotte. Charlotte sait tout.

Le visage de Blanche n'exprimait aucun sentiment mais je vis ses lèvres se serrer.

– Il ne faut pas oublier que le curé vieillit, dit-elle. Il oublie ce qu'on dit quand plusieurs personnes lui parlent à la fois. Si ces visions continuent, j'écrirai à l'évêque. Il saura nous conseiller, et j'imagine sans peine ce qu'il conseillera.

– Quoi donc ? demanda la mère.

– Que Marie-Noëlle vive parmi des gens qui ne la corrompront pas, répondit la fille, et où elle pourra répandre ses dons pour la plus grande gloire de Dieu.

Je m'attendais à un éclat de la comtesse, mais elle se contenta de caresser le chien sur ses genoux puis prit un cornet de papier à côté d'elle et en sortit un bonbon de chocolat qu'elle mit entre les dents du chien.

– Là, dit-elle, c'est bon, n'est-ce pas ? Où est Fifi ? Fifi, tu en veux un aussi ?

L'autre fox-terrier sortit de sous son fauteuil et, sautant sur ses genoux, flaira le cornet de papier.

– Tu es idiote, Blanche, reprit-elle. Si nous devons avoir une sainte dans la famille, gardons-la chez nous. Il y a quelque chose dans cette idée. On pourrait faire de Saint-Gilles un lieu de pèlerinage. Il faudrait naturellement l'approbation de l'évêché mais cela vaudrait la peine. On trouverait peut-être enfin comme ça de l'argent pour réparer le toit de la chapelle. Les Beaux-Arts ne feront jamais rien.

– L'âme de Marie-Noëlle est plus précieuse que le toit de la chapelle, dit Blanche. Si on me laissait faire, elle quitterait le château demain.

– Tu es jalouse, voilà ton malheur, dit sa mère. Jalouse de sa jolie figure et de ses grands yeux. Un de ces jours, Marie-Noëlle cessera de penser à des visions, elle aura envie d'un mari.

Elle me donna un coup de coude. Je ne m'étonnai point que sa fille s'abstînt de répondre.

– Pas vrai, Jean ? insista la mère.

– Probablement, dis-je.

– Plaise à Dieu que je vive assez pour assister au mariage. Il lui faut un homme riche…

Charlotte entra portant un plateau, suivie de tout près par une petite femme de chambre aux joues vermeilles d'environ dix-huit ans qui rougit à ma vue avec un rire timide et dit :

– Bonsoir, monsieur le comte.

Je répondis à son salut et elle disposa mon couvert sur une petite table. Blanche se leva et rangea son tricot.

– Désirez-vous voir Françoise ou Renée avant de dormir ? demanda-t-elle.

– Non, répondit la mère. Je les ai vues toutes les deux à l'heure du thé. Je dormirai bien cette nuit, maintenant que Jean est rentré, et je ne veux être dérangée par personne, et par toi moins que par quiconque.

Blanche s'approcha du fauteuil et embrassa sa mère en lui souhaitant une bonne nuit. Elle quitta la chambre sans m'avoir accordé ni une parole ni un regard. Je me demandai ce que Jean de Gué avait pu faire pour l'offenser. J'ôtai le couvercle d'une petite soupière posée devant moi. Cela sentait bon et j'avais faim. La petite femme de chambre quitta la pièce derrière Blanche mais Charlotte resta à l'arrière-plan pour nous regarder manger.

La curiosité me poussa à poser une question à la mère.

– Qu'est-ce qu'a Blanche ? demandai-je.

– Rien de particulier, répondit-elle. Je l'ai trouvée plutôt moins agaçante que d'habitude. Tu as remarqué ? Elle n'a pas bondi quand j'ai dit que d'avoir une sainte dans la famille pouvait représenter des avantages.

– Elle a été choquée sans doute ? demandai-je.

– Choquée ? Ravie, tu veux dire. Attends, elle va travailler l'idée. Si les visions de Marie-Noëlle pouvaient faire de la réclame à elle et à Saint-Gilles, personne n'en serait plus heureuse que Blanche. Elle aurait un but dans la vie. Charlotte, vous êtes là ? Emportez ça, j'en ai assez. Du vin pour M. Jean. Pourquoi ne m'en dis-tu pas plus sur Paris ? Tu ne m'as encore rien raconté.

Je fouillai mon imagination. Je n'étais pas passé par Paris pendant ces vacances, et ce que j'en connaissais, ce que j'en aimais, se rattachait trop à des musées et à des monuments historiques pour l'intéresser. Je lui parlai de nourriture – elle s'y connaissait – et de dépenses, ce qui l'intéressa encore davantage, puis, pris d'une inspiration subite, j'inventai des soirées au théâtre, une rencontre avec des amis du temps de guerre dont elle me fournit même les noms, ce qui facilitait les choses. Le repas fini – il avait été fort bon – et les plateaux enlevés, je me sentis plus à l'aise auprès d'elle que je ne l'avais jamais été de ma vie avec quiconque. La raison en était simple : il n'y avait en elle aucune réserve. Elle m'acceptait, me croyait, m'aimait, avait confiance en moi ; j'occupais ici une position que je n'avais jamais eue. Si nous nous étions rencontrés comme deux étrangers, nous n'aurions rien eu à nous dire. En tant que son fils, rien de ce que je pouvais lui confier ne risquait de provoquer sa désapprobation. Je ris, je plaisantai, je potinai, et cette aisance inaccoutumée était un délice pour moi, jusqu'au moment où, Charlotte ayant quitté la chambre, elle me dit :

– Jean, bien vrai, tu n'as pas oublié mon petit cadeau, n'est-ce pas ? Tu plaisantais ?

Je vis de nouveau la lèvre pendante, les yeux suppliants. Le changement était stupéfiant. Dissipés la drôlerie méchante, les clins d'œil, l'impression charnelle chaude et violente, elle était devenue une créature pitoyable et tremblante et ses mains se cramponnaient aux miennes. Je ne savais que faire ni que dire. Je me levai, ouvris la porte et appelai :

– Charlotte ! Vous êtes là ?

Les fox-terriers réveillés par ma voix sautèrent de ses genoux sur le sol et se mirent à aboyer furieusement.

Charlotte arriva vivement de quelque chambre voisine et dit :

– Mme la comtesse n'est pas bien, monsieur devrait rester près d'elle. – elle me regarda et dit : Monsieur le comte ne l'a pas apporté ?

– Apporté quoi ? demandai-je.

Et la femme me regarda en plissant les yeux.

– Monsieur le comte sait bien ce qu'il a promis de lui rapporter de Paris.

J'essayai de me rappeler le contenu des valises et me souvins des paquets qui avaient l'air de cadeaux. Je ne savais ni ce qu'ils contenaient ni où on les avait mis.

Charlotte me dit vivement :

– Allez le chercher tout de suite, monsieur le comte. Elle va souffrir si elle ne l'a pas.

Je suivis le couloir et descendis un étage puis hésitai, ne sachant de quel côté tourner. Un bruit d'eau coulant dans une baignoire venait d'une chambre à ma gauche et je me dirigeai par là jusqu'à une porte entrebâillée à côté de celle qui devait être une salle de bain. Je m'arrêtai sur le seuil, mais j'aperçus quelqu'un qui bougeait à l'intérieur et je sortis, repassai devant la salle de bain, et m'arrêtai devant une autre porte grande ouverte sur une petite pièce où il n'y avait personne. J'y jetai un rapide regard, et fus soulagé de voir que la chance me servait. C'était un petit cabinet de toilette et j'y reconnus les brosses posées sur la table et la robe de chambre jetée au dossier d'une chaise. Quelqu'un avait vidé les valises et enlevé celles-ci, mais là, sur la table, s'étalaient les paquets que j'avais aperçus dans l'une d'elles, soigneusement disposés comme des cadeaux sous l'arbre de Noël. Je me rappelai avoir remarqué les petits papiers passés sous les ficelles de chacun d'eux, avec des inscriptions qui ne m'avaient rien dit quand je les avais regardées dans la chambre d'hôtel, mais je découvrais à présent un sens aux initiales : F, R, B, P et M-N; enfin, Dieu merci, il y en avait un adressé à « Maman », il ne se présentait pas dans un emballage de luxe mais était simplement enveloppé dans un solide papier brun cacheté. Je le pris, sortis de la pièce et montai l'escalier.

Charlotte m'attendait sur le palier.

– C'est cela ? demanda-t-elle.

– Oui, répondis-je. Souhaite-t-elle que je le lui apporte ?

Charlotte me regarda et répondit :

– Non, non… d'un air choqué, offensé presque.

Elle me prit le paquet des mains, dit : « Bonsoir, monsieur le comte », et s'éloigna dans le couloir.

Son adieu devait signifier qu'on n'avait plus besoin de moi et je redescendis lentement vers le cabinet de toilette, ne sachant trop que penser de la façon brusque dont la soirée s'était terminée. Une défaillance, un désordre mental, avait dû se produire, dont la femme de confiance et Jean de Gué avaient sans doute l'expérience mais pas forcément le reste de la famille. J'espérais que le mystérieux contenu du paquet de Paris apporterait le soulagement désiré. Elle avait paru si sensée, si parfaitement maîtresse d'elle-même compte tenu de ses sautes d'humeur... Elle ne m'avait pas donné l'impression de quelqu'un qui souffre de troubles psychiques.

Je m'assis dans le cabinet de toilette, très las soudain et abattu. Je ne pouvais oublier l'altération subite du visage maternel. Comme je restais là à me demander que faire, j'entendis une voix qui m'appelait de la salle de bain :

– Tu as dit bonne nuit à maman ?

Je reconnus la voix de Françoise, la blonde fanée, et je m'avisai alors de l'existence d'une porte menant dans la salle de bain et qui m'était cachée par une grande armoire. Françoise avait dû m'entendre entrer dans le cabinet de toilette. Une nouvelle pensée s'imposa à moi. Il n'y avait pas de lit dans la petite pièce. Où couchait Jean de Gué ?

– Tu es là, Jean ? appela de nouveau la voix. J'ai pensé que tu aurais envie de prendre un bain, je t'ai fait couler de l'eau.

La voix paraissait plus éloignée, Françoise avait dû passer dans la chambre opposée. J'entrai dans la salle de bain. Elle servait visiblement à deux personnes : éponges, pâtes dentifrices, serviettes de toilette, tout était en double. Je reconnus le nécessaire à raser, mais je vis aussi un bonnet de bain, une paire de pantoufles de femme et une robe de chambre de femme pendue contre la porte.

Je ne bougeai pas, craignant de trahir ma présence dans la chambre voisine. J'entendis tourner un bouton électrique, j'entendis un soupir, puis la voix s'éleva de nouveau, plaintive :

– Pourquoi ne réponds-tu pas quand je te parle ?

Je me raidis pour l'épreuve et franchis la porte. Je me trouvai dans une grande chambre à coucher, de même forme et de même taille que celle de ma sœur Blanche, mais plus gaie, tendue d'un papier à ramages et dépourvue de tout tableau religieux. L'alcôve formée par la tour n'était pas meublée ici d'un prie-Dieu mais d'une coiffeuse, d'un miroir et d'appliques lumineuses. Un large lit à deux places sans rideaux, faisait face à l'alcôve. La femme qu'on appelait Françoise y était assise, coiffée de bigoudis, une vaporeuse matinée rose sur les épaules. Elle me parut plus étriquée et plus menue qu'en bas.

Elle me dit, toujours plaintive, toujours revendicatrice :

– Il a naturellement fallu que tu passes toute la soirée en haut avec maman. Tu ne penses donc jamais à moi ? Même Renée qui prend pourtant toujours ton parti trouve que tu deviens impossible.

Je détournai les yeux de son visage de reproche vers l'oreiller nu à son côté. Je reconnus la pendulette de voyage sur la petite table à côté d'un paquet de cigarettes et jusqu'au pyjama rayé que j'avais porté à l'hôtel, plié avec soin sur le drap ouvert.

J'avais pensé dans ma stupidité que Françoise était mariée à Paul et qu'elle était la sœur de Jean de Gué. Je compris avec angoisse qu'elle était sa femme.

CHAPITRE V

Ma première impulsion instinctive et absurde fut d'ôter le pyjama de ce lit ; je le pris sans regarder Françoise et regagnai la salle de bain. A mon ennui, elle se mit à se plaindre en pleurant qu'elle était traitée en quantité négligeable, qu'elle était malheureuse et que maman se mettait toujours entre nous. J'attendis dans la salle de bain qu'elle se tût. J'entendis enfin qu'elle se mouchait, puis poussait les petits hoquets qui terminent les crises de larmes. L'idée qu'elle allait peut-être se lever et me suivre dans la salle de bain m'effraya, je claquai la porte et fermai le verrou en me disant que je jouais sans doute fort bien mon rôle. C'est ainsi que Jean de Gué devait se comporter quand on lui faisait honte ou qu'on l'ennuyait, ou les deux. La colère me reprit comme à l'hôtel quand j'avais été obligé d'endosser ses vêtements. Comme il rirait s'il me voyait à présent, en personnage de vaudeville, son pyjama sur le bras, tapi dans une salle de bain contiguë à la chambre où sa femme était couchée. C'était une de ces situations qui, au théâtre, déchaînent l'hilarité, et je me dis que le comique est bien proche du dégoût et de l'horreur. On rit pour écarter la peur, on est attiré par ce qui vous repousse ; dans la scène traditionnelle de la chambre à coucher, le dégoût de ce qui pourrait se passer – dégoût mêlé d'une excitation secrète – fait hurler de rire les spectateurs. Je me demandais si Jean de Gué avait prévu ce moment ou s'il avait pensé, comme moi dans la voiture qui me menait au château, que le jeu se terminerait au bout d'une heure ou deux, que la mascarade prendrait fin. Peut-être n'avait-il pas imaginé un seul instant que je ferais ce que j'avais fait. Pourtant, comme notre conversation de la veille au soir était précise et mes lamentations sur le vide de ma vie, l'absence de liens qui me faisait souffrir ! Quelle occasion pour lui de rire et de dire : « Essayez les miens ! »

S'il avait eu vraiment l'intention de s'en aller en faisant de moi son bouc émissaire, cela prouvait clairement qu'il ne se souciait de personne au château. La mère et l'épouse qui l'aimaient tant comptaient pour rien. Peu lui importait ce qui leur arriverait, à elles et aux autres : je pouvais les traiter comme je voulais. Considérée objectivement, la comédie était d'une cruauté inhumaine. Je fermai le robinet de la baignoire et revins au cabinet de toilette. Le plaisir et l'aisance que j'avais goûtés en dînant avec la mère s'étaient transformés en abattement devant son changement d'humeur. Au lieu d'écarter le souvenir de son visage ravagé comme des nombreux incidents de cette soirée fantastique, j'avais aspiré à la satisfaire, à trouver vite le paquet pour le remettre à Charlotte. Maintenant que je comprenais que la plaintive Françoise était la femme de Jean de Gué, je souhaitais l'apaiser elle aussi : ses larmes me désolaient. En bas, dans le salon, ils n'avaient pas eu de réalité pour moi, mais ici dans l'intimité de leur chambre, ces gens sans défense me communiquaient leurs émotions. Le fait qu'ils étaient les victimes inconscientes d'une farce n'avait plus rien de drôle. D'ailleurs je n'étais pas sûr que ce fût une farce. C'était une étrange épreuve de force, un concours d'endurance, comme si Jean de Gué m'avait dit : « D'accord. Je me suis laissé envahir par ma famille. Feriez-vous mieux à ma place ? »

Je pris sur la table le paquet marqué F. Il était petit et dur dans le papier d'un magasin de luxe. Je le soupesai un instant dans ma main puis, traversant la salle de bain d'un pas décidé, ouvris la porte de la chambre. Elle était plongée dans l'obscurité.

– Tu dors ? demandai-je.

J'entendis bouger dans le lit, et une lampe s'alluma ; Françoise s'assit en me regardant. Les bigoudis étaient à présent dissimulés par un bonnet de filet noué sous le menton d'un nœud rose, et la matinée vaporeuse était remplacée par un châle. Cet accoutrement prenait un aspect incongru près du visage pâle et fatigué. Elle bâilla et, me regardant en clignant des yeux :

– Qu'y a-t-il ? demanda-t-elle.

Je m'approchai d'elle :

– Écoute, dis-je, il faut me pardonner si j'ai été un peu brusque tout à l'heure. Maman ne m'a pas paru bien tout à coup et j'étais inquiet. Je serais descendu plus tôt, mais tu sais comme elle est. Regarde ce que je t'ai acheté à Paris.

Elle eut un air de doute en tâtant le paquet que je mettais dans sa main. Elle le laissa retomber sur l'édredon et soupira :

– Je ne dirais rien, si c'était une fois en passant, dit-elle, mais cela arrive si souvent, tous les jours, tout le temps. Je crois quelquefois que maman me déteste et pas seulement maman mais vous tous, Paul, Renée, Blanche. Même Marie-Noëlle n'a aucun sentiment pour moi.

Elle ne paraissait pas attendre de réponse et j'en fus heureux car je n'avais rien à dire.

– Ce n'était pas comme ça au début de notre mariage, continua-t-elle. Nous étions tous deux plus jeunes, le pays venait d'être libéré, on était plein d'espoir. J'étais tellement heureuse ! Puis peu à peu, tout m'a échappé et le sentiment de bonheur aussi. Je ne sais pas si c'est ma faute ou la tienne.

Le visage maigre sous le vilain bonnet de filet me regardait avec désespoir.

– Ça arrive à tout le monde, tôt ou tard, dis-je lentement. Le mariage devient une habitude. Tout s'use, c'est inévitable. Ce n'est pas une raison pour se désoler.

– Oh ! ce n'est pas ça, dit-elle. Je sais bien que notre mariage est devenu une habitude. Cela me serait égal si j'étais seule avec toi. Mais ici tout le monde t'accapare. Je suis obligée de te partager avec tous ces gens, et ce qui est terrible c'est que tu ne t'en aperçois même pas, ça t'est égal.

La soirée avec la mère avait été trop facile. Ceci était tout autre chose. Je ne savais que dire.

– Tout m'oppresse, dit-elle, le château, la famille, tout ce pays. C'est écrasant. Il y a longtemps que j'ai renoncé à essayer de faire quoi que ce soit au château, à donner des ordres, à transformer les choses : ta famille m'a trop fait sentir que je me mêlais de ce qui ne me regardait pas. Tout doit se passer ici comme cela s'est toujours passé. Tu te rends compte que la seule chose intéressante que j'aie faite depuis des mois a été de commander de nouveaux tissus pour les rideaux de cette chambre et le volant de la coiffeuse, et que ç'a encore été considéré comme une dépense excessive ?

Elle levait les yeux vers moi et je compris qu'elle attendait une espèce d'excuse de ma part.

– Je suis navré, dis-je, mais tu sais bien ce que c'est. On s'encroûte à la campagne. Les habitudes sont tenaces.

– Les habitudes ? répéta-t-elle. Ça te va, vraiment, de parler d'habitudes ! Tu t'en vas où bon te semble sous prétexte d'affaires. Ce n'est pas toi qui t'encroûtes ou qui es esclave de tes habitudes, tu ne mènes pas une existence monotone comme moi. Tu ne m'emmènes jamais nulle part ; c'est toujours « un de ces jours » ou pour « la prochaine fois »... J'ai pris l'habitude de tes excuses et je ne te le demande même plus. D'ailleurs, en ce moment, ce serait impossible, je ne suis pas assez bien.

Elle tripotait le petit paquet qu'elle n'avait pas ouvert et je me dis qu'il devait y avoir des paroles qu'un mari pouvait dire dans ces circonstances, des paroles de consolation, de compassion, mais je ne savais pas grand-chose de son état.

Soudain elle dit, très simplement, sans plainte cette fois ni rancœur :

– Jean, j'ai peur.

Je ne savais que répondre. Je lui pris le paquet des mains et commençai à l'ouvrir.

– Tu sais ce que le docteur Lebrun a dit la dernière fois que j'ai fait un accident. Ce n'est pas facile pour moi.

Je me sentais incapable, inutile. Je défis la ficelle et le papier, en sortis une boîte et, de la boîte, un petit écrin de velours que j'ouvris. Il contenait un médaillon entouré de perles qui, lorsqu'on faisait jouer le ressort, révélait une miniature de moi ou plutôt de lui. On pouvait le porter en clip ou en broche car il y avait une épingle derrière pour le fixer. Le travail était très beau, l'idée ingénieuse, et cela avait dû coûter une assez jolie somme à celui qui l'avait acheté.

Elle poussa une exclamation d'admiration ravie.

– Oh ! que c'est beau ! dit-elle. Que c'est charmant ! Et comme c'est gentil à toi d'y avoir pensé. Moi qui bougonnais, qui me plaignais... et tu m'apportes ceci. Pardonne-moi.

Elle tendit la main vers mon visage. Je me forçai à sourire.

– Tu es trop bon de me supporter, dit-elle. Espérons que ça ne sera plus très long, et qu'après je ne me sentirai plus si dolente. Quand je te parle, je m'entends prononcer des mots que je ne pense pas vraiment, et je m'en veux, mais je ne peux pas les retenir.

Elle ferma le médaillon puis le rouvrit deux ou trois fois en souriant au subtil mécanisme. Enfin elle l'épingla sur elle.

– Regarde, dit-elle. Je porte mon mari sur mon cœur. Maintenant, si quelqu'un me demande : « Où est Jean ? » je n'aurai qu'à ouvrir le médaillon. C'est très ressemblant, tu sais. Cela a sûrement été fait d'après la photo de ta vieille carte d'identité que j'aimais tant. Tu l'as fait faire spécialement pour moi à Paris ?

– Oui, dis-je.

C'était probablement vrai, pourtant mon mensonge sonna lamentablement à mes oreilles.

– Paul ne s'en remettra pas, quand il le verra, dit-elle. Mais cela indique que tout va bien, je suppose, et que le voyage a tout de même réussi ? C'est bien toi de fêter cela par une prodigalité. Je me sens tellement humiliée, tu sais, lorsque Paul parle de l'impossibilité de continuer à faire marcher la fabrique et que je sens qu'il fait allusion à ma fortune immobilisée par cette clause absurde. Enfin, si nous avons un garçon…

Elle se coucha, les doigts toujours sur le médaillon épinglé à son châle.

– Maintenant, je vais dormir, dit-elle. Ne traîne pas trop. Tu dois être fatigué si tu as parlé affaires toute la soirée avec maman.

Elle éteignit sa lampe et je l'entendis soupirer et se coucher sur le côté.

Je retournai dans le cabinet de toilette, ouvris la fenêtre et m'y penchai. La nuit était belle, froide et claire. Au-dessous de moi, j'apercevais les herbes folles du fossé et ses murs de pierres brutes recouvertes de lierre ; au-delà s'étendaient ce qui avait dû être autrefois des jardins à la française et dont les pelouses, à présent abandonnées aux vaches, séparaient d'anciennes allées qui allaient se perdre dans l'ombre des arbres. Un petit bâtiment rond comme les tours jumelles gardiennes du pont qui franchissait le fossé se dressait, isolé, devant moi, parmi les herbes et je compris à sa forme que ce devait être un colombier; une balançoire d'enfant pendait non loin, au bout d'une seule corde, l'autre était cassée.

Une mélancolie indéfinissable enveloppait ce décor silencieux comme dans les lieux d'où les rires et la vie se sont enfuis et où des spectres accoudés comme moi dans l'ombre de vieux murs couvent leurs regrets et leurs chagrins. Le profond silence n'était brisé que par un unique son semblable à celui d'un filet d'eau tombant dans le fossé; je me penchai et me tordis le cou pour le découvrir, mais rien ne coulait des masques de gargouille qui me fixaient en ricanant du haut de la tour surplombant ma fenêtre.

L'horloge de l'église du village derrière le château sonna onze heures sur une note haute et flûtée qui, bien que frêle, semblait être un avertissement comme m'avait paru l'être la cloche de la cathédrale du Mans, et, quand la dernière note eut retenti et se fut éteinte, le sentiment d'oppression et de détresse grandit en moi tandis que la voix de la raison semblait me dire : « Qu'est-ce que tu fais ici ? Va-t'en avant qu'il soit trop tard. »

J'ouvris la porte du couloir et écoutai. Tout était silencieux. Je me demandai si la mère dormait à présent, apaisée par le mystérieux paquet que j'avais remis à Charlotte, ou si elle était encore courbée dans son fauteuil. La sœur Blanche était-elle à genoux sur son prie-Dieu ou bien en contemplation devant le Christ supplicié au pied de son lit ? Je ne pouvais oublier les paroles intimes et touchantes de Françoise : « Jean, j'ai peur. » Elles ne m'étaient pas adressées. Rien ici n'était à moi. J'étais un étranger. Je ne faisais pas partie de leur vie.

Je suivis le couloir et descendis l'escalier. J'avais tourné la poignée de la porte qui conduisait à la terrasse et par laquelle j'avais fait mon entrée au château lorsque j'entendis des pas dans l'escalier derrière moi et, levant la tête, je vis la brune Renée en peignoir et en pantoufles; ses cheveux que j'avais vus coiffés en haut chignon étaient à présent dénoués sur les épaules.

– Où vas-tu ? chuchota-t-elle.

– Dehors, prendre l'air, dis-je, me hâtant de mentir. Je ne peux pas dormir.

– Qu'y a-t-il ? demanda-t-elle Je savais bien que tu n'étais ni fatigué ni malade, que c'était une excuse pour Françoise. Je t'ai entendu descendre de chez maman et je t'attendais, j'avais laissé ma porte ouverte. Tu n'as pas remarqué ?

– Non, dis-je.

Elle paraissait incrédule.

– Tu as bien dû te douter que j'avais poussé Paul à aller à son dîner de francs-maçons exprès dès que j'ai su que tu allais rentrer. Voilà la soirée gâchée maintenant. Il sera là d'un instant à l'autre.

– Je suis désolé, dis-je. Maman avait des tas de choses à me dire, je n'ai pas pu m'échapper. Mais nous nous verrons demain, n'est-ce pas ?

– Demain ? répéta-t-elle.

Son attitude était étrange et brusque.

– Demain, ça te suffit, n'est-ce pas, après dix jours à Paris ? J'aurais dû m'y attendre. C'est pour ça sans doute que tu ne t'es même pas donné la peine de répondre à mes lettres ?

Je me sentais totalement stupide et hors d'état de rien faire, la main toujours sur la poignée de la porte. Au début de la soirée, cette femme m'avait paru être une alliée, une amie. Elle parlait à présent en confidente aigrie et je la sentais profondément blessée sans savoir par quoi. J'aurais aimé connaître son degré de parenté avec le reste de la famille et ce qu'elle avait à discuter avec lui de façon si mystérieuse et urgente.

– Je te demande pardon, dis-je. Je n'avais pas compris que tu désirais particulièrement me voir. Pourquoi ne me l'as-tu pas fait dire pendant que j'étais chez maman ? Je serais descendu.

– Tu fais de l'ironie ? demanda-t-elle. Ou bien es-tu vraiment complètement soûl ?

Son aigreur m'agaçait. L'humeur de la mère m'avait touché et aussi celle de l'épouse, pour d'autres raisons. Celle-ci m'importunait, surgie si brusquement entre moi et l'évasion.

– Tu vas prendre froid, lui dis-je. Pourquoi ne te recouches-tu pas ?

Elle me regarda et, suffoquant presque, dit :

– Mon Dieu, comme je peux te détester par moments !

Puis, me tournant le dos, elle remonta l'escalier. J'ouvris la porte de la terrasse et sortis. L'air était pur et bienfaisant au sortir de l'atmosphère intérieure à la fois froide et renfermée derrière les volets clos. Le gravier de la terrasse grinçait sous mes pas, je descendis lentement le perron et gagnai l'avenue où la voiture avait tourné. J'allais me diriger vers la gauche où des bâtiments bas appuyés au mur épais surplombant le fossé devaient être des écuries et un garage, quand les phares d'une auto brillèrent dans l'allée de tilleuls qui descendait la côte, se dirigeant vers le pont et la grille du château. Ce devait être Paul qui rentrait. Je me dissimulai sous le cèdre près duquel je me trouvais en me demandant si les phares avaient révélé ma présence à Paul ; déjà, la voiture franchissait le pont et la grille et tournait vers les communs. J'entendis claquer la portière de la Renault, puis un bruit de portes à glissière qu'on ouvre. Un instant plus tard, des pas résonnaient dans l'allée et Paul passait tout près de ma cachette pour gagner la terrasse. Il monta le perron et entra dans le château en refermant la porte derrière lui. J'attendis quelques minutes, puis je sortis de mon abri et marchai lentement vers le mur du fossé. J'étais à quelques pas de la poterne d'où Paul était sorti, lorsque j'entendis un grognement sourd. Je remarquai alors à côté du porche une barrière entourant un chenil et là, un grand chien de chasse qui se mit à aboyer furieusement à ma vue. Je lui parlai tout bas sans résultat. Le son de ma voix ne faisait qu'accroître sa fureur, et je reculai dans l'ombre du cèdre où il ne pouvait pas me voir, attendant qu'il se calmât avant de décider ce que j'allais faire. Les aboiements continuèrent de façon intermittente, diminuèrent, puis se turent complètement, et je m'aventurai de nouveau à regarder autour de moi, levant la tête vers les murailles massives de l'imposant château étrangement pâle et beau à la clarté des étoiles. Une porte percée dans le mur fortifié menait aux jardins, je la franchis et demeurai immobile à regarder par-dessus l'étang comblé, l'herbe où j'avais vu errer les vaches, les allées fantastiques qui bordaient la forêt, le colombier silencieux et la balançoire cassée.

Quelque part, l'auteur de la farce que nous jouions tous deux devait dormir, à moins qu'il ne fût en train de rire de mon embarras. Il se sentait libre, vêtu de mes habits. C'étaient les membres de sa famille qui souffraient ici et peu lui importait qu'ils fussent perdus, qu'ils fussent cruellement blessés.

Le petit bruit de gouttelettes qui m'avait intrigué dans le cabinet de toilette retentit tout près de moi et je vis que c'était celui des marrons qui tombaient des arbres dans l'allée de gravier, de l'autre côté du fossé. Aucune montée de brouillard, aucune feuille morte, aucune averse n'aurait pu marquer de façon aussi fatale la fin de l'été. Tout l'automne était dans ce bruit. Je regardai les volets fermés du château et me demandai quelle était la tour ronde où dormait la mère et laquelle renfermait la cellule de nonne de la fille. Au-dessus de moi était le cabinet de toilette où je me trouvais un instant auparavant, à côté des hautes fenêtres de la chambre à coucher.

L'horloge de l'église sonna la demie, le signal de mon départ : je m'étais attardé parmi ces gens qui ne m'étaient rien. Je n'osais pas retourner près du chien de peur de réveiller toute la maison et décidai de passer par la porte et le pont, et de remonter l'allée de tilleuls jusqu'à la route où je marcherais dans la nuit vers la ville la plus proche.

Les marrons continuaient à pleuvoir au bord du fossé et, cette fois, alors que j'étais loin des arbres, un d'eux heurta ma tête et tomba à mes pieds. Je regardai en l'air, tout surpris, et vis que la petite fenêtre d'une tourelle au-dessus du cabinet de toilette encadrait une silhouette penchée, à genoux sur le bord. A ce moment, un second marron tomba, m'atteignant au front, puis un autre, un autre encore, lancés par le personnage à genoux qui, je ne sais pour quelle raison, cherchait à attirer mon attention. Tout à coup, il se redressa et se tint debout sur le rebord de la fenêtre ouverte, je vis alors que c'était un enfant d'une dizaine d'années en chemise de nuit blanche, et qu'un faux mouvement projetterait, la tête la première, jusqu'en bas. Je ne pouvais distinguer ses traits ni savoir si c'était une fille ou un garçon, je ne percevais que son péril.

– Rentre, ordonnai-je, en étouffant mon cri. Rentre dans la chambre !

L'enfant ne bougeait pas. Un marron me tomba encore sur le crâne.

– Rentre, criai-je encore. Rentre, tu vas tomber.

Alors l'enfant parla d'une voix haute, claire et posée :

– Je te jure que si tu n'es pas venu près de moi avant que j'aie compté jusqu'à cent, je me jette par la fenêtre.

Je ne répondis pas et la voix s'éleva de nouveau.

– Tu sais que je tiens toujours parole. Je commence à compter à partir de maintenant et si tu n'es pas dans ma chambre quand je compterai cent, je jure par la Sainte Vierge que je le ferai. Un... deux... trois...

Le souvenir d'une fièvre, de saints et de visions me revint à l'esprit. La conversation de la soirée s'éclairait enfin pour moi. Je n'avais jamais pensé que la pieuse Marie-Noëlle fût une enfant. La voix continuait à compter tandis que je remontais sur la terrasse et franchissais la porte d'entrée qui n'était pas verrouillée. Je montai l'escalier à tâtons jusqu'au premier étage et suivis le couloir à la recherche d'un escalier de service qui me mènerait à la tourelle au-dessus du cabinet de toilette. Je trouvai une porte battante que je poussai d'un coup de pied car qu'importait à présent qu'on m'entendît et que la maison se réveillât ? Ma seule pensée était d'empêcher la catastrophe.

J'aperçus un escalier en colimaçon éclairé par une vague ampoule bleue et le gravis quatre à quatre. Il conduisait à un nouveau couloir, mais il y avait une porte juste devant moi et, derrière cette porte, j'entendais la voix qui comptait régulièrement :

– Quatre-vingt-cinq, quatre-vingt-six, quatre-vingt-sept...

Je me précipitai dans la chambre, saisis l'enfant au bord de la fenêtre et la jetai sur le lit placé contre le mur. Elle me regarda avec des yeux immenses dans un visage aux cheveux coupés court, et je crus me trouver mal car cette enfant était le portrait de Jean de Gué et, par conséquent, une image fantastique de moi-même enfouie au fond du passé, au fond de l'oubli.

– Pourquoi n'es-tu pas venu me dire bonsoir, papa ? me demanda-t-elle.

CHAPITRE VI

Elle ne me laissa pas le temps de trouver une réponse. Elle sauta du lit, se jeta sur moi, les bras autour de mon cou, et me couvrit de baisers.

– Finis, laisse-moi, dis-je, essayant de me dégager.

Elle se mit à rire, me serrant encore plus fort comme un petit singe, puis me lâcha soudain et revint à son lit en faisant une cabriole. Son équilibre retrouvé, elle s'assit en tailleur au pied du lit et me considéra sans sourire. Je repris mon souffle et lissai mes cheveux, et nous nous regardâmes comme deux animaux prêts au combat.

– Alors ? dit-elle.

Le mot inévitable qui est à la fois exclamation et question – et je le répétai pour gagner du temps, pour essayer de mesurer cette complication inattendue, puis, m'efforçant de conserver mon autorité, je dis :

– Je croyais que tu avais la fièvre ?

– J'avais trente-huit un ce matin, dit-elle, mais tante Blanche a repris ma température ce soir, et j'avais un tout petit peu plus de trente-sept. Maintenant que je suis restée à la fenêtre, je dois avoir trente-neuf. Assieds-toi. – elle tapota le lit à côté d'elle. Pourquoi n'es-tu pas venu me voir dès que tu es rentré ? demanda-t-elle.

Elle avait le ton impérieux de quelqu'un qui est habitué à donner des ordres. Je ne répondis pas.

– Taquin, dit-elle gentiment.

Puis elle tendit la main, prit la mienne et la baisa.

– Tu t'es fait faire les ongles ? demanda-t-elle.

– Non.

– Ils ne sont pas coupés comme d'habitude et tu as les mains plus propres. Ça doit être l'effet que Paris fait aux hommes. Et tu as une autre odeur aussi.

– Quelle odeur ? – elle fronça le nez. Tu sens comme un docteur, dit-elle, ou un curé, ou quelqu'un qu'on a invité pour le thé.

– Je suis désolé, dis-je.

– Ça passera. On voit que tu as été chez de grands personnages. On a parlé de moi en bas ?

Un instinct me dit qu'il fallait mettre les enfants à leur place.

– Non, répondis-je.

– Ce n'est pas vrai. Germaine m'a dit qu'on n'avait pas parlé d'autre chose pendant tout le déjeuner. Sauf qu'on était aussi très inquiet parce que tu étais en retard. Qu'est-ce que tu faisais pendant ce temps-là ?

Je décidai de dire la vérité autant que possible.

– Je dormais dans un hôtel, au Mans, lui dis-je.

– Quelle drôle d'idée ! Tu étais tellement fatigué ?

– J'avais trop bu la veille et je m'étais cogné la tête en tombant. Je crois aussi que j'avais avalé un somnifère par mégarde.

– Si tu n'avais pas pris de somnifère, est-ce que tu serais parti ?

– Que veux-tu dire ? demandai-je.

– Est-ce que tu aurais été quelque part pour n'en plus revenir ?

– Je ne te comprends pas.

– La Sainte Vierge m'a dit que tu ne reviendrais peut-être pas. C'est pour ça que j'avais de la fièvre.

Elle avait renoncé à son ton impérieux. Elle me regardait attentivement, elle ne quittait pas mon visage des yeux.

– Tu as oublié ce que tu m'as dit avant de partir pour Paris ? demanda-t-elle.

– Qu'est-ce que je t'ai dit ?

– Tu as dit qu'un de ces jours, si la vie devenait trop difficile, tu disparaîtrais et que tu ne reviendrais plus jamais à la maison.

– J'ai dit ça ? Je l'avais oublié.

– Moi, je ne l'avais pas oublié. Alors quand oncle Paul et les autres se sont mis à parler d'ennuis d'argent et à dire que tu étais allé à Paris pour essayer d'arranger les choses mais qu'ils n'avaient pas beaucoup d'espoir que tu réussisses, je me suis dit : « C'est le moment pour lui de faire ça... » Je me suis réveillée dans la nuit, j'étais malade, et la Sainte Vierge est venue au pied de mon lit et elle avait l'air d'avoir du chagrin.

Le regard direct de l'enfant n'était pas facile à soutenir. Je détournai les yeux et, ramassant sur le lit un lapin de peluche très usé, je me mis à jouer avec son unique oreille.

– Qu'est-ce que tu aurais fait si je n'étais pas revenu ? lui demandai-je.

– Je me serais tuée.

Je fis danser le lapin sur le drap. Je me rappelais vaguement que cela me faisait rire à l'âge où j'avais des joujoux. L'enfant ne rit pas. Elle me prit le lapin des mains et le fourra derrière le traversin.

– Les enfants ne se tuent pas, dis-je.

– Alors pourquoi tu t'es tellement dépêché de monter tout à l'heure ?

– Tu pouvais glisser.

– Je ne pouvais pas glisser. Je me tenais. Je me mets souvent à la fenêtre. Mais si tu n'étais pas rentré, ç'aurait été une autre histoire. Je ne me serais pas tenue. J'aurais sauté et je serais morte. Et alors, j'aurais brûlé en enfer. Mais j'aimerais mieux brûler en enfer que vivre dans ce monde sans toi.

Je regardai de nouveau le petit visage ovale, les cheveux coupés court, les yeux ardents. Son aveu passionné était gênant, choquant, le propos d'une fanatique et non d'une enfant. Je m'efforçai de trouver la réponse qui convenait.

– Quel âge as-tu ? demandai-je.

– Tu sais bien que j'aurai onze ans à mon prochain anniversaire, dit-elle.

– Eh bien, dis-je, tu as toute la vie devant toi. Tu as une mère, des tantes, une grand-mère, tous les gens de la maison t'aiment, et tu dis des folies, tu parles de te jeter par la fenêtre si je n'étais pas là.

– Moi, je ne les aime pas. Je n'aime que toi, papa.

C'était donc cela. J'avais envie d'une cigarette. Je fouillai machinalement dans mes poches, ce que voyant elle sauta de son lit, courut à un petit bureau près de la fenêtre et sortit un paquet d'un casier, ainsi qu'une boîte d'allumettes.

– Qu'est-ce qu'il y a ? fit-elle, remarquant mon étonnement. Tu sais bien que j'en ai toujours, pour quand tu oublies les tiennes.

Elle sortit du paquet une cigarette qu'elle me tendit, frotta une allumette et me l'alluma.

– Dis, fit-elle, c'est vrai que la rubéole est très dangereuse pour les bébés avant de naître ?

Le changement de ton me déconcerta :

– Je ne sais pas, répondis-je.

– Maman m'a dit que si je l'attrape et la lui passe et qu'elle la passe au petit frère, alors il naîtra aveugle.

– Je ne peux pas te dire. Je ne m'y connais pas dans ces choses-là.

– Si mon petit frère est aveugle, tu l'aimeras quand même ?

Elle n'avait plus rien de solennel. Elle se mit à faire des pointes, d'abord sur un pied puis sur l'autre. Je ne savais que lui répondre. Elle me regardait tout en dansant.

– Ça doit être très triste pour un bébé de naître aveugle, dis-je, faute de mieux.

– Tu l'enverrais dans une institution ? demanda-t-elle.

– Non. On le soignerait à la maison. D'ailleurs ça n'arrivera pas.

– Ça pourrait arriver. J'ai peut-être la rubéole et, si je l'ai, je l'ai sûrement passée à maman.

Je pensai la confondre et ne voulus pas manquer une si bonne occasion.

– Tu viens de me dire que tu avais la fièvre parce que tu avais peur que je ne rentre pas, dis-je vivement. Tu n'as pas parlé de rubéole à ce propos.

– J'ai eu la fièvre parce que la Sainte Vierge m'a visitée. C'est un signe de la grâce, répondit-elle.

Elle cessa ses pirouettes, se recoucha et se couvrit le visage de son drap. Je laissai tomber la cendre de ma cigarette dans une soucoupe de poupée et regardai la pièce. C'était un curieux mélange de chambre d'enfant et de cellule. Il y avait une seconde ouverture dans le mur outre la fenêtre, où elle s'était juchée pour me jeter des marrons sur la tête, et sous cette ouverture elle avait improvisé un prie-Dieu fait avec une caisse d'emballage à demi recouverte d'un morceau de vieux brocart. Au-dessus, il y avait un crucifix orné d'un rosaire et, entre deux bougies, sur le sommet du prie-Dieu une statue de la Vierge. Tout près, des images de la Sainte Famille, et de sainte Thérèse de Lisieux, étaient accrochées au mur, et, insolitement perchée de travers sur un tabouret, gisait une poupée portant des taches de peinture sur son corps nu, le cœur percé d'un porte-plume. Une carte était fixée à son cou avec ces mots : « Le Martyre de saint Sébastien. » Des jouets mieux appropriés à son âge qu'un prie-Dieu jonchaient le sol ; et, sur la table de chevet, on voyait une photo de Jean de Gué en uniforme prise, à en juger par son air juvénile, plusieurs années avant la naissance de sa fille.

J'éteignis ma cigarette et me levai. Le corps gracile sous les couvertures ne bougea pas.

– Marie-Noëlle, fais-moi une promesse.

Toujours aucun mouvement. Je me dis qu'elle feignait le sommeil. Tant pis.

– Promets-moi que tu ne grimperas plus sur cette fenêtre, dis-je.

Pas un geste, puis j'entendis un curieux grincement qui commença très légèrement puis se fit plus insistant. Je me rendis compte qu'elle grattait le mur à côté de son lit pour imiter un rat ou une souris. Puis il y eut un cri et un mouvement sous la couverture. Des propos entendus jadis dans la bouche d'adultes désapprobateurs remontèrent du fond de ma mémoire.

– Ce n'est ni drôle ni intelligent, dis-je. Si tu ne me réponds pas tout de suite, je ne te dirai pas bonsoir.

Un cri de rat plus perçant et un grattement plus accentué sur le mur fut toute sa réponse.

– Très bien, dis-je d'un ton ferme et j'ouvris la porte.

Dieu sait ce que j'espérais de ce geste car elle avait toutes les cartes en main, elle n'avait qu'à aller à la fenêtre pour le prouver. A mon grand soulagement, la menace réussit. Elle rejeta le drap, se redressa dans son lit et me tendit les bras. Je m'approchai à contrecœur.

– Je promettrai si tu promets aussi, dit-elle.

Son raisonnement était sensé mais je devinai un piège. Tout cela regardait Jean de Gué. Moi, je ne comprenais rien aux enfants.

– Qu'est-ce que je dois promettre ? demandai-je.

– De ne jamais partir et me laisser, dit-elle. S'il faut que tu partes, alors promets que tu m'emmèneras.

J'évitai de nouveau l'interrogation directe de son regard. La situation était impossible. J'avais déjà apaisé la mère, consolé l'épouse ; devais-je aussi céder à l'enfant ?

– Écoute, dis-je, les grandes personnes ne peuvent pas se lier par des promesses de ce genre. Personne ne peut prévoir l'avenir. Il y aura peut-être une nouvelle guerre.

– Je ne parle pas de la guerre, dit-elle.

Il y avait une étrange et antique sagesse dans sa voix. J'aurais voulu qu'elle fût plus âgée ou beaucoup plus jeune, différente en tout cas. Elle n'avait pas l'âge qu'il fallait. J'aurais pu oser dire la vérité à une adolescente, mais pas à une enfant de dix ans plongée dans son univers secret.

– Alors ? dit-elle.

Une adulte attendant de voir décider de son sort n'aurait pas été plus calme ni plus grave. Je me demandai pourquoi Jean de Gué avait été lui dire qu'il pourrait quitter la maison et disparaître. Avait-ce été une menace pour obtenir son obéissance, comme ma ruse un instant auparavant ?

– C'est inutile, dis-je. Je ne peux pas faire cette promesse.

– Je m'en doutais, dit-elle. La vie est dure, n'est-ce pas ? Espérons pour le mieux, nous deux : que tu restes ici et que je n'aie pas à mourir si jeune.

Le ton naturel et résigné était pis qu'un accès d'émotion. Elle me baisa de nouveau la main. Je pris un risque.

– Écoute, dis-je, je te promets que, si je m'en vais, je te préviendrai. Je ne le dirai peut-être à personne d'autre, mais à toi je le dirai.

– D'accord, dit-elle.

– Maintenant, tu vas dormir ?

– Oui, papa. Ma couverture a glissé. Borde-moi, s'il te plaît.

Le lit était défait au pied. Je serrai les draps comme pour la ligoter. Elle me regardait, la tête sur l'oreiller. Je devais probablement l'embrasser.

– Bonne nuit, dis-je, dors bien.

Et je lui mis un baiser sur la joue. Elle était maigre, frêle, avec une petite figure, un cou mince et des yeux beaucoup trop grands.

– Tu n'es pas grosse, dis-je, tu devrais manger davantage.

– Pourquoi tu as un drôle d'air ? demanda-t-elle.

– Je n'ai pas un drôle d'air.

– Si, tu as une figure comme quand on dit un mensonge.
– Je mens sans arrêt.
– Je sais mais, en général, pas à moi.
– Bon, ça suffit pour l'instant. Bonne nuit.

Je sortis et fermai la porte. J'écoutai un moment dans le couloir mais je n'entendis pas un mouvement et je descendis de la tourelle pour regagner le cabinet de toilette.

Je me sentis soudain très fatigué. La maison était silencieuse. Personne n'avait été réveillé par ma course dans l'escalier ni par les aboiements du chien dans le jardin. Je me glissai dans la salle de bain et écoutai à la porte de la chambre à coucher. Françoise ne bougeait pas. Je m'approchai du lit et reconnus à son souffle régulier qu'elle dormait profondément. Je revins dans le cabinet de toilette, me déshabillai et entrai dans la baignoire. L'eau avait refroidi mais je ne voulais pas la réveiller en faisant couler de l'eau chaude. Je me séchai, mis le pyjama que j'avais à l'hôtel et la robe de chambre posée sur une chaise. Je me brossai les cheveux avec ses brosses comme j'avais fait le matin, puis je pris sur la table le paquet marqué des initiales M-N. Il avait la forme d'un livre. Je défis soigneusement la ficelle et le papier, c'était un livre en effet. Le titre était *La Petite Fleur* et il était accompagné d'une grande gravure très colorée représentant sainte Thérèse de Lisieux et qu'on avait glissée dans le volume. Jean de Gué avait écrit sur la page de garde : « A mon adorable Marie-Noëlle, de tout mon cœur, Papa. » Je refis le paquet et le remis sur la table avec les autres. Il avait dû choisir ses cadeaux avec un grand soin. Je ne savais ce qu'il avait rapporté à sa mère, mais c'était une chose dont elle avait violemment envie. Le médaillon avait séché les larmes de sa femme et l'avait aidée à s'endormir en croyant en lui. Le livre de *La Petite Fleur*, ouvert comme il le serait près de sa photographie dans la chambre de la tourelle, nourrirait l'imagination de sa fille, lui donnerait des visions et des rêves ; ainsi tourmenterait-elle moins la conscience de son père, si toutefois ce père avait une conscience, ce dont je doutais. Je me penchai de nouveau à la fenêtre ; les marrons tombaient toujours des arbres sur le gravier de l'allée derrière le fossé, et une brume montait des herbes, étendant ses vapeurs vers les ténèbres des branches.

On n'avait pas le droit de jouer avec la vie des gens. On ne devait pas intervenir dans les sentiments. Un mot, un regard, un sourire, un froncement de sourcils, affectaient un autre être, éveillant un accord ou une aversion, et une toile se tissait sans commencement et sans fin, s'étendait à l'extérieur et à l'intérieur aussi entremêlant, nouant, et la vie de chacun était liée à la vie des autres.

Jean de Gué avait mal agi. Il avait fui, il esquivait les sentiments qu'il avait lui-même provoqués. Aucun des individus rassemblés sous ce toit ne se serait comporté comme ils l'avaient fait ce soir sans son action sur eux. C'est à cause de lui que la mère tournait vers moi ces yeux effrayés, que la sœur avait quitté la pièce sans mot dire, que Paul parlait avec cette hostilité, que Renée m'avait fait ces reproches amers dans l'escalier, que l'épouse pleurait, que l'enfant menaçait de se jeter par la fenêtre. Jean de Gué avait raté sa vie. Il était un raté plus encore que moi. Et c'est pour cela qu'il m'avait laissé endormi à l'hôtel du Mans et qu'il était parti. Ce n'était pas une plaisanterie, mais l'aveu de sa défaite. Je savais maintenant qu'il ne reviendrait pas. Il ne chercherait même pas à apprendre ce qui s'était passé. Je pouvais agir comme bon me semblait, quitter son foyer ou y demeurer. Si je ne l'avais pas rencontré, si rien de tout cela n'était arrivé, je serais peut-être ce soir à l'hôtellerie de la Trappe apprenant ce qu'on doit faire quand on a tout raté. J'aurais entendu mon premier office, dit ma première prière. Maintenant rien de tout cela n'aurait lieu, et j'étais seul. Ou plutôt non, je n'étais pas seul, je faisais partie de la vie d'autres gens. Jamais jusqu'alors je n'avais eu à m'occuper des sentiments des autres, en dehors de la recherche des mobiles de personnages historiques morts depuis des siècles. J'avais à présent l'occasion d'agir tout différemment, en mentant. Je me demandai si rien de bon pouvait jamais provenir d'un mensonge. Je pensais que non, qu'il n'en pouvait naître que conflits et catastrophes, mais comment savoir ? Si j'avais été à la Trappe, on me l'aurait dit, mais j'étais ici, dans la maison d'un autre. Je m'éloignai de la fenêtre, passai dans la salle de bain où je laissai ma robe de chambre et mes pantoufles. Puis j'allai m'étendre à côté de sa pitoyable épouse paisiblement endormie, le médaillon épinglé à son châle, et je dis tout bas : « Oh ! Dieu, que dois-je faire ? Faut-il quitter cette maison ou y rester ? »

Il n'y eut point de réponse. Rien qu'un point d'interrogation.

CHAPITRE VII

Je dormis lourdement. Quand je me réveillai, les volets étaient ouverts, la lumière du jour remplissait la chambre et j'étais seul dans le lit. J'entendais parler dans la salle de bain voisine. Je restai allongé, immobile, les mains sous la nuque, à regarder le décor de la pièce : le papier à rayures allait mal avec les boiseries sombres et les meubles massifs qui devaient être là depuis cinquante ans. Une tentative avait été faite pour moderniser la pièce par des rideaux pimpants et une coiffeuse fanfreluchée, et l'on avait recouvert les fauteuils d'un tissu rayé pour rappeler le papier de mur, mais il était mal assorti et ses tons beiges et rosâtres attristaient le regard.

La chambre servait également de boudoir car il y avait un petit secrétaire à côté de la cheminée, une table à thé, une encoignure chargée de porcelaines, et une bibliothèque, mais cela ne rendait pas la chambre plus plaisante, au contraire ; l'effet général était raide, guindé, comme d'un mobilier présenté dans une vitrine de magasin ou comme si celle qui l'avait disposé souhaitait s'entourer d'objets, parant autrefois un ensemble tout différent, mais qui ici n'étaient plus à leur place.

Les voix se turent. On ouvrait et on fermait des robinets ; des pas résonnaient dans le couloir. Une porte se ferma, un téléphone sonna au loin, dehors une auto démarra et s'éloigna puis, après un silence, on commença de balayer le couloir. Le sommeil avait eu sur moi un effet bizarre et transformé mon humeur. La brusque angoisse qui m'avait étreint la nuit précédente était dissipée. Les habitants du château étaient redevenus des marionnettes et je me trouvais au milieu d'une farce. La veille au soir, je voyais partout la tragédie et j'étais si plein de pitié pour ces gens et pour moi-même que j'avais cru être destiné à redresser tous les maux de leur vie et de la mienne. Le sommeil avait changé mes valeurs. Ma mission n'était qu'une escapade. En quoi cela me regardait-il que Jean de Gué se fût senti oppressé par sa famille et eût déserté son devoir ? Elle était sans doute autant à blâmer que lui-même. Le moi qui se réveillait ce matin me disait que cette situation inouïe n'était qu'un prolongement à mes vacances et que, quand les choses deviendraient impossibles, ce qui ne pouvait manquer d'arriver, je n'aurais qu'à m'en aller. Un seul élément gênant : la découverte ne se serait-elle pas produite la veille au soir si elle avait dû jamais se produire ? Or, la mère, l'épouse, l'enfant s'y étaient trompées toutes les trois. Quelques gaffes que je puisse faire à l'avenir, on les mettrait au compte du caprice et de l'excentricité, pour la raison bien simple que j'étais au-dessus de tout soupçon. Aucun espion au service de sa patrie n'avait jamais disposé d'un tel déguisement, d'une telle occasion de mettre les autres à l'épreuve… si tel eût été son dessein. Quel était le mien ? La nuit dernière, de réparer ; ce matin, de m'amuser. Il n'y avait pas de raison pour que les deux fussent incompatibles.

J'observai le cordon de sonnette suranné qui pendait à la tête du lit et le tirai. Le balayage cessa dans le couloir. Des pas s'approchèrent de la porte et quelqu'un frappa. Je criai :

– Entrez !

Et la petite femme de chambre aux joues fraîches et rougissantes qui m'avait servi à dîner la veille parut sur le seuil.

– Monsieur le comte a bien dormi ? demanda-t-elle.

Je lui répondis que j'avais très bien dormi, la priai de m'apporter du café. Je lui demandai des nouvelles de la famille et elle m'annonça que Mme la comtesse était souffrante et gardait le lit, que mademoiselle était à l'église, que M. Paul était parti pour la verrerie, que Marie-Noëlle se levait et que Mme Jean et Mme Paul étaient dans le salon. Je la remerciai et elle sortit. En deux minutes de conversation, j'avais appris trois choses : mon cadeau à la mère ne lui avait pas fait de bien, l'affaire de Paul, l'affaire familiale, était une verrerie, et la brune Renée était sa femme.

Je me levai, et allai me raser dans la salle de bain.

Gaston me servit mon café au lait dans le cabinet de toilette ; il n'était plus en uniforme et guêtres de cuir, mais portait le gilet rayé du valet de chambre. Je l'accueillis comme un ami.

– Alors, ça va mieux ce matin ? dit-il en posant le plateau sur la table. On n'est pas si mal chez soi, après tout.

Il me demanda quels vêtements je mettrais et je lui dis de me sortir ce qu'il considérait convenable pour le temps. Cela l'amusa.

– Ce n'est pas le veston qui fait le beau temps, dit-il, mais l'homme qui le porte. Monsieur le comte est tout ensoleillé ce matin.

J'exprimai de l'inquiétude pour la santé de ma mère. Il fit la grimace.

– Monsieur sait ce que c'est, dit-il. Quand on devient vieux, on se sent seul et on a peur, à moins d'avoir quelque chose de très fort là-dedans. – il se frappa le cœur. Physiquement, Mme la comtesse est plus robuste que tout le monde à Saint-Gilles et, pour ce qui est de l'intelligence aussi, mais moralement c'est autre chose.

Il ouvrit l'armoire et en sortit une veste de tweed marron qu'il se mit à brosser. Je le regardai tout en buvant mon café. Je mesurais combien tout eût été différent si je m'étais trouvé, à ce moment-là, dans une chambre d'hôtel de Tours ou de Blois et que Gaston eût été le valet de chambre de l'étage. Il m'aurait demandé avec la politesse indifférente d'un domestique d'hôtel si la ville me plaisait et si je pensais y revenir l'année suivante, puis m'aurait oublié, aussitôt son pourboire empoché, les valises descendues par le portier et la clef anonyme raccrochée dans son casier. Gaston, lui, était mon ami mais je me faisais l'effet de Judas en le regardant.

Je mis les vêtements qu'il m'avait sortis et j'eus l'impression étrange d'avoir endossé les habits d'un mort qui eût été mon proche parent. Je n'avais pas éprouvé cela dans le costume de voyage que je portais la veille. Cette veste-ci était plus personnelle. Elle avait une odeur rude et familière qui n'était pas désagréable et qui disait qu'elle avait été dans les bois, sous la pluie, qu'elle s'était frottée à la terre, s'était étendue dans l'herbe d'été, avait été roussie par des feux en plein air. Je ne sais trop pourquoi, je pensai aux prêtres des temps antiques qui revêtaient aux cérémonies des peaux de bêtes sacrifiées afin d'imprégner leur personne d'une puissance accrue. La force de l'animal égorgé et son sang chaud répandu donnent du courage.

– Monsieur le comte descendra-t-il à la verrerie ? demanda Gaston.

– Non, dis-je pas ce matin. Est-ce que M. Paul l'a demandé ?

– M. Paul rentrera déjeuner comme d'habitude. Peut-être compte-t-il que monsieur le comte l'accompagnera cet après-midi.

– Quelle heure est-il ?

– Dix heures et demie déjà, monsieur le comte.

Je le laissai en train de ranger mes vêtements tandis que la petite femme de chambre faisait le lit dans la chambre à coucher. Je descendis ; l'odeur froide et impersonnelle d'encaustique m'accueillit dans le vestibule en même temps que le gigantesque Christ en croix qui garnissait le mur. J'entendis un murmure de voix féminines dans le salon, je sortis sans bruit par la porte ouverte de la terrasse car je n'avais aucun désir de les rejoindre, et j'allai retrouver ma cachette sous le cèdre. C'était un jour doré d'automne, le ciel était lumineux mais sans dureté, avec une tendre transparence, et l'humidité montait du sol en une chaleur spongieuse tiédissant l'air. Le château gracieux et serein, protégé du monde extérieur par les murailles tutélaires qui entouraient le fossé comblé, ressemblait à une île séparée du village et de l'église, de l'avenue de tilleuls et des routes de sable, une île dont les coutumes remontaient dans les siècles, étrangère au facteur que je voyais rouler à bicyclette devant l'église, ou au camion qui livrait des marchandises à l'épicerie du coin de la place.

Quelqu'un chantait près de la poterne qui menait aux communs et, appuyant à gauche pour éviter le chien, j'aperçus une femme à genoux devant une mare formée par une brèche dans le mur du fossé et alimentée par la rivière. Elle brossait des draps sur une planche de bois, éclaboussant d'eau savonneuse les bords de la brèche ; elle leva les yeux vers moi, en repoussant les mèches de cheveux de son front avec une main tachetée de brun, sourit et dit :

– Bonjour, monsieur le comte.

Je découvris une porte dans le mur et une étroite passerelle sur laquelle je traversai le fossé, puis dépassant le garage et les écuries, je me trouvai près des étables sur un sol boueux jonché de paille, devant un jardin potager qui couvrait quelques arpents de terre entourés par un mur de pierres brutes au-delà duquel on découvrait une étendue de champs cultivés environnés de forêts. Devant l'étable, se dressait une meule bien serrée d'un brun doré au pied de laquelle s'empilaient des courges et des citrouilles lisses et rondes comme des derrières d'enfant, rose chair, citron, tilleul; couronnant le tout, entre une fourche et un râteau, un chat plissait les paupières au soleil.

A l'intérieur de l'étable, les planchers étaient fraîchement lavés, l'eau s'écoulait dans un égout mais la bonne odeur de bétail, de fumier et de lait imprégnait les murs et les cloisons de bois. Comme je me retournais, une vieille femme émergea de quelque réduit à l'autre bout de l'étable, souriant de toute sa bouche édentée, tandis que ses sabots résonnaient sur le pavé; elle portait sur les épaules un joug aux extrémités duquel deux seaux vides se balançaient.

– Banjur, m'sieur l' camte, dit-elle avant de se lancer dans un rapide discours, gesticulant de la tête et riant.

Je restai sans réponse devant ce flot de paroles que l'accent et l'absence de dents rendaient incompréhensibles à mes oreilles.

Je la quittai en la saluant de la main, passai devant un énorme monceau de pommes à cidre prêtes pour le pressoir, et franchis des rangées de légumes, des pousses vertes ou pourpres encore couvertes de rosée mêlant leur odeur terrestre à celle des tournesols fanés, de l'estragon et des framboises. Je sortis par une autre porte percée dans un autre mur et me retrouvai près du château, sous les marronniers dont les feuilles tombées plaquaient l'allée de sable de dessins vert et or. Il n'y avait ici aucune ordonnance et le colombier était isolé parmi les pâturages, mais les prés s'étendaient jusqu'aux forêts et les sentiers qui s'enfonçaient sous les arbres partaient tous d'un centre unique comme les rayons d'un cadran solaire vers tous les points de l'horizon. Le rond-point central était dominé par une statue couverte de mousse, les plis de la draperie classique ébréchés, la main droite de la chasseresse mutilée.

Je remontai une de ces longues allées et contemplai de loin le château, le voyant à présent comme un tableau dans un cadre. Les toits bleu-noir, les tourelles, les hautes cheminées et les murs de grès étaient réduits aux proportions d'une illustration de conte de fées;

ce n'était plus la demeure de gens vivants et sensibles, c'était la page d'un livre d'images ou une gravure aperçue aux murs d'un musée et dont la beauté vous frappe au passage.

Je revins sur mes pas, contournant la Diane aux aguets, jusqu'au colombier rempli de foin mais qui servait toujours de logis aux pigeons roucoulants ; ils entraient et sortaient par les petites portes, gonflaient le jabot, saluaient, étalaient leurs queues en éventail. Je vis s'ouvrir les hautes fenêtres du salon dont les battants se replièrent contre les volets, et je reconnus les silhouettes de Françoise et Renée qui me faisaient signe de la terrasse ; l'enfant surgit entre elles et courut à moi en criant :

– Papa... Papa... sans se soucier de sa mère qui lui ordonnait en grondant de revenir.

Traversant la passerelle, elle bondit dans l'herbage pour me rejoindre, sautant si haut que je la rattrapai en l'air comme une danseuse.

– Pourquoi tu n'es pas allé à la verrerie ? demanda-t-elle, pendue à mon cou et m'ébouriffant les cheveux. Oncle Paul a dû y aller sans toi et ça l'a mis de mauvaise humeur.

– Je me suis couché tard par ta faute, dis-je en la reposant sur le sol. Tu ferais mieux de rentrer. J'entends ta mère qui t'appelle.

Elle rit et, me prenant par la main, me tira vers la balançoire près du colombier.

– Je ne suis plus malade ce matin. Tu es là, dit-elle. Maintenant, raccommode la balançoire. Il y a quelque chose à la corde, le siège a glissé.

J'examinai l'appareil et le maniai maladroitement tandis qu'elle me regardait en bavardant, disant des riens, posant des questions qui ne demandaient pas de réponses. Quand j'eus fixé le siège de la balançoire, elle y monta debout et s'y balança un moment avec ardeur, ses jambes minces, souples comme celles d'un singe sous la robe courte, ses joues en feu concentrant toute la couleur de son visage.

Alors que j'étais derrière la balançoire pour la pousser, pensant qu'elle voulait aller plus haut encore, elle me dit soudain « Viens » et nous nous mîmes à marcher sans but, la main dans la main ; elle se penchait pour ramasser des marrons, en remplit la petite poche de sa jupe et jeta les autres.

– C'est vrai qu'on préfère toujours les garçons aux filles ? fit-elle à propos de rien.

– Non, je ne crois pas. Pourquoi les préférerait-on ? répondis-je.

– Tante Blanche dit que si, mais qu'il y a plus de saintes que de saints et qu'on s'en réjouit au paradis. Tu fais une course avec moi ?

– Je n'en ai aucune envie.

Elle partit en courant, sautant, gambadant, franchit la porte du jardin par laquelle j'étais passé la nuit précédente. Je jetai un coup d'œil à la petite fenêtre de sa chambre dans la tourelle et mesurai du regard la hauteur considérable qui la séparait du sol. Je suivis l'enfant vers les écuries et les communs. Elle avait bondi sur le mur surplombant le fossé et en suivait la crête dans le fouillis des lierres. Puis elle sauta à terre près de la poterne et le chien qui dormait au soleil s'étira en remuant la queue, elle ouvrit la barrière de son enclos et le laissa sortir. Il aboya à mon approche et, quand je l'appelai en disant : « Allons, allons, qu'est-ce qui ne va pas, mon vieux ? » il resta à distance en grognant, posté à côté de Marie-Noëlle comme pour la protéger.

– Tais-toi, César, dit la petite en tirant sur son collier. Tu deviens aveugle tout d'un coup ? Tu ne reconnais plus ton maître ?

Il recommença d'agiter la queue et lui lécha la main, mais il ne s'approcha pas de moi et je restai où j'étais avec l'intuition que, si j'avançais, il se remettrait à gronder et que mes tentatives d'amitié augmenteraient ses soupçons au lieu de les dissiper.

– Laisse-le tranquille. Ne l'énerve pas, dis-je.

Elle lâcha le collier de l'animal qui s'approcha de moi en biaisant, toujours grommelant et flairant, puis il se désintéressa de ma personne et s'en alla renifler le lierre du mur.

– Il ne t'a pas dit bonjour, fit Marie-Noëlle. C'est extraordinaire. Il doit être malade. César, ici, César ! Viens que je te tâte le nez.

– Ne l'embête pas, dis-je. Il va très bien.

Je me dirigeai vers la maison, mais le chien ne me suivit pas ; il semblait hésitant, le regard fixé sur la petite fille qui courut à lui, flatta ses larges flancs et lui toucha le nez.

Je me tournai vers le pont et le village et j'aperçus une femme qui descendait la côte de l'église et se dirigeait vers la grille entre les tours d'entrée. Elle était en noir, coiffée d'une petite toque démodée, et tenait un livre de prières à la main. Je reconnus Blanche. Elle suivit d'un pas raide l'allée de gravier qui menait au perron sans regarder à droite ni à gauche, apparemment insensible à la beauté du jour. Son visage glacé ne se détendit pas un instant et son expression ne s'adoucit même pas quand Marie-Noëlle s'élança à sa rencontre.

– César a aboyé contre papa, cria l'enfant. Il n'avait pas l'air content de le voir. Ça n'était jamais arrivé. Tu crois qu'il est malade ?

Blanche observa le chien qui s'avançait à présent vers elle en agitant la queue.

– Si personne ne l'emmène promener, il vaut mieux le remettre au chenil, ordonna-t-elle en montant le perron sans plus se soucier de la conduite bizarre du chien. Puisque tu es assez bien pour être dehors, tu es assez bien pour prendre ta leçon avec moi juste après le déjeuner.

– Je ne prends pas de leçon aujourd'hui, n'est-ce pas, papa ? protesta la petite.

– Je ne vois pas pourquoi tu n'en prendrais pas, dis-je, espérant me faire bien voir de Blanche. Tu ferais mieux de demander à ta mère ce qu'elle en pense.

Blanche ne fit pas de commentaire. Elle passa, raide, devant moi et entra dans la maison, comme si je n'avais pas été là. Marie-Noëlle me prit la main et la secoua avec violence.

– Pourquoi es-tu de si mauvaise humeur avec moi aujourd'hui ? dit-elle.

– Je ne suis pas de mauvaise humeur.

– Si. Tu ne veux pas jouer avec moi, et ce n'est pas l'affaire de maman de dire si je prends une leçon cet après-midi ou pas. Tu le sais très bien.

– Alors, c'est moi qui commande ?

Elle me regarda avec des yeux ronds.

– C'est toujours toi, dit-elle.

– Eh bien, donc, dis-je d'un ton ferme, ça ne te fera pas de mal de prendre une leçon si ta tante veut bien te la donner. Maintenant, monte avec moi, j'ai quelque chose pour toi.

Je m'avisai tout à coup que la distribution des cadeaux se ferait beaucoup plus simplement à table quand nous serions tous rassemblés pour le déjeuner que si je les remettais individuellement à chacun des destinataires, mais je décidai de donner tout de suite le sien à l'enfant, à titre de consolation pour la décision sévère que j'avais prise au sujet de sa leçon.

Elle m'accompagna dans le cabinet de toilette et je pris sur la table le livre que je lui tendis tout enveloppé. Elle arracha la ficelle et le papier ; en voyant le volume, elle poussa un cri de plaisir et le serra contre elle.

– C'est justement ce que je voulais, dit-elle. Oh ! mon cher papa chéri, comment tu devines toujours si bien ?

Elle se jeta sur moi et je dus subir une fois de plus les bras autour de mon cou, la joue contre la mienne, la pluie de baisers tombant à l'aveuglette. Cette fois, je m'y attendais, et je la berçai dans mes bras avec l'impression de jouer avec un lionceau ou un jeune chien, un petit animal séduisant par sa jeunesse et sa grâce. Je ne me sentais plus gauche, mon humeur s'accordait avec la sienne. Je lui tirai les cheveux, je lui chatouillai la nuque, et nous riions tous deux. Son extrême naturel avec moi me mettait à l'aise, me donnait confiance en elle et en moi. C'était excitant de penser que si cette petite créature expansive et charmante avait su que j'étais un étranger, elle aurait éprouvé de la répugnance, de l'effroi, se serait aussitôt reculée, que nous n'aurions aucun point de contact, et qu'elle me témoignerait une indifférence totale comme avait fait le chien.

– Il faut que je prenne ma leçon ? dit-elle, sentant d'instinct la soudaine chaleur de mes sentiments et essayant d'en tirer davantage.

– Je ne sais pas, dis-je. On verra ça plus tard.

Je la reposai par terre et m'approchai de la table pour regarder les autres paquets.

– Je vais te dire quelque chose, fis-je. J'ai apporté des cadeaux de Paris pour tout le monde. J'ai donné le sien à ta mère hier soir, et un aussi à ta grand-mère. Nous allons descendre ceux-ci dans la salle à manger et on les ouvrira à déjeuner.

– Pour oncle Paul et tante Renée ? dit-elle. Mais ce n'est pas leur fête.

– Non, mais les cadeaux sont une bonne chose. C'est une façon de témoigner son amitié. J'en ai un aussi pour tante Blanche.

– Pour tante Blanche ?

Elle me regardait, ébahie.

– Mais oui, pourquoi pas ?

– Tu ne lui donnes jamais rien, même pour Noël ou le Jour de l'an !

– Eh bien, je vais lui donner quelque chose aujourd'hui. Cela la mettra peut-être de meilleure humeur.

L'enfant continuait de me regarder, elle se mit à se mordiller les doigts.

– Je ne trouve pas que ce soit une bonne idée de mettre les cadeaux sur la table, dit-elle d'un air préoccupé. Cela ressemble trop à une fête ou quelque chose comme ça. Il ne va pas se passer quelque chose que tu ne m'as pas dit ?

– Quoi ?

– Mon petit frère ne va pas naître aujourd'hui ?

– Mais non, bien sûr. Ça n'a aucun rapport.

– Les Rois Mages apportaient des cadeaux… Je sais ce que tu as donné à maman, elle l'a sur elle. Elle a dit à tante Renée que ça coûtait horriblement cher et que ce n'était pas sérieux de ta part, mais que ça montre comme tu l'aimes.

– Qu'est-ce que je te disais ? C'est bien de faire des cadeaux de temps en temps.

– Oui, mais pas devant tout le monde. Je suis contente que tu n'aies pas mis ma *Petite Fleur* dans la salle à manger. Qu'est-ce que tu as apporté pour les autres ?

– Tu verras.

Accroupie par terre, elle ouvrit son livre, devant elle, et je me rappelai vaguement que lorsqu'on est enfant on ne s'assied jamais à la manière des adultes, mais qu'on lit toujours à plat ventre, dessine debout et mange de préférence en marchant. Je m'avisai soudain que j'aurais dû monter prendre des nouvelles de ma mère, et je dis à Marie-Noëlle :

– Viens voir si ta grand-mère va mieux.

Mais elle continua de lire sans détacher les yeux de son livre et dit sans lever la tête :

– Il ne faut pas la déranger. Charlotte l'a dit.

Je montai toutefois, étrangement sûr à présent de tout ce que je faisais. Je trouvai sans difficulté le chemin du second étage, du troisième couloir et de la chambre qui était au bout. Je frappai à la porte mais n'entendis aucune réponse, pas même l'aboiement des fox-terriers. J'ouvris la porte avec précaution et trouvai la chambre plongée dans l'obscurité, les persiennes closes, les rideaux tirés. Je distinguai la forme couchée sous les couvertures et m'approchai pour la regarder. Le visage était d'une pâleur brouillée, grisâtre; la dormeuse respirait lourdement, étendue sur le dos, les draps remontés jusqu'au menton. La chambre sentait le renfermé et la vieillesse. Je me demandai à quel point elle était malade et jugeai Charlotte négligente de la laisser ainsi sans surveillance. Dormait-elle vraiment ou reposait-elle simplement, les yeux fermés ? Je demandai tout bas :

– Tu n'as besoin de rien ?

Mais elle ne répondit pas. Sa respiration semblait oppressée et pénible. Je sortis de la chambre en refermant la porte sans bruit et, au bout du couloir, me trouvai nez à nez avec Charlotte.

– Comment est-elle ? demandai-je. Je viens d'aller la voir, mais elle ne m'a pas entendu.

Je perçus un éclair de surprise dans les petits yeux noirs de la femme de confiance.

– Elle ne se réveillera pas avant l'après-midi, monsieur le comte, dit-elle tout bas.

– Le docteur est venu ? demandai-je.

– Le docteur ? répéta-t-elle. Mais non, naturellement.

– Mais puisqu'elle est malade, repris-je, ne serait-il pas prudent de le faire venir ?

Charlotte me regarda fixement.

– Qui a dit à monsieur qu'elle était malade ? Elle n'a rien.

– J'avais cru. Gaston...

– J'ai seulement dit comme d'habitude à l'office qu'on ne devait pas déranger Mme la comtesse.

Elle paraissait sur la défensive comme si je l'avais attaquée injustement pour une faute qu'elle n'eût pas commise et je me rendis compte que c'était moi qui avais dû faire une erreur en montant demander des nouvelles de sa malade dont il apparaissait à présent qu'elle n'était pas malade mais seulement endormie.

– J'ai dû mal entendre, dis-je sèchement. Il me semblait qu'il disait qu'elle était souffrante.

Et je redescendis dans le cabinet de toilette chercher les présents que je me préparais à répandre sur une famille étonnée. La petite fille était toujours là, lisant avec une attention intense, et ce n'est que lorsque je la touchai du bout de mon pied qu'elle s'aperçut de ma présence.

– Tu sais, papa, dit-elle, c'était une petite fille comme tout le monde, comme moi. Personne ne lui trouvait rien d'extraordinaire quand elle était petite. Elle n'était pas toujours sage et elle faisait quelquefois de la peine à ses parents. Et puis, Dieu l'a choisie comme instrument divin pour apporter la consolation à des centaines et des milliers de gens.

Je pris les paquets sur la table.

– Ce sont des choses qui n'arrivent pas souvent, dis-je. Les saints sont rares.

– Elle était née à Alençon, papa. Ça n'est pas très loin d'ici. Je me demande si c'est l'air que l'on respire qui vous change en saints ou s'il faut faire quelque chose de spécial.

– Demande à ta tante.

– Je lui ai demandé. Elle m'a dit que le jeûne et les prières tout seuls ne servaient à rien, mais que la grâce de Dieu peut descendre sur vous comme ça, tout d'un coup, si on est assez humble et pur de cœur. Moi, je suis pure de cœur ?

– J'en doute.

On entendit le bruit d'une voiture approchant du château et Marie-Noëlle courut se pencher à la fenêtre.

– C'est oncle Paul, dit-elle, c'est lui qui a le plus petit cadeau. Je ne voudrais pas être à sa place. Mais c'est un homme et un homme doit pouvoir surmonter une déception.

Nous descendîmes comme des conspirateurs et entrâmes dans la salle à manger que je ne connaissais pas encore, longue pièce étroite donnant sur la terrasse, immédiatement à gauche de l'entrée. J'eus l'idée ingénieuse de charger l'enfant de déposer les cadeaux à leurs places, ce qu'elle fit avec un visible plaisir, ses doutes oubliés. Je remarquai avec surprise que c'était tante Blanche qui était assise au bout de la table et non Françoise comme je l'aurais cru. Ma place était apparemment face à elle, et Marie-Noëlle posa le paquet de Renée à ma droite, celui de Paul à côté de Blanche, et son livre de *La Petite Fleur* à ma gauche. Françoise était donc entre Paul et la petite. Je méditais sur ce jeu de patience lorsque Gaston entra, ayant troqué son gilet rayé contre une veste noire, suivi de Germaine aux joues vermeilles et d'une autre petite servante que je n'avais pas encore vue mais qui, à en juger par son corps potelé et ses cheveux frisés, devait être la fille de la lavandière que j'avais rencontrée au matin près de la mare.

– Qu'est-ce que vous dites de ça, Gaston ? commença Marie-Noëlle, papa fait des cadeaux à tout le monde, même à tante Blanche. Ce n'est pas en l'honneur de quelque chose, c'est seulement en témoignage d'amitié.

Je vis Gaston me lancer un regard et je me demandai ce qu'il y avait de si extraordinaire à rapporter des cadeaux d'un voyage. Pensait-il que j'avais de nouveau trop bu ? Un instant plus tard, il ouvrit la porte à deux battants qui, au bout de la pièce, donnait sur ce qui me parut être une bibliothèque et dit :

– Madame la comtesse est servie.

Le groupe qu'il découvrit ainsi ressemblait à une scène d'intérieur peinte non sans raideur par un petit maître du dix-huitième. Françoise et Renée étaient assises sur des chaises dures à quelque distance l'une de l'autre, l'une lisant, l'autre cousant ; Paul était appuyé au dossier de la chaise de sa femme, et la haute et mince silhouette de Blanche se détachait sur le fond de la porte opposée. Ils levèrent les yeux comme la petite et moi entrions dans la pièce.

– Papa a une surprise pour vous tous, dit-elle, mais je ne vous dirai pas ce que c'est.

Je me demandai si Jean de Gué, entrant ici à ma place, les aurait vus tels que je les voyais ou si le fait qu'il s'agissait de sa famille et qu'il leur appartenait aurait émoussé ses perceptions, l'habitude retirant tout caractère particulier à leurs attitudes et les confondant dans un passé trop familier. Nouveau venu, j'étais comme un spectateur au théâtre, toutefois j'étais aussi en quelque sorte metteur en scène : les circonstances étaient obligées de suivre ma direction et, de mes actions, dépendraient les leurs. J'étais Merlin, j'étais Prospero, et l'enfant une espèce d'Ariel pour accomplir mes ordres, intermédiaire entre deux mondes séparés. Je lus à ce moment une appréhension sur le visage de Françoise et sur celui de Renée, mais à des degrés différents et assurément pour des causes différentes ; l'une exprimait le doute, la crainte d'être blessée, et l'autre, mieux gardée, prudente, semblait redouter une méprise. Paul franchement hostile, me jeta un regard soupçonneux, et Blanche, près de la porte, ne témoigna d'aucun intérêt. Mais je la vis se raidir et son regard se détourner de moi et se poser sur l'enfant.

– Qu'y a-t-il, Jean ? dit Françoise en se levant de sa chaise.

– Rien, répondis-je. Marie-Noëlle a le goût du mystère. J'ai simplement rapporté des petits cadeaux à tout le monde et nous les avons mis sur la table dans la salle à manger.

La tension se relâcha. Renée parut soulagée, Paul haussa les épaules, et Françoise sourit en portant la main au médaillon épinglé à son chandail.

– Il me semble que tu as fait de bien grandes dépenses à Paris, dit-elle. Si tu continues à me donner des cadeaux comme celui-ci, il ne restera plus rien pour personne.

Elle entra dans la salle à manger où nous la suivîmes. Je feignis de renouer le lacet de mon soulier pour laisser les autres s'asseoir et m'assurer ainsi que ma place était bien au haut bout de la table. Je ne m'étais pas trompé, et je m'assis. Il y eut un moment de silence pendant que Blanche récitait les grâces tandis que nous penchions la tête vers nos assiettes. Je remarquai que Marie-Noëlle dardait sur sa tante des prunelles fascinées et je vis, en suivant son regard, les yeux de Blanche fixés sur le paquet posé à côté de sa serviette. Son impassibilité glacée avait fait place à l'incrédulité. Elle n'aurait pas exprimé plus d'horreur ou de dégoût s'il y avait eu là un serpent au lieu d'un cadeau. Puis sa bouche se serra, elle reprit son sang-froid et, sans accorder un regard de plus au paquet, elle prit sa serviette et la mit sur ses genoux.

– Tu ne l'ouvres pas ? demanda l'enfant.

Blanche ne répondit pas. Elle rompit le morceau de pain posé à côté de son assiette et je vis que les autres me regardaient tous avec curiosité comme si une chose absolument sans précédent venait de se passer. Une seconde, je me demandai si ma façon de m'asseoir, de me tenir, je ne sais quel geste involontaire, m'avait enfin trahi et s'ils me reconnaissaient pour un imposteur.

– Eh bien, dis-je, qu'est-ce qui se passe ? Pourquoi me regardez-vous tous comme ça ?

L'enfant, mon esprit familier, me donna la réponse.

– Tout le monde est étonné parce que tu as fait un cadeau à tante Blanche, dit-elle.

C'était donc cela. Je n'agissais pas conformément à mon personnage. Mais je n'étais pas démasqué pour autant.

– J'étais en veine de générosité, déclarai-je.

Puis, me rappelant les paroles de Jean de Gué au bistrot du Mans, et pensant que les cadeaux avaient dû être choisis avec un grand soin pour convenir à leur destinataire, j'ajoutai :

– J'espère que j'ai donné à chacun ce dont il avait le plus envie. Cela fait partie de mes principes.

– Regardez, dit Marie-Noëlle. Papa m'a donné un livre sur sainte Thérèse de l'Enfant Jésus. C'est ce que je désirais le plus. Il n'a pas dû donner à tante Blanche la vie de sainte Thérèse d'Avila, ce n'est pas un livre qu'il y a dans son paquet. J'ai tâté.

– Veux-tu te taire et manger, dis-je. Ils ouvriront leurs cadeaux plus tard.

– Moi, il n'y a qu'une chose qui me ferait plaisir, dit Paul. C'est le renouvellement du contrat Carvalet et, peut-être, un chèque de dix millions. Tu ne serais pas en état de me fournir ça, par hasard ?

– Je dirais que ton cadeau non plus n'a pas la forme voulue, répondis-je, et j'ai horreur de parler d'affaires à table. D'ailleurs, je suis parfaitement disposé à t'accompagner à la verrerie cet après-midi.

Mon sentiment de puissance était sans bornes. Je ne savais rien du contrat ni de l'affaire mais j'avais l'impression que mon bluff était magnifique, et il devait avoir porté, car tous les convives attaquaient leur repas. Mon assurance augmentant de minute en minute, je fis signe à Gaston de me verser du vin. Je me rappelai mon succès auprès de la mère, la veille au soir, et repris les mêmes contes : la soirée au théâtre à Paris, la rencontre des vieux amis et, de même qu'elle m'avait fourni des précisions, je cueillis çà et là quelque information nouvelle. J'appris au cours du repas que, pendant la guerre, Jean de Gué avait combattu dans la Résistance, que Paul était prisonnier, que Jean de Gué et Françoise s'étaient mariés peu après la Libération. Des bribes de l'histoire de la famille tombèrent dans mon oreille puis la conversation passa à d'autres sujets sans aucun rapport. Ce que j'avais ainsi glané devrait être trié et examiné à loisir, et je ne pouvais pas être absolument sûr des liens de parenté entre Jean de Gué, Paul et Renée, sinon que ces derniers étaient mari et femme, et, en outre, que Paul dirigeait ou aidait à diriger l'affaire de famille. La ressemblance qui reliait Jean de Gué à sa mère et à sa fille n'apparaissait pas dans le teint ni les traits de sa sœur Blanche, alors que Paul et Renée, tous deux bruns de peau et de cheveux, m'auraient semblé parents si je n'avais su le contraire.

Blanche se mêlait peu à la conversation, et ne m'adressa pas une seule fois la parole ; c'est Françoise, à ma surprise, qui me fournit le plus d'aide et d'informations. Elle avait quitté son ton plaintif, elle semblait heureuse, gaie même, et je devinais que le médaillon vers lequel revenaient continuellement ses doigts était la cause de sa transformation ; Renée, que je m'attendais à voir dominer la table, restait silencieuse, presque maussade, et quand Blanche s'enquit au sujet de sa migraine, elle répondit sèchement qu'elle avait toujours aussi mal.

– Pourquoi ne prends-tu pas quelque chose ? dit Paul agacé. On a sûrement inventé un remède de nos jours. Je croyais que le docteur Lebrun t'avait ordonné des comprimés.

– Tu sais parfaitement qu'ils ne me font rien, répondit-elle. J'irai m'étendre tout à l'heure et j'essaierai de dormir. J'ai eu une très mauvaise nuit.

– Peut-être que tante Renée va avoir la rubéole, dit Marie-Noëlle. Il paraît que ça commence par mal à la tête. Mais ça ne ferait rien qu'elle l'ait, puisqu'elle n'attend pas de bébé, elle.

La remarque était malheureuse. Renée rougit et lança un regard venimeux à sa nièce tandis que Françoise, détournant presque trop adroitement la conversation, demandait à Paul des nouvelles d'un ouvrier de la verrerie qui s'était brûlé le bras dans une chaudière ; en même temps, elle regardait l'enfant en fronçant le sourcil.

– Si tout ce qu'on dépense en assurances sociales pouvait rester dans l'affaire, on serait dans une meilleure situation pour affronter l'avenir, dit Paul. Aujourd'hui, les hommes prennent tous les prétextes pour cesser de travailler, ils savent qu'on continuera à les entretenir à nos dépens. Père ne connaissait pas son bonheur.

– Père avait de l'intelligence et de la probité, déclara Blanche à ma grande surprise. Ses fils n'en ont malheureusement pas hérité.

« Bravo, Blanche », me dis-je en la regardant avec étonnement. Mais Paul, tendant le menton et rougissant aussi fort que sa femme, dit vivement :

– Alors, moi, je suis malhonnête ?

– Je n'ai pas dit ça, dit Blanche.

– Oh ! je vous en prie, fit Françoise avec lassitude, pas à table ! Je croyais que pour une fois on ne parlerait pas d'affaires.

– Ma chère Françoise, dit Paul, si Jean consentait à mettre dans l'affaire le quart de ce qu'il dépense en colifichets ridicules, comme la broche que tu portes là, nous n'aurions pas de discussions d'affaires. Personne ne se plaindrait. A commencer par moi.

– Tu sais parfaitement qu'il y a des mois qu'il ne m'avait pas fait de cadeaux, dit-elle.

– C'est possible. Mais d'autres ont peut-être eu plus de chance.

– Qui, par exemple ?

– Ce n'est pas à moi qu'il faut demander ça. Jean voyage, moi je reste ici. C'est le sort du cadet.

Allusion malveillante, mais je savais à présent à quoi m'en tenir. Paul était un de Gué, lui aussi, le frère puîné. Et, à en juger par son attitude, il n'était pas satisfait de sa situation. Le jeu de patience se complétait, mais je soupçonnais Renée de ne pas être une belle-sœur commode.

– Si tu sous-entends, dit Françoise, que Jean gaspille de l'argent pour d'autres femmes…

– Mais c'est vrai, dit la petite voix de Marie-Noëlle. Papa a donné des cadeaux à tante Renée et à tante Blanche, et moi, j'ai envie de savoir ce qu'il leur a rapporté.

– Veux-tu te taire, dit Françoise en se tournant vers elle, ou préfères-tu que je te renvoie de table ?

On avait desservi le gigot et les légumes, et nous en étions au fromage et aux fruits. Il me sembla qu'il était temps de rompre les chiens.

– Et si l'on ouvrait les paquets ? dis-je gaiement. Je suis d'accord avec Françoise : trêve à ces querelles de famille. Allons, Renée, un cadeau pour chasser la migraine.

Marie-Noëlle me demanda la permission de quitter sa place et courut autour de la table pour se poster à côté de sa tante. Je remarquai que Renée dénouait le ruban à contrecœur. Elle écarta l'élégant emballage et les couches de papier de soie. J'entrevis de la dentelle. Renée s'arrêta net et dit vivement :

– Je l'ouvrirai là-bas ; ici je risquerais d'y faire des taches.

– Mais qu'est-ce que c'est ? demanda Françoise. Une blouse ?

L'enfant prévint le geste de sa tante prête à couvrir l'objet de sa main et sortit, des flots de papier de soie, la chemise de nuit la plus diaphane, la plus arachnéenne, parure de mariée pour le *Songe d'une nuit d'été.*

– Comme c'est joli, dit Françoise, d'un ton qui manquait de chaleur.

Renée avait repris cette folie des mains de Marie-Noëlle et la repliait en la dissimulant sous ses papiers. Elle ne me remercia pas. Je compris alors que j'avais gaffé. Ce cadeau n'était pas destiné à être publiquement exposé. La petite avait eu raison quand elle m'avait dit que les cadeaux étaient des choses personnelles et que les gens aimaient à les découvrir dans l'intimité. Trop tard pour réparer. Paul regardait sa femme d'un air mécontent et Françoise arborait un sourire faussement gai qui voulait faire croire que tout était pour le mieux dans le meilleur des mondes. Le visage de Blanche n'exprimait que le mépris. Marie-Noëlle était seule à se réjouir.

– Tu la garderas pour te faire très belle, tante Renée, dit-elle. C'est dommage, il n'y aura qu'oncle Paul qui la verra.

Elle courut près de celui-ci.

– Je me demande ce que papa t'a donné, dit-elle.

Il haussa les épaules. Le cadeau de sa femme gâchait toutes les surprises.

– Je n'en ai pas la moindre idée, dit-il. Tiens, ouvre-le toi-même !

Très excitée, elle coupa la ficelle avec un couteau tandis que je cherchais des excuses à Jean de Gué. Je me rappelai la soirée de la veille et la rencontre dans le vestibule, et je crus comprendre à présent ce qu'on avait attendu de moi. Tête à tête en l'absence de Paul, le présent frivole aurait peut-être été à propos. Mais le moins qu'on en pouvait dire est que, dans la salle à manger, entre la poire et le fromage, il paraissait plutôt déplacé. Je me dis que le fait que Jean de Gué avait également apporté un cadeau à son frère atténuait un peu son indélicatesse. J'avais tort. Le pire était à venir. L'enfant, d'un air perplexe, sortit d'un emballage de carton ondulé une petite bouteille.

– Un médicament, dit-elle. Ça s'appelle Élixir. – et, regardant le dépliant imprimé qui accompagnait le flacon, elle lut tout haut : « Tonique et reconstituant à base d'hormones. Préparation pour combattre l'impuissance. » Qu'est-ce que ça veut dire, papa, impuissance ?

Paul lui arracha la petite bouteille pour l'empêcher de lire le prospectus plus avant.

– Donne-moi ça et tais-toi, dit-il en fourrant la fiole dans sa poche et en tournant vers moi un regard de colère.

– Si tu trouves cette plaisanterie drôle, je ne suis pas de ton avis, dit-il.

Il se leva et quitta la pièce. Le silence était pénible et, cette fois, je ne trouvai aucune excuse à Jean, auteur d'une farce odieuse et cruelle.

– Quelle dommage ! dit Marie-Noëlle avec reproche. Oncle Paul est déçu. Je comprends ça.

Je sentis sur moi le regard de Gaston debout près de la desserte et je baissai les yeux sur mon assiette. La réprobation m'entourait de tous côtés Je n'osai regarder Renée, et la toux sévère de Françoise m'avertissait que je ne trouverais pas d'indulgence de son côté. Toute excuse eût été vaine.

– Rendons grâces au Seigneur de ce qui nous a été donné, dit Blanche.

Et elle se leva. Françoise et Renée l'imitèrent. Je restai seul à table.

– Tante Blanche, cria la petite, tu n'as pas pris ton cadeau !

Et elle courut après elle, tenant le troisième paquet dans ses mains. Gaston s'avança avec une brosse et un plateau pour balayer les miettes de la table.

– Si monsieur le comte va à la fabrique, l'auto est dehors, dit-il.

Je rencontrai ses yeux et y lus un reproche. Cela me troubla, car son dévouement m'avait donné confiance.

– Ce qui vient de se passer n'était pas intentionnel, lui dis-je.

– Je m'en doute, monsieur le comte.

– C'est une erreur. J'avais oublié ce qu'il y avait dans les paquets.

– Bien sûr, monsieur le comte.

Il n'y avait rien à ajouter. Je sortis dans le vestibule puis sur la terrasse et descendis le perron devant lequel je trouvai la Renault, et Paul qui attendait près de la portière ouverte.

CHAPITRE VIII

Comment m'en tirer ? J'étais responsable de la situation présente. Quoi que Jean de Gué eût projeté de faire, discrètement et dans l'intimité, c'était moi qui avais tout abîmé par une hardiesse et une bonhomie inopportunes.

– Allons, monte. Tu conduis, dis-je sèchement à Paul, et je m'installai à côté de lui. Je songeai alors que, en assumant la personnalité et la présence d'un autre, j'assumais aussi le devoir de réparer les fautes que je commettais en son nom. Il y avait là comme une espèce de curieux point d'honneur.

– Je regrette ce qui s'est passé tout à l'heure, dis-je. Tout cela est le résultat d'une erreur. Les paquets se sont mêlés dans ma valise.

Paul ne répondit pas tout de suite. Je le considérais tandis que nous montions la côte du village et longions l'église sans prendre l'allée de tilleuls, et je remarquai pour la première fois dans la bouche étroite aux coins tombants une ressemblance avec celle de Blanche. Mais le nez proéminent et les épais sourcils n'étaient qu'à lui et la peau brunâtre différait entièrement du beau teint pâle et lisse de la sœur.

– Je ne te crois pas, dit-il. Tu l'as fait exprès. Tu tenais à me ridiculiser devant tout le monde et même les domestiques. Tu ne les imagines pas en ce moment en train de rire aux éclats dans l'office ? Moi aussi je rirais à leur place.

– C'est absurde, dis-je. Personne n'a rien remarqué, et je t'ai dit que c'était une erreur. N'y pense plus.

Il sortit du village, passa devant un cimetière et prit une route droite qui se dirigeait vers la lisière de la forêt.

– J'ai supporté tes farces toute ma vie, dit-il, mais il y a tout de même des limites. Il y a des choses qui peuvent paraître drôles quand nous en plaisantons au cercle ou entre nous ; ce n'est pas une raison pour en parler ouvertement en famille et devant nos femmes. Franchement, je ne te savais pas capable de manquer de goût à ce point.

– Bon, dis-je, je m'en suis excusé. Si tu ne veux pas croire que tout cela était le résultat d'une erreur, je n'y peux rien.

La forêt nous entoura, non d'une pénombre mélancolique mais de la verdure dorée des chênes, des charmes, des châtaigniers, des hêtres, ces arbres dont le feuillage donne de la lumière au lieu d'ombre. Leurs troncs pâlissent à mesure que les branches s'étendent avec les années. Au contraire des conifères d'un noir si sombre en hiver et en été, ils s'adoucissent au passage des saisons et, au déclin de l'année, répandent leur éclat sur le sol.

– J'ai encore autre chose à te dire, commença Paul. Tu ne trouves pas qu'il serait temps que tu cesses de traiter Renée comme si elle était une seconde Marie-Noëlle ? Que tu gâtes outrageusement ta fille, ça ne regarde que toi, mais je m'oppose à ce que tu traites ma femme comme une poupée à seule fin d'étaler ta générosité.

Il n'est pas facile de faire des excuses et j'essayais de découvrir ce que Jean de Gué aurait répondu à son frère s'il avait commis la faute d'offrir la chemise de nuit en public.

– Toutes les femmes aiment se faire gâter, dis-je. Tu n'as pas vu ce que j'ai donné à Françoise ? J'ai naturellement cherché aussi quelque chose de joli à rapporter à Renée. Tu aurais voulu que je lui donne un livre pieux comme à la petite ?

Paul tourna à droite, quittant la route goudronnée pour un chemin de sable. La forêt était moins dense et nous roulions vers une clairière.

– L'objet était inconvenant et le moment mal choisi, dit Paul. J'ai observé Françoise en même temps que Renée. En tout cas, la prochaine fois que tu décideras de faire un cadeau à ma femme, consulte-moi d'abord.

La route devenait plus étroite et je vis qu'elle se terminait en cul-de-sac. Devant nous s'étendait une rangée d'habitations ouvrières ; à notre droite, un grand bâtiment en forme de hangar au toit en pente flanqué de hautes cheminées se dressait, entouré d'autres hangars, au milieu d'un large terrain, clos d'une grille qui les séparait de la route et des logements. Des ouvriers entraient dans les hangars et en sortaient en poussant des brouettes, et un wagonnet sur rail était arrêté contre un haut tas de cendres. La fumée d'une chaudière sortait en haletant de la cheminée, et l'on entendait des machines à l'intérieur du grand hangar. Paul fit entrer la voiture par la grille ouverte et l'arrêta devant la petite maisonnette tout près de la porte. Il descendit sans un mot et, traversant la cour, se dirigea vers un second bâtiment situé derrière le hangar à hautes cheminées.

Je le suivis en longeant les rails du wagonnet et je me rendis compte, au bruit de mes pas, que le sol était couvert de minuscules fragments de verre aussi fins que le sable d'une plage. Il y en avait partout, sur la terre et dans la boue et les grands tas que j'avais pris pour de la cendre étaient de verre eux aussi, bleu, vert ambré. Les ouvriers poussant des brouettes s'arrêtèrent pour nous laisser passer et je remarquai que s'ils saluaient Paul de la tête c'est à moi qu'ils souriaient, non avec une nuance particulière de déférence ou de respect mais avec une certaine camaraderie et une espèce de chaleur ; ils semblaient sincèrement contents de me voir. L'accueil me flatta, me remonta le moral, et je me réjouis méchamment de cette estime qui m'était témoignée à l'exclusion de Paul.

Il alla directement à une longue maison à deux étages, au vieux toit de tuiles moussues, une sorte de petite gentilhommière du XVIIIe siècle et, ouvrant la porte, il me précéda dans une pièce carrée, délabrée, aux murs couverts de boiseries, au sol de pierre. Il y avait un grand bureau dans un coin. Un homme chauve à lunettes, aux joues creuses, en veston sombre, était assis devant la table, il se leva à notre approche.

– Bonjour, monsieur le comte, me dit-il. Alors, vous vous sentez mieux ?

Je compris que Paul avait dû lui raconter quelque histoire de maladie ou de mal aux cheveux, ou les deux, et je remarquai que son sourire n'était pas cordial comme celui des ouvriers, mais frémissant, timide, et que ses yeux avaient un regard craintif derrière ses lunettes.

– Je n'avais rien, dis-je. J'ai fait le paresseux.

Paul rit, sans gaieté, avec l'espèce de mépris d'un homme qui ne goûte pas la plaisanterie.

– Ça doit être agréable de faire la grasse matinée, dit-il. C'est une chose que je n'ai pas pu me permettre depuis des années ; ni Jacques non plus, je dois dire.

L'homme fit un geste évasif, nous regardant tour à tour avec le visible désir de n'offenser ni l'un ni l'autre, et dit vivement :

– Avez-vous à parler en particulier ? Je vais vous laisser.

– Non, dit Paul, l'avenir de la fabrique vous regarde autant que nous, et je n'en sais pas plus que vous sur ce qui s'est passé à Paris.

Ils me regardèrent et je leur rendis leur regard. Puis j'allai m'asseoir sur le fauteuil du bureau et pris une cigarette dans le paquet qui y était posé.

– Que désirez-vous savoir exactement ? demandai-je en me penchant pour allumer ma cigarette, ce qui me permettait de dissimuler mon visage à leurs yeux et le peu d'assurance avec lequel j'avais posé cette question.

– Oh ! mon Dieu… dit Paul avec exaspération comme si mon interrogation prudente était la goutte qui faisait déborder le vase, la suprême insulte à une trop longue patience. Il n'y a pas deux questions. Est-ce qu'on ferme ou est-ce qu'on ne ferme pas ?

Quelqu'un – était-ce la mère ? – avait fait allusion à un contrat. Le voyage à Paris concernait un contrat Carvalet. On espérait que Jean de Gué le rapporterait. Très bien, ils auraient ce qu'ils souhaitaient.

– Autrement dit, tu veux savoir si j'ai obtenu de Carvalet le renouvellement du contrat : eh bien, je l'ai obtenu, dis-je.

Les deux hommes me regardèrent, stupéfaits. Jacques s'écria :

– Bravo !

Mais Paul l'interrompit :

– A quels prix, sous quelles conditions ?

– A nos prix, dis-je, et ils n'ont pas posé de conditions.

– Tu ne vas pas me dire qu'ils sont prêts à accepter nos marchandises exactement comme avant, malgré les prix plus bas que nos concurrents leur consentent ?

– Je les en ai persuadés.

– Combien de discussions avez-vous eues ?

– Plusieurs.

– Mais comment expliquer ça ? Pourquoi toutes ces lettres ? Ils bluffaient, alors, pour nous faire baisser nos prix, ou quoi ?

– Je l'ignore.

– Alors tu les as quittés, pleinement satisfait, et on a de nouveau pour six mois de commandes ?

– C'est à peu près ça.

– Je n'en reviens pas ! Tu as réussi une chose que je considérais franchement comme impossible. Mes félicitations.

Il prit les cigarettes sur le bureau, en offrit une à Jacques et s'en alluma une. Ils se mirent à parler entre eux sans plus s'adresser à moi, et je fis tourner mon fauteuil vers la fenêtre en me demandant de quoi j'avais parlé. Ils allaient peut-être recommencer dans un instant à me poser de ces questions auxquelles je ne comprends goutte et mon ignorance sans bornes se révélerait, mais en attendant… en attendant quoi ? je regardai au dehors et vis un verger touffu, doré par le soleil, où des pommiers lourds de fruits inclinaient leurs branches vers la terre. Un très vieux cheval à longue crinière blanche broutait un pré derrière les pommiers. Une femme en tablier noir, chaussée de sabots, un châle gris sur les épaules, ratissait le sol entre des plants de légumes au milieu de poules picorant. La scène s'encadrait dans l'ouverture de la fenêtre comme une gravure, paisible et apaisante, et j'aurais voulu pouvoir continuer à la contempler sans y participer en aucune façon ainsi qu'un voyageur assis dans un train qui regarde le monde défiler. Pourtant ne m'étais-je pas plaint toute ma vie précisément de ma non-participation à l'existence d'autrui, de mon manque de contact avec les autres ?

– Tu as le contrat sur toi ? demanda Paul.

– Non, répondis-je. Ils l'enverront.

La femme qui ratissait leva la tête vers notre fenêtre. Elle était assez vieille, grande, les hanches larges, avec un visage brun et ridé de paysanne, et le premier regard qu'elle dirigea vers nous était prudent, méfiant, mais elle sourit en m'apercevant et, abandonnant son râteau, s'avança lourdement jusqu'à la maison.

– Vous ne croyez pas, monsieur Paul, qu'il serait bon d'annoncer à tout le monde qu'il n'est pas question de fermer ? demanda le nommé Jacques. Moi je n'ai rien dit, naturellement, mais vous savez comme les bruits circulent. Toute la semaine dernière, les ouvriers ont fait des suppositions.

– Si vous croyez que je ne le savais pas ! s'écria Paul. L'atmosphère était irrespirable. Oui, répandez la nouvelle dès que vous voudrez.

La paysanne était arrivée juste sous la fenêtre et Paul ajouta en l'apercevant :

– Voilà Julie, tout oreilles comme d'habitude. Elle veut toujours être la première à annoncer les nouvelles, bonnes ou mauvaises. – il se pencha à la fenêtre : M. Jean a réussi à Paris. Ne faites pas comme si vous ne saviez pas de quoi je parle.

Le demi-sourire s'élargit sur le visage de la femme. Elle tendit la main pour cueillir une grappe à la vigne qui tapissait le mur à côté d'elle, et me l'offrit avec un geste de reine.

– Elle a mûri pour vous, monsieur le comte. Mangez-la tout de suite avant qu'elle ait perdu son velouté. Alors tout va bien quand même ?

– Tout va bien, dit Paul, soudain humanisé et détendu.

– C'est ce que je pensais, dit la femme. Il faut quelqu'un qui ait de la cervelle pour frapper ces gens-là à l'endroit sensible. Et qu'est-ce qu'ils se croient, je vous le demande ? Ils se figurent, parce qu'ils ont une grande maison à Paris, qu'ils peuvent nous faire la loi ? Il était temps de leur donner une leçon. J'espère que vous les avez remis à leur place, monsieur Jean.

Elle avait la simplicité de Gaston et sa force, la même flamme loyale dans le regard mais, malgré son dévouement, elle ne devait pas vous ménager ses critiques quand on agissait de travers. Mon regard alla de son chaleureux visage brun et ridé aux pommiers courbés, au cheval broutant, et à la ligne de la forêt au-delà des champs.

– Alors, la chaudière va continuer à ronfler et les cheminées à fumer, et le verre à recouvrir le plancher de ma loge de sa sale poussière, et nous voilà tous repartis pour six mois à ne plus nous faire de souci pour l'avenir, dit-elle. Vous penserez à venir dire quelques mots à André tout à l'heure, monsieur le comte ? Vous avez appris son accident, bien sûr.

Je me rappelai qu'il avait été question d'un ouvrier blessé.

– Oui, j'y passerai, dis-je en évitant ces yeux fidèles et curieux.

Elle retourna à ses légumes en faisant s'envoler les poules qui s'agitaient sur ses pas. Je me retournai et vis que Paul suspendait son veston à un portemanteau et enfilait une blouse.

– Il n'y a pas eu beaucoup de courrier depuis ton départ, dit-il. Tout est là, sur le bureau. Jacques va te montrer ça.

Il ouvrit la porte par laquelle nous étions entrés, face aux hangars, et sortit. Je restai seul avec Jacques devant une petite pile de lettres et de papiers. Je les dépliai un à un : la plupart étaient des rappels d'échéances, des factures, de sèches demandes de paiements en échange de marchandises fournies depuis quelque temps déjà, la note d'une entreprise de transport, un formulaire de la Société des Chemins de fer. Je les parcourus du regard, sans la moindre idée de ce que j'aurais dû dire, dicter ou écrire en réponse ; ce faisceau de chiffres n'avait aucun sens pour moi, et je me sentais aussi perdu qu'un petit enfant jeté soudain dans un monde de grandes personnes.

La sincérité était la seule méthode possible. J'écartai le dossier, et finis par dire :

– Qu'est-ce que c'est que tout cela ? Qu'est-ce que vous voulez que j'en fasse ?

Et, chose étrange, Jacques sourit – il semblait plus à l'aise maintenant que nous étions seuls sans Paul – et répondit :

– Ça ne pose plus de problèmes, monsieur le comte, puisque le contrat est renouvelé. Ne vous en préoccupez pas. Je répondrai.

Je m'éloignai du bureau et allai ouvrir la porte ; je m'arrêtai sur le seuil à regarder la rangée de hangars, les allées et venues des ouvriers, un camion qui sortait par la grille ouverte, des bâtiments rustiques dont la proximité – ils n'étaient pas à cent mètres du hangar de la verrerie – avait quelque chose d'aimablement insolite. Des oies se pavanaient dans la cour, une femme étendait du linge à sécher sur une haie, et des meuglements de vaches se mêlaient au battement des machines. La fumée s'élevait en panache des hautes cheminées, la vieille cloche sur le toit de tôle ondulée rapiécé s'illumina soudain dans un rayon de soleil ; à l'entrée, deux statues de plâtre, l'une de la Vierge à l'Enfant, l'autre de saint Joseph, bénissaient la petite communauté et tous ceux qui travaillaient et vivaient là. Je comprenais d'instinct, à l'âge des bâtiments et à leur atmosphère, que tout s'y passait de la même façon depuis deux ou trois siècles, sans que guerres ni révolutions y eussent rien changé. Les choses continuaient ainsi parce que la famille et les ouvriers y croyaient, parce qu'ils désiraient les voir se perpétuer de cette manière. La petite verrerie faisait partie de leur bout de pays comme la ferme et les champs, les vieux pommiers et la forêt. La détruire, c'eût été comme arracher du sol les racines d'une chose vivante.

Je tournai la tête, vis Jacques assis à la table et dis :

– Combien de temps une affaire comme celle-ci peut-elle soutenir la concurrence des grosses maisons équipées de machines modernes et payant de hauts salaires ?

Il leva les yeux de la masse de bordereaux et de chiffres auxquels je n'avais rien compris, et ses paupières clignèrent timidement derrière ses lunettes.

– Ça dépend de vous, monsieur le comte. On sait bien que ça ne pourra plus durer très longtemps. Cette fabrique est une distraction d'homme riche, elle est devenue une charge au lieu d'être une source de revenus. Si ça vous est égal de perdre de l'argent, c'est votre affaire. Seulement…

– Seulement quoi ?

– Vous ne perdriez pas autant aujourd'hui si on s'était donné un peu de mal autrefois pour veiller au grain. Pardonnez-moi, je vous parle franchement. Je me mêle de ce qui ne me regarde pas. Comment vous expliquer ça, monsieur le comte ? Une affaire c'est comme un ménage, il y faut une tête, un noyau, un centre, et qu'on puisse compter dessus, sinon tout va à vau-l'eau. Comme vous le savez, moi, je n'ai pas travaillé pour votre père, c'était avant mon temps, mais il était très respecté, il était juste et, avec M. Duval, c'était pareil. S'il avait vécu, il aurait habité ici dans la maison, on aurait eu un sentiment de continuité. Il comprenait les ouvriers, il aurait su s'adapter aux transformations de l'époque, mais dans l'état actuel des choses…

Il me regarda avec un air de s'excuser, incapable de terminer sa phrase.

– C'est mon frère ou moi que vous blâmez ? demandai-je.

– Monsieur le comte, je ne blâme personne. La force des circonstances est contre nous tous. M. Paul a un grand sens du devoir et il se dévoue à cette petite affaire depuis la fin de la guerre, mais en somme il mène un combat perdu d'avance contre les salaires et les prix, et vous savez comme moi qu'il ne se sent pas à l'aise avec les ouvriers et ça rend quelquefois les choses très difficiles.

Je me dis que cet homme avait une situation bien peu enviable : il était le tampon, l'intermédiaire, en butte aux reproches de l'employeur et de l'employé, mais c'est lui qui, en réalité, portait sur ses épaules tout le poids de l'affaire, qui assurait l'exécution des commandes, apaisait les créanciers, travaillait au-delà de l'heure pour essayer de préserver une espèce d'équilibre, dernier rempart et dernier soutien d'un système qui s'effondrait.

– Et moi ? demandai-je. Allons, soyez sincère. Vous voulez dire que la faute est à moi ?

Il sourit avec un haussement d'épaules indulgent qui exprimait sans paroles un monde de sentiments.

– Monsieur le comte, dit-il, vous, tout le monde vous aime, personne ne dit jamais un mot contre vous. Mais ça ne vous intéresse pas, voilà. La verrerie pourrait s'écrouler soudain, vous vous en moqueriez. C'est du moins ce que je croyais jusqu'à ce que vous nous annonciez la nouvelle, cet après-midi. Nous croyions tous que vous étiez allé à Paris uniquement pour vous amuser, et voilà que… – il fit un geste de la main : comme dit M. Paul, vous avez accompli l'impossible.

Je regardai par la porte ouverte et vis Julie passer devant les hangars pour regagner sa petite loge à l'entrée. Des ouvriers l'interpellèrent en riant et elle leur répondit sur le même ton malicieux, son râteau sur l'épaule.

– Vous ne m'en voulez pas de ce que je vous ai dit, monsieur le comte ? fit Jacques, avec une humilité touchante.

– Non, répondis-je, je vous en suis reconnaissant, au contraire.

Je le quittai et entrai dans le hangar principal tout proche. Les hommes y travaillaient torse nu à la chaleur de la chaudière. Tout autour de moi j'apercevais de grandes cuves, des mécanismes, des cordes, des tuyaux, dans un vacarme et une curieuse odeur pénétrante qui n'était pas désagréable. Je m'approchai pour voir ce qui se passait et les hommes s'écartèrent en souriant du même sourire accueillant que j'avais déjà remarqué, à demi familier, à demi indulgent, un sourire comme les adultes en ont parfois pour un enfant, entendant qu'il peut bien s'amuser si ça lui plaît, qu'il ne s'agit jamais pour lui que d'un jeu.

Je ressortis au bout d'un moment dans l'air frais et gagnai les autres hangars où des hommes en salopettes travaillaient avec des outils d'un autre genre, des moules et des mélanges, et je fis tourner entre mes doigts les bleus, les verts et l'ambre de verres mis au rebut qui me parurent à moi de parfaits petits flacons de toutes les formes et de toutes les tailles. J'allai de là aux hangars de tri et à celui de l'emballage où des caisses s'empilaient prêtes pour l'expédition, et pas un moment je n'eus l'impression impersonnelle, automatique, d'une usine. Tout ce que je voyais était individuel, intime, offrait le spectacle d'une petite industrie entièrement déterminée par le caractère des gens qui y travaillaient, dotée d'une qualité humaine, durable, sur laquelle le passage du temps n'avait pas de prise.

– Vous vous amusez, monsieur Jean ?

Je levai les yeux et vis le large visage souriant de Julie, la concierge de la fabrique.

– Appelez ça comme ça si vous voulez, dis-je.

– Laissez le travail sérieux à m'sieur Paul, dit-elle. Ç'a toujours été comme ça. Vous venez voir André maintenant ?

Elle me précéda hors des grilles et sur le chemin sableux devant la rangée de maisonnettes. Elles étaient peintes en jaune comme la maison qui abritait la direction de la verrerie, avec le même toit de tuiles moussues aux fenêtres mansardées ; de petits bouts de jardins et des barrières cassées les séparaient les unes des autres. Elle me conduisit dans la troisième de ces maisonnettes ; la pièce où nous entrâmes servait à la fois de salon, de cuisine et même de chambre à coucher sans doute car un homme y était étendu devant la cheminée sur un lit de bois boiteux. Un petit garçon aux yeux brillants, à peu près du même âge que Marie-Noëlle, jouait dans un coin avec un petit camion sans roues.

– Qu'est-ce que tu dis de ça ? fit Julie. Voilà M. le comte qui vient te voir. Allons, montre au moins que tu es toujours vivant.

L'homme sourit, pâle, les yeux creux, et je vis un pansement lui enveloppant le cou et le bras.

– Comment ça va ? demandai-je. Qu'est-ce qui s'est passé ?

Julie s'éloigna du petit garçon qu'elle était en train de gronder parce qu'il ne s'était pas levé à mon entrée.

– Qu'est-ce qui s'est passé ? répéta-t-elle. Un rien ! Il a failli se brûler tout le côté droit, c'est tout. Voilà ce que c'est que vos chaudières et vos machines modernes. Asseyez-vous, monsieur Jean, asseyez-vous.

Elle débarrassa l'unique chaise du chat qui l'occupait et l'épousseta.

– Tu n'as donc rien à dire ? demanda-t-elle à l'homme qui semblait trop malade et affaibli pour parler. Voilà M. le comte qui revient de la joyeuse vie à Paris et tu ne lui fais même pas un sourire. A sa place, moi j'y repartirais tout droit. Attendez, je vais vous faire du café.

Elle se pencha sur le poêle et ranima le feu avec un tisonnier tordu.

– Combien de temps devez-vous rester couché ? demandai-je à l'homme.

– On ne veut pas me le dire, monsieur le comte, répondit-il, regardant la femme d'un œil hésitant, mais j'ai peur qu'il n'y en ait pour un bout de temps avant que je puisse reprendre mon travail.

– Ça va, dit Julie. M. Jean comprend très bien. Pas la peine de te tracasser. Il te fera payer indemnités et tout. Et personne ne sera au chômage avant longtemps, n'est-ce pas, monsieur Jean ? On respire. Ces requins de Paris n'osent tout de même pas nous dire non. Allons, buvez votre café. Vous mettez beaucoup de sucre, je sais. Vous avez toujours aimé le café bien sucré.

Elle alla prendre un petit paquet de sucre en morceaux dans un placard, ce que voyant, l'enfant vint lui en mendier en l'appelant grand-mère.

– Veux-tu te sauver, toi ! dit-elle. En voilà des manières ! Ah ! depuis que sa mère est partie, on ne peut plus rien en faire.

Et, en aparté, dans un chuchotement fort distinct que l'enfant ne pouvait pas ne pas entendre :

– Le malheur c'est qu'il s'ennuie d'elle, le pauvre petit, et moi avec André couché, je suis bien obligée de le gâter. Allez, buvez votre café. Ça vous donnera peut-être un peu de couleurs. La ville vous a rendu tout pâlichon.

C'était André couché dans son lit qui avait besoin de couleurs et de café aussi mais elle ne lui en offrit pas. En regardant autour de moi, je vis que le plâtre des murs s'écaillait et qu'il y avait au plafond une grande tache d'humidité qui s'élargirait aux premières pluies. Elle suivit mon regard de ses yeux bruns pleins de vivacité.

– Qu'est-ce qu'on peut faire ? dit-elle. Faudra que j'essaie de réparer ça un de ces jours. Il y a longtemps qu'on n'a rien fait à ces maisons-là, mais pourquoi est-ce que je viens vous embêter avec nos misères ? On sait bien que vous êtes à court d'argent comme nous tous et vous avez bien assez de charges comme ça. Dans un an ou deux, peut-être… Comment va tout le monde au château ? Mme la comtesse est bien ?

– Pas trop, dis-je.

– Que voulez-vous, on ne rajeunit pas. Je monterai la voir un de ces jours quand je pourrai m'échapper. Et Mme Jean, c'est pour quand ?

– Je ne sais pas au juste. Mais je pense que ce ne sera plus très long.

– Si vous avez un beau garçon, ça changera beaucoup les choses. Si j'étais plus jeune je remonterais m'occuper de lui, ça me rappellerait le vieux temps. C'était le bon temps, vous savez, monsieur Jean. Les gens ne sont plus pareils aujourd'hui, personne ne veut plus travailler. Moi si je ne travaillais plus, je mourrais. Vous savez sa maladie à Mme la comtesse ? Elle n'a pas assez à faire. Buvez votre café. Encore un peu de sucre. Là, prenez-en un morceau.

Je vis qu'André me regardait boire, ses yeux fixés sur ma tasse, et le petit garçon aussi, et je compris que tous deux avaient envie de café et de sucre mais qu'ils n'en auraient pas, non que Julie désirât les en priver mais parce qu'il n'y en avait pas assez pour tout le monde. Et il n'y en avait pas assez pour tout le monde parce qu'ils n'avaient pas d'argent pour en acheter autant qu'il aurait fallu. André ne gagnait pas assez et la verrerie appartenait à Jean de Gué à qui peu importait qu'elle fermât le lendemain. Je reposai la tasse et la soucoupe sur le poêle.

– Merci, Julie, dis-je. Ça m'a fait du bien.

Je me levai et, sans protester, la visite rituelle terminée comme il convenait, elle m'accompagna à la porte.

– Il ne pourra plus travailler, me dit-elle quand nous fûmes dehors. Vous vous rendez bien compte. Faut pas lui dire. Il ne ferait que se tourmenter. Voilà, c'est la vie. Heureusement que je suis là pour le soigner. Mes respects à Mme la comtesse. Je lui cueillerai du raisin de la vieille vigne, elle l'aimait bien dans le temps. Après vous, monsieur le comte.

Mais je la laissai retourner sans moi à la verrerie en lui disant que j'avais quelque chose à prendre dans la voiture et je la regardai traverser le terrain, passer devant les monceaux de verre brisé en écrasant des éclats sous ses sabots ; sa lourde et robuste silhouette dans son châle noir et son tablier faisait partie du paysage et se confondait avec les hangars sombres. Quand elle eut disparu dans le jardin derrière la vieille maison, je montai dans la Renault et repris la grande route par laquelle nous étions venus à travers la forêt. Je m'arrêtai au bord du fossé, à trois ou quatre kilomètres, juste avant la descente, allumai une cigarette, sortis de la voiture et contemplai le paysage que je dominais.

La petite communauté de la verrerie s'enfonçait derrière moi dans sa clairière, tandis qu'au-delà de la lisière des bois se découvraient des hectares de champs avec des fermes isolées et des villages çà et là, chacun surmonté par la flèche de son église, et, plus loin encore, d'autres champs et d'autres forêts. A nos pieds, je voyais le village de Saint-Gilles, je distinguais le clocher de l'église, mais le château m'était caché par la masse des arbres. Seuls, les bâtiments de la ferme apparaissaient d'un jaune de chrome adouci par le soleil d'automne ainsi que les murs de clôture du domaine qui formaient une ligne grise sur le sombre fond des allées d'arbres.

J'aurais voulu demeurer indifférent ; j'aurais voulu pouvoir considérer d'un cœur sec le village de Saint-Gilles et les murailles du château. Ma joyeuse humeur matinale s'était altérée. L'amusement, l'espièglerie d'écolier avaient fui ; le jeu de l'espoir blessait en retour comme un boomerang. Le sentiment de puissance, l'orgueil d'avoir dupé ce petit groupe de gens sans défiance, faisaient place à la honte. J'aurais souhaité que Jean de Gué eût eu un autre caractère. Je ne voulais pas découvrir à chaque pas que c'était un vaurien. Il aurait été exaltant de jouer le rôle d'un homme de bien, le changement de peau aurait été alors un stimulant à mieux faire. Mais j'avais troqué mon moi négligeable contre un personnage bien pis. Il avait le suprême avantage de l'insouciance. Mais était-il si insouciant ? Pourquoi, en somme, avait-il disparu ?

Je continuai à contempler le paisible village. Je vis un troupeau noir et blanc conduit par un enfant passer devant l'église, puis j'entendis une voix derrière moi. Je me retournai et reconnus le visage souriant et branlant du vieux curé bizarrement monté sur un tricycle, sa longue soutane retroussée sur des bottines noires à boutons. C'était un personnage singulier et touchant, émouvant par son ridicule même.

– Il fait bon ici au soleil, fit-il.

J'eus soudain envie de me confier à lui et, m'approchant du tricycle, je posai les mains sur le guidon et dis :

– Mon père, je suis malheureux. Depuis vingt-quatre heures, je vis dans le mensonge.

Son visage se plissa de compassion, mais le chef branlant ressemblait tellement à celui d'un mandarin dans une boutique de porcelaine que je perdis confiance au moment même où je parlais. Que pouvait-il, au sommet de cette colline, à califourchon sur son tricycle, que pouvait-il, me demandai-je, pour un être comme moi enfermé dans la ruse et la tromperie ?

– Quand vous êtes-vous confessé pour la dernière fois ? me demanda-t-il.

Cela me rappelait mon enfance, et la surveillante d'internat qui, après m'avoir posé une toute différente question mais sur le même ton, concluait son enquête en m'administrant une purge.

– Je ne sais pas, dis-je. Je ne me rappelle pas.

Il continua à hocher la tête avec pitié et aussi parce qu'il ne pouvait s'en empêcher et dit :

– Mon fils, il faudra venir me voir dans la soirée.

Il m'avait fait la réponse que je méritais mais elle ne me servait à rien. Après les vêpres, il serait trop tard. J'avais besoin qu'on me dise maintenant, sur cette colline, si je devais m'en aller et laisser les gens du château se débrouiller comme ils pourraient.

– Que penseriez-vous de moi, demandai-je, si je quittais Saint-Gilles, si je m'en allais, pour ne plus revenir, si je disparaissais ?

Le sourire revint sur son vieux visage poupin et il me tapota l'épaule :

– Vous ne ferez jamais ça, dit-il. Trop de gens dépendent de vous. Vous croyez que je vous condamnerais ? Non, ce ne serait pas mon rôle. Je continuerais à prier pour vous comme je l'ai toujours fait. Allons, voyons, assez de sottises. Rappelez-vous que si vous êtes déprimé, l'esprit abattu, c'est un bon signe. Cela prouve que Dieu n'est pas loin. Allez finir votre cigarette au soleil en pensant à Lui.

Il agita la main et s'éloigna, sa soutane frôlant les pédales, et je le vis descendre la route à roue libre, tout content de sa petite audace. Je le regardai entrer dans le village en évitant le troupeau, puis descendre de selle devant les marches de l'église, caler son tricycle contre le mur et disparaître. Je finis ma cigarette, remontai en voiture et suivis le même chemin que lui. Je traversai le village et franchis le pont-levis devant l'entrée du château. Je vis Gaston sous la poterne des communs et l'appelai pour lui dire de ramener la voiture à la verrerie pour chercher Paul. Au château, je montai l'escalier et entrai dans le cabinet de toilette. J'y trouvai, sur la table, la liasse de lettres que je me rappelais avoir aperçue dans la poche de la valise.

Il y en avait une portant l'en-tête imprimé des Carvalet. Je la lus et y trouvai ce que je redoutais. Ils y confirmaient la décision qu'ils avaient été obligés de prendre, accompagnée du regret inspiré par nos bonnes relations passées, et rendu plus sensible encore par notre dernière conversation, mais ils se voyaient, après un nouvel examen de la situation, dans l'impossibilité de renouveler notre contrat.

CHAPITRE IX

Je ne me préoccupai sur le moment ni de Jacques ni d'aucun des habitants du château, ils avaient tous dû s'attendre au pire et je ne pouvais être que surpris et soulagé qu'ils eussent consenti à me croire. Rien ne les empêchait, en somme, de continuer à vivre ici des revenus de leur terre ou des rentes dont ils avaient hérité, à la manière de beaucoup de leurs semblables dans un château de plus en plus décrépit, un parc de moins en moins bien entretenu, et de vieillir, aigris et maudissant le monde extérieur de tous leurs maux. Je m'inquiétais des ouvriers que j'avais vus à la verrerie cet après-midi-là, torse nu, en sueur auprès de la chaudière, et de leurs compagnons qui accomplissaient leur besogne sous les hangars ; mais je revoyais surtout André avec son côté brûlé et bandé, couché dans le lit de sa maisonnette et Julie qui m'avait offert du café et du sucre sur ses maigres provisions. Je ne pouvais pas imaginer avec indifférence l'expression de leur regard quand ils apprendraient que les bonnes nouvelles que je leur avais données n'étaient pas véridiques, que je leur avais menti, que le contrat Carvalet n'était pas renouvelé. Au lieu de m'accueillir avec leur sourire indulgent, ils détourneraient les yeux, ne cherchant même pas à me faire voir leur mépris ; et quand Jacques leur expliquerait qu'il y avait un malentendu et que, malheureusement, dans ces conditions, M. le comte ne pouvait pas continuer à mener son affaire à perte, leurs visages à tous auraient la même fixité désolée que celui d'André, l'ouvrier brûlé. Un malheur les atteindrait qu'ils avaient été impuissants à conjurer, mais que M. le comte, lui, aurait dû prévoir et dont il aurait dû les préserver, s'il s'en était soucié. Ils nous regarderaient, Paul et moi, nous éloigner vers le château, puis abandonnant les machines soudain arrêtées, la chaudière éteinte et les rangées de petits flacons prêts à être mis en caisse, ils retourneraient vers leurs maisonnettes du chemin de sable, leurs murs lézardés et leurs plafonds humides, et ils se diraient l'un à l'autre : « Il s'en moque, lui, bien sûr, mais nous ? Qu'est-ce qu'on va devenir, nous, maintenant ? »

Ce qui m'étonnait le plus, c'était d'en éprouver un tel souci. La fidélité que j'avais lue dans les yeux de Julie, la résignation patiente dans ceux d'André, le rapide passage de l'hostilité à une espèce d'admiration dans ceux de Paul, admiration plus marquée encore dans ceux de Jacques, le regard de camaraderie des ouvriers, ce n'est pas à moi que tout cela s'offrait mais à Jean de Gué. Le dédain et la déception qui y succéderaient s'adresseraient donc pareillement à lui, et ne devraient pas atteindre mon moi inviolé. Le personnage qui allait et venait sous l'habit d'un autre, arborait ses traits, ses couleurs et ses manières, était innocent, ce n'était qu'un mannequin, une façade aussi distincte de l'original qu'une boîte à violon de l'instrument qu'elle abrite. Le sentiment n'avait rien à faire ici. Jamais, pas un instant, je n'avais été assez aveugle pour imaginer que les témoignages d'affection de ces gens fussent dus à mes mérites personnels soudain apparus à la surface et provoquant leur approbation : cette affection fleurissait pour lui, pour lui seul, si imméritée fût-elle. Mais je constatais que je désirais préserver Jean de Gué du déshonneur. Je ne pouvais supporter de le voir humilié. Je tenais à épargner cet homme qui ne valait certes pas tant d'efforts. Pourquoi ? Parce qu'il me ressemblait ?

Je m'assis dans le cabinet de toilette et considérai la lettre de Carvalet, courtoise mais définitive, et je me demandai quelles pensées habitaient Jean de Gué au moment où il l'avait glissée dans la poche de sa valise. Je savais que je devais prendre une décision : ou bien dire à Paul dès son retour au château que j'avais menti au sujet du contrat, ou bien continuer à lui laisser croire qu'il était renouvelé. Le premier parti provoquerait des reproches, du mépris, l'aveu du mensonge aux ouvriers, et la fermeture immédiate de la fabrique – ce qui probablement se serait d'ailleurs passé si Jean de Gué était rentré. Le second amènerait un chaos encore pire : la fabrication et l'expédition à Paris de marchandises qui n'avaient pas été commandées et, lorsque le premier envoi arriverait aux ateliers Carvalet, des coups de téléphone étonnés réclamant des explications.

Le contrat présent était peut-être encore valide pour quelques jours ou quelques semaines. Je l'ignorais. Même si l'on me présentait les clauses et les chiffres, je n'y comprendrais sans doute pas grand-chose. Je n'entendais rien aux affaires. Mes seules relations de cet ordre étaient avec les établissements d'enseignement qui me payaient mon modeste traitement et avec les éditeurs et directeurs de revues qui publiaient mes articles et mes conférences. Comment s'y prendrait, me demandai-je, le patron d'une verrerie désirant communiquer avec la maison qui achetait ses marchandises ? Par le téléphone de son bureau, sans doute, l'affaire étant urgente. Je n'étais pas dans un bureau. J'étais dans le cabinet de toilette d'un château au fin fond de la campagne française et je ne savais même pas où se trouvait le téléphone.

Je mis la lettre de Carvalet dans la poche intérieure de ma veste et descendis. Il était à peu près quatre heures. Tout était désert et je percevais le répit de la sieste dans toute la maison. Les relents du déjeuner se sentaient encore dans l'air, montaient de la cuisine où je n'avais pas encore pénétré, et évoquaient la vaisselle faite, et je ne sais quelle substance émanant d'elle s'accrochant à des murs sombres sous un plafond bas, tandis que des légumes encore chargés de la terre du potager attendaient d'être lavés et secoués pour le repas du soir. Je m'aventurai jusqu'à la porte entrebâillée du salon ; n'entendant aucun son, j'y entrai et le trouvai occupé seulement par Françoise endormie sur le divan. Je ressortis sans bruit et revins au vestibule. Renée devait être en haut en train de soigner sa migraine ou d'essayer la parure arachnéenne, peu m'importait. Marie-Noëlle, condamnée à prendre sa leçon par mon brusque départ pour la verrerie, était peut-être dans la chambre triste et nue de sa tante Blanche, tandis que le soleil brillait sur le colombier et la balançoire. Je découvris le téléphone. Il n'aurait pas pu être plus mal placé, serré contre un portemanteau d'où pendaient des imperméables qui recouvraient à demi son appareil mural suranné. Le regard se posait inévitablement au-dessus de lui sur un chromo où je découvris un nouveau témoignage du souci de Blanche pour les âmes des habitants du château : une image représentant la décollation de deux saints dont des chiens avides lapaient le sang.

Je décrochai le récepteur et attendis ; au bout d'un moment, je perçus un bourdonnement et une voix nasale déclara : « J'écoute. »

Rien n'avait dû changer ici depuis l'installation du téléphone. Je demandai Paris et le numéro imprimé sur la lettre de Carvalet, puis j'attendis ce qui me parut une éternité, tapi dans mon coin sombre. Quand on m'annonça enfin que j'étais en communication avec Carvalet, je fus pris de panique et, croyant entendre des pas dans l'escalier, laissai tomber la lettre et le récepteur. Le central répéta l'information d'une voix chantante qui résonna dans le récepteur abandonné au bout de son fil ; alors, saisissant la lettre de Carvalet pour déchiffrer la signature, je murmurai que je désirais parler à M. Mercier.

– De la part de qui ? me demanda-t-on.

– Du comte de Gué, répondis-je.

L'énormité de mon imposture m'apparut soudain plus énorme que jamais, du fait que j'étais à présent invisible. L'on me pria d'attendre et, quelques instants plus tard, le M. Mercier de la lettre m'annonça qu'il m'écoutait.

– Monsieur, je m'excuse mille fois de vous déranger. J'ai dû rentrer subitement, quelqu'un étant tombé malade dans ma famille, sinon je serais retourné vous voir pour préciser un ou deux points qui ne m'ont pas paru tout à fait clairs. J'ai vu mon frère à présent, et j'ai examiné tout cela avec lui ; nous sommes disposés à baisser nos prix afin de vous donner satisfaction.

Il y eut un silence à l'autre bout du fil, puis la voix polie mais extrêmement surprise répondit :

– Mais, cher monsieur, la question a été discutée entre nous dans tous les détails la semaine dernière. Vous avez exposé très clairement votre position, et nous vous en sommes reconnaissants. Auriez-vous l'intention de rouvrir les négociations entre votre maison et la nôtre ?

– Exactement, dis-je. Mon frère et moi sommes prêts à faire personnellement tous les sacrifices nécessaires pour laisser la fabrique ouverte et donner du travail à nos ouvriers.

Nouveau silence. Puis :

– Excusez-moi, monsieur, mais ceci est en contradiction complète avec ce que vous nous avez vous-même déclaré.

– Je sais, dis-je, mais je vous avoue que j'agissais là sans avoir suffisamment consulté les miens. Vous savez que notre fabrique est une affaire de famille.

– Naturellement, monsieur, et c'est pourquoi nous avons toujours eu tant de considération pour vous. Nous avons infiniment regretté d'avoir été obligés de réviser le contrat, et surtout en apprenant que vous devriez fermer si nous n'arrivions pas à nous mettre d'accord, ce qui malheureusement a été le cas. Mais je me rappelle que vous nous avez dit que cela ne vous touchait pas personnellement et que la verrerie était devenue une source de dépenses que vous ne pouviez plus vous permettre.

La voix unie et impersonnelle continuait et je me représentai l'homme et Jean de Gué assis face à face dans des fauteuils de cuir, échangeant des signes de tête et des cigarettes, l'affaire écartée de leur esprit aussitôt l'entretien terminé. Que faisais-je ici, moi, étranger, à me jeter ridiculement au secours d'une cause perdue parce que je ne voulais pas voir une poignée d'ouvriers, une paysanne et son fils mutilé, mépriser leur employeur qui n'en saurait rien, ne s'en soucierait pas ?

– Tout ce que vous dites là est parfaitement exact, repris-je. Je tiens seulement à vous apprendre que j'ai changé d'avis. J'accepterai n'importe quelles conditions pour que la fabrique continue à fonctionner. Nos prix de revient me regardent. Je vous demande de renouveler notre contrat à vos conditions, quelles qu'elles soient.

Un silence prolongé suivit. Puis, vivement :

– Évidemment, monsieur, nous étions désolés de voir se terminer nos longues relations avec vous et votre famille, mais il ne semblait pas y avoir d'autre solution. Quoi qu'il en soit, si vous êtes disposé à présent à nous fournir vos produits à un prix acceptable pour nous – il est évidemment impossible de régler cela immédiatement par téléphone –, je consulterai nos autres directeurs. Il n'y aurait donc aucune raison pour que le résultat définitif ne soit pas satisfaisant pour vous comme pour nous ?

L'interrogation de sa voix provoqua aussitôt des assurances de ma part. On allait s'écrire et le contrat serait renouvelé à des prix modifiés. Nous échangeâmes des politesses et je l'entendis raccrocher l'appareil. Je pris mon mouchoir – ou plutôt celui de Jean de Gué – et épongeai la sueur de mon front, car non seulement il faisait chaud dans ce petit réduit encombré d'imperméables, mais mon effort m'avait mentalement épuisé. Je m'étais engagé à une chose sans avoir la moindre idée de la façon de la réaliser. Si le prix payé par Carvalet pour les fioles de verre ne couvrait pas les frais de fabrication et les salaires des ouvriers, ce qui était certainement le cas – sinon pourquoi la présente crise ? – alors l'argent devrait venir d'une autre source. A ce moment, j'entendis une respiration dans le récepteur que j'avais gardé distraitement à l'oreille : le son inimitable que fait une personne écoutant à un autre poste et attendant la suite de la conversation. Je ne bougeai pas. Je restai là, tenant le récepteur serré dans ma main. Au bout d'un moment, le central intervint et l'on me demanda si j'avais terminé avec Paris ; je répondis par l'affirmative et la communication fut coupée ; j'entendis alors de nouveau un bruit de respiration puis un léger déclic prouvant que, quelle que fût la personne du château qui nous avait écoutés, elle avait à présent raccroché son appareil. Je n'aurais pu en jurer, mais j'étais à peu près certain qu'on avait écouté ma conversation avec Paris. Qui ? Où était le second poste ? Je raccrochai le récepteur et sortis du petit vestiaire. Les pas que j'avais cru entendre dans l'escalier au moment où j'obtenais la communication pouvaient avoir été le fruit de mon imagination et de mon inquiétude (en tout cas, il n'y avait personne dans le vestibule et tout était silencieux), mais le souffle dans le téléphone, lui, n'avait pas été imaginaire. Je sortis sur la terrasse, car peu importait à présent que l'on me vît ou non, et je levai la tête vers les fenêtres, mais je ne découvris que le fil principal du téléphone qui pénétrait dans le château par le toit entre une tour et le mur. Les hautes cheminées, les tourelles, même les têtes de gargouilles cachaient toute trace de lignes électrique et téléphonique ; d'ailleurs j'étais trop peu versé dans ces choses pour discerner où elles eussent mené.

La découverte du second poste et de l'indiscret devraient attendre. Il me paraissait plus urgent de m'instruire de la situation financière personnelle de Jean de Gué. Le chéquier à moitié utilisé que j'allai prendre dans le cabinet de toilette portait des chiffres sibyllins et des initiales mais aucune indication du solde, et la seule information utile que j'y trouvai fut le nom de la banque et l'adresse de la succursale dans une ville voisine. Il n'y avait, dans le cabinet de toilette, ni bureau ni secrétaire. Il devait bien exister dans le château une pièce où le propriétaire faisait son courrier et rangeait ses papiers. Je me rappelai la bibliothèque où la famille était réunie avant le déjeuner. Je redescendis dans le vestibule et, traversant la salle à manger, entrai dans la bibliothèque par la porte à deux battants ; la pièce était dans la pénombre car on avait fermé les volets des hautes fenêtres pour la protéger du soleil. Je les ouvris et vis ce que je cherchais : un bureau à cylindre dans un coin. Il était fermé. Le trousseau de clefs de Jean de Gué, dont je n'avais pas eu jusqu'ici l'occasion de me servir, non plus que de sa monnaie, son portefeuille, son chéquier et son permis de conduire, était dans ma poche depuis que j'avais commencé à porter ses vêtements. Je les essayai dans la serrure du bureau, l'une d'elles y tourna. Je me livrai sans aucun scrupule à cette effraction ; le jeu de l'espion recommençait et personne n'était blessé.

Le bureau ouvert révéla le fouillis et le désordre que je constatais chaque fois qu'il m'était donné de jeter un coup d'œil sur les affaires des autres ; chez moi, les papiers étaient toujours rangés avec un soin minutieux. Ici, les casiers trop bourrés laissaient déborder les enveloppes déchirées, les lettres, les factures, les reçus qu'on y avait fourrés sans les classer. Les tiroirs présentaient le même spectacle. Je ne pus que les entrouvrir, bloqués qu'ils étaient par des carnets, des paperasses et des photos qui eussent sans doute pu raconter toute l'histoire de Jean de Gué et de sa famille depuis plusieurs générations. Leur refus à s'extraire des tiroirs poussiéreux m'impatientait. Je voulais les comptes de la banque et ne les trouvai pas. Je ne parvins à dénicher que quelques talons de chéquiers très anciens. Excité par ma recherche comme un cambrioleur qui ne trouve pas le collier de perles qu'il est venu voler, j'aspirais à m'emparer de quelque chose, de n'importe quoi pour apaiser ma curiosité déçue. J'aperçus finalement une couverture de cuir rouge qui pouvait être celle d'un livre de comptes, je le tirai, non sans l'abîmer, hors du tiroir récalcitrant et n'y trouvai que des listes de faisans, perdrix et lièvres tués longtemps avant la guerre. Toutefois, le vide qu'il laissait dans le tiroir me permit d'y introduire les mains qui, après avoir tâtonné sur un revolver, en extirpèrent un gros volume sentant le moisi ; des photos fanées pour la plupart enfonçaient leurs coins dans des fentes ménagées dans les pages de carton, à la manière des albums d'autrefois.

J'abandonnai la recherche des comptes de la banque. Je ne pouvais résister à l'envie de jeter un coup d'œil sur le passé. Il y avait des armoiries sur la première page portant une tête de chien et un arbre avec, au-dessous, « Marie de Gué », tracé d'une longue écriture penchée. La page tournée, je reconnus la mère sans hésiter une seconde, jeune femme d'environ vingt-cinq ans ; la lourde mâchoire de la vieille dame n'était ici qu'un menton rond et décidé, la houppe de cheveux gris une abondante chevelure blonde ondulée au fer, une blouse à ruchés parait les épaules tombantes, aujourd'hui bossues sous les multiples châles ; la photo aurait pu être un portrait de moi déguisé en femme pour quelque charade. Je lus la date : 1914. Les autres membres de la famille suivaient : Jean de Gué, le père, qui me fit penser à Paul mais avec des moustaches en crocs et des yeux vifs, photographié dans un invraisemblable décor de portières drapées et de fleurs artificielles ; puis Jean et Marie ensemble regardant avec une tendre fierté ce qui avait dû être une petite Blanche très choyée et enrubannée ; puis des amis et des parents de la génération précédente, oncle un tel, tante une telle, un vieux grand-père dans un fauteuil à roulettes. Les dates n'étaient pas toujours indiquées et je dus souvent deviner quel été ce petit garçon et cette petite fille étaient montés sur un poney, quel hiver ces deux mêmes enfants emmitouflés avaient posé, en se tenant par le cou, devant le colombier couvert de neige. Ils étaient presque toujours ensemble. Quand l'un tenait une canne à pêche ou un fusil, l'autre faisait le guet et je m'avisai avec un petit choc de surprise et même de bizarre dégoût, que cette seconde image, cette Blanche enfant, aurait presque pu être celle de Marie-Noëlle, les jambes pareillement longues, le corps pareillement maigre, les cheveux coupés court de la même manière. On ne la voyait changer que plus tard, vers la quinzième année ; le visage ovale avait commencé alors à s'allonger, le regard était devenu plus réservé, mais j'avais encore peine à reconnaître, dans ces traits graves et certainement sympathiques, la vieille fille aux lèvres pincées d'aujourd'hui.

Le jeune Jean, lui, n'était jamais grave. Chaque instantané montrait un rire, une posture comique, une moquerie à l'égard de l'appareil qui saisissait son image, et je songeai qu'ils étaient bien différents malgré nos traits identiques, des photos de mon enfance aux yeux fixes et inquiets. Paul figurait peu dans l'album. Il apparaissait généralement hors de la mise au point, la figure la plus floue du groupe, ou bien il s'était courbé pour renouer son lacet au moment où on avait pris la photo; la plus nette de toutes qui représentait les trois petits de Gué adolescents le montrait à demi éclipsé par la robuste épaule de Jean et par le séduisant sourire de celui-ci. Je reconnus çà et là quelques personnages : le curé plus mince, plus jeune, mais déjà angélique et, revenant aux jours de la petite enfance, je trouvai la Julie de la verrerie en nourrice du petit Paul. Un jeune homme nommé Maurice apparaissait souvent aux dernières pages de l'album. Il figurait dans des groupes à la verrerie comme au château et il y avait une image de Jean et lui ensemble, debout près de la statue de pierre du parc. La collection de photos s'arrêtait brusquement. Trois ou quatre pages vides attendaient toujours la suite. Qu'est-ce qui l'avait interrompue : la mort du vieux Jean de Gué, la guerre, ou bien la mère s'était-elle soudain lassée de prendre des photos? Impossible à savoir. Une ère était terminée, un cycle fermé.

Je reposai l'album avec un curieux sentiment de nostalgie. Accoutumé depuis longtemps à fouiller le passé historique, rompu que j'étais à l'étude des vieilles correspondances et des documents séculaires, ce furtif regard sur le passé d'une famille de mon temps, de ma génération me touchait étrangement. Ce qui m'attristait n'était pas que la belle comtesse du début de l'album eût vieilli et ses cheveux blonds grisonné, mais qu'elle eût changé de cette façon, que ces yeux à la fois dominateurs et confiants fussent devenus soupçonneux, inquiets, cette bouche fière vorace, que ce cou et ces épaules arrondies se fussent enfoncés dans tant de graisse inutile. Je regrettais que Blanche, si fine et séduisante dans son enfance, si grave et posée dans son adolescence, eût pu se déformer au point d'en être méconnaissable, caricaturale. Même Paul, au visage flou, caché derrière son frère rieur, avait été un enfant assez touchant, perché sur un pied à l'extrémité des groupes, une mèche de cheveux retombant sur ses yeux. Aujourd'hui, il était antipathique, lourd, et n'avait montré de l'émotion que quand j'avais mis le doigt – Dieu sait, sans le vouloir – sur une blessure secrète et raillée, une faiblesse dont il avait honte.

Je fus dérangé dans ma contemplation d'un paisible passé par l'intrusion du présent. J'entendis quelqu'un tourner le bouton de la porte à double battant qui menait de la salle à manger à la bibliothèque et, repoussant l'album dans le tiroir, je me tournai à l'entrée de Renée, dont l'image ne figurait pas plus que celle de Françoise parmi les photos jaunies. Elles appartenaient toutes deux à la période suivante, à un Saint-Gilles qui avait perdu son éclat et son charme. La jeune femme ferma la porte derrière elle et me regarda.

– J'avais entendu la voiture, dit-elle, mais je pensais que Paul était peut-être avec toi. Et puis, j'ai rencontré Charlotte dans le couloir qui m'a dit que tu étais seul. Françoise se repose dans le salon et je me suis doutée que tu étais ici. Alors, tu ne t'excuses pas de ta conduite à déjeuner ?

On me reprochait de nouveau la lamentable distribution des cadeaux. Sans doute le méritais-je, à son avis. Je soupirai.

– J'ai déjà fait mes excuses à Paul, dis-je. Ça ne suffit pas ?

Une émotion réprimée se trahissait dans le corps tendu, les mains nerveuses, et elle me regarda avec une expression humiliée et éperdue, à la fois gênante et irritante, qui m'inspira une subite sympathie pour Paul obligé de subir le contrecoup de toutes ses humeurs.

– Pourquoi as-tu fait cela ? dit-elle. Tu ne trouves pas que c'est assez difficile sans aller exciter leurs soupçons et surtout vexer Paul ? Ou bien l'as-tu fait exprès pour me ridiculiser moi aussi ?

– Écoute, dis-je, j'ai tellement bu au Mans que je ne me rappelais plus ce que j'avais mis dans les paquets. Je croyais avoir rapporté des livres à tout le monde.

– Et tu te figures que je vais croire ça ? demanda-t-elle. Il n'y avait aucune erreur au sujet de ton cadeau à Françoise, n'est-ce pas ? Combien a-t-il coûté, ou bien ne l'as-tu pas payé ?

Quel vilain dépit féminin, quelle basse envie du cadeau d'un mari à sa femme ! Je me réjouis que Françoise eût reçu le médaillon à la miniature et non Renée.

– J'ai donné à Françoise un objet qu'elle apprécierait, je le savais, dis-je. Si tu es déçue par ton cadeau, c'est bien dommage. Donne-le à Germaine. Fais-en ce que tu voudras, ça m'est égal.

Elle reçut mes paroles comme une gifle. Elle me regarda, d'un visage vidé de toute couleur, et s'approcha du bureau que j'avais refermé et dont je venais de mettre la clef dans ma poche. Avant de comprendre ce qui m'arrivait, je sentis ses bras autour de mon cou, sa joue contre la mienne. Je restai immobile et gauche comme un mauvais acteur sur une scène de province.

– Qu'y a-t-il ? dit-elle. Qu'est-ce que tu as ? Pourquoi as-tu tant changé ? Tu n'oses plus faire l'amour avec moi ?

C'était donc cela ! J'aurais peut-être pu le deviner plus tôt, mais je dois dire que ces paroles me surprirent totalement et j'en fus rempli de dégoût. Je n'avais pas envie de l'embrasser. Ses bras crispés m'étranglaient et l'avidité de sa bouche tendue glaçait en moi toute réaction. Quoi que Jean de Gué eût pu faire ici par veulerie, son remplaçant ne l'imiterait pas.

– Renée, dis-je, quelqu'un peut entrer…

Faible et vain prétexte des amants lâches – et je reculai sans galanterie pour échapper à ce contact inattendu et déplaisant. Je m'appuyai inconfortablement contre le bureau, mais elle suivit mon mouvement, ses mains insistaient, essayaient de caresser, de s'accrocher, et je me dis que le mâle manque de grâce et de dignité dans la défense. Une femme attaquée par une brute garde au moins le charme de sa fragilité.

Mes efforts d'apaisement n'étaient pas convaincants ; mes petites tapes maladroites sur son épaule, mon baiser étouffé dans ses cheveux devaient paraître maigres. J'essayai de l'écarter par un flot de paroles.

– Il faut être prudents, dis-je, et ne pas perdre la tête. Je crois que Paul a compris le sens de la petite bêtise que je t'ai donnée. Je l'ai pris à la blague et je ferai de même avec Françoise. Mais il faut cesser ces rencontres. Les domestiques pourraient nous voir et si l'on se doutait de quelque chose, cela provoquerait des complications infinies.

Tout en entendant ma propre voix déverser ce flot d'excuses dans son oreille, je me rendais compte que je ne faisais que m'engager davantage. J'acceptais la liaison et laissais lâchement passer l'occasion bénie de lui dire franchement et brutalement : « Je ne t'aime pas et je ne te désire pas. C'est définitif. »

– Tu veux dire, fit Renée, qu'il faudra nous voir ailleurs ? Mais comment ? Où irons-nous ?

Pas de larmes dans ses yeux, pas de demandes de tendresse. Une chose, une seule remplissait sa pensée. Ce que Jean de Gué avait commencé comme un passe-temps était devenu un boulet. Je me demandai à quel point il s'était engagé et quand, le premier plaisir passé, il s'était mis à s'ennuyer.

– Je trouverai quelque chose, dis-je, mais rappelle-toi ce que je te dis : il faut être prudents. Nous ne pouvons stupidement risquer tout notre bonheur.

Jean de Gué lui-même n'aurait pas parlé avec plus de fourberie. Comme c'était facile, en somme, d'être un goujat ! Mes paroles l'avaient calmée et le contact, si bref qu'il eût été, devait l'avoir détendue et soulagée. A ce moment, j'entendis avec ravissement la voix de Marie-Noëlle dans la pièce voisine. Renée eut un frémissement exaspéré et s'écarta de moi.

– Papa ! Où es-tu ?

– Ici. Tu me cherchais ?

Elle fit irruption dans la pièce. J'ouvris instinctivement les bras en me demandant, comme elle y bondissait à la manière d'un petit singe, si je pourrais me servir d'elle comme d'un rempart contre les exigences d'un monde adulte.

– Grand-mie est réveillée, dit-elle. Je suis allée la voir. Elle veut que nous venions tous les deux goûter dans sa chambre. Je lui ai raconté les cadeaux et qu'oncle Paul avait été si déçu du sien. Et, tu sais, papa, tu as fait une erreur avec celui de tante Blanche. Elle ne voulait pas le regarder, alors maman et moi nous le lui avons développé et, dedans, il y avait écrit une carte : « Pour ma belle Béla, Jean… » Il n'y avait pas écrit Blanche et c'était un énorme flacon qui s'appelle « Femme », dans une jolie boîte enveloppée de cellophane et il y avait encore le prix dessus : dix mille francs !

CHAPITRE X

Comme nous montions l'escalier en nous tenant par la main, Marie-Noëlle me dit :

– C'est drôle, mais tout le monde a l'air de mauvaise humeur à cause de ces cadeaux. Maman qui était si contente du sien ce matin, après le déjeuner, elle l'a ôté et elle l'a mis dans son coffret à bijoux avec les autres. Tante Renée, c'est à peine si elle a regardé le sien et, tout à l'heure, quand je t'ai dit que tu t'étais trompé à propos du cadeau de tante Blanche, j'ai cru qu'elle allait nous battre tous les deux. Papa, qui c'est Béla ?

Par bonheur, je l'ignorais. Cela nous épargnerait un supplément de complications. Jean de Gué aurait bien dû avoir une prémonition et écrire autre chose que l'initiale B.

– Quelqu'un, dis-je, qui aime les parfums chers.

– Maman la connaît ?

– Je ne crois pas.

– Moi non plus, je ne crois pas. Quand je lui ai demandé, elle a chiffonné la carte et elle a dit que ce devait être une relation d'affaires, quelqu'un qui t'avait invité à dîner à Paris et à qui tu voulais rendre sa politesse.

– Peut-être bien, dis-je.

– Le malheur, vois-tu, c'est que ta mémoire est de plus en plus mauvaise. Comment as-tu pu confondre et le donner à tante Blanche ? J'étais sûre que tu te trompais. Tu ne lui as jamais rien donné, aussi loin que je me rappelle. Je me suis toujours demandé pourquoi. C'est vrai que les grandes personnes font des choses tellement extraordinaires ! Mais tu aurais dû te rendre compte toi-même que ce n'était pas la peine de faire un cadeau à tante Blanche puisqu'elle ne te parle plus depuis quinze ans.

Quinze ans... Cette soudaine indication si négligemment donnée m'arrêta net au milieu de l'étage et, oubliant mon rôle, je regardai fixement l'enfant qui tirait impatiemment ma main.

– Allons, viens, fit-elle.

Je la suivis sans rien dire, profondément remué. Ce que j'avais pris pour une désapprobation passagère était une inimitié si profondément enracinée que les relations de toute la famille devaient en être affectées. La liaison avec Renée n'était rien en comparaison. Certes, le fait d'offrir un cadeau à cette sœur ennemie n'était pas conforme au personnage. La révélation était troublante et même inquiétante surtout lorsque je me rappelai les photos des deux enfants qui se tenaient par le cou. Un conflit intime et cruel avait dû séparer Blanche et Jean, admis de tous et même de la petite.

– Nous y voilà, dit Marie-Noëlle en ouvrant la porte de la vaste chambre et, comme la veille au soir, je me sentis enveloppé dans la chaleur du poêle. Les petits chiens, absents le matin, étaient de retour. Ils sautèrent du lit avec des jappements aigus que ni les gronderies ni les caresses de la petite ne parvinrent à apaiser.

– C'est fantastique, dit Marie-Noëlle. Tous les chiens de la maison sont devenus fous. César aussi ce matin, il a aboyé après papa.

– Charlotte, dit la comtesse, vous avez bien promené Joujou et Fifi, ou bien êtes-vous restée toute la matinée en bas, à bavarder ?

– Naturellement que je les ai promenés, madame la comtesse, dit Charlotte prenant aussitôt la mouche. On a marché près d'une heure dans le parc. Comme si c'était mon habitude de les négliger !

Elle me lança un regard qui semblait dire que j'aurais été bien capable de l'accuser, et je la comparai, à son désavantage, à l'honnête et franche Julie de la verrerie. Les petits yeux luisants de Charlotte, sa charpente étriquée, jusqu'à la façon mesquine dont elle servait le thé, tout en elle donnait une impression aigre et sournoise.

– Ça va, laissez-nous, lui ordonna la comtesse, agacée. La petite nous servira.

Elle me regarda du fond de ses oreillers, le visage grisâtre et flasque, des cernes profonds sous les yeux, étendit la main et me tira à elle. En baisant la joue affaissée, je me dis qu'il était bien étrange que cette accolade filiale, qui aurait pu être repoussante, fût assez réconfortante alors que le frôlement de la belle Renée m'avait paru choquant et grossier.

– Mon Dieu, chuchota-t-elle, comme la petite m'a fait rire ! – puis, m'écartant, elle dit tout haut : Assieds-toi et bois ton thé. Qu'est-ce que tu as fait toute la journée à part t'embrouiller dans tes cadeaux ?

Je retrouvai mon aisance avec elle ; je pouvais parler, rire, elle éveillait en moi une gaieté que je n'avais pas soupçonnée. Nous formions un trio parfaitement à l'aise, la comtesse, l'enfant et moi. La comtesse versa son thé dans une soucoupe où elle le but à petites gorgées, et donna les dernières gouttes à lécher à ses chiens tandis que l'enfant, fière de faire le service, grignotait distraitement un toast sans nous quitter du regard.

Je racontai ma visite à la fabrique, parlant avec beaucoup d'assurance maintenant que mon appel secret à Paris avait produit ou allait produire une solution passagère, et la comtesse, sans insister, se mit à évoquer les gloires passées comme font les vieux, à mon grand intérêt et au grand plaisir de la petite. Elle nous parlait des jours qu'elle se rappelait où l'on soufflait le verre à la main, et de ceux qu'elle n'avait pas connus où la chaudière était alimentée par le bois de la forêt voisine. C'était pour cela, nous dit-elle, que toutes les verreries étaient installées dans des régions boisées. Elle nous dit qu'au siècle précédent, on faisait travailler cent soixante chevaux, des femmes et des enfants. Les noms des ouvriers et de leurs familles étaient tous inscrits dans un livre qui devait se trouver quelque part, dans la bibliothèque peut-être, elle ne se rappelait pas très bien.

– Bah ! fit-elle, tout ça est passé. Fini. Le vieux temps ne reviendra pas.

Je me rappelai Julie qui avait montré la même résignation aux changements, le même abandon des choses révolues, mais quand je lui parlai de ma visite à la maisonnette et du pauvre André brûlé couché dans son lit, elle haussa les épaules, soudain endurcie.

– Oh ! ces gens-là ! dit-elle. Ils nous pressureront jusqu'à notre dernier sou si on les laisse. Je me demande combien Julie s'est fait ici dans son temps. Quant à son fils, ç'a toujours été un bon à rien. Je comprends que sa femme soit partie avec un mécanicien du Mans.

– Leur maison est dans un état de délabrement lamentable, protestai-je.

– N'y fais rien surtout, répondit-elle. Si tu commences, ils te demanderont autre chose. Nous sommes assez gênés nous-mêmes sans aller encore nous occuper d'eux. Et je ne vois vraiment pas comment nous nous en sortirons, à moins que Françoise ne fasse un fils ou ne…

Elle se tut et, bien que je ne comprisse pas ses paroles, un certain ton dans sa voix et le long regard de côté qu'elle me lança étaient déconcertants. Elle reprit au bout d'un moment :

– Que ces journaliers se débrouillent. De quoi se plaignent-ils ? Ils n'ont même pas de loyer à payer.

– Julie ne s'est pas plainte. dis-je. Elle n'a rien demandé.

– J'espère bien ! Elle doit avoir un joli magot caché sous le plancher. Je voudrais pouvoir en dire autant.

Son attitude me troublait. J'étais déçu. Julie, qui m'avait paru si honnête et loyale, m'était montrée à présent comme une personne âpre et la comtesse, un instant plus tôt riante et généreuse, était soudain sans cœur et sans intuition. L'affectueux élan que j'avais éprouvé pour elles deux, instinctif et sincère, retombait un peu, et, réfléchissant là-dessus tandis que Marie-Noëlle me versait une seconde tasse de thé, je m'avisai que ce n'était pas la comtesse qui manquait d'intuition mais moi. J'étais un idéaliste, je voulais voir les gens meilleurs, plus généreux qu'ils n'étaient.

– Tu sais, dit Marie-Noëlle, intervenant tout à coup dans la conversation, c'était très bizarre quand maman et moi on a ouvert le cadeau de tante Blanche. Maman a dit : « Ne sois pas si entêtée, Blanche, ça ne va pas te tuer, et si Jean t'a apporté quelque chose cela doit signifier qu'il a des sentiments dont il veut te faire part à sa manière… » Alors tante Blanche a baissé les yeux puis elle a dit au bout d'un très long moment : « Eh bien, ouvre-le. Ça m'est égal. Ça ne me touche en rien. » Mais je suis sûre qu'elle était curieuse parce qu'elle a serré les lèvres comme elle fait quelquefois. Alors on a ouvert le paquet et, quand maman a vu le grand flacon de parfum, elle a dit : « Grand Dieu, quelle idée !... » et il a bien fallu que tante Blanche regarde alors et, tu sais, elle est devenue toute pâle, elle s'est levée et elle est sortie de la pièce. Moi j'ai dit à maman : « Ce n'est pas un médicament comme le cadeau d'oncle Paul, pourquoi elle n'est pas contente ?... » et maman a dit d'un air tout drôle : « Je crois que c'était tout de même une farce, et plutôt cruelle. » Alors on a trouvé la carte pour l'autre personne, Béla, et maman a dit : « Non, ce n'est pas une farce, c'est une erreur. Le cadeau était pour quelqu'un d'autre. » Mais moi je n'ai pas compris pourquoi elle trouvait ça cruel.

Ces paroles parurent faire un trou dans le silence. Des ondes restaient suspendues dans l'air. Je me sentais curieusement uni à l'enfant. Son innocence et mon ignorance nous rapprochaient. La mère me regarda et il y avait dans ses yeux quelque chose que je ne savais lire ; ce n'était pas une condamnation ni un reproche, mais une sorte d'interrogation, de quête étonnée qui m'émut car elle semblait presque suggérer – et pourtant je savais que c'était impossible – que son instinct avait percé mon identité, découvert mon secret, reconnu mon mensonge. Cependant, quand elle reprit la parole, ce fut pour s'adresser à l'enfant.

– Tu sais, petite, dit-elle, la conduite des femmes est très mystérieuse, surtout celle d'une personne pieuse comme ta tante. Rappelle-toi cela et ne deviens pas bigote comme elle.

Elle paraissait soudain fatiguée et très vieille. Plus d'hilarité. Le geste avec lequel elle écarta les fox-terriers était las et mal assuré.

– Viens, dis-je à Marie-Noëlle, remettons la table à thé en place.

Nous la repoussâmes contre le mur à côté de la coiffeuse sur laquelle j'aperçus une grande photographie en couleurs de Jean de Gué en uniforme trônant au milieu de la brosserie d'argent. Je ne sais quelle intuition me fit regarder vers le lit. La mère contemplait elle aussi le portrait avec l'air de réflexion et de doute que j'avais déjà aperçu sur son visage. Quand nos yeux se rencontrèrent, nous baissâmes en même temps les paupières. A ce moment, Charlotte entra, suivie du curé. L'enfant s'avança vers lui et lui fit la révérence.

– Bonsoir, monsieur le curé, dit-elle. Papa m'a donné le livre de

La Petite Fleur. Voulez-vous que j'aille le chercher pour vous le montrer ?

Le vieillard lui caressa les cheveux.

– Plus tard, mon enfant, plus tard, dit-il. Vous me le montrerez quand je descendrai.

Il s'approcha du lit et resta debout au pied, les mains croisées sur son ventre arrondi, le regard sur le visage livide, épuisé, de la comtesse.

– Alors ? dit-il, vous n'êtes pas en train aujourd'hui ? Trop d'agitation hier soir peut-être, suivie d'insomnie et de mauvais rêves ? Saint Augustin a parlé de ces choses. Il en a souffert lui aussi.

Il sortit un livre des plis de sa soutane et je vis la comtesse faire un suprême effort pour appliquer son attention errante à ses paroles. Elle lui désigna le fauteuil que je venais de quitter, et le curé s'assit, en tirant sur sa soutane. A l'autre bout de la chambre, Charlotte, elle aussi, s'apprêtait à écouter, mains jointes, tête baissée.

– Je peux rester ? demanda tout bas Marie-Noëlle, les yeux brillants d'animation comme si elle demandait la permission d'aller au spectacle.

J'acquiesçai, incertain de ce que je devais faire, et elle alla prendre le tabouret de la coiffeuse pour le planter tout près du curé. Puis, pareille à une actrice enfant vivant son rôle, elle quitta l'air vif et décidé avec lequel elle avait fait ces préparatifs pour prendre une expression de ferveur, fermant les yeux, croisant les mains, remuant silencieusement les lèvres en réponse aux paroles du vieillard. Je regardai la comtesse. La bonne éducation et le souci de sa dignité la maintenaient assise sur ses oreillers, mais la fatigue inclinait la tête massive sur la poitrine et les paupières s'abaissaient moins par l'effet de la méditation que d'une intolérable fatigue.

Je quittai la pièce, descendis et allai me promener dans les sentiers du parc, derrière la Diane de pierre grise, assombrie et solennelle dans la lumière du crépuscule. Le château, que le soleil de midi détaillait comme un joyau, paraissait plus farouche à l'approche du soir ; le toit et les tourelles qui, quelques heures auparavant, se fondaient dans l'azur, se détachaient, plus aigus, sur le ciel décoloré. J'imaginai la forteresse lorsque l'eau remplissait ses fossés, avant que la façade du XVIIIe siècle de l'aile centrale n'eût été érigée entre les deux tours datant du début de la Renaissance. Les dames en vertugadins qui regardaient alors par ces étroites ouvertures étaient-elles plus mélancoliques que les Renée et les Françoise d'aujourd'hui, quand l'eau léchait ces douves et que la forêt touffue s'avançait jusqu'au portail ? Les sangliers aux yeux flamboyants frappaient-ils le sol à l'endroit où les vaches paissaient aujourd'hui, et l'aigre corne du chasseur sonnait-elle au matin dans la brume qui s'accrochait aux arbres ? Quels seigneurs d'Anjou, buveurs et paillards, partant en chasse ou au combat, avaient fait résonner le pont-levis sous le sabot de leurs chevaux ? Quelles amours s'étaient ici déroulées dans la nuit, quelles naissances pénibles avaient eu lieu, quelles morts subites avaient frappé ? Et combien de ces événements se reproduisaient-ils aujourd'hui, différemment dans une époque différente, avec des sentiments réprimés et des appétits plus secrets ? De nos jours, la cruauté suivait des voies plus souterraines, elle attaquait l'esprit, blessait le moi secret ; à cette époque, on était franchement brutal ; seuls les forts survivaient, et les tristes Françoise et Renée déçues de ces siècles lointains s'éteignaient comme des bougies qu'on souffle, dans la maladie et la mort, pleurées ou oubliées par leurs seigneurs qui festoyaient, guerroyaient et haussaient une épaule vêtue de velours en préfigurant Jean de Gué.

Quelqu'un faisait le tour des salles du château, fermait l'un après l'autre les volets des portes-fenêtres, et cette barricade contre la nuit sonnait une espèce d'intime retraite. Ce qui se passait à l'intérieur était mort, éteint, cessait d'exister : le château était une tombe, et seuls vivaient le bétail qui broutait près de moi en reniflant l'herbe mouillée, les corneilles qui volaient vers leurs nids, un chien qui aboyait dans le village derrière l'église.

Cette soirée, la seconde de mon déguisement, prenait forme et substance, comme la seconde soirée dans un nouveau collège. Je connaissais à présent les aîtres. Mon étonnement s'était dissipé. Mon audace de la nuit précédente, enivrante comme une drogue, semblait à présent toute naturelle et, quand j'ouvrais une porte, entrais dans une chambre ou me trouvais face à face avec un membre de la famille, je n'éprouvais plus de stupeur. Je reconnaissais les bruits, les odeurs, les voix, je savais qui s'asseyait habituellement dans tel ou tel fauteuil, j'entendais des sonneries sans frémir d'appréhension. Je me lavais les mains sans me poser de questions, changeais de veste et de souliers pour le dîner, avec le même instinct grégaire que le nouvel élève qui imite ses condisciples et, soucieux avant tout de faire comme les autres, abandonne sa personnalité et les habitudes de sa maison jusqu'aux prochaines vacances, assumant, pour le temps d'un trimestre, une coque dure et brillante, un masque animé par le désir de gagner l'approbation des maîtres et des élèves, trompé lui-même et séduit par le nouveau personnage qui l'habite. Manger, boire, ouvrir un journal devenaient soudain des actions intéressantes parce que ce n'étaient pas les miennes mais celles de Jean de Gué. Le rêve le plus bizarre paraît toujours normal au dormeur et je commençais à me mouvoir avec aisance parmi les fantômes qui me parlaient, me souriaient ou me faisaient grise mine. Les rites étaient déjà établis ; la roue continuait à tourner comme elle l'avait toujours fait et je me laissais simplement porter par elle sans résistance.

Le dîner fut silencieux. Nous n'étions que quatre. Je compris que Marie-Noëlle prenait un potage et des biscuits à sept heures et n'y assistait jamais ; quant à Blanche, Gaston annonça qu'elle désirait jeûner. Elle était dans sa chambre, dit-il, et ne descendrait pas.

La conversation languissait. Françoise, si gaie à midi, paraissait lasse et prononça mollement quelques menus propos pour meubler le silence : la rubéole qui sévissait au village, la visite du curé, la lettre d'une cousine d'Orléans, les troubles d'Algérie, un accident de chemin de fer dans la banlieue de Lyon. L'ennui me reposait. Sa voix, quand elle n'était pas plaintive, avait un timbre clair et agréable. Renée portait une blouse à col montant qui lui allait bien, ses cheveux remontés découvraient ses oreilles, elle avait mis un peu de rouge sur ses pommettes et, soit pour m'éblouir de son charme, me blesser de son ironie ou me rendre jaloux, parlait avec animation à Paul. Son plan, si c'en était un, demeura sans effet. Quant à Paul, il ne faisait guère attention à elle ; tout à son repas, il mangeait bruyamment et grommelait quelque réplique entre deux bouchées sans détacher les yeux de son assiette ; aussitôt le dîner fini, il alla s'installer dans le fauteuil le mieux éclairé du salon, alluma un cigare et disparut derrière *Le Figaro* puis *Ouest-France*.

Marie-Noëlle descendit en robe de chambre et Françoise, la petite et moi – Renée était assise sur le canapé avec un livre dont elle ne tournait pas les pages – nous jouâmes aux jonchets et aux dominos, paisible trio familial qui devait avoir occupé ainsi d'innombrables soirées jusqu'au moment où la pendule sonna neuf heures et où Françoise, bâillant de fatigue, dit :

– Et maintenant au lit, chérie.

L'enfant se leva sans résistance, rangea les dominos, mit la boîte dans un tiroir, embrassa son oncle, sa tante et sa mère, puis, me prenant par la main, dit :

– Viens, papa.

Telle devait être l'habitude quotidienne, et nous nous rendîmes ensemble à la petite chambre de la tourelle. La poupée que ne transperçait plus le porte-plume, sauvée du martyre, était à présent pénitente ; on l'avait agenouillée devant une boîte renversée qui servait de confessionnal tandis qu'un grand Donald Duck déhanché et amputé d'une jambe jouait le rôle du prêtre, son béret marin drapé de noir pour imiter une barrette.

– Assieds-toi, m'ordonna l'enfant.

Elle ôta sa robe de chambre, hésita un moment et je crus qu'elle allait aller à son pseudo prie-Dieu pour faire sa prière.

– Tu veux me voir mortifier la chair ? dit-elle.

– Que veux-tu dire ? demandai-je.

– J'ai péché, tu sais bien, quand j'ai dit hier soir que je voulais me tuer, fit-elle. Je l'ai raconté à tante Blanche qui a dit que c'était très mal. Il est trop tôt pour me confesser, alors j'ai décidé de me donner moi-même une punition proportionnée à ma faute.

Elle ôta sa chemise de nuit, et se tint, maigre, gracile devant moi.

– L'esprit veut mais la chair est faible, dit-elle.

Elle s'approcha de la bibliothèque en désordre, y fouilla un moment et en sortit une petite cravache de cuir. Elle ferma les yeux, et avant que j'eusse compris ce qu'elle allait faire, fouetta vivement son dos et ses épaules. Elle y allait sans feinte. Elle bondit involontairement en suffoquant de douleur.

– Arrête ! criai-je en me levant vivement, et je lui arrachai la cravache des mains.

– Toi, dit-elle. Fouette-moi.

Elle me regardait, les yeux brillants. Je ramassai la chemise de nuit qu'elle avait laissée par terre.

– Mets ça, dis-je brièvement. Dépêche-toi de faire ta prière et couche-toi.

Elle obéit et sa soudaine docilité, son empressement à me complaire m'étaient plus pénibles que ne l'eût été sa résistance. Je la sentais tendue, sous la façade exemplaire, et, bien que j'ignorasse tout des enfants et de leurs jeux, son excitation me parut malsaine, anormale.

La prière sur la caisse transformée en prie-Dieu n'en finissait plus. Elle priait tout bas et je ne puis dire si elle faisait semblant ou non ; à la fin, elle fit le signe de la croix, se leva, monta sagement sur son lit étroit.

– Bonne nuit, dis-je et je me penchai pour l'embrasser, mais elle leva vers moi un visage glacé, fermé, et je ne discernai pas si c'était elle ou moi qu'elle cherchait ainsi à punir.

Je sortis en refermant la porte et m'aperçus que j'avais gardé à la main sa petite cravache usée. Je tournai à gauche au pied de l'escalier de la tourelle et, pris d'une soudaine impulsion, me dirigeai vers la chambre de la tour au bout du couloir du premier étage. J'essayai de tourner le bouton. La porte était fermée à clef. Je frappai.

– Qui est là ? demanda Blanche.

Je ne répondis pas. Je frappai derechef et j'entendis le bruit d'un pas et celui d'une clef tournée dans la serrure, puis la porte s'ouvrit et Blanche parut en robe de chambre ; ses cheveux libérés du chignon tordu tombaient droit de chaque côté de son visage et lui prêtèrent un bref instant l'air enfantin de Marie-Noëlle. Son regard incrédule, inquiet, me déconcerta. Le conflit qui l'opposait à son frère ne me regardait pas. Toutefois, je pouvais l'avertir des jeux étranges de l'enfant. Je lui mis la cravache dans les mains.

– Garde ça, dis-je, ou jette-le. Marie-Noëlle voulait s'en servir sur elle-même. J'aimerais que tu lui dises que la flagellation appelle le diable et ne le chasse pas.

Ses yeux exprimèrent une haine si intense que je la considérai, fasciné, presque hypnotisé par la soudaine violence de ce visage livide. Avant que j'eusse pu ajouter un seul mot, elle se jeta contre la porte et la ferma à clef, me laissant dans le couloir avec l'impression que je n'avais sans doute réussi qu'à accroître son hostilité. Je revins lentement vers l'escalier, choqué, peiné, obsédé par l'image de ces prunelles implacables qui avaient dû un jour exprimer la confiance et la bonté.

Sur le palier, je me demandai de quel côté tourner et qu'elle était la routine de l'heure, lorsque je vis, montant l'escalier l'une derrière l'autre pour gagner leurs chambres à coucher : Françoise alourdie, pâle, les yeux cernés ; Renée, dont les joues avaient conservé l'éclat du maquillage et dont le col montant accompagnait bien la coiffure en hauteur ; et Paul, bâillant, la main sur le commutateur, un journal local sous le bras. Ils levèrent vers moi leurs trois visages sous le faible rayon de la lampe et, parce que j'étais non pas un des leurs, comme ils le croyaient, mais un étranger qui les regardait de l'extérieur, j'eus l'impression de les voir tous trois nus et sans masques. Je perçus l'angoisse de Françoise un instant rassérénée puis retombée dans la désillusion, le triomphe de Renée persuadée que son beau corps rayonnait le désir pour qu'il lui revînt à jamais, à jamais insatisfait ; tandis que Paul, gêné, fatigué, envieux, ne savait à quel miracle ou à quel oubli se vouer.

Nous nous dîmes bonsoir et nous séparâmes par couples comme au quadrille des lanciers. En suivant Françoise dans le couloir, je me demandai ce que j'aurais éprouvé si les jeux eussent été faits autrement et Jean de Gué marié avec Renée. L'attraction et la répugnance étaient-elles si parentes qu'une proximité forcée pût combler le fossé entre elles et les confondre ? Je n'y réfléchis pas plus avant car je constatai qu'on avait fait des transformations dans le cabinet de toilette. Un lit s'y trouvait à présent, un lit de camp avec traversin, draps et couvertures. Chose curieuse, ma première impression ne fut pas de soulagement mais de remords. Qu'était-il arrivé ? Que se passait-il ? M'approchant de la commode, j'y aperçus le grand flacon de parfum portant l'étiquette « Femme ». On ne l'avait pas ouvert.

Je réfléchis un instant puis traversai la salle de bain et entrai dans la chambre. Françoise était assise devant la coiffeuse en train d'épingler ses cheveux.

– Tu veux que je couche dans le cabinet de toilette ? demandai-je.

– Tu ne préfères pas cela ? fit-elle.

– Ça m'est égal, répondis-je.

– C'est bien ce que je pensais.

Elle continuait à mettre ses bigoudis. Voici, me dis-je, une de ces situations de la vie conjugale faites pour amener une réconciliation, des pleurs ou une discussion sans fin, et tout cela ne serait pas arrivé sans le flacon de « Femme » et l'initiale B si négligemment griffonnée sur le paquet. Nous avions été tous deux maladroits, son mari et moi, et, songeant qu'il se serait réfugié dans le silence, je choisis naturellement le même parti.

– Bon, dis-je, je coucherai dans le cabinet de toilette.

Je passai dans la salle de bain et ouvris le robinet. Je me nettoyai les dents en me rappelant quels étaient ma brosse et mon verre et retrouvai, de nouveau, lointaine et curieusement familière, l'impression de ma seconde nuit de collège. L'équipement de la salle de bain n'était plus étrange, l'eau coulait avec un bruit qui, pour n'être pas encore celui de la maison, faisait déjà partie d'un ensemble établi ; et quand Françoise me frôla pour prendre un tube de crème sans que nous disions un mot ni l'un ni l'autre, elle aurait pu être quelque compagnon de dortoir avec lequel j'étais passagèrement en froid. Je ne trouvais ni incongru ni étrange d'être en caleçon tandis qu'elle balayait le sol de son peignoir. J'étais à ma place comme elle dans le décor de la salle de bain. Le silence seul n'était pas dans la note. J'allai lui dire bonsoir en pyjama et robe de chambre, et la trouvai en train de lire ; quand elle tourna vers moi une joue pâle et indifférente sans plus rien de l'angoisse ni des larmes de la veille, je me sentis de nouveau moins soulagé que coupable, coupable puisque les péchés de Jean de Gué avaient été décuplés par son bouc émissaire.

Je revins au cabinet de toilette et ouvris la fenêtre. Ce soir, les marronniers étaient immobiles et il n'y avait aucune clarté, point d'étoiles, et personne non plus à la fenêtre de la tourelle au-dessus de moi. Je me couchai dans le lit de camp et allumai une cigarette en songeant que c'était ma seconde nuit sous le toit du château et que plus de quarante-huit heures s'étaient écoulées depuis mon arrivée à Saint-Gilles, or, je savais bien que tout ce que j'y avais dit ou fait m'avait entraîné plus loin, engagé plus profondément et lié plus étroitement encore à cet homme dont le corps n'était pas mon corps, dont l'esprit n'était pas mon esprit, dont les pensées et les actions étaient à des mondes de distance des miennes, et dont pourtant la substance intime répondait à mon caractère, se confondait avec mon moi secret.

CHAPITRE XI

Je m'éveillai le lendemain matin, avec l'impression d'avoir quelque chose à faire. Quelque chose d'urgent. Je me rappelai alors ma conversation téléphonique avec Carvalet et que je m'étais engagé, ou plutôt que j'avais engagé la verrerie de Saint-Gilles à continuer la production au prix fixé par cette maison, sans avoir la moindre notion des ressources de la famille de Gué. Mes informations se bornaient au chéquier de Jean de Gué portant l'adresse d'une banque à Villars. Il me fallait aller voir le directeur de cette banque en inventant quelque excuse pour couvrir mon ignorance. Cet homme serait certainement en mesure de me renseigner sur la situation financière de mon sosie.

Je me levai, pris un bain et j'achevais de m'habiller quand on servit le petit déjeuner de Françoise dans sa chambre. Tout en avalant mon café dans le cabinet de toilette, j'essayai de me représenter la carte Michelin de la région et la route nationale qui menait au nord du Mans. Villars devait se trouver quelque part sur cette route, à une quinzaine de kilomètres à peine de Saint-Gilles. Je me rappelai avoir remarqué le nom en étudiant le trajet du Mans à Mortagne et à la Grande Trappe. Je n'avais plus mes cartes, mais la petite ville ne devait pas être difficile à découvrir. Quand Gaston vint brosser mes habits dans le cabinet de toilette, je lui dis que j'aurais besoin de la voiture pour aller à la banque à Villars.

– A quelle heure monsieur le comte veut-il partir ?

– Peu importe, dis-je. Dix heures, dix heures et demie.

– Alors je sortirai la Renault à dix heures, dit-il. M. Paul pourra prendre la Citroën pour aller à la verrerie.

J'avais oublié qu'il y avait une seconde voiture, cela simplifiait bien les choses. Paul ne me poserait pas de questions, ne me proposerait pas de m'accompagner comme je le redoutais. Toutefois, je comptais sans les complications des courses de la famille. Gaston avait dû tout naturellement faire part à la ronde de mon intention d'aller en ville car j'étais en train de mettre de la menue monnaie dans mes poches au moment de descendre quand la petite femme de chambre frappa à la porte.

– Je vous prie de m'excuser, monsieur le comte, dit-elle, mais Mme Paul demande si elle peut venir avec vous à Villars. Elle a rendez-vous chez le coiffeur.

Je souhaitai à Mme Paul une nouvelle migraine. Je n'avais pas le moindre désir d'un tête-à-tête avec elle, mais je ne trouvais aucun prétexte pour l'éviter.

– Mme Paul sait que je pars à dix heures ? demandai-je.

– Oui, elle a pris rendez-vous pour dix heures et demie.

Je me demandai s'il s'agissait d'une manœuvre pour se trouver en ma compagnie. Je répondis à Germaine que j'amènerais Mme Paul chez le coiffeur, puis, mû par une soudaine inspiration, traversai la salle de bain et entrai dans la chambre où je trouvai Françoise assise dans son lit.

– Je vais à Villars ! dis-je. Tu n'as pas envie de m'accompagner ?

Puis il me souvint que tout mari devait embrasser sa femme au matin, même s'il avait été banni de sa chambre la nuit précédente, et m'approchant du lit, je la baisai au front et lui demandai comment elle avait dormi.

– J'étais agitée, dit-elle. Tu t'es bien trouvé d'avoir un lit à côté. Non, je ne peux pas venir avec toi. Je reste couchée. J'attends le docteur Lebrun qui doit passer dans la matinée. Il faut absolument que tu ailles à Villars ? J'espérais que tu verrais le docteur.

– Je dois passer à la banque, dis-je.

– Tu peux envoyer Gaston toucher un chèque si tu as besoin d'argent, dit-elle.

– Ce n'est pas ça. J'ai des affaires à discuter.

– Je crois que M. Péguy est encore malade, dit-elle. Je ne sais pas qui le remplace, l'employé principal, je suppose. Il ne doit pas être capable.

– Ça n'a pas d'importance.

– Il faut que nous prenions une décision, tu sais : irai-je dans une clinique au Mans ou bien est-ce que j'accoucherai ici ?

La récrimination perçait dans sa voix, l'amertume d'une femme qui trouve qu'on la néglige.

– Qu'est-ce que tu préfères ?

Elle haussa les épaules, apathique et résignée.

– Je veux que ce soit toi qui décides, dit-elle. Je voudrais me sentir débarrassée de tout ce cauchemar et n'avoir plus à me tracasser.

Je me détournai du regard accusateur. C'était, me dis-je, l'heure des problèmes intimes, de la discussion des mille petites difficultés de la vie quotidienne qu'on doit partager entre mari et femme. Mais ce problème ne me regardait pas et ce n'était pas moi qui avais choisi le moment, et cela m'agaçait de la voir l'aborder alors que j'étais tout entier à la nécessité d'aller à la banque.

– Il me semble que c'est au docteur Lebrun de décider, dis-je. Il faut faire ce qu'il dira. Demande-lui son opinion quand il viendra ce matin.

Tout en parlant, je savais que j'avais tort. Je ne répondais pas à sa pensée. Elle avait besoin d'être rassurée, de sentir qu'elle n'était pas seule. J'avais une envie désespérée de lui dire : « Écoute, je ne suis pas ton mari. Je ne peux pas te dire ce que tu dois faire… » afin de déposer ce fardeau de culpabilité. Au lieu de cela, j'ajoutai pour la consoler et apaiser ma conscience :

– Je ne resterai pas longtemps parti. Il sera probablement encore là quand je rentrerai.

Elle ne répondit pas. Germaine entra pour prendre le plateau de son petit déjeuner et, derrière elle, Marie-Noëlle qui, aussitôt après nous avoir embrassés et dit bonjour, me demanda elle aussi de l'emmener à Villars.

C'était une façon parfaite de déjouer le plan de Renée ; je m'étonnai de n'y avoir pas songé moi-même. Quand je lui dis qu'elle pouvait venir, la petite me regarda avec des yeux où dansait la joie et se mit à frétiller d'impatience tandis que sa mère lui brossait les cheveux.

– C'est jour de marché, dit Françoise. Ne te mêle pas à la foule ou tu attraperas sûrement quelque chose. Des puces, si ce n'est pis. Jean, ne la laisse pas se promener au marché.

– Je la surveillerai, dis-je, et, d'ailleurs, Renée vient aussi.

– Renée ? Pour quoi faire ?

– Tante Renée a rendez-vous chez le coiffeur, dit Marie-Noëlle. Dès qu'elle a entendu que papa allait à Villars, elle est allée dans la chambre de tante Blanche pour téléphoner.

– C'est ridicule, dit Françoise. Elle s'est lavé les cheveux il y a quatre ou cinq jours.

J'entendis la petite dire que Renée voulait se faire belle pour l'ouverture de la chasse, mais je n'y fis pas attention. Je me concentrais sur un unique éclair d'information, à savoir que le second poste téléphonique se trouvait dans la chambre de Blanche. C'était donc Blanche qui avait décroché le récepteur et écouté ma conversation avec Paris. Sinon Blanche, qui ? Et qu'en avait-on entendu ?

– Je tâcherai de retenir le docteur Lebrun jusqu'à ton retour, dit Françoise, mais tu sais comme il est, il ne reste jamais bien longtemps.

– Pourquoi il vient ? demanda Marie-Noëlle. Qu'est-ce qu'il vient faire ?

– Il va écouter le cœur du petit frère, dit Françoise.

– Et s'il n'entend rien ? Est-ce que ça voudra dire qu'il est mort ?

– Mais non, bien sûr. Ne dis pas de bêtises. Et maintenant sauve-toi vite.

La petite nous regarda l'un après l'autre, inquiète, puis, sans raison apparente, se mit à faire des cabrioles.

– Gaston trouve que je suis très musclée, fit-elle. Il dit que c'est très rare les filles qui peuvent marcher sur les mains comme ça.

– Attention !... cria Françoise.

Mais il était trop tard. Les pieds dressés de l'enfant ne purent maintenir leur position et heurtèrent une petite table près de la cheminée en faisant tomber un chat et un chien de porcelaine qui se brisèrent irrémédiablement. Il y eut un silence. L'enfant se redressa, le visage cramoisi, et regarda sa mère qui, assise dans son lit, contemplait, atterrée, le désastre.

– Mon chat et mon chien ! dit-elle, mes bibelots préférés, ceux que ma mère m'avait donnés !

Je crus d'abord le choc de ce soudain accident trop grand pour provoquer sa colère, mais un tourbillon d'émotions diverses dut la balayer en un moment, rompant toutes les digues, et des mois, des années d'amertume peut-être, remontèrent à la surface.

– Petite idiote ! dit-elle à l'enfant, avec tes horribles pieds maladroits ! Tu as cassé les seules choses que je possédais et que j'aimais dans cette maison. Ton père ferait mieux de t'enseigner la discipline et les bonnes manières que de te remplir la tête de toutes ces histoires stupides de saints et de visions. Tu verras, tu verras, quand ton petit frère sera là, c'est lui qu'on cajolera et qu'on gâtera, tu passeras après, et ce sera bien fait pour toi et pour tout le monde. Maintenant laissez-moi tous les deux. Je ne veux plus vous voir ni l'un ni l'autre. Laissez-moi, pour l'amour du Ciel !...

L'enfant toute pâle à présent sortit en courant de la chambre. Je m'approchai du lit.

– Françoise... commençai-je, mais elle me repoussa, les yeux hagards.

– Non, dit-elle. Non... non... non...

Elle se rejeta sur ses oreillers, y enfouit son visage tandis que, dans un vain effort pour me rendre utile et faire un geste réparateur, si tardif fût-il, je ramassais les morceaux des animaux de porcelaine et les emportais dans le cabinet de toilette afin de les soustraire à son regard lorsqu'elle relèverait la tête. Je les enveloppai machinalement dans la cellophane et le papier qui avaient servi d'emballage au grand flacon de parfum resté sur la commode. Marie-Noëlle avait disparu et, me rappelant la soirée de la veille et la cravache, pis encore, la menace de la fenêtre ouverte, je sortis du cabinet de toilette et gravis quatre à quatre l'escalier de la tourelle, en proie à un soudain effroi. Mais je vis avec soulagement en entrant dans la chambre que la fenêtre était fermée et que la petite était là en train de se déshabiller et de plier soigneusement ses vêtements sur une chaise.

– Qu'est-ce que tu fais ? lui demandai-je.

– J'ai été méchante, dit-elle. Il ne faut pas que je me couche ?

Je vis soudain le monde des adultes tel qu'il devait lui apparaître, avec sa force, son illogisme, son incompréhension et son autorité, une autorité absurde mais si puissante que l'action de se déshabiller à dix heures moins le quart alors qu'elle était levée depuis une heure à peine et que le soleil inondait sa chambre, lui apparaissait comme une de ces choses qu'on accepte sans discussion parce qu'elles font partie de l'arsenal de punitions des grandes personnes.

– Je ne crois pas, dis-je. Je ne vois pas à quoi cela servirait. D'ailleurs, tu n'as pas été méchante. C'était de la malchance.

– Mais je ne peux plus aller à Villars maintenant, n'est-ce pas ? demanda-t-elle.

– Pourquoi ?

Elle parut stupéfaite.

– C'est une gâterie, dit-elle. On ne vous gâte pas quand on vient de casser des objets précieux.

– Tu ne l'as pas fait exprès, dis-je. Voilà toute la différence. Ce qu'il faut maintenant c'est essayer de les faire réparer. Peut-être trouverons-nous une boutique à Villars.

Elle secoua la tête d'un air incrédule.

– Je ne crois pas qu'il y en ait une, dit-elle.

– Nous verrons, fis-je.

– Je n'aurais pas dû basculer, c'est la faute de mes mains, dit-elle. Je les avais posées trop près de la table et mes poignets ont plié. Je l'avais réussi des tas de fois dans le parc.

– Tu as mal choisi ta place, c'est tout, dis-je.

– Oui.

Ses yeux scrutaient les miens, avides d'y voir confirmer quelque secrète pensée, mais je n'avais rien de plus à lui dire.

– Je remets ma robe ? demanda-t-elle.

– Oui, et descends. Il est presque dix heures.

Je regagnai le cabinet de toilette et pris les fragments de porcelaine dans le papier qui les enveloppait. Dehors la voiture attendait déjà et je rencontrai Renée dans le vestibule.

– J'espère que je ne t'ai pas fait attendre, dit-elle.

Il y avait un monde d'espoirs dans sa voix et d'assurance aussi tandis qu'elle me précédait sur la terrasse et descendait le perron ; rien que sa démarche, sa façon de dire bonjour à Gaston debout près de la portière, le regard qu'elle lança au ciel ensoleillé, trahissaient son plaisir et son avidité. Le décor était dressé, le jour était à elle. A ce moment, l'enfant nous rejoignit en courant. Elle portait des gants de coton blanc, et un sac de plastique blanc pendait par une chaînette à son poignet.

– Je viens avec vous, tante Renée ! cria-t-elle. Mais ce n'est pas une gâterie. J'ai une course très importante à faire.

Je n'avais jamais vu un visage passer si rapidement du plaisir au mécontentement.

– Mais qui t'a permis de venir ? s'écria Renée. Pourquoi ne prends-tu pas ta leçon ?

Je surpris le regard de Gaston, et la compréhension que j'y lus, la juste appréciation de la situation, étaient si admirables que j'eus envie de lui serrer la main.

– Ça arrange mieux tante Blanche de me donner ma leçon l'après-midi, dit Marie-Noëlle, et papa est content que je lui tienne compagnie, n'est-ce pas, papa ? Je peux me mettre devant ? J'ai mal au cœur quand je vais derrière.

Je crus un moment que Renée allait rentrer au château tant elle paraissait bouleversée par la déception. Mais elle se reprit et, sans m'accorder un regard, monta à l'arrière de la voiture.

Je m'étais inutilement inquiété de la route de Villars. La difficulté était facile à surmonter.

– Nous allons jouer, dis-je à Marie-Noëlle. Voilà : je serais étranger ici, je ne connaîtrais pas le chemin, et toi, tu serais obligée de me diriger.

– Oh ! oui, quelle bonne idée ! dit-elle.

C'était simple comme bonjour.

En sortant de Saint-Gilles et en suivant les petites routes à travers la campagne étincelante, verte et dorée sous le ciel d'octobre, je songeais à la facilité et au bonheur avec lesquels les enfants s'abandonnent à la fantaisie et je me dis que leur vie n'était supportable que grâce à ce don d'illusion, à cette faculté de ne pas voir les choses telles qu'elles sont. Si j'avais pu dire à Marie-Noëlle la vérité sur moi-même sans détruire sa foi en Jean de Gué, avec quelle passion elle se serait donnée à la complicité, quelle aide presque surnaturelle elle m'aurait prêtée, petit génie de la lampe d'Aladin.

Nous quittâmes bientôt le magnifique paysage de champs, de fermes et de forêts, de chemins sablonneux et de peupliers répandant leurs feuilles pour rejoindre la route nationale dure et droite jusqu'à Villars. La petite m'annonçait d'un ton chantant chacun des tournants que je devais prendre, tandis que, derrière nous, notre passagère gardait le silence. Une fois seulement, comme je freinais un peu brusquement devant un véhicule surgi tout à coup à un carrefour, elle jeta un « Ah ! » étouffé de peur et d'exaspération qui trahissait son humeur.

– On va déposer tante Renée chez le coiffeur et puis on se garera place de la République, dit Marie-Noëlle.

J'arrêtai la voiture devant la vitrine garnie d'une tête de cire, frisée comme un mouton prêt pour la tonte, et j'ouvris la portière à Renée qui descendit sans un mot.

– A quelle heure auras-tu fini ? lui demandai-je.

Mais elle ne répondit pas, elle entra tout droit dans le magasin sans nous jeter un regard.

– Elle a l'air de mauvaise humeur, dit Marie-Noëlle. Je me demande pourquoi.

– Ne t'occupe pas d'elle, dis-je, continue à me diriger. N'oublie pas que c'est la première fois que je viens ici.

L'absence de Renée mettait fin à la contrainte et mon humeur, comme celle de l'enfant, devint toute joyeuse. Nous trouvâmes une place pour la voiture derrière une file de camions et, oublieux de tous les avertissements au sujet des puces et de la rubéole, nous nous enfonçâmes dans le marché qui se tenait près de l'église.

Rien n'y était à l'échelle de celui du Mans. Ici, point de bétail, rien que des tables à tréteaux serrées les unes contre les autres dans un petit espace et débordant de tabliers, de vestes, d'imperméables et de sabots. La petite fille et moi flânions entre elles, nos yeux puérilement attirés par les mêmes objets : des mouchoirs à pois, des écharpes bariolées, un pichet en forme de tête de coq, des balles de caoutchouc jaune, de gros crayons à mine bleue d'un côté, rouge de l'autre. Nous choisîmes des pantoufles à carreaux gris et blancs pour Germaine puis, détournés par un concurrent qui offrait les mêmes en vert vif, nous lui portâmes sans vergogne notre pratique ; à peine les pantoufles enveloppées et payées, l'envie nous prit de lacets de bottines jaunes pour nous et pour Gaston, après quoi nous achetâmes deux éponges enfilées sur une ficelle, et un grand morceau de savon d'un blanc laiteux qui présentait l'image en relief d'une sirène chevauchant un dauphin.

Nous nous frayions un chemin entre les stalles chargées de nos achats, quand je m'aperçus que des yeux rieurs nous suivaient avec une attention amusée. Ils appartenaient à une femme blonde en manteau bleu roi, portant une grosse gerbe de dahlias dans les bras, et je l'entendis dire par-dessus la tête de la petite et comme si elle s'adressait au forain près duquel elle était arrêtée :

– C'est donc vrai qu'ils ferment la verrerie à Saint-Gilles pour en faire un bazar ? – puis elle se dirigea vers l'église et, nous croisant de tout près, me glissa à l'oreille : ça vous va de faire le père de famille !

Je me retournai pour regarder s'éloigner le manteau bleu, amusé, intrigué, mais Marie-Noëlle me tirait par la main en s'écriant :

– Oh ! papa, il y a un petit napperon en dentelle ! Viens vite c'est juste ce qu'il me faut pour mon prie-Dieu.

Et nous recommençâmes à faire des emplettes, tandis qu'elle sautillait d'un étal à l'autre et que je la suivais en souriant, oubliant paresseusement sous le chaud soleil ce que j'étais venu faire à Villars jusqu'au moment où l'horloge sonna onze heures et demie et où je songeai, interdit, que la banque fermait à midi et que je n'avais encore rien commencé.

– Allons, dépêchons-nous, dis-je, et nous allâmes déverser nos paquets dans la voiture.

Tandis que la petite les rangeait sur la banquette du fond, je jetai un regard sur le chéquier pour retrouver l'adresse de la banque.

– Papa, dit l'enfant, on n'a pas cherché un réparateur pour les porcelaines de maman, et je vis l'angoisse sur son visage, son bonheur envolé.

– Ça ne fait rien, dis-je, on s'en occupera plus tard. La banque est plus importante.

– Mais les magasins seront fermés, insista-t-elle.

– Tant pis, dis-je. On n'y peut rien.

– Je me demande s'ils réparent la porcelaine dans cette boutique près de la Porte de Ville, dit-elle, Tu sais, là où il y a des bougies.

– Je ne sais pas, dis-je. Je ne crois pas. Écoute, veux-tu t'asseoir et m'attendre dans la voiture ? Ça n'a rien d'amusant, la banque.

– Ça m'est égal. J'aime mieux aller avec toi.

Je n'avais guère envie de laisser ses oreilles futées écouter tout ce que je dirais.

– Écoute, ça peut prendre un certain temps. Il y a beaucoup de choses à discuter. Il vaut mieux que tu restes ici, ou que tu ailles m'attendre auprès de tante Renée.

– Oh ! non, dit-elle, c'est cent fois plus ennuyeux que la banque. Oh ! papa, je ne pourrais pas aller dans le magasin près de la Porte de Ville leur demander s'ils ne répareraient pas les porcelaines, et, après ça, j'irais te retrouver à la banque ?

Elle me regardait pleine d'espoir, ravie de sa solution. J'hésitai.

– Où est-ce ? dis-je. J'ai oublié. Et les rues à traverser, les voitures ?

– Juste à la Porte de Ville, dit-elle agacée. Il ne passe jamais de voitures. Tu sais bien, à côté du magasin de parapluies. Après, je reviendrai vers l'église et de là directement à la banque. C'est à peine à quatre minutes.

Je regardai dans les deux sens l'avenue où la voiture était arrêtée. Le clocher gothique flamboyant de la grande église dominait les arbres. L'endroit où elle avait dessein d'aller ne devait pas être bien loin.

– Bon, dis-je. Voici le paquet. Fais attention, cette fois.

Je lui mis dans les mains les morceaux brisés enveloppés de cellophane et de papier.

– On te connaît dans ce magasin ? demandai-je.

– Oh ! sûrement ! dit-elle. Je n'aurai qu'à dire que c'est pour de Gué.

Je la regardai traverser la route puis tournai à gauche derrière la place du marché et me dirigeai vers la banque facilement reconnaissable au coin de la rue. Je poussai la porte et, tout fier de ma mémoire, demandai M. Péguy.

– Je regrette, monsieur le comte, répondit l'employé. M. Péguy est toujours absent. Puis-je quelque chose pour vous ?

– Oui, répondis-je, je désirerais voir mon compte.

– Lequel, monsieur ?

– Oh !... tous.

Une femme qui tapait à la machine derrière le comptoir leva la tête et me regarda.

– Excusez-moi, monsieur, reprit l'employé, vous voulez connaître seulement la balance ou bien désirez-vous voir tous les chiffres ?

– Je veux tout voir, répondis-je.

Il disparut et j'allumai une cigarette, appuyé au comptoir en écoutant le cliquetis de la machine à écrire coupé par le tic-tac plus lent de l'horloge fixée au mur. Je reconnaissais l'odeur confinée commune à toutes les banques et songeai au nombre de fois où j'avais encaissé de petits chèques de voyage dans des succursales analogues de ce pays. Je me faisais à présent l'effet d'un voleur qui se prépare à pénétrer les secrets d'autrui. L'employé revint, une liasse de papiers à la main.

– Vous serez peut-être mieux dans le bureau ?

Et il m'introduisit dans une petite pièce séparée de la grande par une porte vitrée. Il me laissa seul avec des papiers et je me sentis aussi perdu en présence de ces colonnes de chiffres que je l'avais été devant les factures et les bordereaux de la verrerie. Je regardai chaque feuille sans en rien tirer, puis l'employé revint et me demanda si je désirais d'autres informations.

– Tout est là ? demandai-je. Vous n'avez pas d'autres papiers à moi ?

Il me regarda, légèrement intrigué et répondit :

– Non, monsieur, sauf, évidemment, ceux que vous pouvez avoir dans votre coffre.

J'eus une vision de sacs d'or tintant dans un énorme coffre-fort.

– Dans mon coffre ? répétai-je. Qu'est-ce qu'il y a dans mon coffre ?

– Je ne sais pas, monsieur le comte, dit-il d'un air offensé, et il murmura qu'il était regrettable que M. Péguy fût absent.

– Ai-je le temps d'y jeter un coup d'œil avant que vous fermiez ? demandai-je.

– Sûrement, répondit-il.

Et il disparut de nouveau, cette fois pour revenir avec un trousseau de clefs. Je le suivis dans un long escalier qui descendait au sous-sol. Il ouvrit une porte à l'aide d'une de ses clefs et nous nous trouvâmes dans une vaste salle basse comme une cave dont les murs étaient couverts de portes de coffres, toutes numérotées. Il s'arrêta devant le numéro 17, sortit une autre clef de son trousseau, l'enfonça dans la serrure et tourna. J'attendais que la porte s'ouvrît mais il se contenta de retirer la clef, s'écarta et me regarda d'un air d'invite. Voyant que je ne bougeais pas, il dit avec étonnement :

– Vous avez oublié votre clef ?

Maudissant ma sottise et mon ignorance de ce qu'il attendait de moi, je fouillai dans ma poche et en sortis les clefs de Jean de Gué. L'une d'elles, plus longue et plus grosse que les autres, me sembla être la bonne et, m'avançant d'un air assuré qui devait lui sembler aussi faux qu'à moi-même, je l'enfonçai dans la serrure. Dieu merci, elle tourna et quand je tirai la poignée de la porte, celle-ci pivota sur ses gonds.

L'employé murmura qu'il me laissait chercher les papiers dont j'avais besoin et quitta la salle. J'enfonçai la main à l'intérieur du coffre. Je n'y trouvai pas de sacs d'or mais une nouvelle liasse de papiers ficelés ensemble. Singulièrement déçu, je les approchai de la lumière. Le titre d'un des documents frappa mon regard : « Contrat de mariage de Françoise Bruyère » et j'allais dénouer la ficelle quand l'employé revint.

– Votre petite fille est dehors, dit-il. Elle m'a chargé de vous dire que tout est arrangé, pour la porcelaine, et de vous demander si elle peut rentrer en camion avec Mme Yves.

– Quoi ? demandai-je avec impatience, préoccupé par les papiers que j'avais en main.

Il répéta froidement le message, mais je n'y comprenais pas grand-chose et je ne voulais pas demander de quel camion il s'agissait ni de quelle Mme Yves, tant il était évident que j'aurais dû le savoir.

– Bon, bon, fis-je, dites-lui que je viens tout de suite.

La ficelle dénouée et le document déplié, j'oubliai aussitôt que je me trouvais dans le sous-sol d'une banque car je reconnaissais ici un langage familier dans son jargon juridique. J'aurais pu être en train de fouiller des archives à Tours ou à Blois ou dans la bibliothèque du British Museum. « Régime dotal… majorat… usufruit… » j'avais toujours trouvé passionnantes et extraordinaires ces complications, et, oubliant l'heure, je m'assis et me mis à lire.

Le père de Françoise, un certain M. Robert Bruyère, avait dû être un homme riche qui n'avait que peu de confiance dans la stabilité de Jean de Gué et aucun désir de soutenir la fortune ébranlée de la famille de Saint-Gilles. Sa dot qui était considérable était donc tenue en réserve à l'intention de l'héritier mâle, mais le revenu de ce capital pourrait être utilisé pendant la minorité dudit héritier, le mari et la femme en ayant conjointement la libre disposition. A défaut d'un fils, lorsque Françoise atteindrait l'âge de cinquante ans, le capital serait divisé entre elle et les filles nées du mariage ou, si elle prédécédait son mari avant l'âge de cinquante ans, entre son mari et ses filles. La clause essentielle était que les conjoints ne pourraient disposer des revenus de ce vaste capital qu'à dater de la naissance d'un héritier mâle, et, au cas où ils n'auraient aucun enfant mâle, personne ne toucherait un sou de cet argent avant le cinquantième anniversaire de Françoise – à moins toujours qu'elle ne vînt à décéder sans atteindre cet âge. Le jour du mariage une somme avait été versée au mari pour son propre usage, mais elle ne représentait pas même le quart de la dot.

Je relus une douzaine de fois ce document compliqué et je compris enfin les allusions de Françoise et des autres, et leur espoir que l'enfant qui devait bientôt naître fût un garçon. Je me demandai à quel caprice son père avait obéi en réservant sa fortune de cette manière, et si Jean de Gué en se mariant avait simplement empoché sa part et joué le reste sur la naissance d'un fils. Pauvre Marie-Noëlle, pas d'argent pour elle, s'il lui naissait un petit frère ! Quant à Jean de Gué lui-même, il toucherait la moitié de la somme au cas où Françoise mourrait avant cinquante ans sans héritier mâle.

– Excusez-moi, monsieur le comte, mais en avez-vous encore pour longtemps ? Je dois aller déjeuner. Nous fermons à midi et il est déjà midi vingt.

L'employé avait l'air vexé d'un homme qu'on lèse de vingt minutes de son temps et je revins avec effort à la réalité. Je m'étais cru un moment dans la vaste chambre de la tour, écoutant la voix de la comtesse : « Je ne vois pas comment nous nous en sortirons, à moins que Françoise ne fasse un fils ou ne… » Je comprenais maintenant ces paroles, bien que le sens caché de son ton, son regard dérobé restassent un mystère. Je sentais seulement vaguement l'existence d'un lien entre nous impossible à rompre, un monde secret où la mère et le fils étaient seuls et où aucun étranger, ni épouse, ni enfant, ni sœur, ne pouvait pénétrer ; et l'homme déguisé qu'était mon être extérieur hésitait au bord de la découverte, cherchant et redoutant à la fois ce qu'il pourrait découvrir.

– Je viens, dis-je. Je ne me rendais pas compte qu'il était si tard.

Je remis les papiers dans le coffre. A ce moment un feuillet tomba qui n'était pas ficelé avec les autres mais semblait leur avoir été hâtivement joint. J'y jetai un coup d'œil, c'était la lettre d'un notaire nommé Talbert écrite deux ou trois semaines auparavant. Des mots isolés retinrent mon regard – verrerie, rentes, placements, dividendes – et, songeant que la solution à toute cette énigme financière pouvait se trouver ici je la mis dans ma poche. La cérémonie des clefs recommença puis je remontai avec l'employé et entrai dans le petit bureau.

Je regardai distraitement autour de moi, l'esprit encore tout aux détails du contrat de mariage puis, me rappelant soudain, je dis :

– Où est la petite ?

L'employé répondit :

– Il y a déjà un moment qu'elle est partie.

– Partie ? Partie pour où ?

– Monsieur le comte, vous m'avez chargé de lui dire qu'elle pouvait faire ce qu'elle demandait et partir dans un camion avec cette personne.

– Je n'ai rien dit de pareil !

Je parlai avec colère, furieux contre lui et contre moi-même, et il répéta, plus offensé que jamais, les mots dont je m'étais servi, en leur prêtant un sens qui n'avait jamais été dans mes intentions. Je compris que je ne pouvais m'en prendre qu'à mon impatience : j'avais parlé trop vite, sans réfléchir, tout à mes documents.

– Qui était cette personne ? Où allait-elle ? demandai-je, envahi par le sentiment de ma responsabilité, imaginant des bohémiens, des voleurs d'enfants, des petites filles assassinées dans les bois.

– Je crois bien que c'est un de vos camions de la verrerie, monsieur, dit l'employé. Il y avait des ouvriers à vous à la gare. La petite fille avait l'air parfaitement à l'aise. Elle a grimpé devant à côté de la femme.

Il n'y avait plus rien à faire qu'à remettre Marie-Noëlle à sa chance. On la conduirait saine et sauve au château ou bien on la massacrerait dans la forêt. S'il lui arrivait malheur, ce serait ma faute.

L'employé me précéda dans la grande salle vide à présent et

silencieuse, et me fit sortir en refermant la porte à clef derrière moi. Je tournai à gauche et traversai la place dans la direction de l'église car je voulais au moins apprendre ce qu'il était advenu des bibelots brisés. Marie-Noëlle avait parlé de la Porte de Ville. Où était la Porte de Ville ? Je suivis la direction que je lui avais vu prendre, et, si irrité et inquiet que je fusse à présent, je ne laissai pas d'être frappé par la beauté de la ville, le charme singulier d'un canal qui coulait paisiblement devant les maisons, enjambé par de petits ponts menant à des jardins derrière de vieux hôtels, et par la grâce des toits jaunis, des pignons et des murs aux poutres apparentes. J'arrivai enfin à la Porte de Ville elle-même, ancienne entrée de la cité autrefois fortifiée où l'on avait bâti un pont de pierre à l'endroit du pont-levis primitif. Je passai sous cette arche et me trouvai dans ce qui me parut être indiscutablement la principale rue commerçante de la ville, et je vis tout de suite à ma droite l'endroit dont la petite avait certainement voulu parler, un magasin d'antiquités qui exposait de l'argenterie et de la porcelaine dans sa vitrine. Mais la porte était close et munie d'un écriteau disant que le magasin était fermé de midi à trois heures.

J'allais me retirer lorsque je vis qu'un homme me regardait du seuil d'une boutique sur l'autre trottoir.

– Bonjour, monsieur le comte, dit-il. Vous cherchez madame ?

J'étais évidemment connu mais je ne voulus pas me compromettre.

– Tant pis, dis-je. C'est sans importance.

Une espèce de demi-sourire parut sur son visage. Il semblait amusé.

– Je ne voudrais pas être indiscret, dit-il, mais madame n'entend pas la sonnette quand la porte est fermée. Il vaudrait mieux passer par l'entrée du jardin.

Il continua à sourire, ravi de me rendre service, mais je n'avais aucune envie d'entrer dans le jardin derrière la maison et de déranger l'antiquaire pendant l'heure sacrée du repas. Je remerciai l'homme et, repassant sous la Porte de Ville, je regardai avec une vague curiosité la disposition des boutiques et des maisons qui alignaient leurs façades le long de l'étroite rue principale et leur dos au canal. Celle dont le rez-de-chaussée abritait un magasin d'antiquités était une maisonnette du dix-huitième siècle avec un balcon qui surplombait un bout de jardin au bord du canal comme un palais vénitien en miniature. Les fenêtres étaient grandes ouvertes au soleil et il y avait une cage de perruches sur le balcon. C'était un de ces coins que les brochures pour touristes qualifient de « pittoresques », et tous les bazars de la ville devaient vendre sa photographie en couleurs sur cartes postales. Comme je m'arrêtais pour allumer une cigarette, quelqu'un sortit sur le balcon pour donner à manger aux oiseaux, et je reconnus aussitôt la femme blonde au manteau bleu roi qui avait ri en nous regardant passer, Marie-Noëlle et moi, sur la place du marché. Était-ce elle qui tenait la boutique d'antiquités ? Dans ce cas, je n'avais aucune raison de ne pas lui demander ce qui avait été décidé au sujet de la réparation des porcelaines.

Je m'avançai vers la passerelle de planches avec le sentiment d'être un peu trop hardi et, l'interpellant :

– Excusez-moi, madame, dis-je, je voulais entrer dans le magasin mais la porte était fermée. Est-ce que ma petite fille est venue vous voir ce matin ?

La femme se retourna, surprise, puis, à mon grand étonnement, éclata de rire.

– Nigaud ! dit-elle. Je croyais que tu étais rentré chez toi. Qu'est-ce que tu fais ici à rôder au coin des rues et à jouer la comédie ?

La familiarité du ton, et le tutoiement intime me renversèrent presque. Je la regardais en me demandant comment répondre conformément à mon personnage. Elle jeta un coup d'œil à sa droite vers la Porte de Ville et, plus loin, vers la place Saint-Julien. C'était vraiment l'heure du déjeuner. Les rues étaient désertes.

– Il n'y a personne, dit-elle. Entre.

La réputation de Jean de Gué à Villars devait être des plus légères. J'hésitai puis jetai un regard vers la place et ce que j'y aperçus emporta mon acquiescement. C'était Renée que j'avais complètement oubliée, dont la séance chez le coiffeur devait être finie depuis longtemps, et qui arpentait la ville à ma recherche. Je m'avisai soudain que, puisque Marie-Noëlle avait disparu en camion vers l'inconnu, j'allais avoir à ramener Renée seule à Saint-Gilles. J'étais pris au piège. La femme au manteau bleu suivit mon regard et comprit le dilemme.

– Vite, dit-elle. Elle ne t'a pas vu. Elle regarde de l'autre côté.

Je traversai la passerelle en courant et escaladai le balcon d'où, toujours riant, elle me tira à l'intérieur.

– C'est une chance, dit-elle. Un moment plus tard, elle nous surprenait.

Elle ferma la porte-fenêtre et se tourna vers moi en souriant avec le même air d'amusement intense que je lui avais vu, en le partageant d'ailleurs, sur la place du marché. Mais il n'y avait plus rien de furtif ni de secret sur son visage : son expression était ouverte et franche.

– Ta fille est adorable, dit-elle, mais c'était très vilain de ta part de l'envoyer ici. Et quelle idée d'envelopper ces morceaux de porcelaine cassée dans de la cellophane et un papier contenant une carte adressée à moi ! Elle m'a parlé d'une erreur et d'une amie à toi à Paris mais, un de ces jours mon ange, tes blagues iront un peu trop loin.

Elle mit la main dans la poche de son manteau bleu et en sortit un morceau de cellophane chiffonnée et une ficelle.

– Je veux bien m'occuper de tes bibelots cassés et de tout ce que tu m'enverras de Saint-Gilles, mais n'emploie pas ta fille, ta femme ou ta sœur comme messagères, c'est te moquer d'elles et j'ai trop de respect pour ta famille.

Elle fouilla dans l'autre poche de son manteau et en sortit une carte froissée où étaient écrits ces mots : « Pour ma belle Béla, Jean. » Les morceaux du chien et du chat de porcelaine gisaient sur une table. Le seul anneau qui manquât à la chaîne était l'énorme flacon de « Femme ».

CHAPITRE XII

Bien qu'elle eût refermé la porte-fenêtre dont les rideaux froncés masquaient la vue, la pièce était inondée de soleil. Je vis des murs bleu-gris et des rideaux blancs ; l'effet n'était pas froid, mais d'une légèreté aérienne. Les dahlias rouges et jaunes que j'avais vus dans ses bras place du marché s'étalaient à profusion sur une encoignure, flamboyant dans leur vase comme en plein air. Il y avait une bibliothèque, une coupe de fruits sur une table, un dessin de Marie Laurencin au-dessus de la cheminée. Un chat persan essuyait ses pattes sur les coussins d'un grand fauteuil. Tout près de la fenêtre, une table basse était chargée de tout un matériel d'artiste : petits pinceaux fins et papier d'un grain spécial. La pièce sentait l'abricot.

– Que fais-tu à Villars au milieu de la journée ? demanda-t-elle.

– J'ai été à la banque, dis-je, et j'ai oublié l'heure. Je devais ramener une parente de chez le coiffeur.

– Tu ne te presses pas, dit-elle. Ça t'amuse de faire les cent pas dans la rue ? – elle s'approcha d'un bahut et en sortit une bouteille de Dubonnet et deux verres. Où est la petite ?

– Je ne sais pas. Elle a filé en camion avec des ouvriers.

– Ça prouve qu'elle a du goût. Tu l'as bien élevée. Tu déjeunes avec moi ? Tout est prêt : jambon, salade, fromage, fruits et café.

Elle ouvrit une espèce de guichet entre la pièce où nous étions et la pièce voisine, et un plateau tout préparé apparut.

– Je voudrais bien… dis-je. Mais ma belle-sœur m'attend dehors.

La jeune femme s'approcha de la fenêtre, l'ouvrit et regarda vers la place Saint-Julien.

– Elle n'est plus là. Si elle a un peu de bon sens, elle ira s'asseoir dans la voiture et quand elle en aura assez d'attendre, elle reprendra la route de Saint-Gilles.

Je me demandai si Renée savait conduire. Peu m'importait. Je trouvais plus intéressant d'essayer de deviner pourquoi mon interlocutrice portait le nom de plusieurs rois de Hongrie. Je m'assis dans un des profonds fauteuils et sirotai mon Dubonnet. Je me sentais tout à coup libéré de mes responsabilités et heureux de laisser les choses suivre leur cours. Jean de Gué avait trop de femmes dans sa vie.

– Tu imagines mon émoi, dit-elle, quand Vincent est venu me dire ce matin que ta petite fille était dans la boutique et demandait si nous pouvions réparer deux objets très précieux appartenant à sa mère. Je ne savais même pas si tu étais rentré de Paris, je ne savais rien de ce qui s'était passé, et j'ai cru un moment que ta femme avait découvert que c'était moi qui avais fait la miniature. A propos, tu la lui as donnée ? Elle lui plaît ?

J'hésitai un instant, pesant mes paroles, essayant de démêler la succession logique des événements :

– Oui, dis-je, oui, ç'a été un grand succès. Elle en a été très contente.

– Tu as pu la faire monter comme je te l'avais conseillé ? Ils t'avaient gardé le médaillon après mon coup de téléphone ?

– Oui. Ç'a été absolument parfait.

– Je suis bien contente. Tu as eu là une excellente idée. C'est sûrement une de tes meilleures inspirations. La petite ne m'en a pas parlé, alors naturellement je n'ai rien dit. Elle m'a raconté que sa mère avait été très tourmentée par le bris de ces bibelots, d'où j'ai conclu que ce chien et ce chat avaient un certain prix pour elle. Ils sont irréparables, tu t'en doutes bien, mais je peux commander les mêmes à Paris. C'est de la porcelaine de Copenhague, tu as dû le remarquer. Viens, déjeunons. Je ne sais pas si tu as de l'appétit, moi j'ai grand-faim.

Elle mit le couvert sur la table qu'elle tira près de mon fauteuil et je me dis que cet instant était de beaucoup le plus aisé de ma comédie. C'était un don du destin qui n'en avait pas été prodigue jusque-là. Le seul ennui, c'était Renée errant dans les rues de Villars, de plus en plus furieuse. La Béla de Jean de Gué dut deviner ma pensée car elle dit :

– Vincent va rentrer de déjeuner d'un moment à l'autre. Dès qu'il arrivera, je l'enverrai voir si elle est dans la voiture. Tu l'as parquée place de la République ?

– Oui.

Était-ce vrai ? Je n'en étais pas tout à fait sûr.

– Ne te tracasse pas. Elle rentrera seule. Moi c'est ce que je ferais à sa place. Et Gaston te ramènera la voiture. Tu plaisantais quand tu as dit que ta fille était partie dans un camion ?

– Non, c'est la vérité. On m'a fait la commission à la banque.

– Tu prends cela avec beaucoup de calme.

– Je crois que c'était un camion de la verrerie. Et que pouvais-je faire ? Le camion et la petite avaient disparu quand je suis remonté du sous-sol.

– Qu'est-ce que tu faisais dans le sous-sol ?

– Je regardais dans mon coffre.

– Ça a dû te donner un coup.

– En effet.

Je mangeais du jambon et de la salade, je rompais mon pain, et je me disais que le déjeuner était autrement agréable aujourd'hui en face de cette femme que la veille dans la salle à manger du château. Ces pensées me ramenèrent au seul cadeau non encore offert.

– Il y a un flacon de parfum pour toi sur la table du cabinet de toilette à Saint-Gilles, dis-je.

– Merci. Tu attends que j'aille le chercher ? demanda-t-elle.

Je lui racontai sans mentir – et parvins même à en sourire – la confusion provoquée par l'initiale B.

Elle parut stupéfaite.

– Je ne comprends pas comment cela a pu se produire, dit-elle, puisque tu ne parles pas à ta sœur. Ou bien lui avais-tu vraiment rapporté quelque chose en gage de réconciliation après tant d'années ?

– Non, répondis-je, ma cervelle fonctionnait de travers. J'avais trop bu au Mans la veille.

– Tu devais être inconscient, ivre mort, pour avoir pu faire une gaffe de cette taille, dit-elle.

– Je l'étais.

Elle leva les sourcils.

– Le voyage à Paris n'a pas réussi ?

– Il a complètement raté.

– Les Carvalet n'ont rien voulu savoir ?

– Ils ont refusé de renouveler le contrat à nos prix. En rentrant, j'ai dit à mon frère Paul qu'ils avaient accepté. Ma famille et le personnel de la verrerie croient tous que c'est fait. Hier, j'ai rouvert les négociations par téléphone et le résultat est le renouvellement du contrat à leurs prix à eux. Personne ne le sait en dehors de moi. C'est pour ça que je suis allé à la banque ce matin, je voulais voir si j'étais en état de supporter la perte. Je n'en sais toujours rien.

Je levai la tête et vis les grands yeux bleus fixés sur moi.

– Comment, tu n'en sais toujours rien ? dit-elle. Tu dois bien le savoir. Tu m'as dit, avant ton départ pour Paris, que la verrerie travaillait à perte et que, si la maison Carvalet n'acceptait pas vos prix, vous fermeriez.

– Je n'ai pas envie de fermer, dis-je. Ce ne serait pas chic pour les ouvriers.

– Depuis quand te soucies-tu des ouvriers ?

– Depuis que je me suis soûlé au Mans.

On entendit une porte s'ouvrir dans la maison. Elle se leva et sortit dans le couloir.

– C'est vous, Vincent ?

– Oui, madame.

– Allez voir si la voiture du comte de Gué est place de la République et s'il y a dedans une dame qui attend.

– Oui, madame.

Elle revint, posa près de moi le fromage et la corbeille de fruits et me versa du vin.

– Tu m'as l'air d'avoir pas mal cafouillé depuis ton retour, dit-elle. Comment comptes-tu arranger ça ?

– Je n'en ai pas la moindre idée, répondis-je. Je vis au jour le jour.

– Tu fais cela depuis longtemps.

– Je le fais encore plus en ce moment. Je vis à la minute la minute.

Elle coupa une tranche de gruyère qu'elle me servit.

– Tu sais, dit-elle, c'est une bonne chose de récapituler sa situation dans la vie, de temps en temps. De voir à partir d'où l'on s'est fourvoyé. Je me demande quelquefois pourquoi je reste à Villars. Le magasin ne me rapporte pas grand-chose et je vis surtout de ce que Georges m'a laissé, ce qui ne va pas loin par le temps qui court.

Georges était-il un mari ? La déclaration appelait quelque commentaire.

– Alors pourquoi restes-tu ici ?

Elle haussa les épaules.

– L'habitude sans doute. Et puis j'adore cette petite maison. Si tu te figures que je vis pour tes rares visites, tu te flattes.

Elle sourit et je me demandai si Jean de Gué se flattait en effet. De toute façon, le résultat était avantageux.

– Crois-tu, reprit-elle, que ton sentiment soudain pour la verrerie vient de ce qu'elle a tout de même deux cent cinquante ans et que tu vas peut-être avoir enfin un fils ?

– Non, dis-je.

– Tu en es sûr ?

– Absolument. Mon sentiment vient de ce que je l'ai vue hier avec un œil neuf. Pour la première fois, j'ai regardé les ouvriers travailler. Je me suis rendu compte qu'ils éprouvaient une certaine fierté et aussi une certaine sympathie pour son propriétaire. Si la fabrique ferme, non seulement ils n'auront plus de travail, mais ils seront déçus par lui.

– C'est de l'orgueil alors.

– Sans doute. Une espèce d'orgueil.

Elle se mit à peler une poire et m'en passa les quartiers.

– Tu as tort de laisser tant d'initiative à ton frère. Si tu n'étais pas aussi odieusement paresseux, tu dirigerais la fabrique toi-même.

– J'y ai pensé.

– Est-il trop tard pour commencer ?

– Beaucoup trop tard. D'ailleurs, je ne comprends rien à notre affaire.

– C'est absurde. Tu vis presque dedans depuis ton enfance. Même si tu ne t'y es jamais intéressé, tu en as forcément des notions. Je me demande quelquefois…

Elle s'interrompit et commença de se peler une poire.

– Qu'est-ce que tu te demandes ?

– Non… j'ai horreur de poser certaines questions.

– Vas-y, dis-je, je suis curieux, j'ai envie d'entendre tes questions.

– Eh bien, dit-elle, je me demande si ton manque d'intérêt pour la verrerie ne tient pas à un refus d'y penser trop profondément. Tu ne veux pas te rappeler ce qui est arrivé à Maurice Duval.

Je ne dis rien. Nous touchions là à quelque chose d'important. Jacques avait prononcé le nom de Maurice Duval et j'avais vu sa photo dans l'album à côté de Jean de Gué.

– C'est possible, répondis-je lentement.

– Tu vois, dit-elle doucement, tu n'as pas envie que je te pose de questions.

Il importait au contraire de découvrir tout ce que je pourrais sur Jean de Gué. Pas au risque toutefois de commettre une nouvelle gaffe.

– Non, dis-je, tu te trompes. Interroge-moi.

Ses yeux quittèrent les miens pour la première fois, et son regard se fit plus lointain.

– Il y a plus de quinze ans de tout cela : l'Occupation, et son activité à l'époque, dit-elle. Pourtant les gens n'ont pas oublié ni le personnage qu'ils aimaient, ni la façon dont il est mort. Cela ne doit pas faciliter la paix de l'âme de ceux qui y ont trempé.

On frappa à la porte et un petit homme maigre coiffé d'un béret parut sur le seuil. Il sourit à ma vue.

– Bonjour, monsieur le comte, dit-il. Ça fait plaisir de vous voir. Comment allez-vous ?

– Très bien, merci.

– Il n'y avait pas de dame dans la voiture, mais il y avait ce papier sur la banquette.

Il me le tendit en saluant. Le message était bref et précis : « Je te cherche depuis près d'une heure, ainsi que Marie-Noëlle. J'ai loué une voiture pour me ramener à Saint-Gilles. R… »

Je le montrai à mon hôtesse.

– Maintenant, tu as la paix, dit-elle. Vincent, soyez gentil et remettez ce plateau dans la cuisine, voulez-vous ?

– Oui, madame.

– La paix… Pour combien de temps ? Pour moi jusqu'à trois heures, pour toi aussi longtemps que tu auras envie de rester. Veux-tu un autre coussin ?

– Non, je suis parfaitement bien.

Elle débarrassa la table et alla chercher le café et des cigarettes.

– Je suis assez contente de te voir ce soudain amour pour la verrerie, dit-elle. Cela prouve que tu as plus de sentiment que tu ne le prétends. Mais je ne vois toujours pas, produisant déjà à perte et avec un contrat plus désavantageux encore que le précédent, où tu trouveras l'argent pour continuer à la faire marcher.

– Moi non plus, dis-je.

– Et cet ami qui vient chasser avec toi ? Il te conseille, n'est-ce pas ? Tu devrais le consulter.

Elle avait ôté le manteau bleu roi, découvrant une robe de fin lainage d'un gris indécis. Il faisait bon la regarder et savoir que, dans cette pièce, personne n'attendait rien de moi. Je me demandais si Jean de Gué venait souvent ici et s'y reposait comme moi, la tête sur un coussin. L'aisance aimable de cette femme était désarmante et attirante. Elle répandait un sentiment de paix, d'entente sans exigences passionnées. Je pris le chat sur mes genoux pour le caresser. J'aurais aimé que mon déguisement n'exigeât rien d'autre de moi, j'aurais aimé ne jamais reprendre ma place de maître du château de Saint-Gilles et pouvoir rester ici indéfiniment assis au soleil, le chat sur mes genoux, goûtant des tranches de poire entre les doigts de Béla de Villars.

– Tu ne peux pas vendre des actions, ou une terre ? demanda-t-elle. Et l'argent de ta femme ? Impossible d'y toucher, n'est-ce pas ?

– Oui.

– A moins que vous n'ayez un fils. Je me rappelle.

Elle me versa une seconde tasse de café.

– Comment va ta femme ? Elle n'est pas très forte, je crois. Qui la soigne ?

Je réfléchis un instant.

– Le docteur Lebrun, répondis-je.

– Est-ce qu'il n'est pas un peu vieux ? Moi, j'aurais exigé un spécialiste. Tu me parais singulièrement indifférent à tout ça. J'espère que chez toi tu témoignes plus d'intérêt.

J'éteignis ma cigarette. Cette femme était la seule que la vérité ne blesserait pas, pourtant, chose curieuse, il m'aurait déplu qu'elle la sût. J'imaginais les sourcils levés, le rire amusé et l'attitude pratique, la décision du parti à prendre rapidement, suivie d'un inévitable recul et de la courtoisie qu'on réserve aux inconnus.

– Je ne suis pas indifférent, dis-je, et je témoigne de l'intérêt. Le malheur, c'est que je ne connais pas assez bien Françoise.

Elle me regardait pensivement. Ses yeux sincères étaient déconcertants.

– Qu'est-ce qui t'arrive ? dit-elle. Il ne s'agit pas de finances seulement, n'est-ce pas ? C'est beaucoup plus profond. Qu'est-ce qui s'est passé au juste au Mans ?

Je songeai à l'ancien jeu de cache-tampon. J'y jouais, enfant, avec ma tante. C'était une distraction reposante et facile pour une grande personne qui n'avait pas besoin de bouger, à qui il suffisait de fermer les yeux tandis que j'allais sur la pointe des pieds dans un salon encombré de meubles et de bibelots, cacher le dé derrière la pendule. Puis les yeux ouverts, le questionnaire commençait. Comme ses yeux se dirigeaient vers la pendule, l'honnêteté m'obligeait à dire : « Tu te réchauffes » mais à contrecœur, avec crainte, car je ne voulais pas que le petit dé d'or fût découvert dans sa précieuse cachette. Cette fois, c'est moi qui fermais les yeux en continuant à caresser le chat sur mes genoux. Le salut était à la fois dans l'évasion et dans la vérité.

– Tu parlais tout à l'heure de faire le point sur soi-même, dis-je. Peut-être me livrais-je à cet examen depuis un certain temps et l'ai-je terminé ce soir-là au Mans. Le moi que je connaissais était un raté. La seule façon d'échapper à la responsabilité de ses échecs était de devenir quelqu'un d'autre. De laisser un autre mener le jeu.

Elle ne répondit pas. Elle devait réfléchir ; je ne le voyais pas car j'avais les yeux fermés.

– L'autre Jean de Gué, dit-elle, celui qui s'est si longtemps caché derrière une façade de gaieté et de charme, je me suis souvent demandé s'il existait… S'il a l'intention d'émerger, il ferait bien de se dépêcher. Le temps presse.

Intuitivement, instinctivement, elle avait compris une partie de ma pensée mais non sa signification réelle. Le dé était en sûreté derrière la pendule, la joueuse n'avait pas deviné sa cachette. Je restai paisiblement enfoncé dans mon fauteuil sans envie de bouger.

– Tu ne comprends pas tout à fait ce que je te raconte, dis-je.

– Mais si, répondit-elle. Tu n'es pas le seul à avoir une double personnalité. Nous possédons tous des moi multiples. Mais l'on n'esquive pas ses responsabilités de cette façon. Le problème reste tout de même à résoudre.

La joueuse s'éloignait de la cachette. Elle portait ses recherches à l'autre bout de la chambre. J'aurais dû crier : « Froid, de plus en plus froid ! »

– Non, dis-je, tu ne vois pas la vérité. Les problèmes et les responsabilités sont nouveaux parce que l'homme est autre.

– Et que penses-tu alors de celui qui mène le jeu ?

La grande église de Villars sonna deux heures. Une cloche d'église, de cathédrale, formule toujours une sorte de commandement, et celle-ci, grave et impérieuse, était beaucoup trop proche pour le repos de mon esprit.

– Il me semble parfois dénué du moindre sentiment, dis-je, et parfois il en a beaucoup trop. Un moment, il est prêt à assassiner ceux qui lui sont les plus proches et, un autre, à donner sa vie pour un inconnu. Il dit qu'il croit que le seul mobile des humains est la convoitise et que c'est en satisfaisant leurs appétits qu'il parvient à survivre. Je pense que ces idées sont un peu confuses mais qu'il est terriblement près de la vérité.

Je l'entendis se lever, poser ma tasse sur un plateau et porter le plateau vers le guichet. Puis elle revint s'asseoir sur le bras de mon fauteuil. Je ressentis un certain mécontentement, non certes du geste lui-même, gentil et naturel, mais du fait qu'il fût adressé à mon autre moi, au Jean qu'elle me croyait être. L'image du cadeau sur la commode du château m'agaçait aussi.

– Celui qui mène le jeu, dis-je, pourquoi t'achète-t-il « Femme » ?

– Parce qu'il aime ce parfum, et moi aussi.

– Appellerais-tu cela satisfaire un appétit ?

– Ça dépend de la taille du flacon.

– C'est un très grand flacon.

– Alors j'appelle cela de la prescience.

Je me demandai si je connaissais le parfum « Femme ». Je n'en avais jamais fait cadeau à personne, et j'évitais et abhorrais généralement les femmes parfumées. Celle-ci n'était pas parfumée, elle sentait l'abricot.

– Son erreur, dis-je, c'est que, le plus souvent, il ne s'agit pas d'appétits mais bien de faim. Et quand il s'agit de faim, comment satisfaire des demandes contradictoires ? Mère, femme, enfant, frère, belle-sœur, ouvriers même… Je ne peux pas les nourrir tous. Franchement, je ne sais par où commencer, ni que faire.

Elle ne répondit pas, mais je sentis une main apaisante sur mon front. L'anonymat me protégeait. J'étais sur une mer entre deux mondes. L'étroit îlot que j'habitais autrefois était parti à la dérive ; le continent encombré qui m'attendait, exigeant et revendicateur, était pour un moment hors de vue. En changeant de peau, je m'étais libéré mais j'étais entré dans un autre esclavage. Si je parvenais à oublier les exigences qu'on me criait, à demeurer dans cet oubli, quel homme serais-je, moi ou Jean de Gué ?

Je tendis la main et touchai le visage de Béla.

– Je ne veux pas penser, dis-je.

Elle rit et posa sur mes yeux fermés un baiser aérien.

– C'est pour cela que tu viens ici, n'est-ce pas ?

CHAPITRE XIII

Quand je sortis de la maison, le soleil de la fin de l'après-midi dorait les toits moussus. Des petits garçons et des petites filles portant des cartables et des livres de classe sortirent en courant de la maison voisine et allèrent traverser le canal sur une autre passerelle. Un cheval tirant une carriole passa au petit trot sous la Porte de Ville ; le conducteur voûté sur son siège faisait nonchalamment claquer son fouet. Les persiennes étaient repliées et les portes des boutiques ouvertes dans la rue commerçante. Près de la place du marché, dans l'allée de platanes, si peuplée le matin et bordée de véhicules divers, de vieilles gens étaient assis par groupes au soleil, tandis que de petits enfants foulaient les feuilles tombées en soulevant la poussière avec des cris d'oiseaux. Je me demandais quel aspect prenait le soir cette ville de Villars tôt rendue au sommeil et au silence, comme toutes les petites villes de province, les habitants couchés derrière les volets, les maisons plongées dans l'ombre, les toits doucement inclinés vers des porches sombres, le clocher de l'église perçant le ciel d'encre bleue ; pas d'autre bruit sans doute que le pas d'un flâneur attardé et le murmure presque imperceptible des canaux sombres et tranquilles le long des murs.

C'était dans les villes de ce genre que j'aimais à passer la nuit pendant mes voyages. Après le dîner, je flânais dans les rues où j'étais le seul promeneur, passais devant les maisons silencieuses dont les fenêtres aveugles ne m'apprenaient rien et où seule une lueur à la fente d'un volet trahissait çà et là une vie intérieure.

Parfois, une fenêtre ouverte à l'étage supérieur révélait un abîme de ténèbres, parfois une bougie jetait un reflet au plafond, parfois un bébé pleurait, mais partout ailleurs c'était le silence et l'immobilité, et je marchais au hasard en compagnie de quelques chats maigres et furtifs qui fouillaient les ruisseaux entre les pavés. Je serais passé ainsi négligemment sous la Porte de Ville, j'aurais regardé le canal, aperçu la passerelle et la petite maison qu'elle reliait au quai, puis j'aurais regagné mon lit de voyageur et je serais reparti au matin sans rien savoir de plus. Tandis qu'aujourd'hui, mon humeur changée, ma vie métamorphosée, j'avais l'impression de posséder quelque chose de l'âme de Villars.

La lumière déclinante prêtait au paysage de la chaleur, de la couleur, c'était une ville aimable où les gens souriaient. La Renault qui attendait place de la République m'apparut soudain familière comme si elle m'appartenait vraiment, et le sac de plastique blanc de Marie-Noëlle resté sur la banquette où elle l'avait posé avec les emplettes du marché n'était pas un objet quelconque dans la voiture d'un inconnu mais évoquait maint souvenir : je le voyais balancé au frêle poignet par-dessus le gant de piqué blanc. Même la banque au coin de la rue avait sa place et sa raison d'être dans le décor. Villars était une citadelle, un refuge ; et, tout en m'éloignant au volant de la Renault, je me demandais par quelle magie la possession de la maîtresse d'un autre constituait un tel remède au souci. Je me sentais à présent inaccessible aux larmes de Françoise comme aux scènes de Renée. La tendresse aurait raison des tourments de la mère ; l'enfant serait choyée dans de sages limites, le frère réconcilié, la sœur consolée ; aucun d'eux ne présentait plus de ces problèmes devant lesquels je m'étais trouvé pendant les premières quarante-huit heures de mon séjour sous le toit du château.

La cause de cette humeur était difficile à discerner. La satisfaction physique ne suffisait pas à l'expliquer ; dans le passé, elle s'était montrée sans effet. Un changement d'identité pouvait-il modifier la circulation du sang, libérer quelque substance dans la pensée refoulée jusque-là par un préjugé ? Le monde était plein d'épaves qui cherchaient l'apaisement en faisant l'amour sous un déguisement. Je n'étais pas de ceux-là. La Béla de Villars complétait un dessin, un ensemble contenant mère, femme et enfant. La chaleur de la première, la dépendance de la seconde, le rire de la troisième se modelaient pour accueillir la dernière arrivée comme une compagne. Cela, je le comprenais et acceptais le tout. Il y avait là une partie de la solution, mais une partie seulement.

Je retrouvai facilement la route de Saint-Gilles et, quand je descendis l'avenue de tilleuls, passai le pont et franchis la grille pour gagner l'allée et rouler sous la poterne des douves qui menait au garage que je n'avais vu jusque-là qu'à distance, j'étais plein d'une magnifique assurance. Rien ne me déconcerterait plus à présent. La cour contenait deux garages aux portes grandes ouvertes, une cabane de jardinier et une écurie sans chevaux aux stalles cassées. Comme je sortais de la voiture en claquant la portière, la vieille qui m'avait parlé la veille dans l'étable surgit de l'ombre et je l'entendis s'adresser à quelqu'un derrière elle. Je distinguai les mots : « Monsieur le comte » et un homme en salopette bleue sortit de l'écurie. Ils vinrent à moi en souriant. L'homme me demanda si je voulais qu'il lave la voiture et j'acquiesçai, pensant que telle était sans doute l'habitude, et la femme repartit dans un discours incompréhensible que j'écoutai en souriant et en opinant du bonnet ; je distinguai seulement qu'il était question du beau temps et de l'ouverture de la chasse.

Je revins sur mes pas. Le chien s'agita dans son enclos en aboyant. Je m'arrêtai et l'appelai doucement par son nom mais il continua d'aboyer avec méfiance, cependant sa queue agitée trahissait son hésitation ; je m'approchai alors de la porte de son chenil afin qu'il pût sentir mes vêtements. Il les flaira d'un air perplexe, puis rassuré, et je vis que l'homme en salopette observait la scène du seuil de l'écurie.

– Qu'est-ce qu'il a, César ? demanda-t-il.

– Rien, répondis-je. Je dois l'avoir effrayé, voilà tout.

– C'est drôle, dit-il. D'habitude, il est fou de joie quand il vous voit. Espérons qu'il ne va pas devenir sauvage.

– Non, non, dis je. N'est-ce pas, César ?

Je tendis la main à travers la barrière et caressai la tête du chien qui, apaisé peu à peu par le ton et le contact, continua de me flairer en silence. Mais, quand je m'éloignai, il recommença à gronder.

– S'il se conduit comme ça dimanche, il ne vous servira pas à grand-chose, dit l'homme. Faut-il lui donner une dose d'huile après sa pâtée ?

– Non, dis-je, laissez-le tranquille. Ça va passer.

Je me demandai ce qu'on attendait du chien pour dimanche. Peut-être si je le promenais moi-même, finirait-il par me connaître et son aboiement soupçonneux ferait-il place à des gémissements de joie ? Sinon, il attirerait l'attention, on jugerait sa conduite, et le pauvre animal serait accusé d'infidélité envers son maître alors qu'il avait prouvé qu'il était la créature la plus perspicace de Saint-Gilles.

Je montai le perron de la terrasse et rencontrai dans le vestibule Paul qui sortait du petit vestiaire à droite de l'escalier.

– Où diable étais-tu toute la journée ? demanda-t-il. On te cherche depuis une heure de l'après-midi. Renée t'a complètement perdu et a dû rentrer dans une voiture de louage et voilà qu'à notre grande surprise Marie-Noëlle est arrivée toute seule comme nous finissions de déjeuner, déclarant tranquillement qu'elle avait trouvé place dans un camion. Lebrun a attendu jusqu'à deux heures et puis il a dû s'en aller. Il vient justement de retéléphoner.

– Qu'est-ce qui se passe ?

– Qu'est-ce qui ne va pas ? répéta-t-il. Tout simplement que Françoise n'est pas bien du tout et que Lebrun lui a défendu de se lever. Si elle n'est pas extrêmement prudente, l'enfant naîtra avant terme et ne vivra pas, ce qui n'ira probablement pas sans danger pour elle-même. Voilà ce qui ne va pas.

Je méritais son mépris. La faute ici n'était pas à Jean de Gué, mais à moi. J'avais promis de rentrer à temps pour voir le docteur. Je n'avais pas tenu ma promesse. Pis, je ne me l'étais même pas rappelée.

– Quel est son numéro ? demandai-je. Je vais lui téléphoner tout de suite.

– Inutile, dit-il. Il vient d'être appelé au-dehors. Je lui ai dit d'essayer de te téléphoner dans la soirée.

Il tourna sur ses talons et disparut vers la salle à manger et la bibliothèque. Il ne m'interrogerait pas plus avant. J'en fus heureux. Je savais ce que je devais faire. Je montai directement dans la chambre à coucher. Les rideaux étaient à demi tirés, le feu allumé ;

un écran au pied du lit masquait la lumière. Françoise était allongée, les yeux fermés. Elle les ouvrit à mon entrée.

– Ah ! c'est toi ? dit-elle. Enfin ! Je ne t'espérais plus. Je leur ai dit que tu avais dû reprendre le train pour Paris.

La voix était blanche, sans expression. Je m'approchai du lit et lui pris la main.

– J'aurais dû téléphoner, dis-je. J'ai été retenu à Villars et, franchement, j'ai oublié. C'est aussi bête que ça. Je ne te demande même pas de me pardonner. Comment te sens-tu ? Paul m'a dit que Lebrun t'a ordonné le lit.

La main dans la mienne était molle et froide. Elle ne la retira pas.

– Sinon, je ferai une fausse-couche, dit-elle. C'est ce que je crains depuis le début. J'ai toujours su qu'il arriverait quelque chose.

– Il n'arrivera rien, dis-je, il n'arrivera rien si tu ne fais pas d'imprudence. Je me demande seulement si Lebrun est bien à la hauteur. Tu ne voudrais pas que je fasse venir un spécialiste ?

– Non, dit-elle, je ne veux pas d'un inconnu. Les choses sont trop avancées maintenant, il ne ferait que m'énerver et énerver Lebrun. Ça ira si je reste tranquille et que personne ne me tourmente. Qu'est-ce que c'est que cette histoire : Marie-Noëlle est rentrée dans le camion des ouvriers et Renée a été obligée de louer une voiture parce que tu avais disparu ? J'étais folle d'inquiétude. Et puis, au milieu de l'après-midi, je me suis dit que je ferais aussi bien de me résigner à l'idée que tu ne reviendrais pas, que tu les avais semées exprès et que tu étais reparti pour Paris.

Les yeux las scrutaient mon visage et je savais que la meilleure méthode était de m'en tenir le plus possible à la vérité.

– Je suis resté longtemps à la banque, dis-je. Je peux bien te le dire à toi, mais je ne voudrais pas que les autres le sachent. En réalité j'ai menti à propos du contrat. Je n'ai pas réussi à en obtenir le renouvellement quand j'étais à Paris et je n'ai pu arranger les choses que par téléphone et grâce à la banque aujourd'hui. Les Carvalet acceptent de renouveler le contrat mais à leurs prix. Cela veut dire que la verrerie travaillera encore plus à perte que par le passé, évidemment, mais on n'y peut rien. Il va falloir que je trouve l'argent.

Elle paraissait stupéfaite. Je restai près d'elle, lui tenant la main.

– Mais à quoi te servait de mentir ? demanda-t-elle. Je ne comprends pas.

– Ça doit être par orgueil, dis-je. Je voulais faire croire à tout le monde que j'avais réussi. D'ailleurs, j'ai peut-être réussi pour un certain temps. Je n'ai pas encore fait tous les calculs. Mais garde ça pour toi. Je n'ai pas l'intention de le dire à maman, ni à Paul, ni à personne d'autre que toi, à moins que les choses ne tournent de telle façon que cela devienne absolument nécessaire.

Elle sourit pour la première fois et, comme elle se redressait sur son oreiller, je compris qu'elle souhaitait que je l'embrasse. Je le fis et lâchai sa main.

– Je ne le dirai à personne, fit-elle. Je suis trop contente que tu m'aies prise pour une fois dans ta confidence. Mais c'est drôle que tu te préoccupes autant de la verrerie. L'idée de fermer n'a jamais paru te tourmenter comme Paul ou Blanche.

– Non, sans doute, dis-je, cela m'a pris hier après-midi, quand j'étais là-bas.

Elle me demanda de lui passer un miroir et un peigne qui étaient sur la coiffeuse et, s'asseyant dans son lit, elle se mit à peigner en arrière ses cheveux lisses et blonds pour en dégager son visage. J'avais vu un geste analogue deux heures à peine auparavant, et la différence foncière d'humeur et de nature, là-bas l'insouciance et la joie, ici la lassitude, mais avec encore plus d'intimité, si c'était possible, m'émut étrangement : j'aurais voulu pouvoir rétablir l'équilibre et rendre Françoise, elle aussi, heureuse et robuste.

– Pourquoi ne m'as-tu pas raconté tout ça le soir de ton retour ? dit-elle.

– Je n'avais rien décidé, répondis-je. Je n'étais pas sûr de ce que j'allais faire.

– Paul l'apprendra forcément, dit-elle. Tu ne pourras pas le lui cacher. D'ailleurs, quelle importance cela a-t-il qu'il le sache, du moment que le contrat est conclu ? De toute façon, la naissance de notre petit garçon arrangera tout ça. – elle posa le miroir sur la table de chevet. Marie-Noëlle a dit que tu étais dans le sous-sol de la banque. Tout le monde s'est demandé ce que tu y faisais. Je ne savais même pas que tu avais un coffre. Qu'y a-t-il dedans ?

– Des actions, dis-je, des documents.

– Notre contrat de mariage ?

– Oui.

– Tu l'as regardé ?

– Je l'ai parcouru.

– Si nous avons de nouveau une fille, il n'y aura rien à faire, n'est-ce pas ?

– Apparemment non.

– Et si je meurs ? Tu auras tout alors ?

– Qui parle de mourir ? Allons, veux-tu que je ferme les volets et les rideaux et que j'allume ? Tu as quelque chose à lire ?

Elle ne répondit pas. Elle s'allongea dans son lit. Puis elle dit :

– Donne-moi le médaillon que tu m'as rapporté de Paris. J'ai envie de l'avoir près de moi sur la petite table.

J'allai à la coiffeuse dans l'alcôve, pris le petit écrin et le lui tendis. Elle l'ouvrit et regarda le médaillon, faisant jouer le ressort qui découvrait la miniature.

– Où l'as-tu acheté ? demanda-t-elle.

– Dans une bijouterie que je connais à Paris, dis-je. Je ne me rappelle plus le nom.

– Renée m'a dit que l'antiquaire de Villars fait des miniatures, dit-elle.

– Tiens ? C'est possible.

– On pourrait lui commander un jour celle de Marie-Noëlle et celle du bébé. Ça doit être moins cher qu'à Paris.

– Oui, probablement.

Elle posa sur la table de chevet le médaillon ouvert montrant la miniature.

– Tu devrais descendre faire la paix avec Renée, reprit-elle. Je me sentais trop mal pour la supporter quand elle est rentrée, tu sais comme elle devient impossible quand elle se met en colère.

– Elle se calmera.

Je fermai les volets et mis une bûche dans le feu.

– Je pense que la petite est avec Blanche, dit-elle, ou alors en haut avec maman. Je ne me sentais pas assez bien pour l'avoir ici. Dis-lui que je ne pensais pas ce que j'ai dit ce matin, que j'étais énervée, malade.

– Je crois qu'elle l'a compris.

– Qu'est-ce que tu as fait des morceaux de porcelaine ?

– Ne t'inquiète pas de ça. As-tu besoin de quelque chose ?

– Non, non, je vais rester tranquille.

Je traversai la salle de bain et allai changer de veste et de chaussures dans le cabinet de toilette comme j'avais fait la veille. Le flacon de « Femme » était toujours sur la commode, mais il ne m'apparaissait plus comme un de ces objets impersonnels qu'on voit dans les vitrines des magasins ; il prenait à présent le sens même de ma vie intime. Je le mis dans un tiroir et, comme ce tiroir avait une clef, quelque chose me fit tourner la clef et la prendre dans ma poche. Je sortis de la pièce et, dans le couloir, me trouvai nez à nez avec Charlotte qui descendait du second étage.

– M. le curé vient de partir, dit-elle. Mme la comtesse vous a demandé.

– J'y vais, dis-je.

Elle me précéda dans l'escalier comme au premier soir. Et ces gestes qui s'étaient déroulés quarante-huit heures auparavant me semblaient appartenir à un lointain passé ; l'imposteur de ce soir-là était aussi différent de l'homme qui montait à présent l'escalier que de celui qui s'était réveillé dans une chambre d'hôtel du Mans. L'on eût dit que ma peau était devenue une cuirasse. Mon courage naguère était simulé, maintenant je me sentais invincible.

– Monsieur le comte a été retenu longtemps à Villars ? demanda Charlotte.

Je savais que ma méfiance et mon antipathie pour elle étaient justifiées, chaque mot qu'elle disait sonnait faux.

– Oui, dis-je.

– Mme Paul a pris le thé avec Mme la comtesse, continua-t-elle. Elle était très fâchée d'avoir été obligée de louer une voiture pour rentrer, et elle a raconté toute l'histoire à Mme la comtesse.

– Il n'y a pas eu d'histoires, dis-je. J'ai été retardé, c'est tout.

Nous étions à présent dans le couloir d'en haut, je passai devant elle et me dirigeai vers la grande chambre. J'entrai et fus accueilli comme d'habitude par les jappements des chiens ; je ne m'en inquiétais plus et, les écartant du pied, j'allai tout droit au fauteuil du coin de la cheminée où la mère était assise, ses lourdes épaules emmitouflées dans un châle violet. Je me penchai pour l'embrasser, heureux de voir que Blanche n'était pas auprès d'elle, que la vieille dame était seule dans sa chambre.

– Bonjour et bonsoir, dis-je. Je suis désolé de n'être pas venu te voir ce matin. Je suis parti de bonne heure. Tu es déjà au courant de tout. Je suis content de te voir levée. As-tu passé une bonne journée ?

Les yeux moqueurs et curieux rencontrèrent les miens, elle eut un petit grognement et me désigna un siège.

– Assieds-toi, dit-elle, là, le visage en pleine lumière, que je te voie bien. Allez-vous-en, Charlotte. Et n'écoutez pas à la porte. Descendez à la cuisine et dites qu'on monte à dîner pour deux. Allez, dépêchez-vous. Et d'abord, enlevez-nous tout ça.

Elle repoussa les livres de piété qui encombraient le guéridon. Les fox-terriers grimpèrent sur ses genoux et elle garda le silence tant que la servante fut dans la chambre, mais je sentais son regard sur moi. J'allumai une cigarette.

– Et alors ? dit-elle. Où étais-tu ?

Je devinai que tout ce que Renée et Marie-Noëlle savaient de ma matinée lui avait été rapporté : la course à Villars, les emplettes au marché, la visite à la banque et, peut-être, par un coup de téléphone à l'employé, l'heure exacte où j'en étais sorti. Le fait qu'elle me demandait où j'étais prouvait son ignorance de la maison du canal. Il y avait donc là une chose que Jean de Gué taisait à sa mère.

– J'avais à faire, dis-je.

– Tu as quitté la banque avant midi et demi, dit-elle, et il est six heures et demie.

– Et si j'ai dû aller au Mans ?

– Pas dans la Renault. La voiture est restée tout l'après-midi place de la République. Le chauffeur qui a ramené Renée l'y a encore vue quand il est rentré au garage de Villars. C'est moi qui ai conseillé à Renée de lui téléphoner pour le lui demander.

Je souris. La curiosité qui la démangeait était aussi éclatante que chez une enfant.

– Si tu veux la vérité, dis-je, j'ai essayé d'éviter Renée. Et j'y ai réussi. C'est tout ce que je te dirai. Tu pourras m'interroger jusqu'à minuit que tu n'en apprendras pas davantage.

Elle gloussa de rire et je vis une fois encore que mon instinct de franchise m'avait servi.

– Je ne te donne pas tort, dit-elle. Si tu te laisses faire, elle deviendra insatiable.

– Elle n'est pas assez occupée, dis-je. Aucune de vous n'est assez occupée.

– J'avais beaucoup à faire, autrefois, dit-elle, du vivant de ton père, avant la guerre, avant ton mariage. Les femmes n'étaient pas oisives dans ce temps-là. Ces têtes vides de Françoise et Renée étaient des enfants alors. Moi, j'avais un but dans la vie. Blanche aussi, d'ailleurs.

Le ton subitement venimeux sur lequel elle lança les derniers mots me surprit. Je la regardai et vis sa bouche étroite et dure comme celle de sa fille, et les yeux, qui me raillaient gentiment un moment auparavant, voilés à présent sous leurs lourdes paupières.

– Que veux-tu dire ? demandai-je.

– Tu sais très bien ce que je veux dire, répondit-elle.

Et son expression changea une fois de plus aussi soudainement, la bouche se détendit, lèvre pendante, et elle haussa les épaules.

– Je suis vieille et malade, voilà mon malheur, dit-elle. Tu verras ça quand tu auras mon âge. Nous nous ressemblons trop. Nous ne voulons pas être embêtés ni par nos maux ni par ceux des autres. Comment va Françoise ce soir ?

Je sentais que j'avais été tout près d'une révélation qui, si j'avais pu la saisir, m'aurait fait comprendre ce qui se passait sous ces plis de chair, mais sa dernière question émanait d'une autre région de sa pensée ; le ton calme et composé était celui d'un être sans cœur ni sentiments.

– Tu sais que j'ai manqué Lebrun, dis-je. Il me téléphonera dans la soirée. Il faut qu'elle garde le lit. Elle n'est pas bien du tout.

Je regardais ses doigts qui pianotaient sur le bras de son fauteuil. Ils suivaient un rythme défini : trois et deux, puis de nouveau trois. Je vis à son visage qu'elle faisait cela machinalement, elle n'avait même pas conscience du mouvement de ses doigts. Le pianotage suivait une pensée encore confuse qu'elle exprimerait peut-être ou n'exprimerait pas.

– Moi, j'ai vu Lebrun, dit-elle. Il ne t'en dira pas plus qu'il ne m'en a dit. C'est un maladroit et il ne veut pas le reconnaître. Elle aura des ennuis avec cette naissance comme avec la précédente. Je l'ai toujours su. La seule différence c'est que, cette fois elle a réussi à le garder plus longtemps.

Le pianotage sur le bras du fauteuil continuait. J'étais fasciné par le mouvement de ses doigts.

– Françoise ne veut pas voir de spécialiste, dis-je. Je viens justement de le lui proposer.

– Tu le lui as proposé ? fit-elle. Pourquoi, grand Dieu ?

– Mais, dis-je, si l'accouchement doit être difficile…

Mes yeux rencontrèrent les siens et j'éprouvai un sentiment de malaise. Je me rappelai les termes du contrat de mariage et que si Françoise mourait sans donner naissance à un fils, sa dot considérable serait partagée entre Jean de Gué et Marie-Noëlle.

L'atmosphère, déjà étouffante, devint soudain irrespirable. Je me levai, desserrai mon col. Je sentais son regard sur mon dos pendant que j'allais à la fenêtre, mais elle garda le silence et je mis un moment à trouver le système d'ouverture des volets. Je les écartai et me penchai au-dehors, aspirant un grand souffle d'air. Le soir était venu et le brouillard avec lui. Les allées étaient voilées, la chasseresse cachée, même le colombier au bord du gazon était sombre et déformé par l'obscurité. Tout à côté de moi, une tête de gargouille aux oreilles couchées, deux fentes en guise d'yeux, avançait les lèvres en forme de gouttière. L'orifice en était obstrué par des feuilles et, quand viendrait la pluie, une boue se formerait qui coulerait en un flot trouble de cette gueule de gargouille. Comme la pluie devait être sonore ici, sur ce toit, d'abord tambourinant sur les ardoises, puis tombant à seaux, ruisselant sur les murs, tourbillonnant dans les rinceaux, bouillonnant dans la tête de la gargouille, battant obliquement les fenêtres comme un vol de flèches lancé contre les vitres. Au long des interminables nuits d'hiver, la vieille femme, couchée seule dans le lit de cette chambre haute, n'entendrait pas d'autre bruit pendant des heures, peut-être, que celui de l'averse et des flots de feuilles et de brindilles coulant de la bouche de la gargouille.

Je fermai la fenêtre et regardai de nouveau dans la chambre. Elle ne m'avait pas quitté des yeux, mais ses doigts ne pianotaient plus sur le bras du fauteuil.

– Qu'est-ce que tu as ? demanda-t-elle, Tu es énervé ?

– Non, répondis-je. Je ne respirais pas, c'est tout. Il fait trop chaud dans ta chambre.

– C'est un peu à cause de toi, dit-elle. Tu dis toujours que le château est glacial. Viens, approche-toi.

Je m'approchai lentement, à contrecœur. Ces yeux si semblables à ceux de son fils, si semblables aux miens vus dans une glace, ne soupçonnaient-ils pas mon déguisement ? Elle me prit les mains et les tint un moment.

– Est-ce qu'il te pousserait une conscience, par hasard ? demanda-t-elle.

On dit que le contact des mains est révélateur de l'être. Un enfant met la sienne dans celle d'une grande personne et sait d'instinct s'il doit avoir confiance en elle ou la détester. L'avant-veille, ces mains s'étaient cramponnées, avaient supplié, éperdues, folles d'angoisse ; elles étaient ce soir plus fortes que les miennes, leur prise était ferme, leur pression hardie. Ses mains ne provoquaient pas ma confiance mais elles ne la sapaient pas non plus, elles plaçaient mon assurance sur un autre plan. La foi qu'elle avait dans son fils était si intense que, même si elle ne connaissait pas tous ses secrets, si elle ne partageait qu'un fragment de sa vie, il continuait en quelque sorte à demeurer en elle, attaché, aveugle, comme avant sa naissance. Elle ne le perdrait jamais.

– Ne faisons pas de sentiment, dit-elle, et ne nous inquiétons pas de ce que le sort nous réserve. Il est trop tard et pour toi et pour moi. La vie n'est pas courte comme tout le monde se plaît à le répéter ; elle est longue, beaucoup trop longue. Nous ne mourrons ni l'un ni l'autre avant plusieurs années. Pour l'amour de Dieu, tâchons de vivre le mieux possible.

Un coup discret à la porte précéda Charlotte et Germaine portant des plateaux, et les rites du couvert que je connaissais déjà se déroulèrent. Le premier soir, la comtesse avait à peine touché aux mets, mais ce soir elle engloutit son potage accompagné de morceaux de pain qu'elle y mit à tremper, le regard intense, le menton presque dans son assiette. Je songeais au jambon, au fromage et aux fruits dans la maison de Villars et à ma compagne de déjeuner, et je me demandais comment Béla passait ses soirées ; dînait-elle dehors avec des amis, restait-elle seule chez elle, quel aspect prenait la pièce derrière les volets fermés ? La mère se tourna vers moi en sortant un morceau de viande de sa bouche au bout de sa fourchette pour le tendre à un de ses chiens et dit :

– Pourquoi es-tu si silencieux ? A quoi penses-tu ?

– A une femme, dis-je. Tu ne la connais pas.

– Elle te convient ?

– Oui.

– C'est tout ce qu'il faut. Ton père a eu une maîtresse au Mans pendant quelque temps. Je l'ai vue une fois, une rousse, une beauté. Il allait la voir tous les vendredis. Cela le mettait de meilleure humeur toute la fin de semaine. Et puis elle a épousé un riche boucher et elle est allée vivre à Tours. J'ai regretté qu'elle ait dû partir ; elle lui faisait du bien.

Charlotte nous apporta de la crème au caramel dans des petits pots. Les chiens attendaient, gourmands, faisant le beau.

– Alors tu as laissé Marie-Noëlle rentrer de Villars avec Julie et son petit-fils, continua-t-elle, changeant de conversation. Elle est montée me voir, enchantée, ravie, disant qu'elle préférait cela à la Renault. Je lui ai demandé qui conduisait et elle m'a dit que c'était un des ouvriers, le jeune aux cheveux frisés. Elle m'a dit qu'elle aimait son odeur. Je lui ai conseillé d'aller raconter ça à sa tante Blanche pour voir ce qu'elle en dirait.

Ainsi Mme Yves, c'était Julie. Je respirai. De trouver Françoise au lit à mon retour m'avait fait oublier la petite et le camion.

– Les enfants adorent voyager en camion, dis-je Je faisais probablement la même chose à son âge.

– Toi ? – elle se mit à rire. Ne parlons pas de ce que tu faisais à son âge, ça vaudra mieux. Tu as oublié la petite Cécile qu'on avait invitée à goûter ? Tu l'as emmenée dans le pigeonnier et tu as fermé la porte à clef. Sa mère ne l'a plus jamais ramenée ici. Pauvre Cécile… Surveille Marie-Noëlle, elle grandit vite.

– Ce n'est pas très drôle d'être enfant unique, dis-je.

– Penses-tu ! Elle est ravie. Elle ne veut pas d'autres enfants. Elle les préfère plus grands, je sais, j'étais ainsi à son âge. Je tombais amoureuse de tous mes grands cousins. Marie-Noëlle n'a pas de cousins. Elle tombera amoureuse des ouvriers de la verrerie.

On frappa à la porte.

– Qui est là ? cria-t-elle. Entrez. Mais entrez donc !

Germaine parut sur le seuil.

– Le docteur Lebrun demande monsieur le comte au téléphone, dit-elle.

– Merci.

Je me levai et posai ma serviette sur le plateau.

– Dis-moi bonsoir tout de suite, dit la mère. Je sens que je vais avoir sommeil. Dis à ce vieil imbécile de ne pas s'affoler. Que Françoise reste couchée, les pieds plus haut que la tête et elle aura peut-être un garçon. Allons, viens et embrasse-moi. – ses mains s'accrochèrent une fois de plus à moi, ses yeux retinrent les miens. Pas de bêtises, pas de spécialistes. Ils prennent des prix fous, dit-elle.

Je sortis de la chambre, descendis l'escalier et entrai dans le vestiaire où se trouvait le téléphone. Marie-Noëlle en robe de chambre attendait à côté de l'appareil. Elle me regarda, toute pâle, avec inquiétude.

– Je peux aller écouter dans la chambre de tante Blanche ? demanda-t-elle.

– Bien sûr que non ! dis-je. Le docteur Lebrun a à me parler.

– Tu me raconteras après ce qu'il t'aura dit ?

– Je n'en sais rien.

Je la repoussai et fermai la porte derrière elle. Je dis « Allô ? » et la voix du docteur me répondit, aiguë, âgée, débitant un flot de paroles.

– Bonsoir, comte, j'ai beaucoup regretté de ne pas vous voir ce matin. Je suis justement allé à Villars dans l'après-midi, j'aurais très bien pu vous y rencontrer si j'avais su où vous joindre. Enfin voilà : j'ai trouvé Mme Jean de Gué extrêmement agitée, extrêmement inquiète pour elle-même, et une telle nervosité à ce stade de la grossesse pourrait fort bien l'abréger, aussi, considérant les difficultés que nous avons déjà eues avec elle, son anémie et le reste, il faut prévoir des complications. Il est indispensable qu'elle reste au repos absolu pendant quelques jours, cette période du septième mois peut être critique, vous comprenez. Je ne vous inquiète pas trop ?

Il se tut deux secondes pour reprendre son souffle et je lui demandai s'il ne désirait pas appeler un spécialiste en consultation.

– Pas pour l'instant, dit-il. Si votre femme se repose et ne ressent pas de nouveaux malaises, et surtout s'il n'y a aucun signe d'hémorragie, tout peut encore se passer normalement. Pour l'accouchement, je serais d'avis qu'elle allât dans une clinique au Mans, mais nous en reparlerons dans quelques semaines. De toute façon, je me tiens en contact constant avec vous. Je vous retéléphonerai demain. A propos, vous m'attendez dimanche, je suppose ?

Peut-être était-ce son habitude de déjeuner au château le dimanche, ou d'y venir ce jour-là indépendamment de toute visite professionnelle.

– Bien sûr, dis-je. Nous serons ravis de vous voir.

– Heureusement que votre chambre à coucher est sur le devant. On ne dérangera pas votre femme. Au revoir donc, et à dimanche.

– Au revoir, docteur.

Je raccrochai le récepteur. On ne dérangera pas votre femme... Le déjeuner dominical était-il si joyeux que le tapage s'en répandait à travers le salon et ébranlait les poutres ? C'était bien improbable et je me demandais ce qu'il voulait dire. Quand je sortis du vestiaire, Marie-Noëlle était encore devant la porte.

– Alors ? demanda-t-elle vivement. Qu'est-ce qu'il a dit ?

– Il a dit que maman doit rester couchée.

– Le bébé est prêt à venir ?

– Non.

– Alors pourquoi tout le monde le disait, et que, s'il venait, il serait mort-né ?

– Qui disait cela ?

– Germaine, Charlotte, tout le monde. Je les ai entendus en parler dans la cuisine.

– Quand on écoute aux portes, on entend des mensonges.

Paul parlait avec Renée dans la salle à manger. Ils n'avaient pas fini de dîner. J'entrai au salon et l'enfant me suivit.

– Papa, dit-elle parlant tout bas à présent, est-ce que maman est malade parce que j'ai cassé la porcelaine et que ça lui a fait de la peine ?

– Non, dis-je, ça n'a rien à voir avec ça.

Je m'assis sur le bras d'un fauteuil et l'attirai à moi.

– Qu'est-ce que tu as ? demandai-je. Pourquoi es-tu si nerveuse ?

Ses yeux évitèrent les miens, et se mirent à regarder n'importe où dans la pièce, sauf de mon côté.

– Je ne comprends pas pourquoi vous le voulez, dit-elle enfin. Je ne comprends pas pourquoi vous voulez absolument avoir ce bébé. Ça ennuie maman. Elle a dit à tante Renée, il y a longtemps, qu'elle aimerait bien mieux ne pas être obligée de l'avoir.

Sa question angoissée était logique. Pourquoi sa mère devait elle avoir un enfant qu'elle ne désirait pas ? J'aurais préféré qu'elle en eût demandé la raison à Jean de Gué. Je le remplaçai assez lamentablement. Il me parut plus facile de dire la vérité telle qu'elle m'apparaissait à moi-même.

– C'est particulier et un peu intéressé, à vrai dire, commençai-je. Ton grand-père Bruyère avait beaucoup d'argent. Il a pris des dispositions telles à ce sujet que ton père et ta mère ne pourront pas s'en servir à moins d'avoir un fils. C'est pourquoi, bien que leur fille leur suffise entièrement, cela faciliterait beaucoup les choses, financièrement, s'ils pouvaient avoir un fils.

L'expression de soulagement que je lus sur son visage fut telle qu'on aurait pu croire que je venais de lui administrer un calmant puissant pour une douleur physique.

– Oh ! fit-elle. C'est tout ? C'est seulement pour l'argent ?

– Oui, dis-je. C'est vilain, n'est-ce pas ?

– Pas du tout, répondit-elle. Je trouve ça très malin. Est-ce que, plus vous aurez de garçons, plus maman et toi aurez d'argent à vous ?

– Non, dis-je. Cela s'arrête à un.

Sa réaction émotionnelle la fit glisser de mes genoux et cabrioler du divan sur le sol, robe de chambre et chemise de nuit retroussées par-dessus sa tête et révélant son petit derrière rond. Riant aux éclats, la tête cachée dans ses vêtements, tout le bas de son corps à l'air, elle était en train de marcher sur les mains quand Blanche, Renée et Paul entrèrent.

Blanche s'arrêta, les yeux rivés sur le petit animal nu et gambadant.

– Qu'est-ce que tu fais ? dit-elle vivement. Rabats tout de suite ta robe de chambre.

Marie-Noëlle se remit sur ses pieds, en se secouant, ses vêtements retombèrent en place, puis elle sourit à ses spectateurs.

– Tout va bien, tante Blanche, dit-elle. Papa et maman ne font ça que pour l'argent, pas du tout parce qu'ils ont envie d'avoir des enfants. Et c'est pour cela que tout le monde veut des garçons, c'est mieux pour les finances. – elle courut à moi, me prit la main et me fit tourner face à la famille avec un air heureux de propriétaire : Tu sais, papa, tante Blanche m'a raconté qu'après ta naissance, quand elle était petite, personne ne l'aimait plus, personne ne faisait plus attention à elle, et que c'était une des leçons d'humilité qui lui avaient fait chercher Dieu. Mais quand mon petit frère arrivera, tout continuera comme avant. Tu m'aimeras toujours autant et peut-être que la Sainte Vierge voudra bien me choisir une autre leçon d'humilité, pas celle qu'elle a donnée à tante Blanche.

Elle dut s'apercevoir que les visages figés de ses tantes et de son oncle ne reflétaient pas sa propre joie. Elle me regarda d'un air incertain, puis regarda de nouveau les belles-sœurs. Des deux, c'est Renée qui paraissait encore la plus choquée, la plus offensée. L'enfant le sentit et lui fit un beau sourire.

– Après tout, dit-elle, il y a d'autres vertus que l'humilité. Je pourrais apprendre la patience comme tante Renée. Tout le monde ne peut pas avoir un bébé. Ça fait trois ans qu'elle est mariée avec oncle Paul et elle n'a pas encore commencé.

CHAPITRE XIV

Je m'avisai que j'avais des raisons de bénir Françoise : son état me donnait une excuse pour me retirer. Je trouvais beaucoup moins fatigant de rester auprès d'elle dans la chambre que dans le salon avec Paul et Renée. Je montai coucher la petite et, quand je l'eus bordée dans son lit, j'allai rendre les mêmes soins à Françoise. En outre je lui cherchai de l'eau chaude dans la salle de bain, une éponge, un savon et une serviette puis la brosse à dents et la poudre dentifrice, enfin des épingles à cheveux, son pot de crème, le bonnet de nuit qu'elle nouait sous le menton par un ruban. Je la servais comme un infirmier dans un hôpital. Cela me rappela le temps de la guerre, quand j'émergeais de la crypte où je déchiffrais des documents pour conduire une ambulance ou accomplir les besognes qui m'étaient assignées au cours de ces nuits fébriles. La subite intimité avec des inconnus, femmes et enfants pour la plupart, dont beaucoup avaient peur, avaient mal, avait suscité en moi le même sentiment d'humilité et de compassion que celui que j'éprouvais maintenant en aidant Françoise à sa toilette du soir. Sa gratitude était intense comme avait été la leur. Elle me répétait, surprise et ravie, que j'étais bon.

– Ce n'est rien, répondais-je. Que pouvais-je faire de moins ?

– Je n'ai pas l'habitude, dit-elle. Tu n'es pas aux petits soins d'ordinaire. Je me suis souvent couchée de bonne heure, fatiguée, et toi tu restais à bavarder avec Paul et Renée. Mais peut-être les évites-tu ce soir pour le cas où ils te demanderaient ce que tu faisais à Villars ?

Elle était aussi intuitive à sa façon que la petite fille, et je me demandais, tout en l'embrassant et en éteignant la lumière, si elle savait d'instinct que je ne lui avait révélé qu'une partie de ce qui s'était passé dans la journée.

En retournant au cabinet de toilette, je me rappelai la lettre du notaire Talbert que j'avais rapportée de la banque. Elle était restée dans ma poche. Je la pris et la lus. Elle était d'une clarté impitoyable. La fabrique, disait Talbert, travaillait à perte de façon continue – ce que je savais déjà – et la ruine ne serait évitée que par des apports provenant d'autres sources, ventes de terres ou d'actions, par exemple, comme l'avait conseillé Béla. Le notaire ajoutait qu'il viendrait bien volontiers à Saint-Gilles parler avec moi de cette affaire au jour et à l'heure qui me conviendraient : il ajoutait que, la question étant urgente, il pensait que je le convoquerais sans trop attendre. C'était probablement cette lettre qui avait poussé Jean à aller voir lui-même les Carvalet afin, si possible, de les persuader d'accepter de meilleurs prix.

Le lendemain était un samedi et je décidai de descendre à la verrerie tôt le matin, avant que Paul fût habillé et eût pris son café, afin de voir s'il y avait une lettre de la maison Carvalet dans le courrier. Les directeurs ne pouvaient guère s'être consultés avant le vendredi et la lettre écrite à la suite de leur discussion devait vraisemblablement arriver ce matin-là. Je me levai et j'allai chercher la voiture au garage alors que Gaston n'était pas encore venu brosser mes habits et enlever mon plateau. Cette fois, César me laissa passer sans aboyer, et, quand, tendant la main à travers la barrière pour le caresser, je le vis agiter la queue, j'eus l'impression de remporter une victoire. Il n'y avait personne dans ce coin-là. Des bruits venus de l'étable me faisaient supposer que la vieille était occupée près des vaches, et j'aperçus au loin le dos courbé de l'homme en salopette en train de sarcler un champ. Je sortis du village par la gauche et montai la côte de la forêt; aucun de mes actes ne me paraissait le moins du monde étrange. Cette course sur la route lisse entre les chênes et les châtaigniers faisait partie de ma vie, plus que tout ce à quoi j'avais jamais pu l'employer par le passé. Et ce sentiment continua de m'habiter quand j'arrêtai la voiture devant la grille de la fabrique, en descendis, et criai bonjour aux hommes qui étaient déjà au travail.

Comme je traversais la cour en contournant le grand hangar dans la direction de la maison, je rencontrai le facteur qui venait en sens inverse et je me dis que j'avais été bien avisé d'arriver de bonne heure. Je me hâtai d'entrer dans le bureau où je trouvai Jacques en train de trier les lettres. Il se retourna et me regarda tout surpris.

– Bonjour, monsieur le comte. Je ne pensais pas vous voir ce matin. M. Paul avait dit que vous ne viendriez ni l'un ni l'autre.

Je me demandais pourquoi Paul lui avait dit cela. Était-ce un jour de congé ?

– J'ai pensé que Carvalet aurait peut-être écrit, dis-je. J'attends une lettre personnelle du directeur.

Il continuait de m'observer. Mon activité devait être inhabituelle.

– J'espère qu'il n'y a rien de fâcheux ? dit-il.

– Moi aussi, répondis-je. Vous avez le courrier. Voyez s'il y a quelque chose de chez eux.

Il regarda le petit paquet de lettres qu'il tenait à la main : la seconde était une longue enveloppe portant l'en-tête imprimé de la maison Carvalet.

– La voici, dis-je. Merci, Jacques.

Je la lui pris des mains et il s'éloigna discrètement du bureau pour s'installer à la table centrale tandis que je lisais la lettre, le dos à la fenêtre. Tout était en ordre. La lettre confirmant notre conversation téléphonique était accompagnée du contrat portant prolongation de six mois aux nouvelles conditions. Les Carvalet exprimaient leur satisfaction de voir que nos deux maisons étaient parvenues à se mettre d'accord.

– Jacques, dis-je, avez-vous notre contrat ? L'ancien ?

– Il est dans le dossier sur votre bureau, dit-il.

– Cherchez-le-moi, voulez-vous, pendant que je finis de lire le courrier.

Il ne m'interrogea pas mais son visage exprimait un grand étonnement. Il chercha dans un dossier posé en vue sur le bureau tout en parcourant les autres lettres qui contenaient factures ou reçus. Il me tendit l'ancien contrat sans mot dire, et je m'assis au bureau pour le comparer au nouveau. Leurs termes étaient identiques à l'exception de la question cruciale des prix. Je n'entendais rien aux affaires, j'ignorais tout de la production de la verrerie, mais je saisissais quand même un fait essentiel, à savoir qu'à l'avenir Carvalet paierait moins cher les marchandises que nous leur fournirions.

Je sortis de ma poche la lettre du notaire et la posai devant moi à côté des contrats.

– Je veux voir les chiffres, dis-je à Jacques. Salaires, prix de revient, toute l'affaire.

Il me dévisagea.

– Vous les avez vus récemment, dit-il. Nous avons examiné tout cela ensemble, vous, M. Paul et moi, avant votre départ pour Paris.

– Je veux les revoir, dis-je.

Cela nous prit une heure et demie. C'était ardu et passionnant. Quand nous eûmes terminé, Jacques alla dans la cuisine faire du café et je pus comparer les chiffres qu'il m'avait indiqués avec ceux qui allaient les remplacer selon le nouveau contrat. J'en conclus qu'il faudrait puiser quelque cinq millions de francs dans le capital personnel de Jean de Gué pour rétablir l'équilibre. Je comprenais ses raisons de fermer. C'était le seul parti à prendre s'il ne voulait pas vendre des terres ou des actions. L'affaire perdait de l'argent avec le précédent contrat ; le nouveau l'étranglerait complètement. Elle deviendrait un jouet de luxe aussi éphémère et fragile que le verre qu'elle produisait. Ma maladroite sentimentalité coûtait cher aux propriétaires.

Je pris le nouveau contrat, l'empochai ainsi que les deux lettres, et allai rejoindre Jacques dans la cuisine.

– Là, monsieur le comte, dit-il, cela fait du bien après un tel travail, et il me tendit une tasse de café fumant.

– Je suis encore émerveillé de votre succès à Paris, dit-il. Vous étiez parti vraiment sans espoir, c'était plutôt une formalité. Ça prouve la valeur des contacts personnels.

– Personne ne sera au chômage. Voilà l'important, dis-je.

Il ouvrit de grands yeux.

– Le sort des ouvriers vous préoccupait ? Je ne m'en étais pas rendu compte. Oh ! vous savez, le premier choc passé, ils auraient vite retrouvé du travail. Il y a longtemps qu'ils s'attendaient à la fermeture.

Je bus mon café, très déçu. Peut-être m'étais-je agité inutilement. On frappa et Jacques retourna dans le bureau. Je regardai autour de moi, je me trouvais dans une assez grande cuisine qui avait dû autrefois servir aux besoins de toute une famille, la porte opposée à celle du bureau devait conduire vers les autres pièces de la maison. Pris de curiosité je l'ouvris et vis un large couloir de pierre où donnaient plusieurs portes et d'où un escalier montait vers l'étage supérieur. Je traversai le couloir et jetai un coup d'œil dans les autres pièces. Elles étaient vides, démeublées, les murs déteints, les plafonds craquelés, les planchers couverts d'une poussière épaisse. Dans la dernière salle, belle et carrée, aux murs revêtus de boiseries, de grands meubles étaient entassés contre un mur avec des caisses de vaisselle et des piles de chaises ; l'ensemble donnait une impression d'abandon comme si le propriétaire avait mis là tout son mobilier puis l'y avait oublié. Je repérai un vieux calendrier au mur, remontant à l'année 1941, au-dessus d'une caisse de livres. Je me baissai et en ouvris un. Un nom était inscrit sur la page de garde : Maurice Duval. Un léger bruit près de la fenêtre me fit tourner la tête. C'était un papillon, le dernier d'un long été, réveillé par le soleil, cherchant à s'échapper des toiles d'araignée qui l'emprisonnaient. Je voulus ouvrir la fenêtre mais l'humidité avait collé la peinture. On ne devait pas l'avoir ouverte depuis des années. Je délivrai le papillon de sa prison et il resta un instant contre la vitre puis retourna parmi les toiles d'araignée.

J'entendis des pas venant de la cuisine. Jacques était sur le seuil et me regardait. Il hésita puis entra et s'arrêta, indécis, au milieu de la pièce.

– Vous cherchiez quelque chose ?

Il avait l'air gêné. Je me demandais si c'était lui qui avait la garde de ces objets et si j'avais manqué à je ne sais quelle étiquette familiale en explorant la maison.

– Pourquoi continue-t-on à garder tout ça ? dis-je en désignant les meubles et les caisses.

Il détourna les yeux

– C'est à vous d'en décider, monsieur le comte, répondit-il.

Je me pris à détailler les meubles. Ils avaient quelque chose d'attristant, inutiles et oubliés contre le mur de cette pièce qui avait dû être habitée autrefois et servir de salon ou de salle à manger.

– C'est dommage, dis-je.

– Bien sûr, répondit-il.

Pouvais-je me permettre de poser une question, question que Jean de Gué n'aurait jamais formulée car il en connaissait la réponse ? Je le fis.

– Trouvez-vous que nous devrions utiliser ces pièces ? Faire habiter la maison par quelqu'un au lieu de la laisser vide ?

Il ne répondit pas tout de suite. Il restait là, mal à l'aise ; son regard errait sur la salle, les meubles, et évitait mes yeux. Il dit enfin :

– A qui la proposeriez-vous à présent ?

Ce n'était pas une réponse mais une autre question qui ne me donnait aucune indication pour poursuivre. J'allai à la fenêtre et regardai au-dehors. Les hangars étaient à gauche ; à droite, s'élevaient des bâtiments de ferme. La maison et le jardin qui l'entourait en étaient séparés par une barrière. Il y avait eu autrefois une allée pavée menant de la route à la maison et je voyais tout près un puits à la margelle brisée, hors d'usage.

– Pourquoi n'habitez-vous pas ici vous-même ? demandai-je.

Sa gêne parut encore plus marquée et je compris à son expression que l'idée le blessait.

– Ma femme et moi sommes très bien à Lauray, dit-il. Ça n'est jamais qu'à quelques kilomètres, pas plus loin que Saint-Gilles. Ma femme aime voir du monde. C'est trop isolé ici pour elle, et d'ailleurs…

Il s'interrompit et prit un air peiné.

– D'ailleurs quoi ? continuai-je.

– Ça ferait un drôle d'effet, dit-il. Personne n'habite ici depuis si longtemps et puis… je ne devrais peut-être pas vous dire ça, monsieur le comte, mais la maison ne rappelle pas d'heureux souvenirs. Il n'y a pas beaucoup de gens qui auraient envie de l'habiter.

Il hésita de nouveau puis parut s'enhardir et reprit avec un débit plus rapide, comme poussé par une force plus grande que le respect.

– Monsieur le comte, si on s'était battu sur le terrain de la verrerie, s'il y avait eu des opérations militaires, ça, on n'y peut rien. Mais que le dernier habitant d'ici, le maître de la verrerie, M. Duval, soit tiré de son lit au milieu de la nuit, traîné dans la cour et abattu par ses propres compatriotes, son corps jeté dans le puits et coupé par son propre verre – même si ça fait un bout de temps et que tout le monde préfère l'oublier –, ça n'est pas fait pour donner envie de venir s'installer dans l'endroit où ça s'est passé, avec sa femme et ses enfants !

Je ne lui répondis pas. Je n'avais rien à dire. Le papillon fit de nouveau de faibles efforts pour se libérer des toiles d'araignée et, comme j'avançais la main pour le secourir, j'aperçus l'antique fer forgé du vieux puits, les pierres décrépites entourées d'orties.

– En effet, finis-je par dire. Vous devez avoir raison.

Je quittai la pièce et suivis le couloir jusqu'à la cuisine d'où je regagnai le bureau. Je retrouvai son mobilier impersonnel, ses dossiers et son odeur de tabac refroidi, et restai un instant debout, à regarder les factures, les reçus et les lettres, mais je n'avais plus rien à faire. J'étais au courant des chiffres, je n'en saurais probablement jamais beaucoup plus long. La fabrique continuerait à marcher jusqu'au jour où quelqu'un s'apercevrait qu'il n'y avait plus d'argent pour faire la paie ou régler les factures.

– Si vous voulez bien me donner une enveloppe adressée à M. Mercier de la maison Carvalet, dis-je à Jacques qui venait d'entrer, je mettrai leur contrat à la poste en rentrant. Je garderai le double.

Il n'avait plus son air cordial. Nous pensions tous deux aux salles vides de la petite gentilhommière, et nous n'avions pas l'esprit aux affaires.

– Je n'étais venu que pour vous demander les chiffres, dis-je. Ce ne sera pas la peine d'en parler à M. Paul.

– Bien, monsieur, répondit-il.

Il prit une enveloppe dans le tiroir du bureau, y écrivit une adresse et y colla un timbre. En me la tendant il me dit d'une voix redevenue amicale :

– Vous m'attendez bien demain ? Je crois qu'il fera beau. En tout cas, c'est ce que la radio annonçait ce matin. Alors, à dix heures et demie au château ?

Il s'avança pour m'ouvrir la porte, je lui dis « A demain », puis je sortis dans la cour.

Le lendemain était un dimanche. Peut-être sa femme et lui assistaient-ils à la messe à Saint-Gilles et rentraient-ils ensuite déjeuner au château avec les de Gué et le docteur Lebrun.

Quelque chose me fit tourner à gauche et franchir la petite barrière du verger mal entretenu où Julie ratissait le premier après-midi. Vue de ce côté où l'on n'apercevait aucun des hangars, entourée de murs couverts de plantes grimpantes, la maison ressemblait à n'importe quelle paisible ferme-manoir de la fin du dix-septième siècle parmi les vertes prairies entourées de bois. Sous cette tendre lumière, elle évoquait un passé aimable et, dans le jardin, le puits à la margelle ébréchée entouré d'orties aurait dû lui aussi rappeler des époques lointaines et paisibles, et abreuver les habitants de la maison et de la verrerie à une source pure et profonde ; il n'était pas fait pour servir de charnier après un assassinat. La chaîne était cassée qui jadis puisait l'eau ; d'ailleurs, y avait-il encore de l'eau ? La source était peut-être tarie ou bien avait changé de cours, ne laissant que poussière, débris, verre brisé, et les liens qui unissaient jadis la verrerie et cette gentilhommière au château de Saint-Gilles s'étaient rompus eux aussi, ils ne se communiquaient plus aucune force. Mais pourquoi est-ce que je m'en souciais ! Pourquoi l'image de ce Maurice Duval assassiné, qui avait été maître ici, personnifiait-elle pour moi les vertus de permanence, la transmission du meilleur d'une génération à la suivante ; pourquoi sa mort si cruelle, et caractéristique des haines entre gens de même race, me chargeait-elle soudain d'une espèce de devoir, de souvenir qu'il importait de ne pas laisser suppurer en secret mais qu'il fallait regarder au jour pour l'assainir ?

Je quittai le verger et longeai les hangars pour gagner la sortie. Julie était devant la maisonnette de la grille, portant une brassée d'herbe pour ses lapins. Je lui dis bonjour en passant et fus frappé, une fois de plus, par l'honnêteté de son visage, la chaleur et l'esprit qui pétillaient dans ses yeux bruns, la vigueur de toute sa personne. Je savais que ce n'était pas une vaine sentimentalité qui m'inspirait cette profonde sympathie, mais une intuition de même nature que celle qui m'avait tout de suite donné confiance dans Béla de Villars.

– Vous êtes matinal, monsieur le comte, dit-elle. Et ce n'est pas souvent qu'on vous voit à la verrerie le samedi. Comment ça va ? Et comment va la jeune comtesse ? Elle n'était pas trop bien hier, à ce qu'on m'a dit.

Comme les nouvelles se répandaient vite dans cette petite communauté ! Puis je me rappelai qu'elle avait reconduit Marie-Noëlle au château en rentrant de Villars et qu'elle avait dû alors bavarder avec les domestiques.

– Il faut qu'elle se repose, dis-je. Elle était mieux hier soir quand je suis rentré. Je dois m'excuser, Julie. La petite vous a encombrés hier à Villars. Je ne m'étais pas rendu compte qu'elle projetait de s'imposer à vous, on m'a fait sa commission à la banque d'une façon très embrouillée.

Elle rit en agitant les mains.

– Ce n'est pas à vous de vous excuser, monsieur Jean, c'est à moi de vous remercier. Nous revenions juste de la gare quand nous l'avons vue qui filait comme du vif-argent sous la Porte de Ville. Naturellement, j'ai dit au jeune Gustave d'arrêter le camion. Je ne comprenais pas que la petite soit là toute seule, et alors elle m'a dit que son papa était à la banque et qu'elle mourait d'envie de venir avec nous. Nous ne demandions pas mieux, c'était un vrai rayon de soleil dans ce camion tout sombre. Elle n'a pas arrêté d'en raconter depuis Villars jusqu'à Saint-Gilles.

Je l'avais suivie dans le jardinet qui flanquait la loge, quelques mètres carrés de terrain croulant sous les légumes et les fleurs, et je la regardais donner à manger aux lapins tout en parlant. Je songeai à la comtesse tendant du sucre à ses fox-terriers dans sa chambre. Je les vis soudain toutes deux, fortes, viriles et tendres, pareilles au fond, mais l'une d'elles était fanée, déformée, presque mutilée, à cause de je ne sais quelle graine en elle qui n'avait jamais fleuri.

– Julie, dis-je, tout en me doutant bien que la question allait lui sembler bizarre en cet instant, et, en outre, que Jean de Gué ne l'aurait jamais posée, car il devait en connaître la réponse. Julie, comment était Saint-Gilles pendant l'Occupation ?

Chose curieuse, elle ne parut pas surprise. Jean de Gué aurait donc pu lui demander cela ? Peut-être se serait-il dit, comme moi, que cette paysanne, si proche du cœur des choses, ajouterait à ses souvenirs à lui une couleur qu'elle seule était capable de lui donner.

– Vous comprenez, monsieur Jean, dit-elle au bout d'un moment, pour quelqu'un comme vous parti combattre dans la Résistance, la guerre ça suit son plan, ça se pense, ça s'exécute. Un peu comme un jeu : on perd ou on gagne. Mais pour ceux qui restent, c'est tout différent. C'est comme si on était dans une prison sans barreaux et personne ne sait qui est prisonnier et qui est gardien, qui ment, et qui a trahi. Les gens ne se fient plus à rien. Quand on voit une chose qu'on croyait solide s'écrouler d'un seul coup, on a honte et on se demande à qui c'est la faute. Cet écroulement, c'est-il toi ou moi qui en est la cause, on se demande, mais personne ne veut être responsable.

– Mais vous, insistai-je. Vous, Julie, qu'est-ce que vous faisiez ? Qu'est-ce que vous pensiez ?

– Qu'est-ce que je faisais ? Qu'est-ce que je pouvais faire d'autre ici que cultiver mes légumes, nourrir mes poules, soigner mon pauvre mari qui vivait encore et me dire : Ce n'est pas la première fois que ça arrive, ce ne sera pas la dernière, faut le supporter.

Elle s'éloigna de la cabane à lapins en essuyant ses larges mains vigoureuses sur son tablier.

– Vous les avez vus dans les champs qui meurent de myxomatose ? C'est pas joli, hein ? Voilà où on en est ; pour continuer à vivre, il faut que l'animal reste en cage. Je n'ai pas trop bonne opinion des gens tous tant qu'ils sont. Ça ne fait pas de mal une guerre de temps en temps, pour apprendre aux hommes ce que c'est que la souffrance. Ils finiront par s'exterminer eux-mêmes comme ils ont exterminé les lapins. Tant mieux. Le monde redeviendra tranquille quand il n'y aura plus que la forêt et la terre.

Elle me sourit et ajouta :

– Venez dans la loge, monsieur Jean, je vais vous montrer quelque chose.

Je la suivis dans la maisonnette, grande à peu près comme le pigeonnier du château : un poêle dans un coin avec un tuyau sortant par le toit, une table de bois, une chaise, un buffet qui occupait toute la largeur du mur. Une poule ébouriffait ses plumes devant le poêle. Julie la chassa du pied et la poule s'enfuit en caquetant.

– Si elle s'imagine qu'elle va pondre ici, elle se trompe, dit Julie. C'est une maligne, cette poule ; elle se figure que parce qu'elle est vieille, tout lui est permis. Attendez un peu que je retrouve la photo.

Elle prit une clef dans la poche de sa jupe sous son tablier et ouvrit le buffet. Il était rempli de papiers, de livres et de vaisselle, mais le tout parfaitement rangé.

– Attendez, dit-elle. Je l'ai mise quelque part par là.

Elle fouilla parmi les papiers et en sortit un cahier d'écolier qu'elle ouvrit ; elle y prit une enveloppe, l'ouvrit à son tour et me tendit une photo.

– Voilà, dit-elle, vous parliez de l'Occupation. On m'a traitée de collabo, moi, à cause de ce garçon.

La photo représentait un jeune soldat en uniforme allemand. Il n'avait rien de très remarquable. Il ne posait pas, il ne souriait pas. Il était jeune et c'est tout.

– Qu'est-ce qu'il a fait ? demandai-je.

– Qu'est-ce qu'il a fait ? répéta-t-elle. Rien du tout. Il est resté quelques mois ici comme beaucoup d'autres. Un jour, il a eu peur d'avoir des ennuis. Il devait y avoir une inspection et il avait taché son uniforme en mélangeant des teintures. Il est venu me demander, en parlant par signes avec un mot par-ci, par-là, si je pouvais le nettoyer pour lui éviter d'être puni. Moi, monsieur Jean, j'ai pensé à mes deux garçons, André qui était prisonnier et Albert qui était tué, et je voyais le garçon de leur âge qui était ici, loin de chez lui, et qui me demandait, à moi qui aurais pu être sa mère, de lui ôter la tache de sa tunique. Bien sûr que je l'ai ôtée. Après, il est revenu me remercier et il m'a donné cette photo. Ça m'était bien égal, moi, qu'il soit Allemand ou Japonais ou qu'il soit tombé de la lune. Il a dû être tué par la suite comme tant d'autres, ils étaient tous nés pour se faire tuer, ces garçons, les nôtres pareil. Mais, parce que je lui avais nettoyé sa tunique, le maire de Saint-Gilles et beaucoup d'autres gens ne m'ont pas parlé, je vous dis, pendant deux ans. Alors vous voyez, quand la guerre vous arrive dans votre village, jusqu'à votre porte, ce n'est plus grandiose comme dans les histoires. Ça devient simplement une excuse pour cracher ses haines personnelles. C'est pour ça que je ne suis pas trop patriote, monsieur Jean, et que pour ce qui est de l'Occupation à Saint-Gilles, moi j'aime autant ne pas en parler.

Je lui rendis la photo et elle la remit avec les lettres, les papiers et les livres dans le buffet. Puis elle tourna vers moi son visage ridé et tanné avec un grand flegme.

– Voilà, dit-elle, tout s'oublie avec le temps. C'est la vie. Mais si je vous avais montré cette photo il y a quelques années, monsieur le comte, je ne serais plus ici aujourd'hui, n'est-ce pas ? Une corde au cou de la vieille Julie, et un arbre à la lisière de la forêt.

Je ne pouvais rien dire. La guerre n'avait jamais touché mon pays comme le sien. La haine, la cruauté, le désespoir, étaient des sentiments inconnus de moi. Mon expérience se bornait à ma vie ratée, à l'inutilité de ma propre personne. Je comprenais que Jean de Gué eût fui ses responsabilités en me les abandonnant ; mais Jean de Gué, officier de la Résistance, m'échappait. Croyait-il déjà, à cette époque, que pour survivre il lui faudrait satisfaire des appétits ? Quel conflit intime avait conduit le jeune homme rieur de l'album de photographies au cynisme et à l'indifférence ? J'éprouvai un désir subit, absurde et passionné, d'exprimer à cette femme, au nom de Jean de Gué pour qui elle me prenait, ma peine de tout ce qui lui était arrivé au cours des ans, de ses déceptions et de sa pauvreté, de ses souffrances et de ses deuils, de tout le malheur qu'elle avait rencontré sur son chemin. Mais je devinais que de telles paroles l'auraient surprise et gênée, et je me contentai de poser doucement la main sur son épaule. Elle m'ouvrit la porte et s'effaça en souriant pour me laisser passer, les bras croisés sous son châle.

Je montai en voiture et agitai la main en m'éloignant. Je songeais que la vie aurait été bien savoureuse et bien légère si on avait pu la passer dans la compagnie de Julie de la verrerie et de Béla de Villars, avec Gaston peut-être par-dessus le marché. Mais, comme je me les représentais tous les trois ensemble dans une maison, occupés à satisfaire mes appétits, je me rendis compte que chacun d'eux était trop autoritaire et trop individuel pour aimer les autres, et que, en moins de vingt-quatre heures, leurs querelles auraient complètement détruit l'harmonieuse image évoquée par ma sentimentalité. Ce qui revient à dire, songeai-je en roulant une fois encore à travers la forêt, que les rapports entre les êtres sont vains parce que ceux qui nous plaisent ne s'aiment jamais entre eux, si bien que la chaîne se dissout et que le message est perdu. Ma compassion pour Françoise, couchée dans son grand lit, n'aidait pas la mère, également solitaire, isolée, ruminant le passé dans sa chambre de la tour ; pas plus que ma tendresse pour Marie-Noëlle, gracieuse et juvénile, ne pouvait inclure l'ombre amère qu'était devenue Blanche. Pourquoi Béla de Villars s'offrait-elle comme un cadeau sans rien demander, alors que Renée de Saint-Gilles lançait des tentacules de pieuvre autour de son amant ? Où germait la première graine destructrice ?

J'avais appris trois choses dans ma matinée. D'abord que ma conversation téléphonique avec Carvalet avait engagé la verrerie sur une voie qui ne pouvait conduire qu'à sa ruine : ensuite que le dernier directeur de la fabrique, aimé et estimé de tous, avait été assassiné sur le seuil de sa maison, et son corps jeté dans le puits ; et, enfin, qu'à Saint-Gilles comme partout ailleurs, les gens avaient pris prétexte de la défaite pour se dresser contre leurs proches.

Avant d'aborder le village, j'arrêtai la voiture et dépliai le contrat. Puis je pris dans ma poche le portefeuille de Jean de Gué et en sortis son permis de conduire. La signature, comme je m'y attendais, était d'une écriture française très courante : j'en avais vu des centaines de ce genre sur des documents au cours de mes voyages et de mes études. Une douzaine d'essais suffirent à me rassurer. Quand je traçai son nom et son paraphe au bas du contrat, de Gué lui-même aurait hésité à le dénoncer comme un faux. Je descendis la côte, traversai le village en m'arrêtant tout juste le temps de mettre le contrat à la poste, et revins au château.

La porte donnant sur la terrasse était ouverte et l'on s'agitait dans le vestibule. Gaston, les manches retroussées, poussait un lourd bahut dans la salle à manger, aidé par l'homme en salopette du garage, un autre que je n'avais jamais vu, Germaine, et la fille de la lavandière. Dès qu'ils me virent, et tandis que je cherchais le moyen de découvrir sans trahir mon ignorance la raison de ce remue-ménage, Gaston tout essoufflé me fit part d'une commission dont on l'avait chargé.

– M. Paul a cherché monsieur le comte toute la matinée, m'annonça-t-il. Il dit que monsieur le comte n'a pas encore donné ses ordres à Robert. Germaine, allez à l'office voir si Robert est encore là.

Germaine disparut dans le fond du vestibule. J'attendis, incertain. Qui était Robert, et quels ordres devais-je lui donner ? La jeune femme de chambre reparut au bout d'un moment, suivie par un petit homme trapu en culotte de cheval, le cheveu grisonnant, la joue marquée d'une cicatrice.

– Voilà Robert, monsieur le comte, dit-elle.

– Bonjour, Robert, fis-je la main tendue. – il la serra en souriant : Et alors ? demandai-je, que vouliez-vous savoir ?

Il me regarda, surpris, puis rit d'un rire incertain, comme si je venais de plaisanter à ses dépens et qu'il ne sût pas très bien comment il devait le prendre.

– C'est pour demain, monsieur le comte, dit-il. Je pensais que vous me feriez appeler hier pour tout arranger, mais Gaston m'a dit que vous étiez absent, et après, sachant que Mme la comtesse n'était pas bien, je n'ai pas osé vous déranger dans la soirée.

Je le regardai. Nous étions seuls, Germaine et les autres s'étaient retirés à l'office, leur besogne terminée.

– Demain, répétai-je, oui, bien sûr. Il va venir pas mal de monde. C'est le menu qui vous préoccupe ?

Il secoua la tête avec l'air de trouver que la plaisanterie avait assez duré.

– Voyons, monsieur le comte, dit-il, vous savez bien que le menu, ça n'est pas mon affaire. Ce qu'il faut que je sache, c'est votre programme pour la journée. M. Paul dit que vous ne lui en avez pas du tout parlé.

Je vis soudain des images bariolées, de courses en sac, de cueillette de pommes, de parties de colin-maillard. Quelle fête traditionnelle avait donc lieu le second dimanche d'octobre à laquelle ma dignité de seigneur de Saint-Gilles m'obligeait à présider ? J'aurais volontiers cédé mon rôle à Paul.

– Vous ne croyez pas, commençai-je prudemment, qu'on pourrait, pour une fois, demander à M. Paul de se charger de tout ça ?

L'homme me considéra, stupéfait.

– Voyons, monsieur le comte, s'écria-t-il. Vous n'avez jamais fait une chose pareille. Ça commence à faire un bout de temps que je suis à Saint-Gilles, et je peux dire que, depuis la mort de M. le comte votre père, ç'a toujours été vous qui avez organisé l'ouverture de la chasse.

Cette fois, ce fut mon tour d'avoir l'air du monsieur en butte à une blague d'assez mauvais goût. L'ouverture de la chasse, quel idiot je faisais ! Les allusions n'y avaient certes pas manqué au cours des deux derniers jours, mais aucune ne m'avait frappé. Le lendemain, dimanche, devait avoir lieu la première chasse de la saison dans le domaine de Saint-Gilles, préparée et organisée par le seigneur Jean de Gué.

Robert m'observait avec inquiétude.

– Vous vous sentez tout à fait bien, monsieur le comte ?

– Écoutez, Robert, dis-je, j'ai eu énormément de choses en tête depuis mon retour de Paris et, franchement, je n'ai pas arrêté le programme de demain. Je vous verrai plus tard.

Il parut interdit et déçu.

– Comme vous voudrez, monsieur le comte, répondit-il, mais le temps presse, il y a beaucoup à faire. Je pourrai vous voir à deux heures ?

– A deux heures, c'est ça, dis-je.

Et, impatient de me débarrasser de lui, je traversai le vestibule comme pour aller téléphoner. J'attendis qu'il eut repassé la porte de service puis je sortis par la terrasse et gagnai l'abri du cèdre sous lequel je m'étais réfugié le premier soir. Il pouvait bien revenir à deux heures ou minuit, je n'aurais pas davantage de plan ni de programme. L'étude de l'histoire de France ne m'avait pas préparé à la chasse : je ne savais pas tenir un fusil.

CHAPITRE XV

Je me rappelle que j'entendis sonner l'angélus de midi à l'église du village et, peu après, des voix venant du château tandis que le jardinier Joseph et sans doute Robert avec lui émergeaient d'une porte latérale et se dirigeaient vers les communs. J'étais dissimulé par les basses branches du cèdre, ils ne me virent pas. Quand ils eurent disparu, je traversai le fossé et gagnai l'allée des marronniers puis, de là, une des longues avenues qui s'enfonçaient dans les bois. Peu m'importait où j'allais, l'essentiel était de me dérober à tous les appels et de décider une ligne d'action. Le plus simple eût été évidemment de me faire porter malade, de prétexter un étourdissement subit, de mystérieuses douleurs dans les membres, mais cela m'eût immédiatement attiré la visite du docteur Lebrun qui aurait reconnu au premier regard la simulation. Un simple refroidissement ou quelque vague malaise ne servirait à rien. Le seigneur de Saint-Gilles ne gardait pas le lit pour des crampes d'estomac le jour de l'ouverture de la chasse. D'ailleurs, le cauchemar n'attendrait pas le lendemain. Il commencerait le jour même, à deux heures, quand Robert reviendrait chercher mes instructions.

Je pensai un instant à invoquer l'état de Françoise, mais ce n'était vraiment pas dans le caractère du personnage. Si malade que pût être sa femme, Jean de Gué n'en aurait eu cure. Je pouvais évidemment prendre la voiture et disparaître, m'évader de cette mascarade. Rien ne m'en empêcherait, à n'importe quelle heure du jour ou de la nuit. Le moment était peut-être venu. J'avais prolongé le jeu jusqu'à présent parce que je n'avais pas rencontré de difficulté insurmontable Les relations familiales ne m'avaient pas démasqué, ni l'intimité extra-familiale, ni les tics de langage, le hasard d'habitudes ignorées de moi, les complications financières. J'avais plongé dans ce monde inconnu comme un alpiniste imprudent dans une crevasse, chaque pas l'enfonçant plus loin, chaque décision hardie l'engageant de façon de plus en plus irrévocable. Mais, plus heureux que l'alpiniste, si je sentais l'abîme trop prêt à me happer, je n'avais qu'à me rejeter en arrière pour retrouver ma liberté et mon personnage abandonné au Mans.

Je traversai et retraversai les allées, parfois dans l'ombre des arbres de la forêt, parfois émergeant à la lumière ; toutes convergeaient au rond-point de la statue, formant autour d'elle une rose des vents. Je ne découvrais toujours pas de solution, pas d'autre réponse à la situation ridicule où je me trouvais, que de m'avouer vaincu.

Je descendis lentement jusqu'à la statue et m'arrêtai là à contempler le château. Le ciel était couvert. L'azur radieux de la veille était évanoui et une pâleur automnale masquait un soleil humide. Le château lui-même paraissait gris et glacé sur son terrain ceint de douves et, bien que les portes-fenêtres du salon fussent ouvertes, elles n'avaient rien d'accueillant et paraissaient plongées dans l'ombre. Le troupeau blanc et noir broutait l'herbe autour du pigeonnier et, quelques mètres plus loin, un feu de feuilles mortes élevait par instants une langue de feu à travers une colonne de fumée, tandis que l'odeur âcre et mélancolique du bois humide et des feuilles mortes qu'on brûlait m'arrivait par bouffées.

J'éprouvais un dégoût croissant pour moi-même. Toute mon assurance avait fui, et ma ressemblance avec Jean de Gué n'était qu'une défroque de clown, un maquillage grotesque dont les couleurs commençaient déjà à fondre et à s'écailler, me découvrant à moi-même, inchangé, l'être insignifiant, inutile, que j'avais toujours été. Une incapacité native à manier les armes, à viser juste, allait causer ma chute. N'importe quel tireur médiocre aurait été capable de donner le change, pas moi. Dans une arme à feu, je reconnaissais le canon de la crosse, tout le reste était mystère.

J'imaginais le rire de Jean de Gué, le rire de quiconque mis au courant de mon malheur. L'humiliation n'est pas un sentiment facile à supporter, surtout lorsqu'elle succède au contentement de soi. Avec quelle assurance j'avais quitté Villars la veille au soir, emportant dans ma pensée l'image de Béla en train de donner à manger aux perruches de son balcon ! Ce matin encore, il n'y avait pas une heure de cela, j'étais rentré de la fabrique, le contrat dans ma poche, en me félicitant de ma manœuvre. J'étais abattu à présent, la bulle de ma vanité avait éclaté et s'était dissipée dans l'air.

Comme par un symbole ironique, la montre de Jean de Gué que je portais au poignet droit se détacha tout à coup, tomba, et le verre se brisa. Je me penchai et la ramassai. Le bracelet de cuir s'était rompu, j'aurais dû remarquer qu'il était usé. Agacé par ce nouvel incident, je continuai à marcher, lentement, la montre à la main, et je vis que les aiguilles nues marquaient midi et demi. C'était presque l'heure de déjeuner, de m'asseoir au haut bout de la table de la salle à manger, d'affronter la famille, de donner mes instructions pour la chasse. J'arrivais derrière le pigeonnier, protégé par son mur rond, invisible des fenêtres du château. Marie-Noëlle avait dû jouer ici dans la matinée car son cardigan reposait, oublié, sur la balançoire. Je m'arrêtai près du feu que j'agitai du bout du pied jusqu'à ce que la fumée âcre s'élevât en me brûlant les yeux, et je me mis à penser au puits de la gentilhommière derrière la verrerie. Ici aussi, il y avait des orties et de hautes herbes, et la balançoire de Marie-Noëlle avait le même air vétuste et délaissé ; la corde s'était de nouveau détachée et pendait, inutile comme la chaîne du puits. J'imaginai celle-ci enroulée autour du corps inerte d'un homme qu'on précipitait dans les profondeurs noires et humides, je me représentai les hommes penchés sur la margelle puis, pris soudain de peur et d'horreur, saisissant des poignées de verre brisé sur les monticules de rebut derrière les hangars et lançant les fragments acérés dans l'eau noire où flottait le cadavre, pour l'en recouvrir, l'enfoncer plus profond, jusqu'à ce qu'on ne vît plus rien qu'un morceau de ciel nocturne reflété dans l'eau.

Un nouveau panache de fumée s'éleva du feu soufflé par une bouffée de vent et, aussi soudainement que l'image du mort m'avait visité, je sus ce que j'allais faire. J'attendis que la fumée fût dissipée, puis je jetai dans le feu la montre que je tenais à la main. Elle tomba dans un tas de cendres rouges, je me penchai et y enfonçai la main pour la reprendre. Je poussai un cri et tombai dans l'herbe, terrassé par la douleur, empoignant feuilles, herbes, tout ce que je pouvais arracher de fraîcheur végétale pour recouvrir ma chair brûlée, tandis que la montre cassée gisait à côté de moi.

Je restai étendu un moment, attendant la fin de mon étourdissement et de ma nausée, puis, poussé par la violence même de mon mal, je me relevai et courus vers le château. Je n'avais qu'une idée : faire cesser cette souffrance, échapper à la blessure de la lumière, de l'air, me réfugier dans l'obscurité que j'apercevais par les portes-fenêtres ouvertes. Je me rappelle que je trébuchai sur le seuil et tombai sur le canapé, puis je vis le visage effrayé de Renée et je l'entendis crier; enfin, l'obscurité que je cherchais s'abattit sur moi, m'enveloppa, mais la douleur ne cessait point. J'entendis Renée appeler Paul, et Paul Gaston, et je fus entouré de visages inquiets et interrogateurs. On essayait de découvrir ma main que je continuais à tenir contre moi, sous mon veston, mais je ne pouvais que me balancer d'avant en arrière en secouant la tête, incapable de leur dire de s'en aller, de me laisser seul, occupé par une sensation unique : la douleur.

Gaston dit :

– Il faut aller chercher Mlle Blanche.

Et Renée courut appeler Blanche. J'entendis Paul dire qu'il allait téléphoner au docteur et je pensais obscurément, à travers ma souffrance, que si je pouvais seulement m'évanouir, la douleur cesserait. Gaston, à genoux près de moi, me demanda :

– Monsieur le comte s'est coupé ?

Et je dis :

– Non, brûlé, imbécile ! en me tournant vers le mur et en songeant que si j'avais pu jurer en anglais cela m'aurait peut-être soulagé.

Puis les autres revinrent se presser autour de moi en répétant les mêmes paroles stupides :

– Il s'est brûlé… c'est la main… il s'est brûlé à la main… mais où ?… mais comment ?

Puis les visages interrogateurs reculèrent et Blanche fut près de moi à genoux à la place de Gaston. Elle tendit la main vers la mienne, mais je m'écriai :

– Non, ça fait trop mal !

Elle dit à Paul et à Gaston :

– Tenez-le.

Ils me saisirent par les épaules et me maintinrent contre les coussins. Blanche me prit la main et la recouvrit d'une substance fraîche et purifiante en pressant un tube dont le contenu se répandit sur tout le dos de ma main brûlée. Puis elle la recouvrit d'un bandage qu'elle fixa sans le serrer et dit aux autres que la douleur s'apaiserait dans un moment. Je fermai les yeux et j'entendis le bourdonnement des voix qui parlaient de moi, en répétant la même question : comment cela avait-il pu arriver ? Lentement, très lentement, le supplice fit place à une souffrance tolérable et explicable par le patient, lequel n'était plus tout entier un foyer douloureux, mais un être qui avait encore des membres indemnes, une autre main, un tronc, des jambes, des yeux qu'il pouvait enfin ouvrir pour regarder les gens réunis autour de lui.

– Ça va mieux ? demanda Paul.

J'attendis un moment puis répondis d'un ton incertain car la douleur était encore trop proche, le soulagement trop récent :

– Oui, il me semble.

Je vis que Marie-Noëlle s'était jointe au cercle et dardait sur moi des yeux qui semblaient immenses dans ce petit visage blanc.

– Qu'est-ce que tu as fait ? Qu'est-ce qui est arrivé ? fit Renée.

Gaston s'avançait derrière elle, troublé, malheureux, tenant un verre de cognac dont je n'avais pas envie.

– Ma montre s'est détachée de mon poignet et est tombée dans le feu, dis-je, le feu près du pigeonnier. J'y tiens, alors j'ai voulu la ramasser, et je me suis brûlé. C'est entièrement ma faute. J'ai agi de manière complètement idiote.

– Tu n'as donc pas réfléchi ? intervint Renée.

– Non, dis-je. Je ne me rendais pas compte que le feu était aussi chaud.

– Mais tu es donc complètement fou ? s'écria Paul. Tu aurais pu la repêcher avec un bout de bois !

– Ça ne m'est pas venu à l'idée.

– Tu devais être tout près du feu pour qu'elle soit tombée de ton poignet au beau milieu, dit Renée.

– Oui. J'avais la fumée dans les yeux. Je ne voyais pas bien, c'est ce qui explique en partie ce qui est arrivé.

– J'ai téléphoné à Lebrun, dit Paul. Il vient tout de suite. Sa première question a été : Françoise est-elle au courant ? J'ai répondu que non. Il m'a recommandé de ne rien lui dire. Il faut lui éviter toute émotion.

– Ça va s'arranger, dis-je. Je n'ai plus mal. Blanche a fait un miracle.

Je me retournai, cherchant Blanche des yeux, mais elle avait disparu. Elle avait calmé ma souffrance puis elle était partie.

– Ce qui est sûr, dit Paul, c'est que tu ne seras pas en état de chasser demain.

– C'est la première chose que je me suis dite, répondis-je.

On me considéra avec compassion. Gaston eut un claquement de langue qui exprimait le regret.

– Et monsieur le comte qui aime tellement ça ! dit-il.

Je haussai les épaules :

– On n'y peut rien. Les autres chasseront sans moi. En tout cas, j'ai sauvé ma montre. Elle est là-bas dans l'herbe.

– Tout ça pour une montre ! dit Renée. Je n'ai jamais rien vu d'aussi idiot, d'aussi inutile.

– Et ce n'est même pas sa montre en or, madame, dit Gaston. Celle en or est toujours en réparation au Mans. Monsieur le comte avait sa vieille montre d'acier, celle que M. Duval lui avait donnée pour ses vingt et un ans.

– Raison pour laquelle je ne voulais pas la perdre. J'y tiens pour des raisons sentimentales.

Il y eut un curieux silence. Personne ne dit rien. Gaston posa le verre de cognac sur la table et, peu après, Paul m'offrit une cigarette.

– Ç'aurait pu être pire, dit-il. C'est le dos de ta main qui a tout pris, tu n'as même pas roussi la manche de ton veston.

Marie-Noëlle n'avait pas prononcé un mot. Je me désolais de l'avoir inquiétée.

– Ne prends pas cet air tragique, dis-je en souriant. Je suis tout à fait bien maintenant. Je vais me lever dans un instant.

– Voici ta montre, dit-elle.

Elle l'avait tenue tout ce temps entre ses mains derrière son dos.

Elle s'avança et me tendit la montre noircie par le feu. Je ne l'avais pas vue sortir pour aller la chercher. Elle avait dû agir avec une belle rapidité.

– Où l'as-tu trouvée ? questionna Renée.

– Dans les cendres, dit-elle.

Je tendis la main gauche pour prendre la montre, et la mis dans ma poche.

– Et maintenant, oublions cet incident ridicule, dis-je. Je vous ai assez ennuyés comme cela aujourd'hui. Pourquoi n'allez-vous pas déjeuner ? Il est sûrement plus d'une heure. – je réfléchis un moment : Françoise doit s'étonner que je ne vienne pas la voir. Il faudrait lui dire que je suis sorti avec Robert et que je ne suis pas encore rentré. Et qu'on empêche Charlotte d'aller tout raconter là-haut à maman. Maintenant, allez-vous-en, laissez-moi. Je n'ai pas faim. Que Lebrun vienne me trouver ici quand il arrivera.

J'étais très fatigué à présent et mal à l'aise. Ma main me faisait souffrir d'une autre façon. Non plus tant physiquement que dans ma pensée intensément consciente de ma chair à nu. Je fermai les yeux et tous se retirèrent. Plus tard, j'entendis un coup de sonnette, et peu après le vieux visage barbu du docteur Lebrun penchait sur moi son large nez et son lorgnon, près d'une Blanche impassible.

– Qu'avez-vous fabriqué ? me demanda-t-il. Il paraît que vous avez joué avec le feu ?

Résigné et las, je recommençai mon histoire et, pour me justifier, sortis la montre noircie de ma poche.

– Eh bien, eh bien ! Enfin, nous faisons tous parfois des bêtises. Voyons cela. Mademoiselle Blanche, défaites-moi ce bandage, s'il vous plaît.

Blanche, froide et calme, reprit ma main entre les siennes, et tous deux l'examinèrent. Le docteur l'enduisit d'un baume qu'il avait apporté, puis la recouvrit d'une compresse ; à mon grand soulagement, rien de tout cela ne me fit mal. Je continuais à souffrir mais d'une douleur sourde.

– Là, dit le docteur, ça ira mieux. Rien de grave, je peux vous l'assurer et, dans quelques jours, il n'y paraîtra plus. Il faudra refaire le pansement matin et soir, mademoiselle Blanche. Moi, ce qui m'ennuie le plus, c'est que vous ne pourrez pas chasser demain.

– Ne vous inquiétez pas, dis-je. Vous vous passerez très bien de moi.

– Je crains que non, fit-il en souriant. Vous ressemblez au ressort de cette montre. S'il cesse de fonctionner, le mouvement s'arrête.

Je vis le regard de Blanche aller de la montre à mon visage. Nos yeux se rencontrèrent et je lus dans les siens je ne sais quoi, une interrogation, une recherche qui me fit penser, l'espace d'un instant de frayeur qu'elle savait la vérité et que c'était pour cela qu'elle était venue panser ma main et calmer ma souffrance : elle consentait à soigner un inconnu. Confus, je baissai les yeux, elle se tourna vers le docteur qu'elle invita à venir se restaurer dans la salle à manger. Il la remercia en disant qu'il l'y rejoindrait un peu plus tard.

Elle nous laissa seuls et il se mit à me parler de Françoise en répétant ce qu'il m'avait dit par téléphone. J'essayai de lui prêter mon attention mais, tandis qu'il ponctuait ses paroles en agitant son pince-nez, je continuais à m'interroger sur Blanche et sur l'expression de son regard, et à me demander comment et pourquoi elle avait percé à jour mon déguisement; ou bien l'avais-je imaginé ?

Gaston parut, portant des mets sur un plateau, mais je les refusai du geste.

– Ce soir, votre appétit sera revenu, dit le docteur et il sortit de son sac quelques comprimés qu'il me conseilla de prendre à raison d'un toutes les deux heures, et de deux si je souffrais, puis il alla rejoindre les autres à table.

Gaston continuait à s'agiter autour de moi, étalant une couverture sur mes jambes, glissant un second coussin derrière ma tête, et je songeais que son dévouement et sa sollicitude se changeraient en stupéfaction, en incrédulité, et, finalement, en mépris s'il savait jamais la vérité, s'il apprenait que je n'étais qu'une ombre singeant son maître, et que je m'étais volontairement blessé pour éviter d'être démasqué. Cela dépasserait son entendement, et celui de tous les habitants de Saint-Gilles. Personne n'agissait ainsi. Pourquoi tromper quand la tromperie apporte tant de tourments au trompeur ? Qu'y gagnait-il ? C'était bien là la question. Que gagnais-je ? J'étais allongé sur le canapé, regardant ma main bandée et, tout à coup, je me mis à rire.

– Alors, monsieur se sent mieux ? dit Gaston dont le bon visage s'épanouit, par sympathie.

Ce rire partagé nous soulagea.

– Mieux que quoi ?

– La brûlure de monsieur le comte va mieux. Elle fait moins mal ?

– Elle fait mal, mais différemment, lui dis-je, comme si ce n'était pas moi qui avais brûlé ma main, mais quelqu'un d'autre.

– La douleur fait ça quelquefois, dit-il, ou alors on la sent ailleurs. Monsieur le comte se rappelle mon frère qui a perdu une jambe à la guerre ? Il disait toujours qu'il sentait la douleur dans son bras. Ma grand-mère était Bretonne. Dans l'ancien temps, on donnait son mal aux animaux. Quand quelqu'un avait la petite vérole, on prenait un poulet et on le suspendait tout vivant dans la chambre. Aussitôt la maladie quittait la personne et passait dans le poulet ; vingt-quatre heures plus tard il était pourri, mort et le malade était guéri. Ça serait peut-être une bonne idée d'aller chercher un poulet et de le suspendre à côté de monsieur le comte.

– Je ne crois pas, dis-je. Qui sait si cela n'agirait pas en sens inverse ? Le poulet pourrait être malade et me passer sa maladie, sinon la petite vérole, une autre aussi désagréable.

La question était de savoir lequel de nous deux avait réchappé : Jean de Gué ou moi ?

Quand la famille eut fini de déjeuner, elle revint dans le salon prendre de mes nouvelles et j'entamai alors la seconde partie de mon plan d'action.

– Paul, dis-je, tu peux tout décider pour demain avec Robert. Puisque je ne suis plus dans le jeu, je préfère ne m'occuper de rien. Arrangez-vous tous les deux.

– Ne dis pas de bêtises ! s'écria Paul. Tu te sentiras plus en forme dans une heure ou deux. Tu sais bien que c'est toujours toi qui organises la chasse. Si Robert et moi prenons le commandement, tu ne feras que nous critiquer et tu prétendras que tout est raté.

– Mais non, dis-je, vas-y. Du moment que je ne peux pas chasser moi-même, je m'en désintéresse.

Je me levai du canapé en leur disant que je désirais me reposer seul dans la bibliothèque, et je vis à leurs figures qu'ils attribuaient ma décision à une cruelle déception et aussi au fait que je souffrais encore. Renée entraîna le docteur à l'écart, l'interrogea, et je le vis hocher la tête en disant :

– Non, non, je vous assure qu'il n'a rien. C'est simplement l'effet du choc. Une brûlure comme celle-là c'est très douloureux…

« Vous avez raison, songeais-je, surtout quand on se l'est soi-même infligée et tout à fait inutilement. » Car, dissipé le premier affolement qui m'avait saisi à la perspective de la chasse, je me rendais bien compte qu'il m'eût parfaitement suffi de déclarer que je ne voulais pas y participer. On l'aurait admis, on aurait admis n'importe quoi, car il n'était pas entré dans la tête d'un seul d'entre eux que je n'étais pas celui qu'ils croyaient.

Je m'installai dans la bibliothèque, et l'heure lourde de la sieste s'abattit sur le château. Je m'avisai que ma pénitence avait un double effet. Je ne m'étais épargné les préparatifs de la chasse que pour me condamner à l'inaction entre ces murs et, mon repos terminé, je serais la proie des questions que je désirais tant éviter. Pour passer le temps, j'approchai un siège du bureau et, fouillant d'une main les tiroirs, en sortis de nouveau l'album de photographies. Cette fois, personne ne me dérangea, je pus prendre mon temps et, après avoir revu les premières images, je m'attardai à loisir sur les visages devenus adultes. Je remarquai des détails qui avaient échappé à mon premier et rapide examen. Maurice Duval apparaissait très tôt à la verrerie. Il était debout au dernier rang, jeune encore, dans un groupe portant la date de 1925, puis on le voyait avancer d'année en année vers une place plus enviable jusqu'au moment où, vers la fin de l'album, il occupait une chaise à côté du comte de Gué lui-même, l'air assuré et à l'aise. Son visage me plaisait. Fort, sage, loyal, c'était un visage qui devait attirer la sympathie et le respect.

Je fermai l'album et le remis dans le tiroir. Peut-être y avait-il là d'autres photos mais je ne pouvais les chercher d'une main. J'avais toujours le double du nouveau contrat dans ma poche, je me demandais ce que Maurice Duval en aurait pensé. Je dus m'endormir dans mon fauteuil, car, soudain, il fut six heures. Ce ne fut pas Paul, Renée ni la petite qui vint me déranger, mais le curé. Il avait allumé la lampe du bureau et me contemplait en hochant sa vieille tête d'un air soucieux.

– Allons, bon ! Voilà que je vous ai réveillé. C'est sans le vouloir. Je désirais seulement m'assurer que vous ne souffriez pas.

Je le rassurai et lui dis que le sommeil m'avait fait du bien.

– Mme Jean aussi a dormi, et votre mère également. Tous les malades du château ont reposé paisiblement. Ne vous inquiétez pas. J'ai pris sur moi d'annoncer votre petit accident en le minimisant de mon mieux. Vous ne m'en tenez pas rigueur ?

– Au contraire, dis-je, je vous en suis très reconnaissant.

– Bon. Elles ne sont pas inquiètes, mais elles sont désolées à la pensée que vous serez incapable de chasser demain.

– Cela n'a aucune importance. J'en ai pris mon parti.

– Oh ! oh ! vous êtes brave ! On sait combien cela doit en fait vous priver.

– Non, monsieur le curé, je ne suis pas brave. Tout au contraire. Je suis un lâche, au moral comme au physique, pour être absolument sincère.

Il me sourit, dodelinant toujours de la tête.

– Allons, allons, n'exagérons rien. C'est parfois céder à une sorte d'indulgence que de penser de soi le pire. On dit : Maintenant que je suis au fond du trou, je ne tomberai pas plus bas, et on éprouve une espèce de plaisir à se vautrer dans les ténèbres. Oui mais voilà, ce n'est pas vrai : On peut toujours tomber plus bas. Le mal en nous est infini, comme le bien. C'est une question de choix. On s'efforce de s'élever ou l'on s'efforce de tomber. L'important est de découvrir dans quelle direction l'on va.

– Il est plus facile de tomber, dis-je. La loi de gravitation le prouve.

– Peut-être, dit-il. Je n'en sais rien. L'amour de Dieu ne se préoccupe pas toujours de la loi de gravitation, bien que ce soit aussi un miracle. Maintenant, je crois que nous devrions remercier Dieu ensemble de ce que vous n'avez pas été brûlé trop grièvement.

Il s'agenouilla. C'était un homme gros et lourd, et ses mouvements étaient malaisés. Il joignit les mains, courba la tête et se mit à prier, le chef toujours branlant ; il remercia Dieu de m'avoir protégé, de m'avoir épargné de la souffrance, et il termina en implorant Dieu de bien vouloir considérer à quel point j'aimais la chasse et combien l'obligation d'y renoncer devait m'être pénible et de daigner, dans

Sa bonté, m'envoyer Sa grâce à titre de consolation afin que j'accepte mon accident non comme une cruelle déception mais comme un bienfait.

Tandis qu'il se relevait péniblement, je songeais à sa parabole du trou et je me demandais jusqu'à quelle profondeur je pourrais encore tomber, et si la honte que j'éprouvais n'était qu'une façon de me vautrer dans les ténèbres, comme il disait. Je quittai mon fauteuil et l'accompagnai dans le vestibule puis le vis traverser la terrasse et descendre le perron. Il commençait à pleuvoir et il s'éloigna sous un énorme parapluie comme un lutin bossu sous un champignon.

Je m'étais terré assez longtemps, je pouvais enfin montrer aux autres que je ne souffrais plus. Je trouvai Françoise assise dans son lit en train de lire *La Petite Fleur* à Marie-Noëlle. Le curé avait bien rempli sa mission. Elle me plaignit, mais sans inquiétude ; elle semblait penser que je m'étais roussi le bout des doigts, pas davantage, et s'apitoya uniquement sur ma déception de ne pouvoir chasser ; elle ajouta qu'elle était bien contente que ce ne fût pas sa faute et de n'avoir pas à accuser sa mauvaise santé de me priver de mon passe-temps favori.

Marie-Noëlle était singulièrement sage et taciturne. Elle ne se mêla pas à la conversation, elle prit le livre que sa mère avait posé à mon entrée et alla lire dans un coin. Mon accident avait dû l'inquiéter, et elle n'en était pas encore remise. Je descendis dîner, Charlotte ayant fait dire que Mme la comtesse s'était couchée de bonne heure et qu'il ne fallait pas la déranger. Je fus heureux d'éviter ainsi ses questions.

Paul et Renée ne parlaient que des dispositions à prendre pour la chasse, l'heure à laquelle arriveraient les invités, la liste de ceux-ci, le menu du déjeuner qui, en cas de pluie, aurait lieu à la ferme. L'on eût dit que, par un coup de chance, mon geste absurde leur conférait un but et une autorité. Paul jouissait visiblement de son rôle d'organisateur et Renée se voyait, en l'absence de Françoise et grâce à la promotion de Paul, investie de la dignité de maîtresse de maison. Elle parla d'accueillir les invités sur la terrasse, quel que fût le temps ; elle demandait sans cesse à Paul s'il n'avait pas oublié ceci ou cela, lui rappelant certaines omissions de l'année précédente, se tournant vers moi pour quêter une approbation. Leur ardeur avait quelque chose de touchant comme le zèle de deux acteurs, doublures des vedettes, qui se voient soudain chargés de jouer les premiers rôles.

Blanche, après les soins qu'elle m'avait prodigués à midi, était retombée dans le silence. Elle témoignait fort peu d'intérêt pour les préparatifs en vue du lendemain et se contenta de nous rappeler que le rendez-vous des invités ne changerait rien à l'heure de la messe qui aurait lieu, comme d'habitude, à neuf heures. Avait-elle oublié que le docteur Lebrun lui avait demandé de refaire mon pansement ? Renée dut y penser aussi car elle lui dit, en passant au salon :

– Si tu veux monter de bonne heure, Blanche, je pourrai soigner la main de Jean. Où sont les compresses ?

– Je vais le faire tout de suite, répondit Blanche qui nous rejoignit un instant plus tard, portant la boîte que le docteur lui avait remise.

Elle tendit la main pour prendre la mienne, toujours sans m'adresser la parole. Quand elle eut fini, elle dit bonsoir à tous sauf à moi, et Renée, s'installant sur le canapé s'enquit :

– Marie-Noëlle ne descend pas pour sa partie de dominos ?

– Pas ce soir, répondit Blanche. Je vais lui faire la lecture là-haut.

Elle sortit et Renée dit alors :

– Comme c'est curieux que la petite manque sa partie de dominos !

– Elle a été très bouleversée par l'accident de Jean, répondit Paul en prenant un journal et en m'en jetant un autre. Je l'ai remarqué tout de suite. Il faut faire attention, sinon elle va recommencer à avoir des visions. Je ne trouve pas que ce soit une très bonne idée de lui avoir donné ce livre sur sainte Thérèse de Lisieux.

La soirée s'écoula en lecture de journaux ; de temps à autre, Renée me lançait un regard, un sourire de compassion et de complicité, avec un mouvement silencieux des lèvres qui signifiait : « Tu souffres ? Ça va mieux ? » afin sans doute de me montrer que ma blessure m'avait fait pardonner ma négligence de la veille. J'étais inquiet pour Marie-Noëlle. Qui sait quel nouveau supplice elle s'était inventé ? Peut-être était-elle en train de s'étrangler avec un collier de fer, ou bien elle s'était couchée sur des clous. A neuf heures et demie, je souhaitai la bonne nuit à Paul et Renée et montai directement à la tourelle. J'ouvris la porte. Il faisait noir dans la chambre, je cherchai le commutateur à tâtons et allumai l'électricité. La petite fille était à genoux sur son prie-Dieu, serrant un chapelet entre ses doigts et je vis que j'interrompais une méditation.

– Je te demande pardon, dis-je. Je reviendrai quand tu auras fini.

Elle tourna vers moi des yeux vides en levant la main pour réclamer le silence. J'hésitai un instant, ne sachant si je devais éteindre la lumière ou la laisser, mais déjà elle faisait le signe de la croix, reposait son chapelet aux pieds de la Vierge, puis quittait son prie-Dieu et grimpait dans son lit.

– Je faisais mes Stations de la Croix, dit-elle. Cela me met dans l'esprit qu'il faut pour la messe de demain. Tante Blanche dit toujours que les Stations ça aide bien quand on est tenté de penser à autre chose.

– A quoi pensais-tu ? demandai-je.

– Ce matin, je pensais à l'ouverture de la chasse et comme ce serait amusant, dit-elle, et je suis sûre que ça c'est déjà un péché. Et tout le reste de la journée, j'ai pensé à toi.

Ses yeux étaient plutôt perplexes qu'inquiets. J'en fus heureux, je ne voulais pas l'effrayer.

– Ne te fais pas de souci pour moi, dis-je en la bordant d'une seule main. Je vais déjà beaucoup mieux ce soir et le docteur Lebrun m'a dit que je serais complètement guéri d'ici quelques jours. C'est idiot que ma montre soit tombée comme ça, j'aurais dû me rappeler que le bracelet était usé.

– Mais elle n'est pas tombée, dit-elle.

– Que veux-tu dire ?

Elle me regarda, rougit et se mit à chiffonner son drap d'un air gêné.

– J'étais dans le pigeonnier. J'étais montée tout en haut et je regardais à travers la petite fente à côté de l'ouverture par laquelle les pigeons entrent et sortent. Je t'ai vu descendre de l'allée en balançant ta montre à la main. J'étais sur le point de t'appeler mais tu avais l'air si sérieux que je n'ai pas osé. Après, tu es resté un moment près du feu et, tout d'un coup, tu as jeté ta montre en plein dedans. Tu n'avais pas du tout de fumée dans les yeux. Tu l'as fait exprès. Pourquoi ?

CHAPITRE XVI

Je m'assis sur la chaise près du lit. Cela me mettait à son niveau, réduisait la distance entre nous et facilitait l'échange; j'avais moins l'impression ainsi d'être un adulte parlant de haut à une enfant. Je me rendais compte qu'elle avait dû attribuer mon action au désir de me débarrasser de la montre, puis imaginer que, regrettant aussitôt mon geste, je m'étais brûlé pour la reprendre. L'idée d'une douleur qu'on s'inflige volontairement ne lui était pas venue, c'était pourtant là une chose qu'elle connaissait.

– En réalité, la montre n'était qu'un prétexte, dis-je. Je ne voulais pas chasser demain. Je ne savais pas comment esquiver cela et c'est alors qu'en regardant le feu, l'idée m'est venue de me brûler la main. C'était simple mais stupide. Je l'ai fait trop bien et me suis brûlé plus fort que je n'aurais voulu.

Elle m'écoutait avec calme. Elle prit ma main bandée et la regarda.

– Pourquoi n'as-tu pas fait semblant d'être malade? demanda-t-elle.

– Cela n'aurait pas pris. On se serait rendu compte que je n'avais rien. Une main brûlée, c'est réel.

– Oui, dit-elle, ce n'est jamais drôle d'être surpris à mentir. Comme ça, tu as ta mortification et ça te sert de leçon. Je peux voir ta montre?

Je la sortis de ma poche et la lui tendis.

– La pauvre, dit-elle, elle est noircie et elle n'a plus de verre. Elle est cassée. Tout le monde se demandait à déjeuner pourquoi tu t'étais donné tant de mal pour la sauver. Moi, je gardais mon secret, je ne leur ai pas dit qu'avant d'essayer de la sauver, tu l'avais jetée au feu. C'est mal d'avoir fait souffrir ta montre. Tu n'y as pas pensé ?

– Non… dis-je. Mes idées étaient un peu embrouillées. Je pensais à quelqu'un qui a été tué, assassiné, il y a longtemps, et, tout à coup, j'ai jeté ma montre dans le feu et je me suis brûlé la main en essayant de la sortir. Ça s'est passé aussi vite que ça.

Elle hocha la tête.

– Tu devais penser à M. Duval, dit-elle.

Je la regardai, tout étonné.

– En effet, fis-je.

– C'est tout naturel, dit-elle, puisque c'est lui qui t'avait donné la montre, et il a été tué. Les deux vont ensemble.

– Qu'est-ce que tu sais de M. Duval ?

– Il était directeur de la verrerie, dit-elle, et, d'après Germaine, il y en a qui pensent que c'était un patriote et d'autres qui pensent que c'était un traître. Mais il a eu une mort horrible et on me défend d'en parler. Surtout à toi et à tante Blanche. Je n'en parle jamais.

Elle me rendit la montre.

– Qui t'a dit de ne pas en parler ?

– Grand-mie, répondit-elle.

– Quand ?

– Oh ! je ne sais pas. Il y a très longtemps quand j'en ai entendu parler pour la première fois par Germaine. Je l'ai dit à Grand-mie et elle m'a dit : « Tais-toi, ne répète jamais les ragots des domestiques. C'est un tissu de mensonges… » Elle était très fâchée et elle ne m'en a jamais plus reparlé. Dis, papa, pourquoi tu n'as pas envie de chasser demain ?

C'était là une question à laquelle je ne pouvais répondre.

– Je n'en ai pas envie, dis-je. C'est tout.

– Tu dois avoir une raison, insista-t-elle. Tu adores ça.

– Non, plus maintenant. Ça ne me dit rien.

Elle me considéra gravement et ses grands yeux ressemblèrent soudain d'une façon effrayante à ceux de la petite Blanche dans l'album de famille.

– Est-ce que c'est parce que tu ne veux pas tuer ? demanda-t-elle. Est-ce que cela te paraît tout à coup un péché de retirer la vie, même à un oiseau ?

J'aurais dû lui répondre immédiatement que non, que si je ne voulais pas chasser c'était que je craignais de tirer mal, mais j'hésitai, cherchant une échappatoire, et elle prit mon hésitation pour un acquiescement. Je vis à la flamme de son regard qu'elle était en train de se fabriquer une histoire autour de ce père soudain dégoûté du sang, du massacre, et qui s'était brûlé la main pour n'être plus jamais tenté de tuer.

– Peut-être, dis-je.

A peine avais-je prononcé ces mots que je reconnus mon erreur. Je ne lui avais encore jamais volontairement menti. Maintenant, je le faisais. Je lui présentais une fausse image de Jean de Gué, lui donnant ce qu'elle demandait afin de m'épargner à moi-même la vérité.

Elle s'agenouilla sur son lit et, prenant soin de ne pas heurter ma main bandée, mit ses bras autour de mon cou.

– Je trouve que tu as montré beaucoup de courage, dit-elle. C'est comme dans saint Matthieu : Si ta main ou ton pied t'offensent, coupe-les et rejette-les de toi ; mieux vaut pour toi entrer dans la vie diminué ou mutilé plutôt que d'être jeté avec tes deux mains et tes deux pieds dans les flammes éternelles. Et si ton œil t'offense, arrache-le... Je suis contente que ce n'ait pas été ton œil ; ç'aurait été beaucoup plus grave. Ta main va guérir, elle, mais tout de même c'est l'intention qui compte, comme dit toujours tante Blanche. C'est dommage qu'on ne puisse pas lui raconter, mais au fond j'aime encore mieux que ce soit un secret entre nous deux.

– Écoute, lui dis-je, ce n'est pas la peine de faire un grand mystère de tout cela. Je me suis brûlé la main, je ne veux pas chasser, je n'ai pas envie de chasser, et voilà tout. Maintenant, n'y pense plus.

Elle sourit, se pencha et baisa ma main bandée.

– Je te promets que je n'en parlerai plus, dit-elle, mais tu ne peux pas m'empêcher d'y penser. Si tu vois que je te regarde demain avec un air spécial, cela voudra dire que je pense à ton grand acte d'humilité.

– Ce n'était pas un grand acte, c'était un geste de fou.

– Les fous sont sages aux yeux de Dieu. Tu as lu l'histoire de sainte Rose de Lima ?

– Elle a mis sa main dans le feu, elle aussi ?

– Non, elle portait une grande ceinture de fer qu'elle n'ôtait jamais, et qui la coupait si profondément que toute sa chair s'est infectée. Elle l'a portée des années et elle en était heureuse. Papa, tante Blanche aimerait que je me fasse religieuse. Elle dit que je ne trouverai jamais le bonheur en ce monde, et je crois qu'elle a raison. Je le crois encore plus depuis que je lis *La Petite Fleur*. Qu'est-ce que tu en penses ?

Je la contemplai. Elle était debout à présent, petite et grave dans sa chemise de nuit blanche, les mains croisées.

– Je ne sais pas, dis-je. Je pense que tu es un peu jeune pour te décider. Ce n'est pas une raison parce que tante Blanche n'a pas trouvé le bonheur pour que tu ne le trouves pas. Tout dépend de ce qu'on appelle le bonheur. Ce n'est pas une cruche d'or au pied d'un arbre. Demande à M. le curé, il saura probablement mieux te répondre que moi.

– Je lui ai demandé. Il dit que, si je prie avec assez de ferveur, un jour Dieu me donnera la réponse. Mais tante Blanche prie sans arrêt, et elle est beaucoup plus vieille que moi et elle n'a pas encore reçu sa réponse.

L'horloge de l'église sonna dix heures. J'étais fatigué. Je n'avais pas envie de parler de la position spirituelle de Blanche, ni de celle de Marie-Noëlle, ni de la mienne.

– Bah ! fis-je, tu auras peut-être plus de chance qu'elle et connaîtras ta réponse plus tôt.

Elle soupira et se mit au lit.

– La vie est un grand problème, dit-elle.

– Je suis d'accord.

– Tu crois que ce serait plus facile d'être quelqu'un d'autre ? interrogea-t-elle.

– C'est ce que j'essaie de découvrir.

– Je voudrais bien être une autre enfant, si je pouvais être sûre de t'avoir toujours comme père, dit-elle.

– Tu te trompes, dis-je. Tout cela est une illusion. Bonsoir.

Son adoration m'attristait. J'éteignis sa lumière et descendis retrouver le lit de camp du cabinet de toilette. Ce ne fut pas ma main brûlée qui m'empêcha de dormir – elle ne me faisait plus mal – mais ma découverte que l'aspect était tout, que la peau et les traits de Jean de Gué leur suffisaient à tous. César flairant en moi l'étranger avait été le seul à reconnaître la vérité, mais il avait fini par s'amadouer, il s'était laissé caresser par moi ce matin et avait remué la queue.

Je dormis quelques heures d'un sommeil agité et fus réveillé par Gaston rabattant les volets devant un matin humide, gris et brumeux. Aussitôt l'idée de la journée m'accabla : l'ouverture de la chasse, les invités, tous les rites des prochaines heures dont j'étais aussi ignorant que des cérémonies d'une tribu exotique ; mais il me paraissait désespérément important de ne pas décevoir la famille, de ne pas déshonorer les de Gué et le château de Saint-Gilles, non pas par estime pour le seigneur absent, mais parce que quelque chose en moi s'inclinait devant la tradition. J'entendis des pas dans le couloir et des voix dans l'escalier, et la cloche de l'église se mit à sonner pour la messe. Dieu merci, j'étais déjà rasé et n'avais plus qu'à enfiler le complet sombre que Gaston m'avait sorti. On frappa à la porte et Marie-Noëlle entra. Elle m'aida à finir de m'habiller.

– Pourquoi es-tu si en retard ? demanda-t-elle. Ta main va plus mal ?

– Non dis-je. J'avais oublié l'heure.

Nous allâmes ensemble dire bonjour à Françoise dans sa chambre, puis nous descendîmes et sortîmes du château. Le petit groupe familial nous avait précédés, il avait déjà franchi la grille et passait le pont : il y avait là Paul, Renée, Blanche et, au bras de cette dernière, grande, massive et courbée, une forme noire que je ne reconnus pas. J'allais interroger l'enfant quand je compris soudain que ce devait être la comtesse elle-même que je n'avais jamais vue autrement qu'assise ou couchée. Les deux femmes sombres, l'une énorme et dominatrice appuyée sur l'autre droite et raide, avaient l'air de silhouettes découpées dans du papier noir et posées dans un décor vallonné, dominé par l'antique église, le tout sur fond de ciel gris.

Nous les rejoignîmes et j'offris à la mère mon bras valide afin qu'elle pût s'appuyer à la fois sur Blanche et sur moi. Je vis qu'elle était encore plus grande que je n'aurais cru : nous étions de même taille mais sa lourde charpente la grandissait encore.

– Qu'est-ce que c'est que cette histoire : tu t'es brûlé ? demanda-t-elle. On me cache toujours tout.

Nous arrivions devant l'église comme je terminais mon récit et la cloche, à ce moment, se tut.

– Je n'en crois pas un mot, me dit-elle. Il faut être un imbécile pour faire une chose pareille. A moins que tu aies complètement perdu la raison ?

Un petit groupe de villageois debout devant le porche s'écarta pour nous laisser passer et, comme nous entrions et gagnions nos places, Blanche et moi soutenant toujours la comtesse, je me dis qu'il était vraiment incongru de voir les de Gué venir en famille prier et demander pardon de ses péchés, alors que deux de ses membres ne se parlaient plus depuis quinze ans. La petite église du XIIe siècle, avec sa façade si usée et si simple, ses pierres moussues, était intérieurement surchargée d'ornements et sentait le vernis comme une chapelle méthodiste, les vitraux étaient d'un bleu violet et, près des marches de la sacristie, une vierge à la figure de poupée, coiffée d'une couronne trop grande, contemplait d'un air surpris l'Enfant Jésus qu'elle tenait dans ses bras.

Je m'étais figuré qu'une fois à l'intérieur de l'église et pendant l'office, je parviendrais peut-être à oublier la mascarade et à me sentir véritablement le seigneur de Saint-Gilles. Mais un sentiment latent de culpabilité m'emplissait de confusion. J'étais plus que jamais conscient de mon imposture, conscient d'avoir trompé non point tant la famille au milieu de laquelle je m'agenouillais, que je connaissais déjà bien, et dont je partageais en partie les fautes, mais les villageois qui remplissaient la nef et dont j'ignorais tout. Chose plus importante encore, je trompais le bon vieux curé au visage rose de chérubin, dont les prières m'enveloppaient mais dont l'ample forme couronnée d'un chef branlant me rappela tout à coup si irrévérencieusement un sorcier d'Afrique que je dus détourner les yeux et les couvrir de ma main en feignant la ferveur.

Mon humeur était double. D'une part, le remords de mon mensonge me faisait voir dans chaque mot de la messe une déclaration solennelle de ma faute ; d'autre part, j'éprouvais une conscience intense des peines de ceux qui m'entouraient. La mère geignait en déplaçant son poids d'un genou à l'autre, Paul était secoué par une toux matinale de fumeur, le teint sans fard de Renée était pâle et brouillé ; Marie-Noëlle imitait servilement tous les gestes de sa tante Blanche, courbée de plus en plus bas sur ses mains croisées. Jamais office ne m'avait paru si long, si chargé d'une signification secrète, et, cependant, écouté avec si peu de grâce. Quand ce fut terminé, comme nous nous dirigions lentement vers la sortie, la comtesse pesant sur mon bras, les premiers mots qu'elle murmura furent :

– Je suppose que cette sotte de Renée va profiter de ce que Françoise est au lit pour s'attifer comme un perroquet. J'ai bien envie de rester en bas et de lui gâcher son plaisir.

Sous le porche, Blanche vint prendre l'autre bras de la comtesse et notre trio descendit lentement vers le château. Nous entrâmes ainsi dans le domaine, frère et sœur muets de chaque côté de la mère qui se déclarait enchantée de voir tomber la pluie, car la journée serait complètement ratée, les invités trempés jusqu'aux os, Renée revêtue des plumes du paon toute crottée si elle faisait trois pas dehors, tandis que Paul, qui dirigeait la chasse, se couvrirait de ridicule du début jusqu'à la fin.

– Comme ça, dit-elle, en me pressant le bras, c'est quand même toi qui riras le dernier.

A dix heures et demie, nous étions sur la terrasse sous une pluie très fine, tandis que les premières voitures franchissaient la grille. La pauvre Renée, ses innocents projets déjoués, était éclipsée par la silhouette massive de sa belle-mère qui, appuyée sur une canne, les épaules couvertes d'un grand châle, se tenait debout à la place d'honneur, à l'entrée du château, laissant tomber d'un air auguste un mot de bienvenue à l'adresse de chaque arrivant. Sa présence était si inattendue qu'elle éclipsait l'accident du châtelain et que personne ne parut même s'apercevoir que Françoise n'était pas là. Mme la comtesse « recevait », rien d'autre ne comptait.

La métamorphose était complète. J'avais peine à croire que la femme qui tenait ici sa cour, entourée de tous les chasseurs des propriétés voisines, fût la même que celle que j'avais vue recroquevillée dans son fauteuil ou couchée, livide au fond de son grand lit. Chacune de ses paroles contenait une pointe venimeuse dirigée contre l'organisation de la journée.

– Vous feriez mieux d'aller ramasser des marrons sans vous encombrer de votre fusil, disait-elle à l'un.

Et, à l'autre :

– Si vous avez envie de prendre l'air, emmenez mes fox-terriers en promenade. Ils vous donneront plus d'exercice en dix minutes que Paul en cinq heures.

Je me tenais à l'écart, ne souhaitant pas me laisser entraîner par sa malveillance, mais l'on interpréta mon silence comme le signe d'une mauvaise humeur due à mon accident. L'on prit pour de l'ironie envers les efforts de mon frère la réponse que j'apportais à toutes les questions : « Il ne faut rien me demander. Adressez-vous à Paul », et je vis que se faisait jour parmi l'assistance l'impression d'une journée mal organisée, complètement ratée et un peu ridicule. Paul, très énervé, regardait sa montre, impatient de commencer la chasse, et déjà légèrement en retard sur son horaire, lorsque je sentis qu'on me touchait le coude. C'était l'homme en salopette qui habitait la maisonnette près du garage. César était à son côté.

– Voici César, monsieur le comte, dit-il. Vous avez oublié de le détacher.

– Je ne chasse pas aujourd'hui, dis-je. Amenez-le à M. Paul.

Le chien, excité par la liberté et la promesse de la chasse, allait de groupe en groupe, cherchant son maître, et ne prêtant aucune attention aux appels de Paul. Dans sa confusion, il attaqua un rival, un chien fort bien dressé, tranquillement assis sur son train de derrière, et des grognements s'élevèrent, aussitôt dominés par les cris aigus du vieux monsieur auquel appartenait le chien tandis que Paul, pâle de rage, me criait :

– Tu ne peux pas surveiller ton chien ?

Le jardinier Joseph et moi nous jetâmes sur le malheureux César, mais je ne pouvais faire grand-chose d'une seule main. Nous finîmes tout de même par nous saisir du chien et lui passer la laisse ; tout le monde rit de l'incident, sauf le propriétaire de l'autre chien et Paul qui dit en passant près de moi :

– Encore une de tes farces, probablement ? Ça t'amuse de commencer la journée en excitant ton chien contre les autres ?

Que pouvais-je dire ? L'indifférence totale de César à mon égard ne pouvait passer pour de la désobéissance de sa part, on ne l'interprétait que comme malice de ma part.

– Alors vous n'avez pas envie de venir avec nous ? me demanda quelqu'un.

– Pas tout de suite. Je vous rejoindrai plus tard, répondis-je.

Et les chasseurs s'ébranlèrent par petits groupes, riant et haussant les épaules ; un ou deux d'entre eux levèrent la tête vers les nuages lourds de pluie et firent une grimace qui semblait dire : « Tout cela va être un ratage complet. Nous ferions aussi bien de rentrer chez nous. » Comme ils disparaissaient, je dis à la comtesse :

– Parfait. Tu avais décidé de gâcher la journée de Paul et de Renée et tu l'as fait. J'espère que tu es contente de toi.

Elle fixa sur moi un œil vide d'expression.

– Que veux-tu dire ? fit-elle. Je ne te comprends pas.

– Tu me comprends très bien. Paul et Renée avaient ici l'occasion de faire preuve d'un peu d'autorité et tu les as volontairement contrecarrés en tournant l'affaire en ridicule. Personne n'a adressé la parole à Renée, on ne s'est pas occupé de Paul, ils n'existaient pas. Quant aux autres, Dieu sait ce qu'ils vont faire de leur journée de chasse !

Son visage devint soudain blême d'humiliation ou de colère, je n'en sais rien. Je nous croyais seuls, mais Charlotte l'attendait à l'entrée du vestibule ; la femme de confiance s'avança, lui prit le bras et toutes deux pénétrèrent dans le château et montèrent l'escalier sans mot dire. Renée avait disparu ainsi que Blanche ; mais la petite avait été témoin de la scène et elle détourna son regard du mien, l'air gêné, les joues en feu, feignant de n'avoir rien entendu.

Je m'étais emporté en jouant le rôle d'un autre, or c'était là une chose qu'il n'aurait jamais faite. A ma place, il aurait ri avec sa mère et l'aurait encouragée à continuer. Je savais bien que ce qui m'avait irrité en réalité, c'était ma conviction que cette situation ne se serait pas produite si Jean de Gué avait été là. Un accident l'eût-il empêché d'y participer activement, qu'il n'en aurait pas moins dirigé la chasse. Ce n'était pas la faute de la mère si la journée était ratée, mais la mienne.

Marie-Noëlle, en imperméable à capuchon, dansait d'un pied sur l'autre. Elle avait dû espérer que nous suivrions tous deux les autres pour assister à tout.

– Ta main te fait mal ? demanda-t-elle.

– Non.

– J'avais cru. Je pensais que c'était pour ça que tu ne t'occupais pas des invités. Tu dois être triste de ne pas chasser.

– Je ne suis pas triste. Je suis seulement dégoûté de toute cette confusion.

– Grand-mie va être malade maintenant. Elle va être dans une de ses mauvaises passes. Pourquoi tu t'es tellement fâché contre elle ? Elle faisait tout ça pour toi.

A quoi bon ? Tous nos mobiles étaient faux. J'avais essayé de bien agir en m'y prenant mal, ou de mal agir en m'y prenant bien, je ne savais trop. Mon plan n'avait pas réussi, ni celui de la mère. Même le chien était en disgrâce parce qu'on n'avait pas su le diriger.

– Où est tante Renée ? demandai-je à la petite.

– Elle est montée. La pluie abîmait sa coiffure. Je crois qu'elle avait envie de pleurer.

– Dis-lui que Gaston va nous emmener tous en voiture rejoindre les chasseurs.

Le visage enfantin s'éclaira et elle partit en courant. Je demandai à Gaston d'amener la voiture et vis avec plaisir qu'il plaçait une caisse de vin dans la malle arrière. La meilleure solution pour tout le monde serait, me semblait-il, de se griser un peu. Je vis dans l'allée Renée et la petite qui se dirigeaient vers nous, suivies de César agitant sa grande queue.

– Nous n'avons pas besoin du chien, criai-je.

Elles s'arrêtèrent, surprises.

– On aura besoin du chien pour les oiseaux, papa, cria Marie-Noëlle.

– Non, dis-je. Puisque je ne chasse pas, il est inutile de l'emmener. Je ne peux pas le retenir d'une seule main.

– Ce n'est pas la peine, dit la petite fille. Il obéit toujours à ta voix. Ce matin, tu ne lui avais rien dit. Ici, César.

– Il n'a pas de laisse ? s'enquit Renée. Où est sa laisse ?

Je cédai. Je ne pouvais pas discuter ; tout, aujourd'hui, m'échappait. Je montai dans le fond de la Renault, le chien d'un côté et la petite de l'autre, Renée devant et Gaston au volant. Comme nous rebondissions sur une ornière du chemin forestier, je fus projeté contre César et un murmure s'éleva dans sa gorge, annonciateur d'un grondement ; je me demandai combien de temps sa dignité naturelle le maintiendrait dans les limites de la politesse et quand il se sentirait lésé dans son confort au point de regimber.

– Qu'est-ce qu'a César ? fit Renée en tournant la tête vers nous. Pourquoi grogne-t-il comme ça ?

– Papa le taquine, dit la petite, n'est-ce pas papa ?

– Grand Dieu non ! répondis-je.

– Les chiens à moitié dressés sont très excitables, dit Renée. N'oublie pas qu'il n'a que trois ans.

– Il se conduit drôlement depuis deux jours, Joseph l'a remarqué. Il a grogné plusieurs fois contre M. le comte, intervint Gaston.

– Qu'est-ce qu'on va faire s'il devient fou ? demanda Marie-Noëlle.

– Il ne deviendra pas fou, dis-je, mais il faut le tenir en laisse.

Tout à coup, la voiture s'arrêta et nous nous trouvâmes tout près des chasseurs disposés en une ligne étirée le long du chemin. Nous descendîmes de voiture et mon instinct me dit que j'avais eu tort de venir car je n'avais pas la moindre notion de ce que je devais faire à présent ; et, chose plus grave, je vis qu'on n'avait pas suivi mes instructions concernant César. Il n'était pas en laisse et tournait en rond comme il avait fait sur la terrasse, cherchant en vain son maître.

– Ici, César, criai-je.

Le chien n'y prêta aucune attention. Il courait le long de la ligne de chasseurs irrités qui criaient : « Retenez ce chien ! », stupéfait de n'être pas appelé par son maître. Renée eut un geste agacé et désapprobateur.

– Vraiment, Jean, dit-elle. Tu devrais l'empêcher de faire ça.

– On n'aurait jamais dû l'amener. Je le savais, dis-je. Marie-Noëlle, va le chercher.

Elle allait s'élancer quand des cris s'élevèrent derrière les arbres avec un vaste frémissement d'ailes, et les oiseaux volèrent au-dessus de nos têtes. L'air se remplit aussitôt du bruit des coups de fusil, et des corps d'oiseaux s'abattirent en tournoyant. Je rentrai instinctivement la tête et fermai les yeux, homme de la ville égaré loin de chez lui, mal préparé à la mort dans les champs.

– Qu'y a-t-il ? Tu te trouves mal ? demanda Renée.

Mais, au moment où je me redressais, César, oubliant tout ce qu'on lui avait appris, fonçait pour rapporter le gibier le plus proche qui, pour son esprit de chien, ne pouvait être que celui de son maître absent. Ce faisant, il se heurta à son ennemi de la terrasse, le chien bien dressé appartenant au chasseur qui se trouvait à ma droite et à qui la proie devait sans doute revenir. Avant que j'eusse pu crier « César ! » d'une voix étranglée, l'affreux combat de chiens recommença. Le maître de l'autre, un vieux petit bonhomme en veste râpée et chapeau de tweed déformé, hurla en tournant vers moi une face violacée :

– Rappelez donc votre chien !

Et nous nous jetâmes, Renée, Marie-Noëlle et moi, dans la mêlée des bêtes furieuses à laquelle était venu se joindre un troisième combattant. Le chasseur, fou de rage, se détourna de nous pour tirer sur un couple de retardataires qui volaient à présent au-dessus de nous, mais la violence de son émotion nuisit à son tir et les deux oiseaux poursuivirent leur vol sains et saufs.

Le chasseur alors s'en prit à nous, livide et bégayant de colère :

– Pourquoi est-ce qu'on nous invite ici ? Pour se moquer de nous ? Voilà la seconde fois que vous excitez votre chien contre le mien. Je rentre chez moi.

César enfin maîtrisé se voyait tiré hors du champ de bataille par Renée et la petite, tandis que les autres chasseurs, attirés par les aboiements et les cris, accouraient demander ce qui se passait. Paul lui-même apparut venant du bout du sentier, l'air anxieux, et arriva juste à temps pour voir son invité, son fusil sous le bras et son chien boitant sur ses talons, s'éloigner d'un air résolu vers la grand-route.

– Qu'est-ce qu'a le marquis ? s'écria Paul. Je l'avais mis là exprès : c'est le poste qu'il préfère. Il n'est pas content ?

Dans la foule des visages, j'en aperçus un que je reconnus. C'était l'homme que j'avais rencontré conduisant sa voiture près de la gare du Mans, le premier à se méprendre sur mon identité. Il souriait. La scène semblait l'amuser.

– C'est Jean qui a fait l'idiot, dit-il. Je l'ai vu au moment où les oiseaux arrivaient. Il a fait des singeries pour amuser votre femme, et ensuite il a envoyé César ramasser l'oiseau du marquis, et se battre avec le vieux Justin. Le marquis ne voudra plus jamais parler à aucun de vous.

Paul tourna vers moi sa face blême.

– Qu'est-ce qui t'a pris ? Tu ne peux pas t'amuser toi-même, alors tu as entrepris de gâcher le plaisir des autres ?

Renée commit l'erreur de prendre ma défense :

– Peut-on dire une chose pareille ! s'écria-t-elle. Comme si Jean faisait des singeries ! Il avait tellement mal à la main qu'il a failli s'évanouir. Quant au chien, il nous a complètement échappé. Il a sûrement quelque chose, il devient sauvage.

– Dans ce cas, il faut l'abattre, et si Jean ne se sent pas bien, il n'avait qu'à ne pas venir.

Les invités s'écartèrent discrètement. Personne n'avait envie d'intervenir dans une querelle de famille. L'homme du Mans me fit un clin d'œil et haussa les épaules tandis que Paul partait à la poursuite de son invité offensé dont la silhouette trapue cheminait en direction de la route encore lointaine.

– Je crois que nous ferions bien de rentrer, nous aussi, dis-je à Renée, mais son visage s'allongea de même que celui de l'enfant. Devais-je leur gâcher leur journée à elles aussi ?

– Nous n'avons presque rien vu, dit Renée. Tu ne vas tout de même pas te laisser influencer par ce que Paul t'a dit ?

– Restez toutes les deux, répondis-je. Moi, j'en ai assez. Passe-moi le chien.

Je saisis la laisse de César. Le pauvre chien conscient d'être en disgrâce mais flairant Dieu sait quelle proie blessée qui s'était traînée dans les bois pour mourir, bondit soudain en avant en me désarticulant presque le bras, et nous nous enfonçâmes l'un suivant l'autre dans un fourré sombre et épineux comme l'antre d'une sorcière. Il me sembla entendre Paul jeter un cri d'avertissement mais je n'y pouvais rien, mon sort était lié à celui de César comme celui de César au mien et nous courûmes à travers bois jusqu'au moment où nous nous abattîmes ensemble, épuisés et à bout de souffle, sur un monceau de pommes de pin. Il me regarda avec un sourire canin, la salive coulant de sa gueule, puis voyant qu'on ne le battait ni ne l'injuriait, il se mit à lécher les blessures qu'il avait subies au cours du combat.

J'allumai une cigarette en soupirant et, adossé à un arbre, supputai la distance à laquelle nous nous trouvions de Saint-Gilles. L'on n'entendait ni voix d'hommes, ni coup de feu, ni cri d'oiseau, rien que le tambourinement triste de la pluie sur les feuilles. Mouillé, courbatu, le sang battant douloureusement dans ma main bandée, je me levai avec peine et, tenant toujours le chien infernal, je repris mon chemin à travers les taillis ; je sentais, comme le poète, que mon compagnon ne me quitterait ni de jour ni de nuit à travers les arches des années et que je ne m'en débarrasserais jamais.

Pas de clartés, dans le ciel en larmes, sur la direction à suivre : je ne pouvais dire si nous marchions vers le nord ou le sud, l'est ou l'ouest, et César ne m'était d'aucun secours. Toujours en laisse, il trottinait à mon côté, docile à présent comme un caniche, s'arrêtant quand je m'arrêtais, réglant son pas sur le mien. Tout à coup, il se raidit et, presque à mes pieds, un faisan effrayé prit son vol vers les buissons. Comme nous nous frayions un passage entre les arbres serrés, un autre oiseau surgit, puis un autre encore : nous avions dû sans le vouloir pénétrer sur quelque terrain refuge. J'entendis au loin des cris, puis un coup de fusil, mais à ma gauche, tandis que les oiseaux surpris s'envolaient vers la droite.

Enfin je vis devant moi les arbres s'éclaircir. Nous arrivions à une de ces larges allées à travers bois que j'avais espéré trouver plus tôt. Nous l'atteignîmes en trébuchant, mouillés, crottés, couverts de feuilles et de brindilles, tels un braconnier et son chien. Et j'aperçus à une vingtaine de pas Paul et Robert qui m'observaient tandis que, alignés comme des sentinelles le long du chemin, les chasseurs guettaient leurs oiseaux sans savoir que je les avais déjà dispersés.

CHAPITRE XVII

Gaston surgit de nulle part avec la voiture. Il avait aussi la gourde que j'avais vue pour la dernière fois dans la chambre d'hôtel du Mans. Elle était remplie de cognac que j'avalai, affalé sur la banquette arrière de la Renault. Je voyais à travers la vitre embuée les silhouettes minables des chasseurs frustrés de leur proie s'éloigner et disparaître une fois de plus entre les arbres en quête d'un gibier plus docile. Inquiet et dévoué, Gaston scrutait mon visage en disant qu'on devrait faire appeler le docteur Lebrun pour qu'il m'examine, mais il se trompait sur les symptômes. Ma main ne me faisait pas mal et je n'avais pas de fièvre, la gourde de cognac était le remède qu'il me fallait.

Nous recommençâmes bientôt à rebondir sur les ornières et les remblais boueux. Je me rappelle une ferme basse déjà entourée de voitures et, m'attendant pour m'accueillir à la porte, le fermier, énorme, rustique et rougeaud, avec sa femme qui ressemblait à une petite écrevisse bavarde. Ils me firent entrer dans une vaste grange et j'eus à peine le temps de me réfugier dans le coin opposé, hors de vue de la porte, avant l'arrivée des chasseurs altérés, fatigués, humides et fumants, faisant retentir les hautes poutres du bruit de leurs conversations. Les domestiques du château se hâtèrent de servir le vin apporté par Gaston. Je me rappelle que Renée s'assit à côté de moi tandis que l'homme du Mans s'installait de l'autre côté et qu'elle lui raconta alors avec force détails l'incident du feu de feuilles, ajoutant que j'étais depuis lors dans un état voisin du délire et que personne ne me comprenait en dehors d'elle.

Elle avait à peine terminé que l'homme du Mans entreprit de parler haute finance, cours de Bourse et spéculations heureuses. La tête me tournait. Cet homme était le seul qui eût pu m'aider – c'était sûrement de lui que Béla avait voulu me parler – et je ne savais ni son métier ni son nom.

– Je pars cette nuit pour Londres en avion, dit-il. Mon petit voyage mensuel. Si je peux faire quelque chose pour vous là-bas, vous savez où me joindre.

Dans les vapeurs d'alcool qui m'enveloppaient, je crus, l'espace d'un moment insensé, qu'il avait percé mon secret. Je le regardai, stupéfait, puis, le tirant par la manche, lui dis :

– De quoi parlez-vous ? Que voulez-vous dire ?

– Échanges de devises, répondit-il brièvement. Si vous avez des amis anglais, je connais un moyen. C'est la chose la plus facile du monde.

– Des amis ? répétai-je. Certes, j'ai des amis anglais.

Et je souris niaisement, me sachant à l'abri. Il n'avait rien deviné, il ne soupçonnait pas de quoi je parlais.

– J'ai un très bon ami à Londres qui habite près du British Museum, dis-je. Il ne demanderait pas mieux que d'échanger des livres contre des francs.

Je trouvais extrêmement drôle de lui parler ainsi du moi assis à son côté, et j'ajoutai :

– Donnez-moi un bout de papier et un stylo.

Il me tendit son agenda et un stylo à bille et j'écrivis laborieusement mon propre nom et ma propre adresse en lettres d'imprimerie, puis lui rendis l'agenda avec un geste cérémonieux d'ivrogne en disant :

– Tout ce que vous ferez pour ce type, vous le ferez pour moi. Nous sommes plus intimes que des frères.

Puis j'éclatai de rire en le trouvant vraiment idiot de ne pas saisir le sel de la plaisanterie. A ce moment, je sentis qu'on me touchait le coude. C'était Marie-Noëlle qui me dit :

– Oncle Paul demande si tu veux dire quelques mots, ou si ce sera lui ?

Avant que je pusse répondre, le financier se mit à frapper vigoureusement dans ses mains et, bientôt, toute la compagnie applaudissait et tapait du pied, tandis que mon voisin me tapotait l'épaule et disait :

– Allez-y, Jean, faites un discours.

Dans un brouillard d'alcool, entouré de tous côtés par une mer de visages, je me dis : « Voici le moment de me conduire en seigneur de Saint-Gilles ; j'ai pu gâcher la chasse ce matin, mais je suis en pleine forme à présent. »

– Mes chers amis, commençai-je. J'ai, une fois de plus, l'honneur et le plaisir de vous accueillir ici à cette heureuse occasion et, bien qu'un fâcheux accident m'interdise de prendre une part active à la chasse, mon regret en est atténué lorsque je vois la façon magistrale dont mon frère s'acquitte de mes fonctions. Ce n'est pas chose facile que d'occuper la place d'un autre, je le sais parfaitement. Cette vérité s'est imposée à moi pas plus tard qu'hier matin à la verrerie quand j'ai voulu examiner les comptes.

Je m'interrompis. Que diable disais-je là ? Les deux identités étaient en train de se confondre.

– Quoi qu'il en soit, balbutiai-je, je ne suis pas ici pour vous parler de verrerie mais de coups de fusil…

Je sentis qu'on me tapotait le bras ; c'était le financier qui, empourpré, me faisait signe d'en finir et me murmura à l'oreille :

– Vous devenez fou ?

Devant moi, tous les visages exprimaient la perplexité, la gêne, et je me dis que mon discours n'avait pas l'air de plaire et qu'il était temps de le conclure rapidement par quelque plaisanterie.

– Je termine en levant mon verre, mais j'ajouterai encore ceci : l'accident survenu à ma main en a certainement conjuré d'autres plus graves. Le marquis a été sage de rentrer chez lui tout à l'heure. Si j'avais tenu un fusil… – je pris un temps pour donner plus de force au trait final –, certains de ceux que je vois ici ne seraient peut-être plus en vie.

Je me tus, singulièrement soulagé d'avoir formulé ma propre vérité, mais je fus surpris du silence qui accueillit ma péroraison. Même si ma plaisanterie leur avait paru faible, la simple politesse n'exigeait-elle pas au moins un semblant d'applaudissements ? Mais il n'y eut pas d'autre bruit que celui des chaises repoussées, et tout le monde se dirigea vers la sortie de la grange comme si l'atmosphère y était devenue soudain irrespirable. Mon discours avait été bien maigre, mais je ne voyais pas en quoi il avait pu les offenser.

Renée revenait près de moi avec le docteur Lebrun.

– Vous devez avoir un petit mouvement de fièvre, dit-il. Vous feriez bien de rentrer au château le plus tôt possible.

– Quelle idée ! dis-je, ma main ne me fait pas mal du tout.

– Tout de même, dit-il, il serait plus prudent de vous étendre.

Je n'étais pas en état de discuter. Je me laissai mettre en voiture par Gaston, et comme nous sortions de la cour de la ferme, j'aperçus la file des chasseurs se dirigeant vers leurs objectifs de l'après-midi. Il pleuvait toujours et je ne les enviais pas.

– Mon discours n'a pas eu trop de succès, dis-je à Gaston silencieux à mon côté, d'un ton tout ensemble d'excuse et de complicité blagueuse.

Il ne répondit pas tout de suite. Puis je vis un petit frémissement au coin de sa lèvre.

– Il faut dire, fit-il discrètement, il faut dire que monsieur le comte avait peut-être un peu trop bu. Ça expliquerait.

– Était-ce donc si apparent ? dis-je.

Je sentis son haussement d'épaules plutôt que je ne le vis.

– Les gens sont chatouilleux, dit-il, surtout à propos du passé. Il vaut mieux ne pas mélanger la guerre et la paix et en plaisanter.

– Mais je n'ai pas fait ça ! dis-je. Je parlais de tout autre chose.

– Que monsieur le comte m'excuse, dit-il. Je l'aurai mal compris. Les autres aussi.

Nous nous tûmes le reste du chemin. En descendant de voiture devant Gaston qui attendait mes ordres, je me dis soudain que tous les invités ne reviendraient peut-être pas pour la collation. Certains d'entre eux trouveraient sans doute un prétexte pour rentrer chez eux. Je fis part de ma réflexion à Gaston.

– Ça les regarde, monsieur le comte, dit-il. En tout cas, si la salle à manger n'est pas pleine, je peux assurer à monsieur le comte que l'office et la cuisine seront bondés.

Je montai et me glissai sans bruit dans le cabinet de toilette pour ne pas déranger Françoise. Je me jetai sur le lit et m'endormis aussitôt. Je fus réveillé par quelqu'un qui me parlait à l'oreille. Le chuchotement, d'abord léger, se mêlait au rêve qu'il interrompait. Puis il se fit plus insistant. J'ouvris les yeux et vis que la nuit était tombée et qu'il pleuvait toujours. Il y avait quelqu'un près de mon lit. C'était Germaine, la petite femme de chambre.

– Venez vite, monsieur le comte, disait-elle. Mme la comtesse n'est pas bien. Elle demande monsieur.

Je me redressai immédiatement pour allumer. Germaine avait l'air effrayé et je ne comprenais pas pourquoi elle s'adressait à moi.

– Où est Charlotte ? dis-je. C'est elle qui vous a dit d'aller me chercher ?

– Charlotte est en bas, monsieur le comte, chuchota-t-elle. Il y a un monde fou dans la cuisine à boire et à manger, monsieur sait bien, l'ouverture de la chasse, et Charlotte m'avait dit de rester auprès de Mme la comtesse parce qu'elle voulait être en bas avec les autres. Ce n'est pas souvent, comme elle dit, qu'on voit du monde au château, et elle trouvait que je pouvais bien rester en haut pour une fois à écouter si Mme la comtesse avait besoin de quelque chose, d'ailleurs elle dormait et Charlotte pensait qu'elle ne me dérangerait pas.

J'étais debout et j'enfilai péniblement ma veste.

– Quelle heure est-il ? demandai-je.

– Il est plus de huit heures, monsieur le comte, dit-elle. Il y a encore quelques personnes dans la salle à manger avec M. et Mme Paul et Mlle Blanche, mais il n'en est pas venu autant qu'on en attendait. Gaston nous a dit que beaucoup étaient rentrés chez eux parce qu'ils étaient trempés jusqu'aux os et aussi parce que M. le comte était souffrant et que ce n'était pas comme d'habitude.

Je redressai ma cravate et lissai mes cheveux devant la glace. Du moins étais-je de nouveau sobre.

– Qu'est-ce qu'a Mme la comtesse ?

– Je ne sais pas, monsieur le comte, répondit-elle en reprenant son air effrayé. Elle dormait et puis elle s'est mise à geindre et à appeler Charlotte, mais Charlotte m'avait dit de ne pas la déranger, alors je me suis approchée du lit et j'ai demandé à Mme la comtesse si elle avait besoin de quelque chose. Je lui ai fait un mensonge. Je lui ai dit que je ne savais pas où était Charlotte. Alors elle a demandé M. le comte, pas Mlle Blanche, ni le docteur, ni personne d'autre, seulement Charlotte ou M. le comte et tout de suite. J'ai eu peur, elle avait l'air très mal.

Elle me suivit dans le couloir et dans l'escalier. J'entendais au-dessous de nous le bruit confus d'une agape du côté des cuisines, contrastant curieusement avec le profond silence habituel à Saint-Gilles. Nous passâmes la porte battante du troisième couloir, et la musique et les rires se turent. Les bruits ne nous parvenaient plus dans l'ombre de cette partie écartée du château, loin de la fête des domestiques.

Je m'arrêtai un instant devant la porte de la chambre ; je devinais que je devais y entrer seul, et je donnai l'ordre à Germaine d'attendre dans le couloir. Il faisait nuit dans la pièce. Seule la faible lueur du poêle me permit de distinguer la forme des meubles et du lit. Ne voulant pas déranger la comtesse en allumant l'électricité, j'allai à la fenêtre et ouvris les volets pour laisser entrer un pâle rayon qui s'étira sur le tapis et changea les ténèbres en grisaille. En repoussant les battants, j'entendis la pluie couler dans la gouttière de plomb et entraîner la masse légère de poussière et de feuilles qu'ensuite cracherait la gargouille, comme je l'avais imaginé quand je m'étais représenté le château en hiver. Par la fenêtre, je vis que le brouillard était tombé lui aussi : le château était isolé sur son îlot au-dessus du fossé vide, comme un monde mort perdu dans les brumes.

La voix me parvint, faible et singulièrement gutturale, des profondeurs du vaste lit.

– Qui est-ce ?

– Moi. Jean.

Je quittai la fenêtre et vins à elle. Je ne distinguais que sa masse sous les couvertures, je ne voyais pas son visage.

– Je souffre, dit-elle. Pourquoi n'es-tu pas venu plus tôt ?

Ces deux mots : je souffre, contenaient toute la détresse physique et morale du monde.

– Que veux-tu que je fasse ?

Elle s'agitait nerveusement ; je m'agenouillai près d'elle et lui pris la main.

– Tu le sais bien ! dit-elle.

Il y avait des médicaments sur la table de chevet et j'y jetai un coup d'œil interrogatif, mais elle secoua la tête avec une impatience exaspérée, et gémit en roulant sa tête sur l'oreiller.

– Charlotte la range à côté, dit-elle. Dans la salle de bain, dans le tiroir du placard. Tu te rappelles bien !

Je me levai, entrai dans la salle de bain et allumai. Il n'y avait qu'un seul placard dans la pièce, avec un seul tiroir que j'ouvris. Il contenait deux boîtes dont l'une encore à demi enveloppée dans un papier que je reconnus. C'était le cadeau qui se trouvait dans la valise, le cadeau que j'avais remis entre les mains de Charlotte, le soir de mon arrivée au château. J'ôtai le papier et ouvris la boîte. Elle contenait de petites ampoules remplies d'un liquide incolore alignées les unes au-dessus des autres entre des couches d'ouate, et portant chacune une étiquette marquée d'un seul mot : Morphine. J'ouvris la seconde boîte et y trouvai une seringue hypodermique. Il n'y avait rien d'autre dans le tiroir. Je restai là, immobile, quand je l'entendis m'appeler de sa chambre :

– Jean, pourquoi ne viens-tu pas ?

Je sortis lentement la seringue et une des ampoules que je posai sur la table contiguë au lavabo. Il y avait là un paquet d'ouate et un flacon d'alcool, mais jamais au cours des nuits de guerre où ces objets m'étaient devenus familiers, où je les maniais, agenouillé près du médecin sur le sol d'un abri ou dans une ambulance, jamais je n'avais éprouvé la répulsion qui me secouait à présent. Pendant la guerre, on agissait par pitié, pour apaiser la souffrance. Ici, les choses étaient différentes. Je comprenais enfin ce que Jean de Gué avait rapporté de Paris à sa mère. Mais sa mère n'était ni malade, ni mourante : elle n'avait pas mal.

Je revins dans la chambre et allumai une lampe que je découvris, à demi dissimulée sous les draperies du baldaquin. La femme couchée là n'était pas celle qui se tenait au matin à mon côté sur la terrasse, royale et autoritaire, mais une créature blême, vieille et apeurée, aux mains tremblantes, aux yeux fixes, et qui roulait sa tête sur l'oreiller dans un mouvement horrible et inhumain. Elle faisait penser à je ne sais quel animal longtemps captif et privé de nourriture, d'eau et de lumière.

– Qu'est-ce que tu attends ? dit-elle. Pourquoi mets-tu si longtemps ?

Je m'agenouillai à côté d'elle. Ma brûlure ne me gênait plus et je pus glisser mes deux mains derrière elle et tourner sa tête vers moi pour l'obliger à me regarder et à rester tranquille.

– Je ne veux pas t'en donner, dis-je.

– Pourquoi ?

Les yeux hagards fouillaient les miens, et la grande face flasque et grisâtre se crispa, se tordit, se déforma comme le masque d'un mannequin traîné par des gamins criards dans une rue brumeuse de Londres. Il me semblait en la regardant que sa peau était faite du même tissu mort, que ses yeux n'étaient que des creux, sa bouche un trou, ses cheveux emmêlés une perruque de crin et que la forme que je soutenais n'était qu'une coquille vide, inerte, insensible et sans vie. Mais quelque part dans cette coquille, une minuscule flamme vacillait encore, plus faible que la dernière braise d'un feu de bois. Je ne voyais pas cette suprême étincelle, mais elle existait et je ne voulais pas qu'elle s'éteignît.

– Pourquoi ?

Elle répéta sa question, cette fois avec angoisse, et elle se redressa dans son lit en me prenant aux épaules. Le masque devint visage et ce visage était le sien, le mien, celui de Marie-Noëlle ; nos trois visages ici réunis me regardaient par ses yeux, et sa voix n'était plus grave ni gutturale, c'était celle de la petite quand elle m'avait demandé le premier soir : « Papa, pourquoi n'es-tu pas venu me dire bonsoir ? »

Je me levai et allai dans la salle de bain. Brisant la pointe de l'ampoule, je remplis la seringue, revins et tamponnai son bras à l'alcool comme je me rappelais l'avoir fait pendant la guerre. Puis, tenant la seringue, j'enfonçai l'aiguille et attendis. Elle se recoucha sur ses oreillers et attendit elle aussi. Ses paupières battirent et, avant de les fermer, elle m'adressa un sourire. Je reportai la seringue dans la salle de bain, la lavai, la replaçai dans sa boîte et mis l'ampoule vide dans ma poche. Puis je fermai la porte, revins dans la chambre et m'approchai du lit. L'angoisse avait quitté ce visage, la ressemblance aussi. Elle n'était ni Marie-Noëlle, ni moi, ni la mère de Jean de Gué ; elle était un être endormi, inconscient, ignorant la douleur. Je traversai la pièce et ouvris la fenêtre. La pluie tambourinait sur le toit, remplissait les gouttières et coulait de la bouche de la gargouille dans le fossé vide, et il n'y avait plus aucun autre son que ceux de l'averse. Je regardai ma main bandée, brûlée la veille par lâcheté, par honte de ce que j'étais incapable d'accomplir, et il me semblait que le geste qu'elle venait de faire était encore plus lâche et plus honteux. J'avais beau me répéter qu'il s'agissait d'un acte de charité, je savais que ce n'était pas vrai. Je savais que j'avais fait ce que le fils de cette mère faisait avant moi : j'avais choisi la solution la plus facile.

Je sortis dans le couloir et y retrouvai Germaine qui attendait toujours. Je lui dis :

– Ça va maintenant, Mme la comtesse dort. J'ai laissé la lumière allumée. Elle ne s'en apercevra pas. Vous feriez mieux d'aller vous asseoir devant le poêle jusqu'à ce que Charlotte remonte.

Je suivis le couloir et descendis l'escalier. Sur le palier du premier étage, les rires et la musique montaient de nouveau des profondeurs du château. J'entendis aussi des voix venant du salon – les invités n'étaient pas encore partis – et comme je sortais sur la terrasse, la porte s'ouvrit, les paroles mêlées parurent un instant plus distinctes, puis le bruit s'en affaiblit de nouveau comme la porte se refermait derrière Marie-Noëlle qui s'approcha de moi.

– Où vas-tu ? me demanda-t-elle.

Elle portait à présent une robe de soie bleue, des chaussettes blanches et des souliers pointus. Une petite croix d'or pendait à son cou, et un ruban de velours bleu ceignait ses cheveux blonds coupés très courts. Elle était rose de plaisir. C'était son soir de gala ; elle aidait à recevoir les invités. Je me rappelai la promesse que je lui avais faite, le premier soir.

– Je ne sais pas, dis-je. Je ne reviendrai peut-être pas.

Elle comprit tout de suite ce que je voulais dire car elle pâlit et eut un geste comme pour se jeter sur moi et me saisir les mains. Puis elle se rappela ma brûlure et ne bougea pas.

– C'est à cause de ce qui s'est passé à la chasse ?

J'avais oublié les sottises du matin, la façon ridicule dont j'avais gâché le plaisir des chasseurs, le cognac, le vin et le ton déplacé de mon discours.

– Non, dis-je, ça n'a aucun rapport avec la chasse.

Elle continuait de me regarder, elle joignit les mains et dit :

– Emmène-moi.

– Comment le pourrais-je ? fis-je. Je ne sais même pas où je vais.

La pluie tombait serré sur ses épaules grêles et sur la belle robe bleue.

– Tu pars à pied ? Tu ne peux pas conduire avec ta main.

La simplicité de cette remarque me fit comprendre que je n'avais aucun plan. Comment m'en irais-je, en effet ? J'étais sorti de la chambre d'en haut et j'étais descendu dans le vestibule obéissant à un unique désir : quitter le château le plus rapidement possible. Mais ma main absurdement brûlée dans son bandage me retenait prisonnier :

– Tu vois, dit la petite. Ce ne sera pas facile, n'est-ce pas ?

Rien n'était facile, que je fusse moi ou Jean de Gué. Je n'étais pas né pour être le fils de la femme qui était là-haut, ni le père de l'enfant que je voyais devant moi. Je n'avais rien de commun avec tous ces gens. Ils n'étaient pas ma famille ; je n'avais pas de famille. Être complice d'une farce compliquée n'impliquait pas que je dusse accepter d'en être la victime. C'était l'inverse qui aurait dû se produire, me semblait-il, c'était à eux d'en faire les frais et non à moi. Rien ne m'attachait à eux.

Les voix s'élevèrent de nouveau dans le salon. Marie-Noëlle tourna la tête.

– Ils commencent à dire au revoir, dit-elle. Il faut que tu décides ce que tu vas faire.

Elle n'avait plus l'air d'une enfant, mais d'un être mûr et sage que j'aurais connu à un âge différent et à une autre époque. Je ne voulais pas, cela me faisait de la peine. Je voulais qu'elle devienne pour moi une étrangère.

– Tu as bien le temps de partir, dit-elle. Attends que je sois plus grande. Ça ne sera pas long.

Un pas résonna dans le vestibule et quelqu'un parut sur le seuil. C'était Blanche. L'imposte éclairée de la porte faisait briller ses cheveux, et je voyais les gouttelettes de pluie tomber obliquement devant la lumière puis se confondre avec l'obscurité qui recouvrait le perron.

– Tu vas attraper froid, dit Blanche. Ne reste pas sous la pluie.

Elle ne me voyait pas, elle ne voyait que l'enfant et je remarquai que, se croyant seule avec Marie-Noëlle, elle parlait d'une autre voix, d'une voix douce, affectueuse, où ne subsistait plus rien d'acerbe. Elle avait l'air d'une autre personne.

– Tout le monde va s'en aller, d'un moment à l'autre, dit-elle. On ne te demande plus que quelques minutes de politesse. Ensuite, je monterai et je te ferai la lecture si papa n'est pas réveillé.

Sur ces mots, Blanche rentra dans le salon. La petite fille me regarda.

– Vas-y, dis-je. Fais ce qu'elle te dit. Je ne t'abandonnerai pas.

Elle sourit. Ce sourire me rappela quelque chose. Quoi ? Le souvenir se précisa, il exprimait le soulagement après la souffrance. J'avais vu ce même sourire, il n'y avait pas dix minutes, dans la chambre d'en haut. Marie-Noëlle courut dans le salon à la suite de Blanche.

J'entendis le bruit d'une voiture descendant du village et passant la grille. En tournant sous la poterne, les phares durent m'éclairer, car elle s'arrêta et Gaston descendit. C'était la Renault. Le chauffeur s'avança vers moi. Il paraissait gêné.

– Je ne savais pas que monsieur le comte était en bas, dit-il. Monsieur m'excusera mais il pleuvait très fort et j'ai raccompagné à la verrerie Mme Yves et deux ou trois vieux qui étaient venus fêter l'ouverture de la chasse avec nous. Je n'ai pas demandé la permission à monsieur le comte. Je ne voulais pas le déranger.

– Vous avez bien fait, dis-je. Je suis content que vous les ayez raccompagnés.

Il s'approcha de moi et me regarda attentivement.

– Monsieur le comte a l'air soucieux. Il y a quelque chose qui ne va pas ? Monsieur le comte est toujours souffrant ?

– Non, lui dis-je. Ce n'est rien… un concours de circonstances.

Je désignai de la main le château. Peu m'importait ce qu'il penserait. Je ne savais pas trop ce que je pensais moi-même.

– Monsieur m'excusera, dit-il d'un ton timide mais qui comportait je ne sais quoi de gentil, un désir de faire plaisir, je ne voudrais pas être indiscret… mais monsieur le comte ne désirerait pas que je le conduise à Villars ?

Je gardai le silence. Je ne comprenais pas ce qu'il voulait dire et j'espérais que la suite de ses paroles me préciserait sa pensée.

– Monsieur le comte a eu une journée difficile, continua-t-il. Ici au château, tout le monde le croit au lit. Si je conduisais monsieur à Villars maintenant, il pourrait y passer plusieurs heures bien tranquille, sans inquiétude, et je reviendrais le chercher demain matin de bonne heure. Si je me permets de proposer ça c'est que, pour le moment, monsieur le comte ne peut pas conduire.

Il détourna les yeux avec beaucoup de tact. Il savait si bien que ce qu'il me proposait était le remède qu'il fallait à mon tourment physique et moral qu'il n'en attendait aucun commentaire, pas même une parole d'acquiescement. Il remonta dans la voiture, la fit tourner et la ramena devant la terrasse. Il m'ouvrit la portière, je montai et, tandis qu'il suivait dans la nuit les routes qui menaient à Villars, sous la pluie qui fouettait le pare-brise, aucun de nous ne dit un mot. Il me semblait qu'il ne subsistait plus rien de l'ancien moi qui avait changé d'identité dans la chambre d'hôtel du Mans. Tous mes gestes, mes désirs, mes faiblesses, se confondaient avec ceux de Jean de Gué.

CHAPITRE XVIII

Je crus d'abord que c'était la pluie coulant de la bouche de la gargouille et entraînant la suie et les débris des feuilles qui faisait ce bruit, puis que la gargouille elle-même, avec ses vilaines oreilles aplaties, se fendait à sa base, s'écroulait et que ses vieilles pierres moisies s'émiettaient, entraînées par le flot. Enfin, le cauchemar se dissipa, il fit jour et j'entendis l'eau couler du robinet dans la baignoire de Béla. Les ténèbres avaient fui, et avec elles la pluie ; un soleil matinal dorait les toits.

Je m'allongeai, les mains sous la nuque. Par la fenêtre ouverte, je voyais les angles formés par les tuiles moussues, les cheminées torses, les lucarnes, et, derrière les toits, les dépassant tous, la flèche galbée de la cathédrale. Les premiers bruits du jour montaient de la rue : des persiennes claquaient contre un mur, un seau d'eau inondait le trottoir, des pas frappaient le pavé, un gamin sifflait une chanson ; la paisible petite ville repartait pour une nouvelle semaine. Le son de l'eau coulant dans la baignoire se mêlait agréablement aux bruits de la rue ensoleillée et je me sentais habité par une bienheureuse paresse, conscient de la présence toute proche, si proche que je n'aurais eu qu'à élever la voix pour qu'elle fermât le robinet et vînt à moi, d'un être qui ne posait pas de questions et m'acceptait comme faisant partie d'une vie qu'elle partageait de temps à autre selon le moment et l'humeur – mon moment et mon humeur, non les siennes – à la façon d'une grande personne qui écarte son ouvrage pour jouer avec un enfant chéri.

Ma main, restée sans soins la veille, était entourée d'une bande propre, et se sentait bien dans son pansement frais. L'impression d'être servi, soigné, sans qu'on exigeât rien en retour, sans qu'on témoignât aucun sentiment de propriété sur ma personne, était aussi rare pour l'ancien moi que pour le nouveau. Je désirais la prolonger, savourer jusqu'au bout ce plaisir délicat.

Je l'entendis ouvrir les volets dans la pièce de l'autre côté du couloir, parler aux perruches, poser leur cage sur le balcon ; leur gazouillis jouait des variations sur l'eau du robinet. Je l'appelai, elle vint aussitôt en peignoir et en pantoufles, se pencha sur moi et m'embrassa avec la paisible assurance d'une créature qui est là pour cela et dont le cœur et la pensée sont libres d'inquiétude.

– Tu as bien dormi ? fit-elle.

– Oui, lui répondis-je.

C'était un délice de sentir ses bras et ses épaules nus sous les larges manches flottantes, sa peau fleurant l'abricot. Avec elle, je pénétrais dans une troisième dimension qui ne faisait pas partie du premier univers ni du second, mais les contenait tous deux comme une case dans un casse-tête chinois.

– Je vais te faire du café, dit-elle, et, dès que Vincent sera là, je l'enverrai chercher des croissants à la boulangerie du haut de la rue. Ta main ne te fait pas mal ? Bon. Je changerai ton pansement avant que tu partes.

Elle disparut et je m'abandonnai de nouveau au calme et à l'indolence.

Elle ne s'étonnait de rien. Quand, la veille au soir, Gaston reparti après m'avoir déposé devant la Porte de Ville, j'avais franchi le canal sur la passerelle et frappé à son volet, elle l'avait immédiatement ouvert sans surprise et sans interrogatoire. Remarquant aussitôt ma main bandée et mon air las et tourmenté, elle m'avait désigné le grand fauteuil que je connaissais déjà et m'avait versé à boire. Elle ne m'avait pas posé une seule question et c'était moi qui avais rompu le premier le silence après avoir pris dans ma poche l'ampoule cassée et l'avoir jetée dans la corbeille à papiers derrière le fauteuil.

– T'ai-je jamais dit que ma mère prenait de la morphine ?

– Non, avait-elle répondu, mais je m'en doutais.

– Pourquoi ?

Elle avait hésité.

– A cause de petites allusions que tu laissais échapper de temps en temps. Mais cela ne me regardait pas.

Son ton net et détaché m'avertissait qu'elle accueillerait sans éloge ni condamnation tout ce que Jean de Gué déciderait de lui confier, gardant son opinion pour elle.

– Est-ce que cela te ferait horreur, avais-je continué, si tu apprenais que je la fournis en drogue et que je lui en ai rapporté de Paris exactement comme je t'ai rapporté un flacon de parfum ?

– Rien ne me ferait horreur, Jean, avait-elle répondu. Je te connais trop bien maintenant pour être rebutée par rien de ce que tu feras.

Elle me regardait bien en face. Je m'étais penché et avais pris une cigarette dans la boîte posée sur la table à côté de moi.

– Elle est descendue et elle est venue à la messe avec nous ce matin, puis elle a reçu cinquante personnes sur la terrasse du château, sous la pluie. Elle était magnifique. Il faut dire qu'elle agissait par pure méchanceté, pour écraser Renée qui voulait profiter de l'état de Françoise obligée de garder le lit, pour faire la maîtresse de maison. Tout à l'heure, la petite femme de chambre, Germaine, m'a appelé auprès d'elle. Charlotte, sa femme de confiance, était en bas. Je suis monté et je l'ai trouvée…

Je m'étais interrompu devant la vivacité du souvenir : la chambre sombre et close, la salle de bain, le placard au-dessus du lavabo.

– Elle attendait impatiemment que je lui donne ça.

J'eus un regard pour la corbeille à papiers où je venais de jeter l'ampoule vide.

– Et tu l'as fait ?

– Oui.

Elle continuait de me regarder sans rien dire.

– C'est pour ça que je suis venu chez toi, avais-je repris, je me fais pitié et je me dégoûte.

– Ce sont des choses que tu dois régler à ta façon, avait-elle dit alors. Je ne peux pas être la purge qui t'en débarrasse.

– Tu l'as déjà été.

– Tiens ?

Était-ce un effet de mon imagination ou bien ses manières s'étaient-elles faites plus dures, plus brusques que l'avant-veille après-midi ? Plus dures et plus brusques ou simplement indifférentes, insensibles ?

– Combien de fois déjà suis-je venu dans cette maison, sachant ce qui se passait au château, désireux de l'oublier, et y réussissant grâce à ce que je trouvais ici ?

Je me le représentais laissant sa voiture devant la Porte de Ville, franchissant la passerelle et frappant à la fenêtre comme je venais de le faire, dépouillant en passant le seuil tout remords, tout souci, se libérant de ses tourments comme je souhaitais le faire en ce moment.

– S'il ne t'en souvient pas, tant pis, avait-elle répondu. C'est sans intérêt pour le moment. Mais tu m'as dit vendredi que tes difficultés, tes ennuis, allaient probablement s'arranger, que tu te proposais de les aborder différemment. Alors, le nouveau Jean de Gué n'a pas réussi lui non plus ?

Elle souriait à présent, et la légère moue de sa voix m'avait fait comprendre qu'elle n'avait pas, qu'elle n'aurait jamais confiance en lui, et que ce que je lui avais dit vendredi de mon désir de sauver la verrerie et de préserver les gens qui y travaillaient ne l'avait pas plus impressionnée qu'un caprice passager né dans un moment d'ivresse.

– Il a raté comme toujours, avais-je repris. Il donne à sa famille ce que celle-ci lui demande, par lâcheté, par désir d'en finir, pas seulement à sa mère, mais à sa fille aussi. La seule différence, c'est qu'il le faisait autrefois gaiement et peut-être avec charme. Maintenant, c'est avec répugnance et dégoût.

– Ce serait un progrès.

Son sourire s'était effacé de même que l'accent moqueur de ses paroles. Elle était venue à moi, avait pris ma main et dit :

– Alors, tu n'as pas chassé aujourd'hui ? Veux-tu que je regarde ça. Il paraît que tu t'es brûlé ?

– Comment le sais-tu ?

– Par un des chasseurs qui s'est beaucoup moins amusé que les autres années, avait-elle dit alors, et qui, après le déjeuner à la ferme, a décidé de rentrer à Villars. – tout en parlant, elle défaisait mon pansement : Je ne pense pas que cela te fasse encore mal, avait-elle ajouté, mais il faut changer la compresse. C'est un service que je peux te rendre, à défaut de te laver de tes péchés.

Elle était sortie de la pièce et je m'étais demandé si Jean de Gué la connaissait beaucoup mieux que moi, si leur intimité remontait à des mois ou à des années, et si la photo de l'homme en uniforme sur la cheminée avec le nom de Georges écrit en travers était le portrait d'un mari mort. Je me demandais surtout jusqu'à quel point elle chérissait, méprisait, acceptait, ou tolérait, par cupidité ou par amour, l'homme qui n'était pas moi.

Elle était revenue avec de nouvelles compresses, aussi capable à sa façon que Blanche l'avait été à la sienne et, tandis qu'elle refaisait mon pansement, à genoux près de moi, je lui avais dit :

– Je me suis brûlé exprès. Je ne voulais pas tirer.

Cela, pensais-je, allait sûrement amener une lueur de surprise dans ces yeux sincères et le Jean de Gué qu'elle connaissait si bien, dont ni le caractère ni les défauts ne pouvaient exciter son dégoût, prendrait sans doute un aspect nouveau, révélerait au moins quelque particularité ignorée jusqu'ici.

– Pourquoi ? avait-elle dit. Tu avais peur de mal viser ?

La vérité sortant de sa bouche m'avait tellement étonné que je n'avais pas répondu. J'avais attendu qu'elle eût fini de fixer le bandage et j'avais retiré ma main, déconcerté.

– Une fois déjà, tu avais senti ta vue troublée et tes mains mal assurées, après une soûlerie comme cette dernière au Mans. Tu avais trouvé je ne sais quel prétexte pour ne pas chasser. C'était là-bas derrière Montdoubleau, pas à Saint-Gilles. Te brûler, c'est un peu radical. Mais peut-être y avait-il un désir d'expiation de la part de l'homme qui mène le jeu ?

L'ironie teintait de nouveau sa voix et, en se relevant, elle m'avait tapoté l'épaule d'un geste malicieux et tendre.

– Reste là dans ton fauteuil et finis ta cigarette. Je crois que tu as plus bu que mangé à midi ; tu prendrais peut-être bien une omelette ?

Elle était donc aussi au courant du discours, de l'absence d'applaudissements, du départ des invités. Son informateur pouvait être n'importe qui, depuis le financier jusqu'à l'un des domestiques.

Peu importait. Ma déconfiture était bien établie et le seigneur de Saint-Gilles n'avait pas fait honneur à la journée.

Je l'avais suivie dans la petite cuisine et l'avais regardée préparer l'omelette.

– En tout cas, lui avais-je dit, j'ai rompu avec mon habitude et je n'ai pas satisfait la convoitise des invités, à savoir ici la soif de flatterie et de vains compliments qu'on prodigue dans ce genre de cérémonies. J'ai simplement essayé d'être franc. Je n'imaginais pas que j'allais les bouleverser à ce point.

– La vérité est parfois gênante, avait-elle répondu, même au confessionnal. S'il y a quelqu'un qui devrait le savoir, c'est bien toi. A un déjeuner de chasse, c'était tout à fait déplacé.

– Je n'y peux rien, et ce n'est pas ma faute si ma vérité se trouve être aussi la leur. Je leur ai seulement dit que, si j'avais un fusil, certains d'entre eux n'auraient peut-être pas vu la fin de la journée.

Elle était en train de battre les œufs avec une fourchette.

– Eh bien, avait-elle enchaîné, dit par un ancien chef de la Résistance à un groupe de collaborateurs qualifiés, cela a dû faire un drôle d'effet !

Je l'avais regardée, interdit. C'était mon secret que j'avais été tout prêt de crier à la ferme, pas le passé complexe de Jean de Gué.

– Mais ce n'est pas de cela que je parlais. – et je revoyais à travers les vapeurs de vin et de fumée qui remplissaient la grange, certains visages gênés parmi d'autres sereins : Ce n'est pas du tout de cela que je parlais.

– C'est cela qu'ils ont compris, avait-elle dit.

Et le rire au fond de ses yeux m'avait rappelé le petit frémissement des lèvres de Gaston. Elle n'approuvait ni ne condamnait ; ce qui était dit était dit.

– Ne me demande pas jusqu'à quel point ils méritaient la leçon, intentionnelle ou non. Je ne sais pas ce qui se passait ici à l'époque. J'essayais encore de sortir de Hongrie.

De Hongrie ? Cela expliquait le nom de Béla, au moins en partie, mais pourquoi portait-elle un nom d'homme, je ne le devinais pas.

Elle avait versé les œufs dans la poêle et me regardait, debout, le bol vide et la fourchette à la main.

– Si ton sentiment tout neuf de responsabilité t'inspire le désir de remettre les choses en ordre, avait-elle dit, il me semble que ta sœur Blanche est la seule personne qui pourrait t'y aider.

Elle m'avait considéré un instant puis était retournée à son omelette. Et les années révolues sur lesquelles je n'avais aucun droit de regard me parurent confondues en une seule substance comme les œufs, le beurre et les herbes. On ne pouvait plus les séparer, les examiner une à une. Moi j'étais responsable du présent, pas du passé.

– Combien de temps peux-tu rester ? avait-elle demandé.

– Jusqu'au matin.

– Pas de questions ? Pas d'épouse indignée, de mère curieuse ?

– Non. Gaston s'arrangera.

Elle avait roulé l'omelette sur une assiette et placé l'assiette sur un plateau. Un instant plus tard, le plateau était posé sur la table du petit salon à côté du fauteuil, et elle débouchait la bouteille et versait le vin.

– Ainsi, le nouveau Jean n'est plus la proie de sa famille, avait-elle dit.

– Il ne l'a jamais été.

– C'est ce qui te trompe, avait-elle dit. La chaîne n'est pas facile à rompre. Attends à demain.

Et voici que le lendemain était venu. Les perruches chantaient dans leur cage sur le balcon, l'horloge de la cathédrale sonna la demie, quelqu'un cria bonjour à un passant dans la rue. L'idylle que j'avais volée à Jean de Gué s'achevait.

Comme je prenais mon café sur le balcon, tout habillé et prêt au départ, je vis Gaston, fidèle à sa parole, assis dans la voiture devant la Porte de Ville. Cet instant ressemblait à un rêve dans un rêve, car je n'appartenais ni au monde de Béla ni à l'autre qui m'attendait dehors. L'amant qu'elle avait serré contre elle dans la nuit était une ombre sans existence, et le maître attendu par Gaston un fantôme qui n'habitait que son imagination et qu'on n'aimait qu'à cause de ce qui avait été.

Le trajet de retour fut aussi silencieux que l'avait été l'aller, en dehors des quelques mots par lesquels le chauffeur m'assura que tout le monde au château me croyait dans ma chambre.

– J'ai fait savoir, dit-il, les yeux fixant la route droit devant lui, que monsieur le comte ne voulait pas qu'on le dérange. J'ai même pris la liberté de fermer les deux portes du cabinet de toilette. Il me tendit les clefs.

– Merci, Gaston, dis-je.

Nous sortîmes de la forêt. Au-dessous de nous s'étendaient le village, la rivière et le pont, et le domaine brillait au jeune soleil, humide et argenté par la pluie de la veille.

– Combien de fois, Gaston, m'avez-vous tiré d'un pétrin où je m'étais moi-même fourré ?

Il tourna à gauche sous les tilleuls de l'avenue au bout de laquelle on apercevait la façade de Saint-Gilles et ses volets encore fermés.

– Je n'ai pas compté, monsieur, répondit Gaston. Ça fait partie du service de monsieur le comte et de sa famille.

Il n'entra pas par la grille et l'allée qui menait à la terrasse, mais fit le tour du mur d'enceinte et gagna le garage par une entrée latérale. Je passai sous la poterne puis devant l'enclos de César sans le déranger et, comme je m'arrêtais un moment sous le cèdre, le château me parut plus paisible et silencieux que jamais. Son aspect sous le jeune soleil n'était plus ni féerique ni austère ; les ombres changeantes du crépuscule et de la nuit s'étaient enfuies avec les ténèbres et la pluie. Murailles, toits, tours et tourelles baignaient dans ce rayonnement qui n'appartient qu'aux premières heures du jour, les heures tendres et pures qui sont les frêles suivantes de l'aube. Les gens qui dormaient là devaient sûrement éprouver en eux quelque chose de ce rayonnement, devaient se tourner instinctivement vers la lumière qui filtrait à travers les volets, tandis que les fantômes et les tourments de la nuit s'enfuyaient vers les arbres de la forêt que le soleil n'avait pas encore réveillés. J'aurais voulu que cet esprit du matin ne dût pas faire place au grand jour, aux irréductibles conflits des volontés, aux irritations, aux duretés du cœur, mais que tous les habitants du château pussent demeurer suspendus dans le temps comme les courtisans de la Belle au bois dormant, préservés de l'avenir par une barricade de toiles d'araignée.

Je traversai la terrasse devant les portes-fenêtres aux volets clos et pénétrai dans le vestibule sombre et froid. Et ce fut mon entrée même dans le château endormi qui parut rompre le charme de paix et de silence qui y régnait. J'éprouvai un sentiment d'inquiétude, d'appréhension, comme si la maison ne devait pas s'éveiller à la clarté du jour qui brillait au-dehors mais à quelque peine intérieure qui déjà guettait, maléfique, menaçante, dans les ombres de l'escalier. Je montai au premier étage puis me glissai jusqu'au cabinet de toilette et tournai la clef dans la serrure. En ouvrant la porte, je marchai sur un bout de papier qu'on avait glissé là. C'était un feuillet rose décoré d'un bouquet de fleurs dans un coin, du genre de ceux, il m'en souvenait vaguement, qu'on donne aux enfants avec des enveloppes assorties en cadeau de Noël ou d'anniversaire. J'y lus ces mots, tracés d'une grosse écriture ronde : « Mon Papa, tu m'as dit que tu ne partirais pas et je te crois. Mais tu n'es pas venu me dire bonsoir et ta porte est fermée. La Sainte Vierge me dit que tu souffres en ce moment pour les torts que tu as eus par le passé, alors je vais prier pour prendre sur moi tous tes péchés parce que moi je suis jeune et forte et je pourrai les supporter mieux. Dors bien et aie confiance en Marie-Noëlle qui t'aime très fort. »

Je mis le papier dans ma poche et m'assis dans un fauteuil près de la fenêtre ouverte. Mon inquiétude augmentait. Une force s'était déclenchée qu'il n'était plus en mon pouvoir de retenir. Je regrettais à présent d'avoir quitté le château, d'avoir goûté ces heures de détente à Villars. Là-bas, les mouvements du village réveillé dès cinq heures, les bruits familiers du matin, résonnaient gaiement aux oreilles ; mais ici, quand l'horloge sonnait sept heures, le silence se prolongeait et les seules créatures vivantes étaient les vaches noires et blanches qui s'avançaient comme des spectres des bâtiments de la ferme vers le parc.

Je restai assis près de la fenêtre, attendant le moment où Gaston m'apporterait mon plateau. Il devait être presque huit heures quand j'entendis des pas précipités dans le couloir, des coups frappés à la porte de Françoise – non à la mienne – et un bruit confus de voix, d'exclamations, de cris. Puis on vint cogner à la porte de la salle de bain que je n'avais pas encore ouverte, on essayait de tourner la poignée, et la voix de Françoise m'appela, aiguë, affolée :

– Jean, Jean, tu es réveillé ?

Je bondis de mon fauteuil, sortis la clef de ma poche et ouvris la porte. Françoise était en chemise de nuit, toute pâle, Germaine était derrière elle et, plus loin, dans la chambre, Blanche, maigre et droite, me regardait sans un mot.

Je tendis la main pour soutenir Françoise.

– Je comprends, dis-je. C'est maman, n'est-ce pas ?

Son regard balaya la pièce et me regarda sans comprendre.

– Maman ? répéta-t-elle. Mais non. Que veux-tu qu'il soit arrivé à maman ? C'est la petite. Elle a disparu. Germaine vient d'aller dans sa chambre pour la réveiller, le lit n'est pas défait. Elle ne s'est pas déshabillée. J'espérais qu'elle était avec toi. Elle n'est pas au château. Elle a disparu. Elle est partie.

CHAPITRE XIX

Tous leurs visages étaient tournés vers moi. J'apercevais Paul à demi vêtu, debout avec Renée à la porte de la chambre, tous deux réveillés par le même appel. C'était moi le chef de famille responsable ; décisions, plans, ils attendaient tout de moi. Françoise, frissonnante en chemise de nuit, fut mon premier souci.

– Va te recoucher, dis-je, on la retrouvera bientôt. Toi, tu ne peux rien faire.

Blanche la reconduisit, pleurant et protestant, jusqu'à son lit.

– Elle est probablement dans le parc ou dans les bois, dis-je. Les enfants se lèvent parfois très tôt, cela n'a rien de tellement insolite. Ne nous affolons pas.

– Mais je te dis qu'elle n'a pas couché dans son lit ! cria Françoise. Germaine est entrée ce matin dans sa chambre, sa chemise de nuit était encore pliée et le lit intact.

Germaine elle aussi était en larmes, le visage rouge, les yeux gonflés.

– Le lit était comme je l'ai laissé hier soir, monsieur le comte, gémit-elle. Mlle Marie-Noëlle ne s'est pas déshabillée. Elle est sortie avec sa robe de soie et ses petits souliers. Elle va prendre mal.

– Qui l'a vue en dernier ? demandai-je. A quelle heure est-elle montée ?

– Elle était avec Blanche, dit Françoise. Blanche a lu avec elle, n'est-ce pas, Blanche ? On l'a envoyée se coucher vers neuf heures et demie. Elle était nerveuse et agitée.

J'observai Blanche. Ses traits sévères étaient tirés. Elle ne me regardait pas.

– C'est toujours la même histoire, dit-elle à Françoise. Son père l'énerve, exaspère ses sentiments, et après cela elle est capable de n'importe quelle folie.

– Mais Marie-Noëlle n'a pas vu Jean de toute la soirée, intervint Renée. Jean dormait dans sa chambre. L'erreur que tout le monde fait ici c'est d'accepter que la petite assiste à toutes les réceptions, elle est beaucoup trop mêlée à la vie des grandes personnes. Hier, elle a tout fait pendant la journée pour être le centre du monde. Je l'ai particulièrement remarqué. Naturellement, ça la surexcite.

– Moi je l'ai trouvée plus calme que d'habitude, dit Paul, plus silencieuse, en tout cas dans la soirée. Ce n'est pas surprenant après ce qui s'est passé. Nous devons être la risée du pays, de Villars jusqu'au Mans. Tu n'as rien manqué, ajouta-t-il à l'adresse de Françoise. Tu étais mieux dans ta chambre.

Françoise se tourna vers moi, les yeux noyés.

– Tu avais tellement bu ? me demanda-t-elle. Qu'est-ce que les gens vont penser ?

Germaine nous regardait de son coin en ouvrant des yeux ronds.

– Allez dire à Gaston de commencer à fouiller le parc, lui dis-je. Qu'il emmène Joseph et tous ceux qu'il pourra. M. Paul et moi descendons tout de suite.

– Si vous voulez savoir ce que je pense, dit Paul, la petite s'est sauvée parce que Jean s'était donné en spectacle. Elle était honteuse. Nous l'étions tous.

– Marie-Noëlle n'était pas honteuse, riposta Renée. Je l'ai entendue raconter à qui voulait l'entendre que Jean était l'homme le plus courageux de la terre et que personne d'autre qu'elle ne savait pourquoi. Je me demande ce qu'ils ont pensé de sa précocité. J'étais horriblement gênée.

– Courageux ? Qu'est-ce qu'elle voulait dire ? fit Françoise.

– Il fallait un certain courage, si on veut, dit Paul, pour gâcher volontairement la journée de ceux qui avaient essayé à grand-peine d'en faire un succès. Vous avez remarqué que, sur cinquante personnes invitées à venir ici après la chasse, il n'en est venu que vingt.

Moi, personnellement, ça me serait égal, mais c'est un camouflet pour la famille.

– C'est à cause du mauvais temps, dit Renée. Tout le monde était trempé.

Leur prise de bec fut interrompue par un coup à la porte et nous nous tournâmes tous, émus d'espoir, mais ce n'était que Charlotte, un air important sur son visage aigu et maigre.

– Que monsieur le comte m'excuse et madame Jean aussi, dit-elle. Je viens d'apprendre que la petite avait disparu. Je crois bien que j'ai été la dernière à la voir. En montant hier soir, j'ai jeté un coup d'œil dans le couloir et je l'ai vue, à genoux devant la porte du cabinet de toilette. Elle voulait dire bonsoir à son papa. Monsieur le comte ne l'entendait pas.

– Rien d'étonnant, grommela Paul.

– Pourquoi n'est-elle pas venue chez moi alors ? demanda Françoise. Je ne dormais pas. Elle devait pourtant bien savoir qu'elle n'avait qu'à cogner et que je lui répondrais !

– C'est ma faute, madame Jean, dit Charlotte. J'ai dit à la petite qu'il ne fallait pas déranger son papa qui avait déjà tant de choses en tête en ce moment, ni madame qui a besoin de beaucoup de sommeil en attendant la naissance du bébé. Ce sera un petit compagnon venu du paradis pour jouer avec elle, je lui ai dit, et qu'il faudrait qu'elle apprenne à aimer et chérir.

Ses petits yeux noirs me lancèrent un bref regard puis ses paupières se baissèrent tandis qu'un sourire servile et obséquieux jouait sur ses lèvres mauves.

Je songeais à la salle de bain contiguë à l'autre chambre à coucher de la tour ; je savais qu'elle avait dû y reconnaître mon passage de la veille au soir aux modifications apportées dans la disposition des boîtes dans le petit placard au-dessus du lavabo. Elle ne me trahirait pas, pas plus qu'elle ne se trahirait elle-même. J'étais un complice et cela me faisait horreur mais je n'y pouvais rien changer.

– Et alors ? Que s'est-il passé ensuite ? demandai-je.

– Elle paraissait un peu énervée, monsieur le comte. J'ai été choquée, elle m'a dit : « Mon papa a besoin de moi et de personne d'autre. Il veut un garçon uniquement parce que ça rapportera de l'argent à la famille. » Ce sont ses propres paroles. Je lui ai dit que ce n'était pas des choses à dire et que M. le curé n'approuverait pas ça, ni personne à Saint-Gilles. Quand le bébé sera là, nous l'aimerons tous, je lui ai dit, depuis son papa jusqu'à César, ça fait tellement longtemps qu'on l'attend. Ensuite elle est venue avec moi jusqu'à la porte de service et elle a monté son escalier et moi je suis montée chez Mme la comtesse qui dormait paisiblement, comme un ange.

Ou plus exactement qui était inconsciente à cause de la piqûre que je lui avais faite. Peut-être cela revenait-il au même. En tout cas, peu importait pour le moment. La seule chose qui comptait était la disparition de Marie-Noëlle, et Marie-Noëlle avait disparu parce que j'étais allé à Villars au lieu de rester au château.

– Ne serait-il pas possible, mademoiselle, demanda Charlotte à Blanche, que la petite ait été à l'église ? Après tout… – elle hésita, me regarda à la dérobée avec une expression plus servile que jamais – si elle a quelque chose sur la conscience, si elle a honte, elle sera sûrement allée trouver M. le curé pour se confesser.

– Non, dit Blanche. Elle m'en aurait parlé d'abord.

Paul haussa les épaules.

– Nous ferions mieux de nous habiller, vous ne croyez pas ? Blanche pourra descendre chez le curé pendant que Jean et moi fouillerons le parc avec Gaston. Si toutefois, ajouta-t-il en me lançant un regard, tu es remis de ta journée d'hier.

Je rentrai dans le cabinet de toilette sans répondre et, me dirigeant vers la fenêtre, détaillai du regard le fossé. Il ne contenait qu'un fouillis d'herbes et de lierre. Mon imagination seule y couchait le petit corps en robe bleue, brisé, sans vie.

Ce fut Gaston qui vint me dire que le chien avait disparu. Joseph, venu lui porter à manger, avait trouvé le chenil vide. Cette nouvelle me rassura. Si Marie-Noëlle avait emmené César, il la protégerait, au moins des dangers de ce monde-ci. En outre, une enfant qui veut mourir n'emmène pas son chien.

Dans le parc, Paul, les hommes et moi nous divisâmes le domaine ; mon territoire était celui où avait eu lieu la veille ma rencontre avec le marquis. Les bois étaient trempés par la pluie de la nuit et du jour précédent, les feuilles s'écrasaient sous mes pas comme du papier mouillé, les buissons étaient mous, gonflés de rameaux pourrissants. Mais la lumière du jour pénétrant le sous-bois éclairait nettement le contour des arbres hier obscurs et brouillés. Il n'y avait pas de brume ce matin, pas de bruit d'averse sur de minces branches penchées vers la terre, mais une claire intensité de soleil qui argentait les gouttes de pluie accrochées aux buissons ; elles scintillaient un instant au creux d'une feuille, prêtes à tomber et à se confondre avec la terre.

Je savais en arpentant les longs chemins, en escaladant les talus dans les bois noirs, que je n'allais pas la trouver soudain devant moi au bout de l'allée, pareille à une petite Artémis suivie de son chien, ou endormie au pied d'un arbre comme un bambin perdu dans les bois. Ce n'était qu'un exercice que je m'étais assigné parce que je ne savais pas où chercher ailleurs et qu'ici les vains appels des autres restés plus près du château ne m'atteignaient pas. Il était aussi inutile de crier ainsi que de fouiller une meule de foin à l'aide d'une fourche, comme je l'avais vu faire le plus sérieusement du monde à Joseph. Si la petite voulait être trouvée, on la trouverait, pas ici ni là, mais nous attendant, cachée dans un sanctuaire symbolique.

Quand je sortis enfin de la forêt et me retrouvai dans les prés, je vis que j'avais parcouru un demi-cercle. La belle lumière de ce matin montrait ce que les brumes cachaient la veille. Je reconnus, à quelques champs de là, les hangars de la fabrique dissimulés en partie par la barrière qui entourait le terrain, et la haute cheminée se détachant droite comme un crayon sur le ciel. Je me glissai sous les fils de fer qui enfermaient le bois, traversai les champs, passai devant le cheval blanc qui broutait près d'une haie et, ouvrant une petite barrière enfoncée dans la bruyère et les orties, me retrouvai dans le clos de pommiers derrière la petite gentilhommière. Les fenêtres orientées à l'ouest étaient ternes et obscures, mais le jardin touffu luisait comme les gouttes d'eau dans les bois, un voile de rosée enveloppait les pommes rouges et une vapeur montait de la terre chauffée par le soleil. La maison dormait sans mélancolie sous la vigne de ses murs ; le potager, le verger, débordant de légumes et de fruits qu'on ne cueillait même pas, semblaient à la fois l'écho et la promesse d'un passé non accompli, un passé qui se confondait soudain avec le présent à cause d'une fenêtre entrouverte à côté de la porte déteinte, une fenêtre que j'avais vue trois jours auparavant complètement fermée, collée par les ans.

A ce moment, quelqu'un s'approcha de cette fenêtre et me

regarda. Je m'avançai parmi les pommes tombées sur la terre humide. Arrivé devant la fenêtre, je reconnus Julie, un doigt sur les lèvres pour m'inviter au silence.

– Vous êtes venu vite, fit-elle à mi-voix. Il n'y pas dix minutes que j'ai envoyé prévenir le château, le téléphone ne répondait pas.

Ces mots n'avaient aucun sens pour moi, mais j'eus peur. Les yeux bruns habituellement si chaleureux et pleins de vie étaient troublés. L'intuition que j'avais appris à ne jamais réduire entièrement au silence tournait à l'appréhension.

– Je ne sais rien, dis-je. Je suis venu par hasard.

Je la rejoignis en escaladant la fenêtre et me trouvai dans la salle où j'étais entré le vendredi matin, celle où l'on avait entreposé des meubles, l'ancien salon de la gentilhommière. Les fenêtres donnaient de deux côtés, celle devant laquelle était Julie ouvrait sur le verger et le potager, l'autre sur le puits. Un rayon de soleil tombait sur l'enfant, immobile et pâle sous un monceau de couvertures, et sur le chien couché à ses pieds, le museau entre les pattes. C'était la forme que mon imagination m'avait peinte, mais plus poignante encore. Non pas sortant ruisselante d'une mare, non pas déchirée, blessée, mais affreusement seule, minuscule parcelle de solitude au milieu de l'univers.

– Un des ouvriers l'a retrouvée grâce à César, dit Julie. Le chien montait la garde à côté du puits. Elle a dû descendre jusqu'au fond par l'échelle et rester couchée là toute la nuit dans les débris de verre. Elle dormait quand il l'a remontée et elle ne s'est pas réveillée quand il l'a portée ici dans la maison et m'a appelée.

Elle était endormie. Je l'avais crue morte. Je me tournai vers Julie ; son visage ridé était inquiet, apeuré, mais pas désespéré. Elle me prit par le bras et me dit, toujours à voix basse :

– Mme la comtesse était somnambule dans le temps. C'est peut-être bien héréditaire chez la petite, monsieur Jean. Elle a sûrement quelque chose qui la tracasse.

Je tâtai le bout de papier rose dans ma poche. Il était adressé à Jean de Gué, mais il m'appartenait à moi aussi. Comme m'appartenait l'image de la femme droguée dans son lit. La mère de Jean de Gué avait souri quand j'avais écarté son tourment mais je ne l'avais pas chassé bien loin ; il était venu se nicher dans cette enfant.

Le petit visage sur la couverture foncée avait l'air sculpté dans la pierre, pareil à une tête d'ange, lointaine, intangible, perdue dans un cloître glacé.

– Pauvre petite, dit Julie. C'est l'âge où leur imagination travaille. Moi, c'était pour un gars du village. Je le suivais partout. Ma sœur, elle, elle était amoureuse de sa maîtresse d'école. Celle-ci, c'est la religion, comme Mlle Blanche. Ça lui passera.

Elle tapota la couverture de sa main brune et vigoureuse, ridée comme son visage, l'ongle du pouce noir de terre. La lettre dans ma poche qui m'avait paru précieuse, à la façon d'une clef ouvrant une porte, devenait soudain un chiffon de papier sans intérêt. Je me la représentai, retrouvée au fond d'un tiroir oublié, par une femme ressemblant à Blanche qui, avant de la jeter dans la corbeille d'une main indifférente, se demanderait quand elle avait bien pu écrire cela, et pourquoi, ne se rappelant plus rien de la peine qu'elle était allée cacher avec elle au fond d'un puits.

– Vous savez ce que c'est, dit Julie. Dans une maison pleine de femmes comme la vôtre, il serait temps que quelqu'un la prépare à ce qui l'attend. Elle a beaucoup grandi. C'est comme des jeunes plantes à cet âge-là, ça pousse vite. Ernest, qui habite là à côté, celui qui l'a trouvée et remontée, il est père de trois filles. La première chose qu'il m'a demandée c'est son âge. Pas encore onze ans, que je lui ai dit. Ça ne veut rien dire, qu'il m'a répondu. Sa plus jeune a été formée à dix. Ça peut faire peur, vous savez, monsieur Jean, quand une enfant devient jeune fille sans rien savoir. Je ne serais pas étonnée que ça lui arrive bientôt.

J'enviai le bon sens de Julie, sa tendresse, sa divination. J'enviai les connaissances d'Ernest, son voisin, qui était père de trois filles. Faire des conférences sur Jeanne d'Arc n'est pas une préparation au métier de père de famille. D'ailleurs je n'étais pas père de famille, j'étais quelqu'un qui joue un rôle dans une mascarade.

– Je ne sais pas ce qu'il faut lui raconter, dis-je. Je ne sais pas quoi faire.

Julie me regarda avec pitié.

– Ces choses-là pour nous ça n'est pas difficile, dit-elle, mais pour les gens des châteaux, la vie est très compliquée. Il y a des moments où je me demande comment vous arrivez encore à vivre avec tout ça. Il n'y a plus rien de naturel.

L'enfant bougea dans son sommeil mais ne se réveilla pas. Les couvertures rudes et bourrues lui frottaient le menton. Tout aurait été plus simple si elle avait pu rester ainsi, suspendue dans le temps, hors des maux qui l'attendaient. Pour Julie, c'était une petite herbe qui a besoin de soleil ; pour moi, une partie de mon être perdu. Les deux se rejoignaient obscurément en un seul point douloureux.

– C'est drôle, dis-je à Julie, quand on m'a dit au château qu'elle avait disparu, je l'ai vue noyée.

– Noyée ? fit-elle étonnée. Il n'y a rien ici où se noyer. – elle se tut et jeta un œil par la fenêtre derrière moi. Vous savez bien que le puits est à sec depuis quinze ans.

Elle me regarda en face et je dis, car je ne pouvais plus taire davantage la vérité :

– Je ne savais pas. Je ne sais rien. Je suis un étranger ici.

Elle avait sûrement compris. Elle ne pouvait pas être dupe, elle devait m'avoir reconnu pour ce que j'étais, un intrus, un imposteur.

– Monsieur le comte a toujours été un étranger à la verrerie, dit-elle. C'est ça le malheur. Vous avez délaissé votre héritage, votre famille, vous avez laissé un autre prendre votre place et vos responsabilités.

Elle me tapota l'épaule et je compris qu'elle parlait du passé et moi du présent. Nous étions elle et moi dans des mondes différents.

– Apprenez-moi à vivre, dis-je. Vous êtes pratique et sage.

Ses yeux se ridèrent dans un sourire.

– Vous ne m'écouteriez pas, monsieur Jean. Vous ne m'avez jamais écoutée, même quand je fessais votre petit derrière de bébé. Vous n'en avez jamais fait qu'à votre tête. Si votre vie n'est pas meilleure, c'est parce que vous avez toujours poursuivi ce qui vous faisait plaisir, ce qui vous amusait, ce qui était nouveau, jamais ce qui reste, ce qui dure. C'est vrai, n'est-ce pas ? Déjà quand vous n'étiez pas plus haut que ça. Et vous voilà sur vos quarante ans et il est trop tard pour vous changer. Vous ne ferez pas revenir votre jeune temps, pas plus que vous ne pourriez faire revenir ce pauvre M. Duval dont le seul crime était d'essayer de préserver la verrerie pendant votre absence. C'est ça que vous et votre petit groupe de patriotes traitiez de collaboration, et c'est pour ça que vous l'avez abattu et laissé mourir dans le puits.

Elle me regarda encore avec pitié et je compris que ces paroles n'étaient pas une accusation, mais une condamnation. Elle savait, la famille de Jean savait, tout le pays savait que Jean de Gué avait tué Maurice Duval. Moi seul, son remplaçant, je ne m'en étais pas douté.

– Julie, dis-je, où étiez-vous, cette nuit-là ?

– Dans ma loge à la grille, répondit-elle. Je n'ai rien vu, j'ai tout entendu. Ce n'était pas mon affaire, ni alors ni maintenant. C'est fini, c'est passé, ça regarde votre conscience, pas la mienne.

Sa main était encore sur mon épaule quand nous entendîmes la Renault tourner à la grille de la verrerie.

– Julie, demandai-je, vous aimiez bien Maurice Duval ?

– Tout le monde l'aimait, dit-elle. Forcément. Il avait toutes les qualités qui vous manquaient. C'est pour ça que M. le comte votre père l'avait nommé directeur de la fabrique. Je regrette, monsieur Jean, mais c'est comme ça.

J'entendais à présent des pas se diriger vers la maison, et des voix aussi, mais le mur des hangars masquait la vue. Julie tourna la tête.

– On leur a fait la commission, dit-elle. Quelqu'un arrive du château. Peut-être que vous allez pouvoir porter la petite dans la voiture et la recoucher dans son lit sans qu'elle sache jamais qu'elle est venue à la verrerie dans son sommeil.

– Elle n'a pas fait ça dans son sommeil, dis-je. Elle est venue ici volontairement. Elle voulait descendre dans le puits. Tout ce que vous venez de dire le confirme.

Mon mensonge à Marie-Noëlle à propos de ma main brûlée, ma conduite à la chasse, mon évasion la nuit précédente, tout s'était combiné pour lui faire croire au désir de pénitence de son père. Elle avait cherché à expier son crime à sa manière en jouant le rôle de la victime. Ainsi seulement, elle gagnerait son absolution. Je sortis sa lettre de ma poche et la relus. Ce n'était pas un chiffon de papier, c'était un testament et une profession de foi.

Quelqu'un entrait dans la maison par le bureau. Des pas traversèrent la cuisine et le petit vestibule, pénétrèrent dans la pièce voisine. Julie s'avança vers la porte, un doigt sur les lèvres, réclamant le silence.

– Doucement, chuchota-t-elle. La petite dort encore.

Je m'attendais à voir Gaston ou Paul. Je m'étais trompé, c'était Blanche.

– Mademoiselle ! s'exclama Julie – et sa surprise, le rapide regard qu'elle lança vers moi et vers les meubles entassés contre le mur, trahissait une émotion qu'elle n'avait pas montrée jusque-là.

– Vous n'auriez pas dû venir, mademoiselle, fit-elle. J'avais chargé Ernest de dire que la petite était saine et sauve. Je ne l'ai pas quittée et M. le comte est arrivé il y a peut-être dix minutes.

Blanche ne dit rien. Elle alla droit à Marie-Noëlle et, s'agenouillant près d'elle, écarta doucement les couvertures ; je vis alors que l'enfant avait un manteau sur sa robe bleue et était chaussée de gros bas et de souliers qu'elle ne portait pas la veille. S'habiller ainsi dans son sommeil était impossible. Ses vêtements étaient tachés de chaux et de poussière et déchirés en plusieurs endroits. Je me représentai avec une grande netteté tous ses mouvements de la nuit précédente : elle avait détaché le chien, elle avait marché sous la pluie vers les bâtiments de la verrerie qui se découpaient confusément sur le ciel, elle s'était approchée du trou noir de ce puits vide, puis, marche après marche, cramponnée à l'échelle, elle était descendue lentement, frôlant de son manteau les murs de chaux verdie, jusqu'au fond jonché de débris et de bouts de verre, avec un petit rond de ciel nocturne très loin au-dessus d'elle.

Blanche, toujours à genoux à son côté, se tourna vers Julie :

– Où l'avez-vous trouvée ? demanda-t-elle d'une voix si basse que je l'entendis à peine.

Julie, pour la première fois contrainte et décontenancée, me jeta un regard interrogatif, comme si elle n'osait répondre.

– C'est Ernest qui l'a découverte, mademoiselle, dit-elle, ici dans la maison. Il ne vous l'a pas dit ?

– Il m'a dit que c'était dans un hangar, répondit-elle, mais les hangars sont toujours fermés à clef la nuit. Elle a été dans du verre brisé, dans de la chaux.

Dans la maison, ou dans le hangar, l'un et l'autre étaient des mensonges. Pourquoi Ernest et Julie mentaient-ils à Blanche ? Julie ne m'avait pas menti à moi. Blanche la fixait du regard et Julie qui s'était montrée si directe et si franche devenait une autre femme, interdite, gênée, débitant un flot de phrases confuses, parlant de malentendu, disant qu'Ernest avait dû se faire mal comprendre ou que Blanche ne l'avait pas écouté ; quant à elle, elle était derrière sa loge en train de sortir ses poules quand il était venu lui dire qu'il avait trouvé la petite endormie dans la maison du maître.

– Elle a les poches pleines de verre, dit Blanche. Vous l'avez remarqué ?

Julie ne répondit pas. Elle me regarda de nouveau comme pour m'appeler au secours, et Blanche, fouillant dans les poches du petit paletot, en sortit une poignée de menus bibelots : une cruche pas plus grande que l'ongle du pouce, des vases, des flacons en miniature mais parfaitement formés, et, parmi tout cela, une reproduction de Saint-Gilles très reconnaissable malgré deux tours brisées.

– On n'a plus fait de ces bibelots depuis la guerre, dit Blanche. Je le sais puisque c'est moi qui créais les modèles.

Pour la première fois, elle quitta l'enfant des yeux et son regard parcourut la pièce, les tables, les chaises, les bibliothèques et les malles rangées là, que personne ne touchait, qui ne servaient à personne. Et je compris soudain en un éclair que ce qu'elle contemplait là avait fait jadis partie de sa vie. Cette salle vide lui était aussi familière que sa chambre glaciale du château, mais animée, joyeuse, non pas morne comme à présent. Le salon poussiéreux de cette gentilhommière avait dû appartenir à deux êtres tendrement unis, tous deux fidèles au passé et à la tradition, tous deux tournés vers un avenir qui, la guerre finie, s'annoncerait stable et sûr. Mais quelque chose était intervenu, le malheur s'était abattu, la création avait cessé, la croix devant laquelle elle se prosternait dans sa chambre n'était pas celle du Sauveur mais celle de son espoir crucifié.

Obéissant à une soudaine impulsion, je sortis la lettre de ma poche et la lui tendis. Comme elle la lisait, ses lèvres suivant silencieusement les mots, je compris que ce qui s'était passé par une sombre nuit, près de quinze ans auparavant, n'était pas l'effet du hasard mais le résultat d'un plan conçu et exécuté volontairement par un homme sans cœur, sans pitié, et qui, peut-être, avait reconnu dans l'autre un être meilleur que lui, possédant, comme Julie venait de me le dire, toutes les qualités qui lui manquaient.

– La petite a du sang sur les mains, dit soudain Julie. Je ne l'avais pas remarqué en la couchant sous les couvertures.

Blanche me rendit la lettre sans mot dire et nous nous agenouillâmes tous deux à côté de la fillette. Prenant ses deux petits poings serrés, Blanche lui ouvrit une main et moi l'autre. Le creux de chaque paume présentait la ligne rouge d'une coupure récente, mais séchée, ne saignant plus. Les mains étaient propres, sans poussière ni bouts de verre. Je ne dis rien, Blanche non plus. Au bout d'un moment, elle leva les yeux.

– Julie, dit-elle. Je voudrais que vous demandiez à Jacques de téléphoner à M. le curé et de lui demander de venir tout de suite ici. Ensuite vous chercherez dans l'annuaire le numéro du couvent du Sacré-Cœur à Lauray et vous demanderez s'il serait possible que Mlle de Gué parle à la Mère supérieure.

Julie, interdite, nous dévisageait tour à tour, Blanche et moi.

– Non, dis-je. Non…

L'accent de ma voix alarma César. Il se dressa, sur ses gardes, prêt à défendre l'enfant.

– Tu es folle ? dis-je à Blanche. Tu ne vois pas qu'elle l'a fait exprès, qu'elle l'a fait pour moi parce que je m'étais brûlé la main ?

– Julie, dit Blanche, faites ce que je vous ai dit.

J'allai m'adosser contre la porte. Julie nous regardait, navrée.

– Ce n'est pas la peine d'appeler M. le curé, dit-elle. La petite n'a pas de mal. Elle s'est un peu coupée avec le verre, voilà tout. C'est plein de verre au fond du puits.

– Le puits ? dit Blanche. Elle était descendue dans le puits ?

Julie comprit trop tard son erreur. Les mots étaient lâchés.

– Eh bien, oui, mademoiselle, dit-elle. Oui, elle est descendue dans le puits et elle est restée au fond toute la nuit. Il est à sec depuis quinze ans. Elle est venue jusqu'ici en dormant ou réveillée, pour vous deux ou pour elle toute seule, ou parce que la pauvre petite a trop d'imagination. Est-ce que ça change quelque chose à ce qui s'est passé jadis, à ce qui est mort et enterré ? Pourquoi n'y a-t-il personne au château qui s'occupe d'elle convenablement et qui l'aime pour elle-même ? Ce n'est pas des stigmates sur ses mains que vous devriez vous occuper mais de ce qui va bientôt lui arriver dans son corps.

Blanche pâlit. Son émotion longtemps réprimée éclata.

– Comment osez-vous blasphémer ? Comment osez-vous ? dit-elle d'une voix outragée, passionnée. Je veille sur cette enfant depuis qu'elle est au monde. Je l'ai aimée, instruite, élevée, comme si elle avait été à moi, parce que sa mère est une sotte et son père un démon. Je ne veux pas qu'elle souffre en ce monde comme j'y ai souffert, moi. Elle est faite pour un autre monde, une autre vie. Ces marques sur ses mains le prouvent. Dieu Lui-même nous parle à travers elle.

La tendresse avait fui, l'inquiétude aussi. La Blanche qui était entrée dans cette maison pleine de souvenirs, cherchant l'enfant perdue, était redevenue une femme amère et fanatique qui cherchait une victime dans celle qu'elle voulait sauver.

– Le Seigneur ne s'y prend pas comme ça, mademoiselle, dit Julie. S'il veut appeler l'enfant à Lui, Il le fera à Sa guise, et pas parce que M. le comte a tué l'homme que vous aimiez. Si la petite souffre en ce monde, ce sera à cause de ce que vous lui faites, oui, vous, et son père, et sa grand-mère, et tout le monde au château. Vous êtes usés, finis, bons à rien, tous tant que vous êtes ! Ils ont raison ceux qui disent qu'il serait temps qu'on fasse une nouvelle révolution dans ce pays, quand ce ne serait que pour nous débarrasser de l'envie et de la haine que vous avez aidé à répandre. Tiens, regardez, vous l'avez réveillée maintenant ! Voilà, le mal est fait.

En vérité, c'était Julie dont la voix indignée avait provoqué les aboiements de César, qui, à leur tour, avaient réveillé la petite. Marie-Noëlle, les yeux grands ouverts et pleins de curiosité, nous regardait du fond de ses couvertures. Elle s'assit vivement et nous considéra à tour de rôle.

– J'ai fait un rêve horrible, dit-elle.

Blanche se pencha aussitôt vers elle, l'enveloppant de ses bras protecteurs.

– Tout va bien, chérie, dit-elle. Tu n'as rien, tu es près de moi. Je vais t'emmener dans un endroit où on te comprendra, où on veillera sur toi. Cela n'arrivera plus jamais, cette horreur, cette épouvante au fond du puits.

Marie-Noëlle la regarda avec calme.

– Ce n'était pas horrible et je n'étais pas épouvantée, répondit-elle. Germaine dit qu'il est hanté, mais je n'y ai jamais vu de fantôme. La verrerie est un endroit heureux. C'est le château qui est rempli de fantômes.

César, rassuré par le son de sa voix, se recoucha à ses pieds. La petite fille lui caressa la tête.

– Il a faim, dit-elle. Moi aussi. Est-ce qu'on peut aller à la loge de Mme Yves chercher du pain ?

La sonnerie du téléphone retentit dans le bureau à l'autre bout de la maison, et nous rejeta dans la réalité. Julie se dirigea machinalement vers la porte, je l'ouvris, et Blanche se leva lentement. Face au présent vivant, nous agissions tous trois sans penser. Seule, l'enfant paraissait troublée.

– J'espère que ce n'est pas le commencement, dit-elle.

– Le commencement de quoi ? demandai-je.

– Le commencement de mon abominable rêve, dit-elle, et, repoussant les couvertures, elle se leva, épousseta son manteau et mit sa main dans la mienne.

– La Sainte Vierge est inquiète pour nous tous, dit-elle. Elle m'a dit que Grand-mie voulait que maman meure. Dans mon rêve, moi aussi je voulais qu'elle meure. Et toi aussi. Nous étions tous coupables. C'était très mal. Est-ce qu'on ne peut rien faire pour empêcher que ça se réalise ?

Jacques devait être dans le bureau car la sonnerie cessa et, par la porte ouverte, à travers les pièces vides, j'entendis sa voix répondre. Julie passa devant moi sans mot dire et entra dans la cuisine ; puis la voix de Jacques se tut et je l'entendis ensuite parler tout bas avec Julie. Celle-ci reparut à la porte de la cuisine, elle resta un moment immobile puis me fit signe. Je quittai Marie-Noëlle et m'approchai de Julie.

– C'était Charlotte qui demandait M. Paul, dit-elle. Je lui ai dit que vous étiez ici avec Mlle Blanche. Elle dit que vous rentriez tous les deux au château tout de suite. Il y a eu un accident. Elle a dit de ne pas amener la petite…

Cette fois l'intuition n'était pas trompeuse. Julie baissa la tête. Je me retournai pour regarder derrière moi. Marie-Noëlle, à genoux, était en train de sortir les petits flacons de ses poches et les disposait par rangées sur le plancher poussiéreux. En plaçant au milieu le château avec ses tours cassées, elle aperçut ses mains et, les levant, paumes ouvertes, appela Blanche.

– J'ai dû me couper, dit-elle. Je ne me rappelle pas comment. Est-ce que ça va guérir tout seul sans laisser de cicatrices, ou bien est-ce qu'il va falloir que tu me mettes des pansements comme à papa ?

CHAPITRE XX

L'événement qui aurait dû unir le frère et la sœur ne fit que nous séparer davantage. Blanche et moi ne nous adressâmes pas la parole, tandis que l'ouvrier qu'on appelait Ernest nous ramenait dans le camion ; le mal qui nous enfermait était comme un nuage impénétrable.

Le château était désert. Tout le monde était dehors, toujours à la recherche de l'enfant. Il ne restait que Charlotte, bavarde, affolée ; la femme qui trayait les vaches en hurlant à mon oreille ; et la cuisinière que je n'avais encore jamais vue mais que je savais être la femme de Gaston. Comme nous entrions au château, elle sortit du quartier des cuisines, les yeux brûlants, les cheveux en désordre, et dit tout à trac :

– On a amené l'ambulance de Villars. Je ne savais pas à qui téléphoner.

Je compris alors seulement qu'Ernest – que Julie avait envoyé en camion à Saint-Gilles parce qu'elle n'arrivait pas à nous téléphoner – avait rencontré Blanche sortant de l'église et l'avait ramenée directement à la fabrique sans passer au château.

Je n'avais plus aucun sens des heures. Je ne savais pas combien de temps j'avais marché dans les bois. Le jour, à dater du moment où Françoise avait tambouriné à la porte du cabinet de toilette pour m'annoncer la disparition de la petite fille, formait un seul bloc sans heures ni minutes. Quelle heure était-il, midi ou davantage, tandis que je regardais la fenêtre grande ouverte de la chambre à coucher et l'herbe foulée du fossé ? Marie-Noëlle endormie sous les couvertures appartenait à une période passée, révolue. Rien n'était réel que cette catastrophe subitement survenue dans le château désert.

Le doigt tordu de la vachère désignait l'herbe en se tournant d'abord vers moi puis vers Blanche, et sa voix inintelligible et aiguë répétait sans fin les seuls mots que je comprenais :

– J' l'ai vue tamber… J' l'ai vue tamber…

Le doigt insistant, les yeux levés, le geste rapide de la main imitant la chute d'un corps, étaient terribles comme une mimique de sorcière, et Charlotte, tirant Blanche par la manche et balbutiant : « Elle respirait encore, mademoiselle, j'ai approché un miroir de ses lèvres », lui donnait la réplique dans ce drame sinistre.

Le trajet de cauchemar recommença. L'allée, la grille, l'avenue, la route de Villars à la suite de l'ambulance qui n'avait guère que vingt-cinq minutes d'avance sur nous. Et, malgré le pressentiment devenu certitude qui aurait dû nous rapprocher, Ernest, au volant, demeurait le seul lien entre Blanche et moi.

– J'étais à l'église, dit Blanche. J'étais à l'église en train de prier quand c'est arrivé.

– Je n'ai pas vu d'ambulance, mademoiselle, dit Ernest. Vous avez dû sortir de l'église et me rencontrer avant l'arrivée de l'ambulance.

– J'aurais dû retourner au château, dit Blanche. J'aurais dû retourner leur dire que la petite était saine et sauve. Je serais peut-être arrivée à temps.

Et, quelques minutes plus tard, comme après tout désastre, la récapitulation désespérée des événements où l'on découvre comment la tragédie aurait pu être évitée. « Tout le monde n'aurait pas dû prendre part aux recherches. Ce n'était pas nécessaire. Quelqu'un aurait dû rester près d'elle. Si un de nous était resté, ce ne serait pas arrivé. » Puis : « L'hôpital de Villars n'est peut-être pas équipé pour les accidents. On aurait dû l'emmener au Mans. »

A droite, à gauche, à droite, puis tout droit, la route qui conduisait à Villars faisait à présent si bien partie de ma vie qu'il m'en semblait connaître le moindre détour. Ici était le coin où Gaston hier soir avait failli déraper ; là, la flaque d'eau qui luisait au matin comme de l'or. Villars, fraîchement lavée et radieuse à six heures, était, à onze, pleine de poussière et de bruit. Des ouvriers réparaient une route de traverse, des voitures s'alignaient l'une derrière l'autre, et l'hôpital que je n'avais pas remarqué en me promenant avec Marie-Noëlle sur la place du marché m'apparut énorme et affreux, grandi par l'angoisse. C'est Blanche qui y entra la première, Blanche qui parla rapidement à un jeune homme en blouse blanche dans le couloir, Blanche qui me poussa dans la salle d'attente nue et impersonnelle, tandis qu'elle disparaissait avec le médecin par une autre porte. L'infirmière avec qui elle revint était calme, impassible, exercée comme toutes ses collègues du monde entier à répondre à l'émotion des familles, et son langage universel ; il aurait pu sortir d'un manuel.

– Je ne peux pas vous dire la gravité des blessures. Le docteur est en train de l'examiner, me dit-elle en nous conduisant tous les deux de la salle d'attente dans un petit bureau.

Blanche ne s'assit pas, bien que l'infirmière eût avancé une chaise. Elle alla à la fenêtre, me tournant le dos. Je crois qu'elle priait. Elle avait la tête baissée, les mains jointes devant elle. Je regardai une carte de la région encadrée au mur, et je vis que Villars se trouvait à vingt kilomètres de Mortagne et que, de Mortagne, une route secondaire menait directement à l'abbaye de la Grande Trappe. Il y avait un calendrier sur le bureau ; il marquait lundi 12 octobre. Il y aurait une semaine le lendemain que j'étais arrivé au Mans… Une semaine… Toutes mes paroles, tous mes actes avaient poussé cette famille vers la catastrophe et le chagrin. C'était moi le responsable, moi le coupable. Jean de Gué, en riant devant le miroir de la chambre d'hôtel, m'avait laissé libre de résoudre ses problèmes à ma guise. Chacun de mes gestes durant ces derniers jours se révélait rétrospectivement avoir provoqué du mal et de la souffrance. La sottise, l'ignorance, la vantardise, l'aveugle assurance avaient conduit à l'instant que nous étions en train de vivre.

– Le comte de Gué ?

L'homme qui entrait, grand, gros, robuste, avait un aspect fait pour rassurer les parents inquiets, mais j'avais observé trop de médecins pendant la guerre pour ne pas reconnaître l'expression de l'impuissance.

– Je suis le docteur Moutier, dit-il. Je tiens à vous dire que l'on fait en ce moment tout ce qui est humainement possible de tenter. Les lésions sont graves et il ne serait pas honnête de ma part d'exprimer un optimisme excessif. La comtesse est évidemment sans connaissance. Il paraît qu'aucun de vous n'était présent quand l'accident est arrivé ?

Ce fut de nouveau Blanche qui se fit notre porte-parole et recommença le vain récit.

– Les fenêtres sont grandes, dit Blanche. Ma belle-sœur n'était pas bien. Elle a dû aller à la fenêtre pour respirer mieux, elle l'aura ouverte trop grand et, en se penchant…

Elle ne termina pas la phrase.

Le docteur répondit machinalement :

– Assurément, assurément. – puis ajouta : La comtesse était habillée. Elle n'était pas en vêtements de nuit. Sans doute voulait-elle aller vous rejoindre à la recherche de la petite fille.

Je regardai Blanche, mais elle avait les yeux fixés sur le docteur.

– Elle n'était pas habillée quand nous avons tous quitté le château. Elle était couchée. Aucun de nous ne prévoyait qu'elle allait se lever.

– Mademoiselle, c'est toujours l'imprévu qui provoque les accidents. Excusez-moi.

Et il s'écarta de nous pour aller parler à l'infirmière qui venait de paraître sur le seuil. Leur conversation rapide et à voix basse ne parvenait pas jusqu'à nous mais je crus saisir les mots « transfusion » et « Le Mans » et je vis au visage de Blanche qu'elle aussi les avait entendus.

– On va lui faire une transfusion, dit-elle. Ils ont dit qu'on envoyait du sang du Mans.

Elle regardait la porte et je me demandai si elle se rendait compte que c'étaient les premiers mots qu'elle adressait à son frère depuis quinze ans. Ils venaient trop tard. Ils étaient inutiles. Le frère n'était pas là pour les entendre.

Le docteur se retourna vers nous.

– Vous voudrez bien m'excuser, monsieur et mademoiselle. Attendez ici, vous y serez mieux que dans la grande salle d'attente. Je vous ferai donner des nouvelles aussitôt que nous saurons quelque chose de précis.

Blanche le retint par sa manche.

– Pardonnez-moi, docteur. Je n'ai pu m'empêcher d'entendre une partie de ce que vous disiez à l'infirmière. Vous avez envoyé chercher du sang au Mans ?

– Oui, mademoiselle.

– Vous ne croyez pas que cela gagnerait du temps si mon frère donnait de son sang ? Lui et mon frère Paul appartiennent tous les deux au groupe O qui, je crois, peut être donné à tout le monde sans danger, n'est-il pas vrai ?

Le docteur hésita un moment en me regardant. Bouleversé à l'idée de ce qui pouvait arriver, à l'idée de l'aggravation fatale du désastre, je dis vivement :

– Je ne suis pas donneur universel. Plût à Dieu que je le sois !

Blanche me regarda, interdite.

– Ce n'est pas vrai, dit-elle. Vous êtes tous les deux donneurs universels, Paul et toi. Je me rappelle que Paul me l'a dit, il y a quelques mois.

Je secouai la tête.

– Non, dis-je, tu te trompes. Paul peut-être, pas moi. Moi, j'appartiens au groupe A. Cela ne servirait à rien.

Le docteur fit un geste rassurant :

– Ne vous tourmentez pas, dit-il. Il est préférable d'utiliser du sang sortant du laboratoire. Cela ne retardera guère les choses. Tout ce qui doit venir du Mans est déjà en route.

Il se tut, nous regarda curieusement l'un après l'autre et sortit. Blanche garda le silence pendant un long moment. Puis, tout à coup, son expression soucieuse, angoissée, changea d'une façon étrange et qui me parut terrible. « Elle sait, me dis-je, elle sait enfin. Je me suis trahi. » J'avais tort. Lentement, comme si elle avait peine elle-même à croire ses paroles, elle dit :

– Tu ne veux pas la sauver. Tu espères qu'elle va mourir.

Je la dévisageai, interdit. Elle me tourna le dos, et reprit sa place devant la fenêtre. Que pouvais-je dire ? Que pouvais-je faire ?

Nous attendions toujours. Parfois l'on entendait des voix dans le couloir, parfois des pas pressés. Personne n'entrait.

L'angélus de midi sonna à la cathédrale. Je jetai de nouveau un œil à la carte et lus qu'il y avait quarante kilomètres entre Le Mans et Villars. La distance pouvait être couverte en quarante minutes. Quarante minutes pouvaient-elles décider entre la vie et la mort ? Je l'ignorais, je n'avais aucune connaissance médicale. Tout ce que je savais, c'est que Jean de Gué et moi avions des sangs différents, que nous étions dissemblables sur le seul point qui comptât à présent. Il aurait pu sauver Françoise, moi pas.

Taille, couleurs, traits, voix, tout en nous était semblable, sauf cela. Cette découverte me parut symbolique de tout ce qui avait échoué. Il était la réalité humaine, moi l'ombre. Je ne pouvais pas remplacer l'homme vivant.

Je restais debout devant la carte à suivre des yeux le parcours de la route nationale, une bien petite ligne reliant deux points, mais chaque courbe de cette ligne signifiait un ralentissement de la voiture. Il pouvait y avoir une diversion, des travaux sur la route, une collision. Je ne serais même pas averti de l'arrivée de la voiture. Elle entrerait sûrement par un autre côté. Je sortis dans le couloir, espérant rencontrer quelqu'un. Mais il n'y avait personne d'autre qu'une femme en train de laver le sol.

A une heure, je vis arriver Paul et Renée. Je leur désignai le bureau où Blanche les attendait. Je n'avais pas envie de parler ; elle leur dirait tout ce que nous savions. Renée entra aussitôt dans la petite pièce mais Paul, après une seconde d'hésitation, s'approcha de moi.

– Ernest est toujours dehors avec le camion. Faut-il lui dire de s'en aller ?

– Je vais y aller, dis-je.

Il se tut puis, au bout d'un moment :

– Comment va-t-elle ?

Je secouai la tête et sortis dans la rue pour dire à Ernest qu'il pouvait retourner à la verrerie. Quand il fut remonté sur son siège et que le camion eut disparu, il me sembla que mon dernier contact avec un monde stable et sûr était rompu. J'avais lu de la pitié dans sa voix et ses yeux comme dans ceux de Gaston, de Julie, et je me rappelais que celle-ci m'avait dit qu'il avait trois jeunes filles. Je regrettais de l'avoir renvoyé, de n'être pas monté dans le camion pour l'interroger sur sa femme et ses enfants. Il m'aurait peut-être donné de la force et du courage, mais, dans le petit bureau de l'hôpital, je ne trouverais qu'incompréhension, silence, et même accusation.

Je traversai la place et me mis à marcher sans pensée et sans but ; pourtant à demi consciemment, sans doute, je savais où aller. Je me trouvai devant la porte fermée de « L'Antiquaire du Pont ». Il y avait un volet devant la vitrine avec un écriteau disant : « Fermé le lundi. » Je repartis, passais sous la Porte de Ville, et m'arrêtai près de la passerelle pour regarder le balcon et les fenêtres de la maison. Elles étaient fermées elles aussi, la cage aux perruches n'était pas sur le balcon et, soudain, la maison m'apparut totalement étrangère. L'homme qui avait franchi le pont et passé la nuit là était quelqu'un d'autre. La pièce aux murs tapissés de gris, aux coussins bleus et aux dahlias était un produit de mon imagination, de même que la chambre qui y faisait suite et donnait sur les toits. Je n'avais jamais passé ce seuil, je n'avais jamais vu celle qui habitait là. Béla, chaleureuse et compréhensive, n'existait pas.

Je revins sur mes pas, regardai de nouveau la porte close et retournai à l'hôpital. Paul attendait à l'entrée. Il dit :

– On te cherchait.

Je compris alors que c'était fini. Il me prit le bras avec un curieux geste à demi protecteur et nous suivîmes le couloir jusqu'au petit bureau. Le docteur Moutier y était avec Blanche et Renée, ainsi que l'infirmière qui nous avait reçus. Il vint aussitôt à moi. Sa voix était changée, elle n'avait plus rien de sec ni de professionnel ; il ne parlait plus avec l'autorité d'un chef qui sait ce qu'il a à faire mais comme un homme qui était peut-être un mari et un père. Il dit :

– Tout est fini. Je suis désolé.

Tout le monde me regardait, sauf Blanche qui se détournait et, comme je ne répondais pas tout de suite, le docteur Moutier ajouta :

– Elle n'a pas repris connaissance. Elle n'a pas souffert. Cela je puis vous l'assurer.

Je questionnai :

– La transfusion de sang… Cela n'a pas réussi ?

– Non, dit-il, il y avait une toute petite chance mais… elle avait subi un choc trop violent…

Il fit un geste d'impuissance.

– Il était trop tard ?

– Trop tard ? répéta-t-il sans comprendre.

– Le sang, dis-je. Le sang est arrivé trop tard du Mans ?

– Oh ! non. Il était ici dans la demi-heure. On a fait la transfusion immédiatement. Rien n'a été négligé pour sauver votre femme, vous pouvez me croire. Nous avons tout tenté, jusqu'au dernier moment. Mais, hélas ! nos efforts ont été vains. Nous n'avons pas pu la sauver.

L'infirmière dit :

– Voulez-vous la voir ?

Et ses mots étaient une simple déclaration, non une interrogation. Elle me conduisit dans une petite chambre à l'autre bout du couloir. Nous restâmes, tous deux auprès du lit, regardant Françoise de Gué. L'on ne voyait aucun signe de blessure. Elle aurait pu être endormie. Elle n'avait pas l'air d'une morte.

L'infirmière rompit le silence :

– Je pense toujours que c'est la vraie personnalité qui paraît sur le visage dans l'instant qui suit la mort. C'est quelquefois une consolation de croire cela.

Je n'en étais pas sûr. La Françoise qui reposait là dans la mort paraissait paisible, plus jeune, plus heureuse que la Françoise qui avait tambouriné ce matin à la porte du cabinet de toilette. La Françoise du matin était hagarde, angoissée, gémissante ; si c'était la morte qui était vraie, alors elle avait vécu en vain. C'était une perte de temps.

– C'est dur pour vous d'avoir perdu les deux, dit l'infirmière.

Les deux ? Je crus un instant qu'elle parlait de Marie-Noëlle, qu'elle avait appris la disparition de la petite. Puis il me souvint.

– Le docteur Moutier m'a dit que vous auriez eu un fils, continua-t-elle.

Elle recula vers la porte et se tint là, les yeux baissés, croyant sans doute que je désirais être seul pour prier. Je ne priais pas mais essayais de retrouver si j'avais dit cette semaine quelque chose de volontairement cruel à Françoise. Je ne me rappelais pas, trop d'événements s'étaient passés. Je me réjouis de lui avoir donné la miniature le premier soir. Elle en avait été tout heureuse. Je n'avais rien fait d'autre pour elle, à part les soins que je lui avais rendus jeudi soir. C'était peu. Je regrettais de ne pas lui avoir témoigné plus de gentillesse. Je retournai auprès des autres. Paul me dit :

– Tu devrais rentrer à Saint-Gilles. J'ai téléphoné à Gaston ner la Citroën. Blanche et moi resterons ici pour prendre les dispositions nécessaires, et Gaston pourra vous ramener dans la Renault, Renée et toi.

Je voyais à leurs visages qu'ils avaient parlé entre eux de ce qu'il fallait faire. Il y avait dans leur ton, dans leurs manières, je ne sais quelle solennité conforme aux circonstances. Moi, je n'avais rien à faire. L'usage cruel est de laisser celui qui a perdu un proche seul avec son chagrin. Il aurait mieux valu me donner quelque chose à discuter, à signer, à décider. Mais j'étais condamné au silence et à l'oisiveté.

Quand Gaston vint, je me sentis soulagé. On ne demandait qu'à être débarrassé de ma présence. Renée me poussa sans mot dire auprès du chauffeur, elle-même s'installa dans le fond et la voiture partit.

Le visage de Gaston était grave, ses traits tirés. Il ne me dit rien au moment où je montai en voiture, mais, silencieusement, doucement, étendit une couverture sur mes genoux, en un geste étrange et touchant de condoléances. Je me demandais, en le voyant conduire une fois de plus la voiture sur cette route, s'il pensait comme moi au trajet matinal ou à celui de la veille au soir, à ces heures si lointaines qu'elles semblaient n'avoir jamais été.

Les volets fermés du château étaient la première manifestation du deuil. Gaston avait dû donner des ordres à cet effet après que Paul lui avait téléphoné de l'hôpital. Pourtant la vie ne se laissait pas écarter. De longs rais de soleil passaient par les fenêtres, striant de lumière le plancher du salon, et cet hommage rendu à Françoise, qui reposait en paix dans sa petite chambre d'hôpital, semblait futile et irréel. Ce n'était ni le soleil ni la chaleur du jour qui lui avaient jamais fait de mal, mais nous, par notre manque de prescience et de soins et notre refus de suivre nos intuitions.

Gaston avait également fait servir un repas dans la salle à manger car aucun de nous n'avait déjeuné. Nous nous assîmes, plus pour lui que pour nous, et mangeâmes machinalement. Renée, douce et gentille, révélait un nouvel aspect d'elle-même ; elle me raconta comment elle avait passé la matinée en voiture avec Paul à visiter toutes les fermes dans un rayon de dix kilomètres, s'informant si l'on n'avait pas vu la petite ; ils n'étaient rentrés à Saint-Gilles qu'à midi et demi. Chose curieuse, songeais-je, comme la mort, tout comme la guerre, fait jaillir les sources de la sympathie. La Renée provocante et sensuelle de la semaine précédente était à présent naturelle, bonne, désireuse de nous aider tous ; elle proposait de dresser dans la chambre de Blanche un lit pour Marie-Noëlle, afin que la petite ne se sentît pas seule, ou que Paul lui cédât sa place dans leur chambre, elle s'offrait à aller la chercher à la verrerie, prête à tout pour atténuer l'effet de cette mort effroyable et subite sur la sensibilité de l'enfant.

– Je ne crois pas qu'elle sera effrayée, dis-je. Je crois – je ne peux pas dire pourquoi – mais je crois qu'elle s'y attendait.

Renée qui, quelques heures auparavant, déclarait que tout ce que Marie-Noëlle faisait et disait était dicté par un exhibitionnisme révoltant et qu'elle méritait d'être sévèrement punie, ne répondit rien sinon qu'une enfant sujette à des crises de somnambulisme ne devrait jamais dormir seule dans une chambre.

Elle monta, et je restai dans la salle à manger à réfléchir. Puis j'appelai Gaston et le chargeai d'aller à la fabrique porter un message à Julie ; il lui annoncerait la mort de Françoise et la prierait d'en faire part elle-même à Marie-Noëlle.

– M. le curé est en haut avec Mme la comtesse, me dit-il après un instant d'hésitation. Monsieur le comte désire-t-il le voir tout de suite ou plus tard ?

– Depuis combien de temps est-il ici ?

– Mme la comtesse l'a envoyé chercher dès que Charlotte lui a eu appris l'accident.

– Quand était-ce ?

– Je ne sais pas, monsieur le comte, M. Paul et moi n'avons pas réussi à tirer une parole sensée des femmes d'ici quand nous sommes rentrés et que nous avons su l'accident. Elles étaient trop bouleversées pour s'expliquer clairement.

– Je verrai M. le curé tout à l'heure, dis-je. En attendant, demandez à Germaine de venir me trouver.

– Très bien, monsieur le comte.

Germaine était déjà en larmes quand elle entra dans la bibliothèque et, à ma vue, son visage se convulsa de plus belle. Il se passa quelques instants avant qu'elle pût recouvrer un peu de calme.

ela suffit, dis-je. Vous ne faites que nous rendre les choses plus pénibles à tous en vous laissant aller de cette façon. J'ai une question à vous poser : Saviez-vous que Mme Jean s'était levée et habillée, ce matin, après notre départ ?

– Non, monsieur le comte. Quand je lui ai porté son petit déjeuner à neuf heures, elle était encore au lit. Elle ne parlait pas de se lever. Mlle Blanche m'a envoyée au village demander après la petite et quand je suis revenue, j'ai été directement à la cuisine. Je n'ai pas revu Mme Jean.

Les larmes noyaient de nouveau ses yeux et je n'avais plus rien à lui demander. Je lui dis de m'envoyer Charlotte.

Il se passa quelques instants avant que Charlotte parût. Elle n'était plus en proie à l'affolement qui l'avait secouée quelques heures auparavant. Elle semblait attentive, maîtresse d'elle-même, et ses petits yeux luisants me défiaient presque. Je ne perdis pas de temps. Je lui demandai de but en blanc :

– Quand nous sommes tous sortis ce matin à la recherche de Marie-Noëlle, êtes-vous retournée parler à Mme Jean ?

Elle eut une seconde d'hésitation puis répondit :

– Oui, monsieur le comte. Je suis passée lui dire quelques mots pour essayer de la rassurer. Elle était alors en train de prendre son petit déjeuner.

– Que lui avez-vous dit ?

– Oh ! pas grand-chose, monsieur le comte. Qu'elle avait tort de se tourmenter, que la petite serait vite retrouvée.

– Elle vous a paru très alarmée ?

– Elle se tracassait plus de l'état d'esprit de la petite que de sa disparition, si monsieur le comte voit ce que je veux dire. Elle craignait que Marie-Noëlle se tourne contre elle. « Elle aime trop son papa et Mlle Blanche, qu'elle disait, elle ne se confie pas à sa mère comme elle devrait. » Moi, je vous répète ce qu'elle m'a dit.

– Et qu'avez-vous répondu ?

– Je lui ai dit la vérité, monsieur le comte. Je lui ai dit que quand un père adore sa fille comme monsieur le comte adore Marie-Noëlle, le rôle de la mère n'est pas facile. J'ai vu ça chez une de mes tantes, et les choses n'ont fait qu'empirer quand la fille est devenue grande. Elle et son père étaient inséparables. Ma tante a fini par avoir une maladie nerveuse.

– Vous lui avez dit ça pour la consoler ?

– Je lui ai dit ça parce qu'elle me faisait pitié, monsieur le comte. Je sais que Mme Jean se sentait souvent bien seule ici.

Je me demandai quel mal exactement Charlotte avait pu faire, ce jour-là et par le passé, au château de Saint-Gilles.

– Saviez-vous que Mme Jean avait l'intention de se lever ? repris-je pour la sonder.

De nouveau, une imperceptible hésitation. Puis :

– Elle ne m'en a pas exactement parlé, répondit Charlotte. Elle s'est seulement plainte de rester là toute seule sans savoir ce qui se passait. Elle m'a demandé si Mme la comtesse était réveillée là-haut. Je lui ai répondu qu'elle ne l'était pas encore, elle a dormi très tard ce matin. Mme Jean avait peut-être une idée de l'endroit où était allée la petite. Là-dessus je l'ai débarrassée de son plateau et je suis descendue à mon repassage. C'est la dernière fois que j'ai vu Mme Jean.

Elle secoua lentement la tête en disant cela, soupira et joignit les mains, mais ces gestes n'avaient pas le naturel des larmes de Germaine.

– A quelle heure Mme la comtesse s'est-elle réveillée ? demandai-je encore.

Charlotte réfléchit un instant.

– Je ne peux pas dire exactement, monsieur le comte. Vers dix heures, je crois. Elle m'a sonnée mais elle ne voulait pas de petit déjeuner. Je lui ai parlé de la petite, elle a haussé les épaules, ça ne l'intéressait pas. Elle s'est assise dans son fauteuil et j'ai fait le lit, puis, voyant qu'elle n'avait pas besoin de moi, je suis redescendue. J'étais encore en bas à repasser dans la lingerie quand l'accident a eu lieu. La femme de Gaston et moi on a toutes les deux entendu crier Berthe la vachère et on a couru… mais monsieur le comte sait déjà tout ça.

Elle baissa les yeux et courba la tête. Je lui dis sèchement qu'elle pouvait se retirer. Comme elle allait quitter la pièce, je lui demandai encore :

– Quand vous avez appris l'accident à Mme la comtesse, qu'a-t-elle dit ?

Charlotte s'arrêta, la main sur le bouton de porte, puis elle se na et, me fixant droit dans les yeux :

– Ça lui a fait un coup, elle en était comme pétrifiée. C'est pour ça que j'ai fait tout de suite chercher M. le curé. Je ne pouvais rien lui donner, ça n'aurait pas été prudent. Monsieur le comte me comprend ?

– Je vous comprends.

Quand elle fut partie, je montai au cabinet de toilette et, traversant la salle de bain, entrai dans la chambre. On y avait fermé les volets comme dans les autres pièces, et les fenêtres aussi. Le lit n'avait pas été fait, on avait seulement repoussé le drap et les couvertures. J'allai à la fenêtre et l'ouvris ainsi que les volets. Le bas de la fenêtre m'arrivait à la hanche. Il était possible de s'asseoir sur le rebord, de se pencher, de se pencher trop loin. Possible mais peu probable. Pourtant, c'était arrivé… Je refermai volets et fenêtre et je parcourus la chambre du regard sans y trouver le moindre indice de ce qui s'était passé, le moindre signe de tragédie, puis je sortis en fermant la porte derrière moi. Je suivis le couloir, montai l'escalier, poussai la porte de l'autre couloir et le suivis jusqu'à la chambre de la tour.

CHAPITRE XXI

Je ne frappai pas. J'ouvris la porte et entrai. Les volets étaient fermés ici aussi, de même que la fenêtre, et, de surcroît, les rideaux étaient tirés. Aucune lumière du dehors ne pénétrait dans la pièce ; on se serait cru en plein hiver. Une lampe était allumée au chevet du lit et une autre près du poêle ; le soleil de quatre heures qui brillait en ce bel après-midi d'automne ne changeait rien à la chambre immuable de la tour, toujours obscure, toujours défendue contre la lumière du jour.

Les chiens avaient été renvoyés ailleurs et l'on n'entendait pas d'autre bruit que le murmure du curé en prières et les réponses qui y faisaient écho du fond du fauteuil. Le curé et la mère tenaient chacun un chapelet ; lui était à genoux, tête baissée ; elle, tassée dans son fauteuil, les épaules voûtées, le menton touchant la poitrine. Aucun d'eux ne bougea à mon entrée, mais je vis la main de la mère se crisper une seconde sur le chapelet, et l'*amen* qui suivit le *pater* et l'*ave* fut plus accentué, plus fervent, comme animé par la conscience d'un auditoire plus terrestre.

Je ne m'agenouillai point, j'écoutai et j'attendis. Le murmure du curé se poursuivit, monotone, apaisant, engourdissant la pensée, et il me sembla que tel devait être son but lorsqu'il priait pour la vivante ou pour la morte. L'âme de Françoise couchée dans sa chambre d'hôpital ne voulait pas qu'on lui rappelât ce qui lui était arrivé dans le monde qu'elle venait d'abandonner, et il valait mieux que la pensée de la mère qui faisait ici écho aux prières ne s'éveillât pas pour s'interroger tout à coup. La cadence des versets, bourdonnement d'abeille dans le calice d'une fleur, assourdissait les questions qu'on aurait pu se poser, et mes sens, mes nerfs tendus à se rompre, s'apaisaient peu à peu en harmonie avec le rythme et l'atmosphère de cette chambre sans vie.

Le dernier *gloria* prononcé et le dernier amen, il y eut un silence avant le retour au monde, avant que le récitant redevînt de chair et sa voix celle du curé au chef branlant, au doux visage de vieux bébé. Il se releva, vint à moi et me prit la main.

– Mon fils – et je remarquai qu'il ne m'avait encore jamais appelé ainsi –, nous avons beaucoup prié pour vous, votre mère et moi, de toutes nos forces, et nous avons demandé à Dieu de vous donner courage et secours en ce terrible moment d'affliction.

Je le remerciai et il resta debout, à me tapoter la main, en tournant vers moi un visage attristé, mais serein. Je lui enviai l'unité de son but, sa certitude que nous étions tous des enfants errants ou des agneaux égarés que le Bon Pasteur rassemblerait entre ses bras, quels que fussent nos omissions et nos péchés.

– Et la petite ? dit-il, allant droit à la question dont il pensait que j'étais le plus tourmenté. Voulez-vous que je le lui annonce ?...

Je lui répondis que j'avais chargé Julie de ce soin, mais que Blanche et Paul allaient bientôt rentrer et qu'il aurait peut-être différentes choses à régler avec eux.

– Vous savez, dit-il, que je suis à votre disposition aujourd'hui et demain comme toujours, prêt à faire tout ce qui est en mon pouvoir pour vous, pour Mme la comtesse, pour la petite et pour tous les habitants du château.

Il nous bénit tous les deux, rassembla ses livres et sortit. Nous étions seuls. Je ne dis rien. Elle non plus. Je ne la regardai pas. Puis, pris d'une soudaine impulsion, je traversai la chambre, écartai les épais rideaux. J'ouvris toutes grandes les fenêtres et rabattis les volets contre le mur. L'air et la lumière remplirent la chambre. J'allai éteindre la lampe. Il faisait jour. Je m'approchai du fauteuil éclairé en plein par le soleil de l'après-midi qui ne dissimulait rien, ni la pâleur grisâtre du visage, ni les épaisses paupières, ni les joues flasques, ni la lourde mâchoire, et comme elle levait la main pour abriter ses yeux, la manche de sa veste de laine noire remonta, découvrant les marques des piqûres sur son bras.

– Qu'est-ce que tu fais ? Tu veux m'aveugler ? dit-elle.

Et elle se glissa au bord de son fauteuil pour essayer d'échapper à la lumière. Son chapelet tomba par terre ainsi que son missel ; je les ramassai et les lui rendis, puis me plaçai entre elle et le soleil.

– Qu'est-ce qui s'est passé ? demandai-je.

– Ce qui s'est passé ? répéta-t-elle en levant la tête, mais elle ne voyait pas mes yeux car j'étais à contre-jour. Comment veux-tu que je le sache, emprisonnée ici comme je suis, impotente ? J'ai beau sonner, personne ne vient. Je pensais plutôt que c'était toi qui allais me raconter ce qui s'est passé. – elle se tut un moment puis ajouta : Ferme les volets et tire les rideaux. Tu sais que je déteste la lumière.

– Non, dis-je.

Elle fit une grimace et haussa les épaules.

– Comme tu voudras. Tu choisis un drôle de moment pour les ouvrir, voilà tout. J'ai donné ordre à Gaston de fermer dans tout le château. J'espère qu'il l'a fait.

Elle s'enfonça dans son fauteuil et mit son chapelet dans son missel comme pour marquer la page, puis posa le livre sur la table à son côté. Elle tapota ses coussins et rapprocha le tabouret sous ses pieds.

– Maintenant que le curé est parti, dit-elle, je pourrai dire à Charlotte de ramener les chiens. Ils sont toujours insupportables avec lui. Pourquoi restes-tu debout ? Approche cette chaise et assieds-toi.

Je ne m'assis point. Je pliai un genou à côté d'elle, m'appuyant de la main sur le bras de son fauteuil. Elle m'examinait, son visage était pareil à un masque.

– Que lui as-tu dit ? demandai-je.

– Ce que j'ai dit à qui ? A Charlotte ?

– A Françoise, dis-je.

Elle devint encore plus immobile. Sa main gauche cessa de jouer avec les franges de son châle.

– Quand ? Je ne l'ai pas vue depuis qu'on a dit qu'elle n'était pas bien et devait garder le lit. Je ne l'ai pas vue depuis plusieurs jours.

– Tu mens, dis-je. Tu l'as vue ce matin.

Ma réplique fut soudaine. Elle ne l'attendait pas. Je vis tout son corps se raidir.

– Qui dit cela ? Qu'est-ce qu'on t'a raconté ?

– C'est moi qui dis cela, répondis-je ; on ne m'a rien raconté.

Je parlais bas à dessein. Il n'y avait pas d'accusation dans ma voix ni dans mes paroles.

– Elle a repris connaissance ? Elle t'a dit quelque chose à l'hôpital avant de mourir ?

La question était rapide, brutale.

– Non, dis-je, elle n'a rien dit, à moi ni à personne.

– Alors quelle importance cela a-t-il ? Pourquoi tiens-tu à savoir ? Et en admettant même qu'elle soit montée ici ce matin, qu'est-ce que cela peut te faire ?

– Je veux savoir comment et pourquoi elle est morte, répondis-je.

Elle eut un geste vague.

– A quoi bon ? Aucun de nous ne peut le savoir. Elle a eu un étourdissement et elle est tombée. Berthe l'a vue en traversant le parc avec les vaches, n'est-ce pas ? C'est ce que Charlotte m'a dit. On ne t'a pas raconté la même histoire ?

– Si, dis-je. On m'a raconté la même histoire. On l'a aussi racontée à Blanche. De même, j'imagine, qu'à Paul et Renée. De même qu'aux gens de l'hôpital. Moi je ne la crois pas, voilà tout.

– Que crois-tu ?

Je regardai le visage qui ne m'apprenait rien.

– Je crois qu'elle s'est tuée, dis-je. Et tu le crois comme moi.

Je m'attendais à des protestations, à un éclat, à une accusation, ou alors à un écroulement, un essai de justification, un appel à la pitié. Mais, chose incroyable, elle se contenta de hausser les épaules avec un sourire et de dire d'un ton négligent :

– Et quand cela serait…

Cette réponse froide et inhumaine me frappa de stupeur. Toutefois, si haïssable que pût être une aussi brutale indifférence devant la mort d'une jeune femme, ce n'est pas cela qui m'atterrait, mais la confirmation que trouvait dans ces paroles une pensée latente en moi depuis des heures, non formulée, inavouée, une espèce d'appréhension vague. Par jalousie, instinct de possession, méchanceté ou cupidité, la mère avait désiré la mort de Françoise : et elle croyait que son fils la désirait aussi. Elle n'éprouvait aucune pitié à l'idée que Françoise, malheureuse, malade, délaissée, eût pu abandonner le combat inégal de la vie. La naissance d'un fils ou la mort de Françoise, l'un ou l'autre de ces événements, devait mettre fin à la gêne de la famille, et la belle-mère de la jeune femme n'éprouvait que de la satisfaction en voyant la question résolue de la façon la plus avantageuse pour tous.

– Quoi qu'il arrive, dit-elle, on ne peut rien reprocher. Tu n'étais pas ici. N'y pense plus. Joue ton rôle et prends le deuil.

Elle se pencha en avant et prit mon visage entre ses mains.

– Il est trop tard pour qu'il te pousse une conscience, dit-elle. Je te l'ai déjà dit l'autre soir. Et si tu croyais que Françoise survivrait à la naissance de l'enfant, pourquoi alors as-tu misé sur sa mort ?

– Que veux-tu dire ?

– Le lendemain de ton retour à Paris, tu as téléphoné à Carvalet, dit-elle. Charlotte me l'a dit, elle avait écouté à l'autre poste dans la chambre de Blanche comme elle fait chaque fois qu'une communication en bas vaut la peine de m'être rapportée, et quand j'ai appris ce que tu avais dit à ton client, ton acceptation absurde de leurs conditions, j'ai tout de suite compris qu'en somme tu pariais. Tu escomptais la fortune qui pouvait t'échoir. A moins d'une augmentation de capital, c'était la ruine. Je comprends que tu te sois tracassé le lendemain matin et que tu sois allé à la banque à Villars pour relire le contrat de mariage qui est au coffre. Tu aurais pu t'éviter cette peine. Il y a des doubles de tout dans la bibliothèque, tu n'avais qu'à les chercher. Mais c'était plus drôle d'aller à Villars, n'est-ce pas ? Tu as une amie là-bas. Tu me l'as dit le soir en rentrant.

Le déroulement des événements était clair et indéniable. Mes mobiles, mal interprétés, déformés, n'avaient plus d'importance.

– Françoise connaissait la teneur du contrat Carvalet, dis-je. Je ne la lui ai pas cachée. Je lui ai dit la vérité.

– La vérité ?

Les yeux qui perçaient les miens étaient cyniques et durs. La peine et l'angoisse de la veille étaient dissipées. M'avait-elle jamais appelé au secours, avait-elle jamais souffert ?

– Nous disons tous la vérité quand c'est notre avantage, reprit-elle. Françoise m'a dit la vérité ce matin lorsqu'elle est montée ici. Oui, tu as raison. Je l'ai vue. Je suis probablement la dernière. Elle est montée, tout habillée, prête à aller chercher la petite. Qu'est-ce qui a énervé Marie-Noëlle ? m'a-t-elle demandé. Pourquoi s'est-elle sauvée ? Qu'est-ce qui l'énerve ? ai-je répondu. Elle a peur d'être supplantée, c'est tout. Personne n'aime à abdiquer. Elle voudrait être débarrassée de toi et du bébé aussi... C'est comme ça que ça a commencé. Françoise m'a dit qu'elle n'avait jamais été heureuse ici, qu'elle avait toujours regretté sa famille, qu'elle s'était toujours sentie seule, perdue et que c'était ma faute parce que je lui avais été hostile dès le début. Jean n'a jamais été amoureux de moi, me dit-elle. J'acquiesçai. Même maintenant, tout ce qu'il désire c'est l'argent, continua-t-elle. Naturellement, répondis-je. Est-ce qu'il souhaite que je meure pour pouvoir en épouser une autre ? me demanda-t-elle enfin. Je lui répondis que je n'en savais rien. Jean fait la cour à tout le monde, lui dis-je, il a même fait la cour à Renée ici, dans ce château, et il a une maîtresse à Villars. Elle me dit qu'elle s'était doutée de ces deux aventures et que la gentillesse que tu lui témoignais depuis quelques jours n'était qu'une feinte pour lui donner le change. Alors, l'enfant n'est pas seule à vouloir se débarrasser de moi, dit-elle, Jean le désire aussi, et toi, et Renée, et cette femme à Villars ! Je n'ai pas répondu, je lui ai conseillé de se calmer et de redescendre. C'est tout. Rien d'autre n'a été dit. Elle demandait la vérité. Elle l'a eue. Si elle n'était pas assez brave pour la regarder en face, tant pis pour elle, je n'y puis rien. Qu'elle se soit jetée par la fenêtre ou qu'elle ait eu un étourdissement et soit tombée, au fond peu importe. En tout cas, c'est une chose impossible à prouver, et cela revient au même. Tu as ce que tu voulais, n'est-ce pas ?

– Non, criai-je, non...

Je la repoussai dans son fauteuil et son expression changea. Elle paraissait stupéfaite, effarée, et ce soudain changement d'expression du cynisme à l'appréhension en entendant ma voix qu'elle croyait courroucée contre elle alors qu'elle ne l'était que contre moi-même, me révélait l'impossibilité d'une explication, la vanité de tout effort pour lui faire comprendre mes sentiments. Quoi qu'elle eût dit à Françoise, si vraies et si dures qu'eussent été ses paroles, elle les avait prononcées dans l'intérêt de son fils. Je ne pouvais la condamner.

Je me levai, m'approchai de la fenêtre et contemplai les bois qui bornaient le parc. Mon Dieu, songeai-je, il doit y avoir une solution, il doit y avoir ici une issue, non pas pour moi, l'imposteur, mais pour eux, pour la mère, pour l'enfant, pour Blanche, et Paul et Renée. Si Jean de Gué avait provoqué la jalousie, la discorde, l'hostilité, il avait l'excuse du passé. Je n'avais pas une telle excuse. En suivant ses traces, je n'obéissais qu'au désir de vivre masqué, de perdre mon identité.

La pluie de la nuit avait lavé les débris sur le rebord du toit. Une petite flaque d'eau luisait sur la langue de la gargouille. Quelque chose d'autre brillait dans la gouttière, du verre, une ampoule vide jetée par Charlotte et que des feuilles tombées ne dissimulaient plus. Voyant l'ampoule dans la gouttière, j'essayai de supposer que je n'avais pas été chercher la seringue, la veille au soir, que j'étais resté là dans la chambre, et je me demandai ce qui serait arrivé alors, quel espoir, quel accord eussent été obtenus. Je n'aurais pas dû aller à Villars, ni la petite au puits. La tragédie aurait alors été évitée. Françoise vivrait. Je quittai la fenêtre et, me tournant vers la femme assise, je lui dis :

– Il faut que tu m'aides.

– T'aider ? Comment ? fit-elle. Comment puis-je t'aider ?

Je m'agenouillai près du fauteuil et lui pris la main. Les fautes commises au long des années ne pouvaient être réparées par un étranger. Je ne pouvais construire que le présent. Et pas tout seul.

– Tu viens de me dire que j'avais ce que je voulais, dis-je. Tu parlais de l'argent ? Pour la fabrique, pour nous tous, pour Saint-Gilles ?

– De quoi d'autre pouvais-je parler ? demanda-t-elle. Tu vas être riche, tu pourras faire ce que tu voudras, et tu seras libre. C'est tout ce qui compte pour toi, n'est-ce pas ?

– Non, dis-je. Toi aussi, tu comptes pour moi. Je veux que tu sois la maîtresse de ma maison comme autrefois. Et tu ne pourras pas l'être tant que tu prendras de la morphine.

Quelque chose s'effondra, les couches superposées de défenses qui protègent l'individu contre l'attaque, qui le rendent sourd aux menaces, aveugle aux avertissements, et le noyau unique et intact frémit un bref instant à mes paroles. Je sentis, dans la main qui serrait la mienne, la solitude de l'âge, l'affaiblissement des sens, la malice de l'esprit, le vide du cœur. On eût dit que, par ce contact, tout cela entrait en moi, devenait mien, et le fardeau était intolérable. Elle retira alors sa main, l'armure nous enveloppa de nouveau, son visage retrouva ses traits et elle devint une créature qui a pris un chemin dans la vie parce qu'aucun autre ne s'offrait à elle; cependant l'homme agenouillé à côté d'elle et qu'elle prenait pour son fils essayait de lui retirer sa seule consolation, son unique instrument d'oubli.

– Je suis fatiguée, vieille, inutile, dit-elle. Pourquoi me priver de ce qui m'aide à oublier ?

– Tu n'es ni fatiguée, ni vieille, ni inutile, dis-je. Inutile à toi peut-être, mais pas à moi. Hier tu es descendue et tu es restée debout sur la terrasse à recevoir les invités. Tu voulais être à mon côté, comme tu avais été au côté de mon père, tu voulais être la personne que tu avais été jadis. Mais ce n'était pas seulement pour te cramponner au passé, ni par orgueil; c'était aussi une tentative pour te prouver que tu en étais capable, que tu n'étais pas esclave de la boîte de morphine, de la seringue, de Charlotte. Tu pouvais les vaincre et tu l'as fait. Tu aurais continué à les vaincre si je n'avais été là.

Elle me regarda, attentive, méfiante.

– Que veux-tu dire ? demanda-t-elle.

– A quoi pensais-tu hier matin après le départ des chasseurs ? demandai-je.

– Je pensais à toi, dit-elle, au passé. J'ai remonté les années. Qu'importe à quoi j'ai pensé ? J'ai commencé à souffrir, voilà tout. Et quand je souffre, j'ai besoin de morphine.

– C'est moi qui t'avais fait souffrir, dis-je.

– Et quand bien même ? dit-elle. Toutes les mères souffrent par leurs fils. Cela fait partie de notre lot. Nous ne vous en voulons pas pour cela.

– Cela ne fait pas partie du lot des fils, dis-je. Ils ne peuvent supporter la douleur. Je suis un lâche, je l'ai toujours été. C'est pour ça que j'ai besoin de ton aide, désormais, beaucoup plus que par le passé.

Je me relevai et passai dans la salle de bain voisine. La boîte était toujours dans le placard, au-dessus du lavabo, ainsi que la seringue ; je les pris, les apportai dans la chambre et les lui montrai.

– Je vais les emporter, dis-je. C'est peut-être dangereux de faire cela, je n'en sais rien. Tu m'as dit que je pariais sur ma fortune en concluant le nouveau contrat avec Carvalet. Je fais ici un autre pari, d'un genre différent.

Je vis ses mains se crisper sur les bras de son fauteuil et, l'espace d'un instant, l'épouvante et le désespoir emplirent ses yeux.

– Je ne peux pas, Jean, dit-elle. Tu ne comprends pas. Je ne peux pas me priver de ça, tout d'un coup. Je suis trop vieille, trop lasse. Autrefois, peut-être, plus maintenant. Si tu voulais que je cesse, pourquoi ne me l'as-tu pas dit plus tôt ? Il est trop tard à présent.

– Il n'est pas trop tard. – je posai la boîte sur la table : Donne-moi tes mains, dis-je.

Elle mit ses mains dans les miennes et je la tirai de son fauteuil. Elle se tint debout à côté de moi en se cramponnant à ma main bandée et j'éprouvai une douleur lancinante, écœurante, qui montait des doigts jusqu'au coude. Elle continuait à se retenir à ma main sans se douter du mal qu'elle me faisait, et je savais que, si je la lui avais retirée, je lui aurais retiré en même temps une confiance, une force qui la soutenaient et lui donnaient du courage.

– Maintenant, viens, descendons, dis-je.

Elle était entre la fenêtre et moi, énorme, massive, obstruant la lumière, elle tremblait un peu en maintenant son équilibre, et le crucifix d'ébène qu'elle portait autour du cou oscillait devant sa poitrine comme un pendule.

– Descendre ? répéta-t-elle. Pour quoi faire ?

– Parce que j'ai besoin de toi, dis-je et, dorénavant, tu descendras tous les jours.

Elle se retint longtemps à moi, sans cesser un seul instant de serrer ma main. Enfin elle s'écarta et se dirigea lentement vers la porte, digne, majestueuse. Elle ne me prit pas le bras dans le couloir mais marcha devant moi et ouvrit la porte d'une pièce voisine. Aussitôt, les fox se précipitèrent sur elle, en aboyant et en bondissant pour lui lécher les mains.

Elle se tourna vers moi, jubilante.

– J'en étais sûre ! dit-elle. On n'a pas sorti ces chiens. Charlotte me ment. Charlotte doit les promener dans le parc tous les après-midi. Le malheur c'est qu'il n'y a aucune surveillance au château, aucun ordre.

Les chiens lâchés coururent à l'escalier et, tout en les suivant, elle me dit :

– Il me semble t'avoir entendu raconter au curé que c'étaient Blanche et Paul qui allaient tout régler pour les obsèques.

– Oui, répondis-je.

– Ils n'y connaissent rien. Il n'y a pas eu d'enterrement au château depuis la mort de ton père. Il faut faire convenablement les choses, Françoise était une personne d'importance, il faut lui rendre hommage. Elle était ta femme. Elle était comtesse de Gué.

Elle attendit sur le palier pendant que j'allais ranger les boîtes dans mon cabinet de toilette. En entrant au salon, nous entendîmes des voix. Les autres étaient rentrés. Paul était debout près de la cheminée, le curé près de lui. Renée occupait sa place habituelle sur le canapé, Blanche était assise sur une chaise. Ils nous regardèrent, déconcertés, et même le curé eut besoin d'un instant pour revenir de sa stupéfaction et s'avancer vers nous, rempli de sollicitude et désireux de rendre service. Mais elle l'écarta d'un geste, et alla droit au fauteuil près du feu, le fauteuil où Françoise s'asseyait toujours. Blanche se leva aussitôt et vint à elle.

– Tu devrais être au lit, dit-elle. Charlotte m'a dit que tu étais très secouée, très fatiguée.

– Charlotte est une menteuse, répondit-elle, et tu ferais mieux de t'occuper de tes affaires.

Elle chercha dans les plis de sa robe les lunettes pendues à son cou par une chaîne doublant celle qui soutenait le crucifix, les mit sur son nez et nous dévisagea à tour de rôle.

– Nous sommes dans une maison en deuil, nous ne sommes pas dans une clinique, dit-elle. Ma belle-fille est morte. J'entends que tous les hommages auxquels elle a droit lui soient rendus. Paul, donne-moi un crayon et quelques feuilles de papier. Blanche, tu trouveras, dans le tiroir du secrétaire de ma chambre, un dossier contenant la liste de tous les gens qui ont assisté aux obsèques de ton père. La plupart sont morts, mais ils laissent de la famille. Renée, va me chercher l'annuaire du téléphone dans le vestiaire.

Monsieur le curé, je vous serais obligée de bien vouloir vous asseoir à côté de moi : j'aurai peut-être besoin de vous pour fixer les détails de la cérémonie. Jean… – elle me regarda puis reprit : Je ne te demande aucune aide pour l'instant. Va donc te promener dans le parc, l'air te fera du bien. Tu peux emmener les chiens puisque Charlotte ne les sort jamais. Mais, avant de sortir, ajouta-t-elle, va mettre un complet foncé. Un comte de Gué ne se promène pas en veste de tweed quand il vient de perdre sa femme.

CHAPITRE XXII

Je les laissai dans le salon et montai changer de vêtements. Après quoi j'appelai Gaston et lui ordonnai d'amener la voiture.

– Je veux que vous me conduisiez à la verrerie, dis-je. Je vais chercher la petite.

– Bien, monsieur le comte.

Comme nous sortions du village et montions vers la forêt, il dit :

– Ma femme et moi, et tout le monde au château, tenons à exprimer nos condoléances à monsieur le comte.

– Merci, Gaston, dis-je.

– Si monsieur le comte désire qu'on fasse quelque chose pour lui, qu'il nous le dise.

Je le remerciai encore. Personne d'autre que moi ne pouvait faire quelque chose pour améliorer la situation et j'avais déjà commencé en privant une droguée de sa drogue au risque d'entraîner une tragédie plus atroce encore, comment le savoir ? J'étais devenu un joueur comme Jean de Gué.

Gaston arrêta la voiture devant la grille de la fabrique. Il était encore tôt, pourtant je n'aperçus personne. Les ouvriers avaient dû interrompre le travail en signe de deuil.

Je descendis de voiture et entrai dans la cour déserte. La loge était vide. Julie devait être dans la maison de son fils et Marie-Noëlle avec elle. Je dis à Gaston d'attendre et me dirigeai vers la petite gentilhommière. La porte en était fermée. Je traversai l'espace pavé devant les fenêtres et allai regarder dans le puits. J'estimai sa profondeur à six ou sept mètres. L'échelle branlante à laquelle il manquait des barreaux était à moitié pourrie, les bords de la margelle gluants et verts de mousse. Très loin, tout au fond, j'apercevais du verre brisé, du sable, de la vase. Qu'une enfant de dix ans eût pu y descendre à la nuit sans épouvante et sans dommage était incroyable. Pourtant, c'était vrai.

Je quittai le puits et regardai par les vitres poussiéreuses de la gentilhommière. Les couvertures étaient encore par terre à l'endroit où j'avais vu Marie-Noëlle étendue. Je fis le tour de la maison vers le verger ; la fenêtre que j'avais escaladée au matin était close mais la poignée incomplètement tournée. Julie avait dû la fermer en hâte après notre départ à Blanche et moi, puis emmener Marie-Noëlle dans sa loge ou chez son fils.

Je poussai les battants de la fenêtre et entrai. Je m'approchai du tas de couvertures comme j'avais fait le matin et j'évoquai le visage immobile de l'enfant endormie, insensible, semblait-il, à l'horreur ou à la peine, mais subissant derrière son petit masque le fardeau agité de son rêve féroce. Je me penchai et touchai la couverture et cela me rappela les moments où – était-ce à Chinon ou à Orléans ? – une file de touristes pèlerins aux yeux ahuris posaient leurs mains sales sur une marche où la Pucelle un jour s'agenouilla, espérant puiser dans la pierre on ne sait quelle force ou quelle vertu… J'avais trouvé cela sot. Mon geste ne l'était pas moins. La couverture que je touchais avait enveloppé une enfant trop imaginative qui venait de passer une nuit dans un puits. Je sortis sa lettre de ma poche et relus la dernière ligne. « La Sainte Vierge me dit que tu en souffres en ce moment pour les torts que tu as eus dans le passé, alors je vais prier pour prendre sur moi tous tes péchés parce que moi je suis jeune et forte et je pourrai les supporter mieux. Dors bien et aie confiance en Marie-Noëlle, qui t'aime très fort. » Je remis le papier dans ma poche. J'étais ici le seul pèlerin… Je ressortis par la fenêtre et repris le chemin par lequel j'étais venu, jetant un regard en passant aux vieux arbres noueux chargés de pommes, aux fleurs de tournesol effeuillées, à la vigne qui couvrait le mur de la maison, lourde de raisin que personne ne cueillait. Puis je revins une fois de plus vers le hangar. Gaston avait dû annoncer ma présence à la maisonnette, car Marie-Noëlle venait à ma rencontre.

Tout à coup, je me trouvai sans paroles devant elle. J'avais pensé que je verrais d'abord Julie. Julie m'aurait dit comment la petite fille avait accueilli la nouvelle.

– Ne ris pas ! me cria-t-elle.

Rire ? Jamais de ma vie, je n'avais eu moins envie de rire. Je m'arrêtai, interdit, ne comprenant pas ce quelle voulait dire.

– J'ai les vêtements de Pierre, dit-elle. C'est son chandail et son tablier noir. Mme Yves a voulu que je me change parce que ma robe bleue était mouillée. Et puis ça n'était pas convenable.

Je m'aperçus alors qu'elle portait en effet des vêtements qui ne lui allaient pas. Le tablier trop court faisait paraître ses jambes encore plus longues et plus maigres, et elle avait chaussé des sabots beaucoup trop grands qui l'obligeaient à traîner les pieds afin de ne pas les perdre en marchant.

– Regarde, dit-elle. Je suis plus grande que Pierre. Et pourtant il a douze ans.

Elle me fit remarquer que les manches du tablier n'arrivaient pas à ses poignets et tendit les bras pour les faire paraître encore plus courtes.

– Oui, dis-je. Je vois.

Je la regardai, embarrassé. Un père avait sûrement quelque chose à dire dans une tragédie pareille. Il ne devait pas rester planté là comme moi à parler de vêtements.

– Je n'ai pas pu venir te chercher... commençai-je, mais elle ne me laissa pas finir. Elle me prit la main et dit :

– Je suis contente que tu ne sois pas venu plus tôt. Viens voir ce que nous avons fait, Pierre et moi.

Et elle me conduisit à une petite montagne de sable à côté d'un tas de verre brisé.

– Ça c'est le château, dit-elle en désignant le petit bibelot de verre qu'elle avait ce matin-là dans sa poche, et les bouts de verre, ce sont les maisons de Saint-Gilles. Ce gros-là, c'est l'église. Regarde, Pierre a apporté du gravier pour faire la route. Cette ligne de cailloux, c'est la rivière et cette branche tordue le pont. On y a joué tout l'après-midi.

Julie ne lui avait donc encore rien dit. Elle ne savait pas. Je jetai un coup d'œil derrière moi, espérant voir Julie ou Gaston, mais il n'y avait personne.

– Où est Mme Yves ? demandai-je.

– Dans la maison avec André et Gaston, dit-elle. Pierre est allé chercher du lait à la ferme. J'ai bu tout leur lait ce matin, il y en avait une petite cruche et c'est tout. Devine ce qu'on a eu pour déjeuner. Du poulet ! Mme Yves est allée attraper un vieux coq boiteux qui battait les autres. Elle a dit qu'il était temps qu'il prenne sa retraite, et il l'a prise bravement en mon honneur.

Elle me regarda, guettant ma surprise. Je ne dis rien. Je réfléchissais à la façon de lui annoncer ce qui était arrivé.

– Tu sais, dit-elle en baissant la voix, c'est très triste mais la mère de Pierre n'habite plus avec eux. Elle est partie pour Le Mans il y a quelques semaines et c'est pour ça que Mme Yves va faire la cuisine pour André et Pierre. C'est triste pour un petit garçon d'être sans mère et pour un mari d'être sans femme.

Je n'avais pas laissé assez de temps à Julie. C'était sûrement cela. Il y avait à peine une heure que Gaston lui avait porté mon message. Elle n'avait pas trouvé le moment opportun pour annoncer la nouvelle. Mais je me trompais.

– Notre situation ressemble beaucoup à la leur, reprit l'enfant. Tu t'es même brûlé comme André, mais sa brûlure à lui durera toute sa vie et la tienne seulement quelques jours. Et puis nous avons la consolation de savoir que maman est heureuse. Comme dit Mme Yves, il vaut mieux être au paradis avec Jésus qu'au Mans avec un mécanicien. – elle se releva en époussetant le sable de ses genoux : Quand Ernest est revenu avec le camion et a dit que maman avait été transportée à l'hôpital, j'étais sûre de ce qui allait arriver, continua-t-elle. Ce que je rêve se réalise presque toujours. Mais du moins c'est un accident. Dans mon rêve, nous essayions de la tuer exprès. Comment est-ce que maman a pu tomber par la fenêtre ?

– Je ne sais pas, dis-je. Personne ne sait.

– Moi je le saurai, dit-elle. Cela consolera maman au ciel, que nous sachions.

Elle ramassa le château de verre et le mit dans sa poche, puis me prit la main pour aller jusqu'à la loge. Julie y arrivait par la grille avec Gaston. Elle portait les vêtements de la petite sur le bras.

– C'est sec maintenant, nous dit-elle. Il faut te changer. Tu ne peux pas rentrer au château habillée comme ça. Allons, vite.

Elle mit les vêtements entre les bras de Marie-Noëlle et la fit entrer dans la loge en la bousculant un peu, puis me dit à mi-voix :

– Elle a été courageuse. Vous pouvez être fier d'elle.

– Cela a été trop soudain, répondis-je. Elle ne se rend pas encore compte.

Julie me jeta un regard de pitié comme ce matin quand nous contemplions ensemble l'enfant endormie.

– Vous connaissez donc si mal les enfants, monsieur Jean ? fit-elle. Vous vous imaginez que, quand ils ne pleurent pas, c'est qu'ils ne sentent rien ? Eh bien, vous vous trompez joliment. – elle parlait avec chaleur comme pour défendre l'enfant de je ne sais quelle accusation. Excusez-moi, la vérité c'est que la petite a gagné tous nos cœurs aujourd'hui. Mes condoléances, monsieur le comte, dans votre grand deuil.

Les conventions étaient rétablies entre nous. La concierge de la fabrique parlait au châtelain de Saint-Gilles. J'inclinai la tête et la remerciai ; puis, m'adressant de nouveau à elle en ami :

– Vous nous avez rendu un très grand service aujourd'hui, Julie, dis-je. J'ai pensé qu'il valait mieux que ce soit vous qui lui annonciez la nouvelle. J'avais raison.

– Elle n'a pas eu besoin qu'on la lui annonce, répondit-elle. C'est elle qui nous l'a annoncée. Le rêve l'avait avertie, qu'elle a dit. Moi, monsieur Jean, je n'ai jamais cru aux rêves, mais ce que je crois c'est que les enfants, comme les animaux, sont plus près de Dieu.

Elle regarda au loin vers la gentilhommière et le puits.

– Il va sans doute y avoir une enquête ? Vous ne ramènerez pas Mme Jean au château avant que tout soit terminé ?

– Une enquête ? répétai-je.

– C'est l'affaire des docteurs, affirma-t-elle en hochant la tête. Espé-rons que ça sera vite terminé. Ces choses-là sont toujours pénibles.

J'étais trop troublé, à l'hôpital, trop malheureux, pour penser à cet aspect de la question, mais Julie avait certainement raison. Cela devait faire partie des choses dont Paul et Blanche avaient parlé à l'hôpital après mon départ.

– Je ne sais pas au juste, Julie, dis-je. Je me suis remis de tout à M. Paul et à Mlle Blanche.

Marie-Noëlle sortit de la loge, vêtue de sa robe bleue et de son manteau. Elle embrassa Julie, nous prîmes congé, et Gaston nous ramena à Saint-Gilles. En franchissant la grille, je vis quatre autres voitures devant la terrasse.

– Il y a la voiture du docteur Lebrun, dit Marie-Noëlle, et aussi celle de M. Talbert. Je ne sais pas à qui sont les autres.

Talbert était l'auteur de la lettre que j'avais trouvée dans le coffre. Ce devait être le notaire de la famille.

Notre voiture se rangea derrière les autres et, comme nous en descendions, nous vîmes un gendarme en uniforme assis derrière le volant de la première voiture.

– C'est l'auto du commissaire de police, murmura Gaston. Il a dû venir de Villars avec maître Talbert et les docteurs.

– Qu'est-ce qu'ils viennent faire ici, tous ? questionna Marie-Noëlle. On ne va pas arrêter quelqu'un ?

– Cela se passe toujours comme ça en cas d'accident, dis-je. Il faut que je les voie. Va trouver Germaine et demande-lui de te faire la lecture.

– Germaine lit mal, dit-elle. Ne t'inquiète pas pour moi. Je te promets de ne plus te causer de souci, ni maintenant ni jamais.

Elle monta le perron de la terrasse et entra dans le château. Je me tournai vers Gaston.

– Le commissaire interrogera probablement votre femme, lui dis-je. Elle était là au moment de l'accident.

– Oui, monsieur le comte.

Il paraissait préoccupé. Je l'étais aussi. Le cauchemar de la journée n'était pas terminé. Dans le vestibule, j'entendis des voix venant du salon. Elles se turent quand j'ouvris la porte et tout le monde tourna les yeux vers moi. Je reconnus le docteur Lebrun et le docteur Moutier de l'hôpital. Le troisième visiteur était un petit homme gros et grisonnant ; le notaire Talbert sans doute. Le quatrième, l'air plus officiel, devait être le commissaire de police.

Ma première pensée fut pour la comtesse. Je regardai vers la cheminée et la vis toujours assise dans le même fauteuil, autoritaire, indomptable. Elle ne donnait aucun signe de fatigue et sa présence remplissait la pièce, rapetissant les autres personnages.

– Voici mon fils, monsieur, dit-elle au commissaire. – puis, s'adressant à moi : M. Lemotte a eu la bonté de venir lui-même de Villars pour poser les questions nécessaires.

Les trois hommes s'avancèrent vers moi pour m'exprimer leurs condoléances.

– Je suis au regret de devoir vous déranger en un pareil moment, monsieur, dit le commissaire de police.

– Comte, je suis atterré. Permettez-moi de vous assister dans cette cruelle épreuve, dit à son tour le notaire.

– Mon cher de Gué, je suis trop bouleversé pour trouver les mots qu'il faudrait, dit enfin le docteur Lebrun.

Les murmures de remerciements, les poignées de main, apportaient ici une certaine intimité et une certaine dignité, aidaient à meubler le vide gênant avant l'indispensable interrogatoire. Enfin, la politesse satisfaite, le commissaire se tourna vers moi.

– Le docteur Lebrun et le docteur Moutier m'ont dit tous les deux, monsieur, que votre femme attendait un enfant dans quelques semaines. Il paraît qu'elle se montrait particulièrement nerveuse ces derniers temps. Est-ce votre avis ?

– Oui, dis-je. C'est tout à fait exact.

– Peut-être s'exagérait-elle les dangers de l'accouchement ?

– Je le crois.

– Excusez-moi, monsieur, interrompit maître Talbert. Je pense qu'il convient de préciser que le comte et sa femme attendaient cette naissance avec beaucoup d'espoir. Ils souhaitaient un fils.

– Naturellement, dit le commissaire, c'est le cas de presque tous les parents.

– Particulièrement ici, dit le notaire, car, aux termes de leur contrat de mariage, la naissance d'un fils devait se traduire par un accroissement immédiat de revenus. Je sais, par ce qu'elle m'en a dit, que Mme Jean de Gué redoutait de décevoir son mari et toute la famille. Cela explique peut-être son excessive nervosité.

– Redouter est un mot un peu fort, maître Talbert.

A ces mots, tout le monde se tourna vers celle qui venait de les prononcer, assise dans son fauteuil près de la cheminée.

– Ma belle-fille n'avait rien à redouter d'aucun de nous. Nous avons de quoi vivre sans le contrat de mariage. Ce domaine appartient à la famille de mon mari depuis plus de trois cents ans.

Le notaire rougit.

– Je ne disais nullement, madame, que Mme Jean de Gué eût des raisons de s'alarmer au sujet de la situation matérielle. Simplement, elle se trouvait dans une position délicate, elle avait le sentiment d'une sorte de responsabilité. La naissance d'un fils aurait considérablement augmenté l'aisance financière. Elle le savait.

Le commissaire regarda le docteur Lebrun qui hésita, regardant d'abord la comtesse, puis moi.

– Mme Jean désirait vivement un fils, c'est certain, dit-il. Elle m'en a encore parlé la dernière fois que je l'ai vue, l'autre semaine. Cette inquiétude contribuait sans aucun doute à sa nervosité.

– Bref, dit le commissaire, Mme Jean de Gué avait les nerfs ébranlés. Excusez-moi, monsieur, je voudrais seulement établir que votre femme était spécialement agitée au moment de l'accident et sujette, de ce fait, aux étourdissements. Vous êtes d'accord, docteur ?

– Certes, certes.

– Et vous, monsieur ?

– Je crois, répondis-je. Elle était également inquiète au sujet de sa fille. Vous êtes au courant de ce qui est arrivé ?

– M. Paul de Gué et Mlle Blanche me l'ont raconté. De même que la femme de chambre. Je suis heureux qu'on ait fini par retrouver cette enfant, à la verrerie, m'a-t-on dit. Donc, vous avez vu Mme Jean de Gué, pour la dernière fois, ce matin avant de partir à la recherche de votre fille ?

– En effet.

– Était-elle très inquiète ?

– Pas plus, il me semble, que nous tous.

– Elle ne vous a pas proposé de se lever et de se joindre aux recherches ?

– Non.

– Vous l'avez laissée dans son lit où elle devait attendre votre retour et les nouvelles de la petite ?

– Oui.

– Tout le monde avait donc quitté la maison, à l'exception des deux femmes de chambre – Germaine qui a monté le petit déjeuner à Mme Jean de Gué puis fut envoyée au village par Mlle Blanche, et

Charlotte –, et la cuisinière, qui se trouvait en bas ; et, évidemment, Mme la comtesse dans sa chambre du deuxième étage. J'ai examiné l'endroit où votre femme est tombée, ajouta-t-il en s'adressant à moi. Je désirerais aller voir la chambre, si vous voulez bien.

– Assurément, dis-je.

– J'ai déjà interrogé Berthe, monsieur. Elle a vu votre femme se pencher par la fenêtre, comme pour atteindre quelque chose au dehors, m'a-t-elle expliqué, puis crisper les mains comme pour se retenir au vide et tomber. Berthe appela au secours ; la cuisinière et Charlotte l'entendirent aussitôt et accoururent. La cuisinière téléphona ensuite pour demander une ambulance à Villars, et le docteur Moutier nous a appris le reste. Je voudrais savoir si personne n'est entré dans la chambre après que Germaine, que j'ai interrogée tout à l'heure, y eut porté le petit déjeuner.

– Charlotte a pu y passer, dit Renée.

– Voudriez-vous la sonner, monsieur ? demanda le commissaire.

– Charlotte est ma femme de chambre particulière. Je la sonne, dit la comtesse.

Une main sortit du fauteuil et tira le cordon de sonnette.

– C'est Charlotte qui m'a annoncé l'accident. Elle était dans tous ses états. Vous n'apprendrez pas grand-chose par elle. Les domestiques perdent toujours la tête dans les catastrophes.

Quand Gaston parut, appelé par son coup de sonnette, elle lui dit que le commissaire désirait parler à Charlotte.

– Je ne vois pas très bien, dit Paul, quel intérêt il y a à savoir ce que Charlotte ou Germaine a pu dire à ma belle-sœur. C'est sans aucun rapport avec son malaise et sa chute.

– Je vous demande pardon, monsieur, dit le commissaire. Je comprends très bien tout ce que ceci a de pénible pour la famille. Je tiens seulement à m'assurer que la chute fut bien accidentelle. Malheureusement quand quelqu'un tombe par une fenêtre, ce n'est pas toujours le cas.

Renée frémit et devint soudain livide.

– Que voulez-vous dire ? demanda-t-elle.

– Madame, expliqua doucement le commissaire, une grande nervosité, comme celle constatée par le docteur Lebrun, peut provoquer des événements très graves. Je n'insinue pas que ce fut le cas ici. Je vous l'ai dit, mon opinion est que la cause la plus probable de cette chute fut un étourdissement soudain. Mais je dois m'en assurer.

– Vous voulez dire, demanda Blanche, que ma belle-sœur aurait pu tomber volontairement par la fenêtre ?

– C'est possible, madame. Mais peu probable.

Il y eut un soudain silence. Ce silence me parut, lorsque je regardai l'un après l'autre les êtres troublés qui m'entouraient, rempli d'un refus rapide et muet, né d'un sentiment secret de culpabilité, refus de reconnaître qu'aucun d'eux eût pu concourir à la mort de Françoise. Blanche, qui avait si bien réussi à détourner vers elle l'affection que Marie-Noëlle aurait dû normalement vouer à sa mère ; Paul avec ses doléances continuelles au sujet du contrat de mariage qui empêchait Françoise de subventionner l'industrie familiale ; Renée, qui ne s'était pas souciée du chagrin que son intrigue avec Jean pourrait causer à Françoise si celle-ci venait à l'apprendre ; et la comtesse dont l'amour maternel féroce et exclusif avait retiré à Françoise non seulement la tendresse de son mari, mais encore la place à laquelle elle avait droit dans la maison : aucun d'eux n'était dénué de responsabilité, tous avaient contribué à l'état d'esprit, qui avait peut-être mené Françoise à sa perte.

L'entrée de Charlotte produisit une détente dans l'atmosphère. Elle avait l'air vexé et méfiant.

– Madame la comtesse me demande ?

– M. Lemotte a quelques questions à vous poser, Charlotte, répondit la comtesse.

– Je désire savoir, dit le commissaire, si vous avez parlé ce matin avec Mme Jean de Gué avant son accident ?

Charlotte me jeta un regard furieux et je compris à son expression qu'elle croyait la question du commissaire due à quelque dénonciation de ma part. Elle pensait que j'avais rapporté sa visite dans la chambre de Françoise et qu'on allait l'en réprimander.

– Je n'ai vu Mme Jean que quelques minutes, dit-elle. Je n'ai pas rapporté, je n'ai rien fait de mal. Si monsieur le comte s'imagine que j'ai été faire des ragots, il se trompe. Je n'ai rien raconté à Mme Jean de la conversation au téléphone.

– La conversation au téléphone ? fit le commissaire. Quelle conversation ?

Charlotte dut se rendre compte qu'elle s'était trompée. Elle regarda avec rancune sa maîtresse puis moi. Le désir de se justifier d'une de ses actions l'avait fait se trahir et en révéler une autre.

– Je vous demande pardon, dit-elle. Je croyais que M. le comte me reprochait quelque chose. Il se trouve que j'ai entendu un coup de téléphone qu'il a donné à Paris, mais je n'en ai jamais parlé à Mme Jean. Je sais me taire. Je n'avais aucune raison d'ajouter à ses soucis.

Tout le monde se tourna vers moi. De l'air soupçonneux de Renée à la gêne visible du docteur Lebrun, la conclusion était évidente. Ce fut la comtesse qui rompit le silence.

– La communication téléphonique de mon fils était purement commerciale, dit-elle. Elle est sans aucun rapport avec la situation qui nous occupe présentement.

Le commissaire eut une petite toux d'excuse.

– Je n'ai pas l'intention de m'immiscer dans les affaires financières de M. Jean de Gué, madame, dit-il, mais tout événement susceptible d'avoir accru l'inquiétude de sa femme m'intéresse. – et se tournant vers moi : Était-elle au courant de cette conversation téléphonique ? demanda-t-il.

– Oui, répondis-je.

– Il n'y avait rien là de nature à la tourmenter ?

– Absolument rien. Il s'agissait d'un contrat que j'avais négocié à Paris.

Le commissaire revint à Charlotte.

– Pourquoi pensez-vous que le coup de téléphone à Paris aurait pu ajouter aux soucis de Mme Jean de Gué ? demanda-t-il.

Son ton n'était pas dur mais brusque. Charlotte, déjà hostile, vit un nouveau reproche. Une fois de plus, elle me lança un regard hargneux.

– C'est à M. le comte de le dire, ce n'est pas à moi, répondit-elle.

Paul intervint.

– C'est complètement ridicule, dit-il. Mon frère a renouvelé un contrat avec la maison Carvalet à Paris qui achète une très grande partie de nos verres. Nous en avons été ravis. Sinon, nous aurions été obligés de fermer la verrerie. Maintenant, le contrat est renouvelé dans des conditions qui nous permettent de poursuivre notre production, au moins pour six mois. Ma belle-sœur s'en est réjouie comme nous tous.

Talbert s'avança l'air intrigué.

– Je ne voudrais pas vous contredire, monsieur, dit-il à Paul, mais vous devez vous tromper. Carvalet m'a envoyé la copie du nouveau contrat que j'ai reçue ce matin même. Il diffère considérablement du précédent, et les conditions en sont nettement désavantageuses pour vous. J'ai été stupéfait en le lisant. Naturellement, le drame d'aujourd'hui me l'avait fait oublier, mais, puisque vous en parlez… – il me regarda : Il se pourrait que Mme Jean de Gué en ait eu du souci. Elle a dû comprendre que la naissance d'un héritier était plus souhaitable que jamais.

Paul me regarda, stupéfait.

– Qu'est-ce que cela signifie? fit-il. Comment le contrat pourrait-il être désavantageux pour nous? Les conditions en sont on ne peut plus favorables.

– Non, dis-je.

Je vis le commissaire regarder sa montre à la dérobée. Les finances embrouillées des de Gué ne le regardaient pas.

– J'expliquerai cette affaire de contrat à mon frère plus tard, lui dis-je vivement. Je puis vous affirmer que ma femme n'en a pas été tourmentée le moins du monde. Je l'avais mise dans la confidence, et cela lui avait fait plaisir. Je n'ai rien à ajouter à ce sujet. Voulez-vous à présent monter voir la chambre?

– Je vous remercie, monsieur. – puis se tournant vers Charlotte pour conclure l'interrogatoire : A part son inquiétude bien naturelle pour la petite fille, vous avez trouvé Mme Jean de Gué comme à son habitude? demanda-t-il.

Charlotte haussa les épaules.

– A peu près, dit-elle d'un air maussade. Je ne peux pas dire. Mme Jean était facilement découragée, abattue. Elle m'a dit qu'on lui avait cassé des bibelots de porcelaine qu'elle aimait particulièrement et que ça l'avait désolée. Elle tenait beaucoup à ces objets. Elle les époussetait elle-même et ne permettait à personne d'y toucher. Elle disait : « Ça, au moins, c'est à moi, ça n'appartient pas à Saint-Gilles. »

La réplique venimeuse nous visait tous. Elle accusait le château tout entier. Je me demandais si le commissaire se représentait Françoise telle que je la voyais, créature esseulée cramponnée aux trésors de sa maison natale, délaissée, abandonnée, sans autre attrait que sa fortune.

Le commissaire me demanda à voir la chambre et je l'y conduisis tandis que les autres demeuraient au salon. Dans le couloir du premier étage, il s'arrêta :

– Je veux vous dire une fois encore tout mon regret du dérangement que je vous cause dans un moment pareil.

– Ne vous excusez pas, répondis-je. Vous y mettez beaucoup de délicatesse.

– C'est une chose curieuse, reprit le commissaire mais généralement, après un drame comme celui-ci, les plus proches du défunt se sentent, comment dirais-je, presque fautifs. Ils se demandent s'ils n'en sont pas responsables et ce qu'ils auraient dû faire pour le conjurer. Dans le cas présent, il n'y avait rien à faire. Toutes les personnes qui comptent ici étaient absentes du château. Malheureusement. Mais ce n'était la faute de personne. La seule responsable peut-être serait votre fillette et elle ne le saura jamais.

J'ouvris la porte de la chambre à coucher, et je vis en entrant que les volets n'étaient plus fermés, ainsi que je les avais laissés, mais grands ouverts de même que les fenêtres. Les pieds de la petite touchaient encore le sol mais son corps était penché sur la barre d'appui et une seule main la retenait au cadre de la fenêtre ; l'autre, ainsi que les épaules, nous étaient invisibles. J'entendis le commissaire retenir son souffle. Je posai la main sur son bras. Notre instinct nous poussait tous deux à nous élancer, mais nous risquions de l'effrayer et de lui faire perdre l'équilibre. Pendant une éternité de dix secondes, nous attendîmes, immobiles. Puis, la petite main descendit le long du cadre où elle s'appuyait, les pieds se posèrent plus fermement sur le sol, le torse se redressa et toute sa personne surgit de l'espace extérieur. Elle se retourna, décoiffée, les yeux brillants.

– Je l'ai, dit-elle. Il s'était accroché sur le rebord extérieur.

Le commissaire retrouva la parole avant moi. Paralysé par l'émotion, j'étais incapable de rien dire. Je regardais fixement Marie-Noëlle saine et sauve, ignorante du danger qu'elle venait de courir. Elle tenait à la main une espèce de chiffon.

– Qu'avez-vous là, mon enfant ? lui demanda le commissaire avec douceur.

– Le médaillon de maman, dit-elle, le médaillon que papa lui a apporté de Paris la semaine dernière. Elle a dû secouer son essuie-meubles par la fenêtre comme elle faisait toujours et le médaillon se sera pris dedans. Ils étaient tous les deux sur le rebord. Je les ai vus en me penchant. – elle vint à nous : Regardez, dit-elle, l'épingle du médaillon est plantée dans l'essuie-meubles. Si je ne m'étais pas tellement penchée, je ne les aurais jamais eus. Maman aurait dû sonner, Gaston ou quelqu'un d'autre les aurait ramassés. Mais elle était impatiente et elle a cru qu'elle pourrait les atteindre toute seule.

L'enfant regarda le commissaire.

– Vous êtes croyant ? demanda-t-elle.

– Mais oui, mademoiselle, fit-il interdit.

– Pas papa. C'est un sceptique. Mais si j'ai retrouvé le médaillon et l'essuie-meubles, c'est une réponse à mes prières. J'ai dit à la Sainte Vierge : « Je n'ai pas fait grand-chose pour maman quand elle vivait, laissez-moi faire quelque chose pour elle maintenant qu'elle est morte. » La Sainte Vierge m'a dit de me pencher par la fenêtre. Je n'en avais pas envie. C'était désagréable. Mais j'ai trouvé le médaillon. Je ne sais toujours pas à quoi ça peut servir à maman, à moins qu'elle soit contente au paradis de penser que sa fille porte son médaillon et qu'il ne restera pas à rouiller, oublié sur un rebord de pierre.

CHAPITRE XXIII

Avant de partir, le commissaire me déclara qu'il était à peu près certain que ma femme était tombée par la fenêtre accidentellement, et me convoqua pour le lendemain matin onze heures. Il savait, ajouta-t-il, que mon frère avait pris les dispositions nécessaires pour que le corps fût ramené au château. Il me renouvela ses condoléances et je lui renouvelai mes remerciements. Un instant plus tard, sa voiture s'éloignait, suivie de peu par celles des deux médecins. Il ne restait plus que le notaire, qui eut le bon goût de s'excuser de sa présence.

– Je ne suis resté, monsieur, dit-il, que parce que j'ai appris par une conversation que je viens d'avoir avec votre frère qu'il ne savait absolument rien des conditions du nouveau contrat Carvalet. J'ai pensé que quelques mots pourraient éclaircir la situation.

– Rien n'éclaircira la situation, dis-je, sauf de donner le contrat à lire à mon frère. Il est à sa disposition. Je l'ai rangé là-haut dans mon cabinet de toilette.

Paul hésita.

– Je suis navré de paraître insister en un moment pareil, dit-il, mais tu ne dois pas m'en vouloir. D'après ce que m'a dit maître Talbert, le nouveau contrat diffère de l'ancien sur les points essentiels. Cela signifie-t-il que tout ce que tu nous as raconté à Jacques et à moi à ton retour de Paris était un mensonge ?

– Oui, répondis-je.

– En quoi cela te regarde-t-il ? interrompit sa mère. C'est Jean qui est propriétaire de la verrerie, ce n'est pas toi. Il avait parfaitement le droit de conclure tous les accords qu'il voulait.

– C'est moi qui essaie de la diriger, non ? dit Paul. Dieu sait que la tâche a toujours été ingrate. J'aurais préféré faire autre chose, seulement il n'y avait personne pour me remplacer. Mais pourquoi Jean a-t-il menti, voilà ce que je voudrais savoir. Pourquoi nous a-t-il tous traités comme des imbéciles ?

– Je ne vous ai pas traités comme des imbéciles, dis-je. J'ai choisi la seule façon, selon moi, de sauver la verrerie. J'ai changé d'avis à mon retour de Paris. Ne me demande pas pourquoi. Tu ne comprendrais pas.

– Comment comptais-tu te procurer les capitaux ? demanda Paul. Maître Talbert dit que, aux nouveaux prix, la verrerie travaillera entièrement à perte.

– Je ne sais pas. Je n'y avais pas réfléchi.

– Vous espériez un héritier, fit le notaire venant à mon secours. C'est sans doute pour cela que vous vous étiez confié à Mme Jean de Gué. Évidemment, la façon dont les choses ont tourné…

Il s'interrompit. La discrétion l'arrêtait. La comtesse le regarda du fond de son fauteuil.

– Eh bien ? dit-elle. Finissez votre phrase, maître. La façon dont les choses ont tourné… ?

Le notaire s'adressa à moi sur un ton d'excuse :

– Je suis sûr que ce n'est un secret pour personne dans votre famille, monsieur, qu'aux termes du contrat de mariage une fortune considérable vous échoit à la mort de votre femme.

– Ce n'est nullement un secret, en effet, dis-je.

– De sorte, à présent, continua le notaire, que le contrat Carvalet soit favorable ou non importe assez peu. L'augmentation de votre capital couvrira aisément les pertes.

Personne ne semblait s'apercevoir ou se soucier du fait que Marie-Noëlle était assise sur un tabouret à côté de sa grand-mère et écoutait la conversation avec une attention intense.

– Est-ce que M. Talbert veut dire que papa va avoir tout de même de l'argent ? dit-elle. Je croyais qu'il ne devait en recevoir que si j'avais un petit frère ?

– Tais-toi, lui dit sa grand-mère.

– Oui… commença lentement Paul. Nous n'étions pas sans le savoir. Mais ce ne sont pas des choses dont on parle en famille. Naturellement, nous espérions tous que ma belle-sœur aurait un garçon.

Le notaire ne dit rien. Que pouvait-il dire d'ailleurs ? Paul se tourna vers moi.

– Excuse-moi, mais, si tu le permets, j'estime que j'ai le droit de voir le contrat.

Je posai le trousseau de clefs sur la table.

– Il est dans la valise, dans l'armoire. Va le prendre si tu veux.

Marie-Noëlle sauta de son siège.

– Je vais le chercher, dit-elle en s'emparant des clefs.

Elle était sortie de la chambre avant qu'aucun de nous eût songé à l'arrêter. Qu'importait d'ailleurs ? Il fallait bien dévoiler le contrat.

– Vraiment, Paul, intervint Renée, tu manques de tact. Comme dit maître Talbert, la mort de cette pauvre Françoise change tout et je ne trouve pas que ce soit le moment de parler d'affaires. Cela me gêne beaucoup et ce doit être très pénible pour Jean.

– C'est pénible pour toute la famille, rétorqua Paul. Je ne demande pas que la verrerie profite de la mort de Françoise. Je ne veux pas être traité comme un idiot, c'est tout.

Maître Talbert était mal à l'aise.

– Je m'excuse, dit-il. Je n'en aurais pas parlé si j'avais su qu'il existait entre vous ce malheureux malentendu sur les conditions du contrat. Bien entendu, poursuivit-il en s'adressant à moi, je suis tout à votre disposition pour discuter cette affaire et d'autres, au jour et à l'heure qui vous conviendront, après les obsèques.

– Les obsèques auront lieu vendredi, dit la comtesse. J'ai arrangé cela avec M. le curé. On ramènera ma belle-fille ici demain et elle reposera au château mercredi et jeudi afin que nos amis et voisins aient tout le temps de venir s'incliner devant elle. Je les recevrai moi-même. – le notaire la salua : Vous aurez la bonté, maître, reprit-elle, de faire en sorte que l'annonce du décès soit envoyée aux journaux ce soir même afin qu'elle paraisse demain. Je l'ai rédigée.

Elle prit des feuillets de papier posés sur ses genoux et les lui tendit.

– M. le curé doit demander à la Mère supérieure du couvent de Lauray d'envoyer des sœurs au château pour veiller pendant la nuit de demain, de mercredi et de jeudi. – elle se tut pour réfléchir un instant en tapotant du bout des doigts les bras de son fauteuil : Les porteurs seront évidemment choisis parmi nos gens de domaine. Espérons que ce beau temps durera. Mon mari est mort en hiver, la neige recouvrait le sol et les hommes avaient peine à ne pas glisser en le portant sur le pont.

Les pas de Marie-Noëlle courant dans l'escalier et le vestibule nous parvinrent par la porte ouverte.

– Pas tant de bruit, petite, dit la comtesse, comme l'enfant faisait irruption dans la pièce. On marche doucement dans une maison en deuil.

Marie-Noëlle alla tout droit à Paul et lui remit le document.

– Tu permets ? demanda-t-il en me regardant.

– Naturellement, répondis-je.

On n'entendit pas d'autre bruit pendant quelques moments que le froissement du papier lorsque Paul tournait les pages épaisses du contrat. Puis s'adressant à moi :

– Tu te rends bien compte, dit-il d'une voix sans timbre qui ne trahissait rien de ce qu'il devait éprouver, tu te tends bien compte que ce contrat va à l'encontre de tout ce dont nous étions convenus avant ton départ pour Paris ?

– Oui, dis-je.

– Tu as signé et renvoyé le double ?

– Je l'ai signé samedi au bureau et l'ai mis à la poste en rentrant.

– Alors il n'y a plus à y revenir. Comme dit maman, la fabrique t'appartient, tu peux faire ce qu'il te plaît. Seulement, en ce qui me concerne, il me devient désormais impossible de la diriger pour toi.

Il se leva et me rendit le contrat. Son visage amer et las me parut soudain vieilli.

– Dieu sait que je ne prétends pas être un aigle, dit-il, mais, si j'avais été à Paris, j'aurais tout de même obtenu mieux que cela. Seul un homme ayant d'immenses capitaux derrière lui pouvait se permettre de signer dans des conditions pareilles. Il me semble que tu étais dans un état d'euphorie et d'insouciance inouïes tout le temps que tu as passé à Paris.

Pendant un moment, personne ne parla. Puis la comtesse tendit la main vers le cordon de sonnette.

– Je crois inutile de retenir davantage maître Talbert, dit-elle. Une discussion sérieuse sur l'avenir de la verrerie me paraît parfaitement déplacée pour l'instant. D'ailleurs, je suis sûre qu'il a beaucoup à faire à Villars tout comme nous au château.

Le notaire serra la main de chacun de nous et suivit Gaston qui l'accompagna jusqu'à sa voiture.

La comtesse me scruta du regard :

– Tu as mauvaise mine, Jean. Tu as eu une journée très éprouvante. Tu devrais aller te reposer. Tu as juste une heure avant d'aller à l'église. M. le curé doit faire dire une messe spéciale pour Françoise. Après quoi nous irons tous à Villars à la chapelle de l'hôpital.

Elle cherchait les lunettes pendues sur sa poitrine avec son crucifix, et se mit à griffonner des noms et des adresses sur des feuillets.

Je sortis et m'arrêtai dans le parc derrière les douves. Les vaches paissaient et le soleil plongeait derrière les arbres. Près du pigeonnier, les cendres du feu de feuilles blanchissaient. Bientôt, la brume se lèverait, enveloppant le château. Avec ses volets clos, ses fenêtres fermées, il était déjà en dehors du soir vivant, étranger aux corneilles qui volaient vers les bois et aux vaches noires et blanches qui paissaient l'herbe.

Paul vint me rejoindre sur la terrasse. Il fuma quelques instants sans parler, puis jeta nerveusement sa cigarette et dit brusquement :

– Tu sais, ce que j'ai dit tout à l'heure, je le pensais.

– Qu'as-tu dit tout à l'heure ?

– Qu'il m'était impossible de continuer à diriger ta fabrique.

– Tu as dit cela ? Excuse-moi. J'avais oublié.

Je le regardai bien en face, son visage perplexe et las sembla prendre les traits soupçonneux de celui de sa sœur Blanche telle que je l'avais vue me dévisager quelques heures auparavant dans le petit bureau d'attente de l'hôpital. Je savais que son doute soudain à mon endroit, et aussi son aversion, ne provenaient pas simplement de sentiments remontant à notre enfance, à des blessures, des jalousies, des querelles puériles muées par la suite en méfiance et en envie : ils étaient provoqués également par les maladresses que j'avais commises au nom de son frère, par des erreurs et des faiblesses que je ne pouvais lui expliquer. J'aurais pu essayer de gagner sa camaraderie, son amitié ; au lieu de cela, je l'avais vexé, j'avais semé les germes de nouveaux conflits, de nouveaux griefs, et sa rancœur présente faisait partie des dégâts causés par moi, tout autant que l'immobilité de Françoise sur son lit d'hôpital.

– Quelles sont tes raisons ? demandai-je.

– Mes raisons ? – il regardait le fossé : Nous ne nous sommes jamais entendus, tu le sais. Tu as toujours eu tous les privilèges et moi toutes les avanies. J'en avais pris l'habitude. Tu m'as demandé de diriger la fabrique parce que personne d'autre ne voulait s'en charger après la mort de Maurice et que tu étais trop paresseux pour le faire toi-même. Moi j'ai accepté dans l'intérêt de la famille, pas par amour pour toi. Du moins avais-je jusqu'ici respecté ton jugement en affaires. Maintenant je ne peux même plus.

Sa voix amère, hostile, exprimait une perte de foi non seulement dans son travail mais en lui-même, comme si ce qu'il s'était efforcé d'accomplir depuis des années s'était révélé totalement inutile et vain. L'absurde contrat qu'il venait de lire, décidé par un étranger en cinq minutes de conversation téléphonique, aurait été – à l'entendre – rédigé dans le dessein délibéré de le ridiculiser, de démolir tout ce qu'il avait patiemment essayé de bâtir.

– Et si, dis-je lentement, je m'en remettais dorénavant à ton jugement en affaires et non toi au mien ?

– Que veux-tu dire ?

Son regard malheureux, incrédule, me rappela les photos de l'album où on le voyait toujours au bord du groupe dont le personnage central retenait toute l'attention.

– Tu as dit tout à l'heure dans le salon que tu n'étais pas un aigle, commençai-je, mais que, pourtant, si tu avais été à Paris, tu aurais obtenu de meilleures conditions que moi. Tu as raison, tu les aurais obtenues. Alors, si, à l'avenir, tu te chargeais de cette partie de l'affaire : voyager, nous représenter à Paris, à Londres, où tu voudras, prendre des commandes, nouer de nouvelles relations, voir des gens, parcourir le monde entier si tu en as envie, pendant que moi je resterais ici ?

Il se redressa et m'observa, surpris et méfiant.

– Tu parles sérieusement ?

– Oui, répondis-je.

Puis, comme il semblait encore hésitant :

– Tu n'as pas envie de voyager ? Tu n'as pas envie de partir ?

– Pas envie de partir ? – il eut un rire bref et sans joie : Bien sûr que j'ai envie de partir ! J'en ai toujours eu envie. Mais je n'en ai jamais eu les moyens ni l'occasion. Et puis tu ne m'as jamais rien facilité.

– Je te le facilite aujourd'hui.

La contrainte entre nous, un instant dissipée, renaissait. Il détourna les yeux.

– Tu veux jouer au bienfaiteur parce que tu viens d'hériter d'une fortune, c'est ça ? demanda-t-il.

– Je n'y avais pas pensé sous ce jour, dis-je. Mais je viens de me rendre compte que ta vie n'a pas toujours été drôle. Je le regrette.

– Un peu tard au bout de tant d'années.

– Peut-être. Je ne sais pas. Tu n'as pas répondu à ma question.

– Tu veux dire, fit-il, que tu me laisserais libre de voyager en Europe ou même en Amérique, pour visiter d'autres fabriques, de petites affaires comme la nôtre, voir comment elles fonctionnent avec des méthodes plus modernes, de façon qu'à mon retour ici au bout de six mois, par exemple, nous puissions les adopter à Saint-Gilles ?

La voix tout à l'heure amère et rancunière était soudain ardente, vivante. Je n'avais pas imaginé une seule des propositions qu'il mentionnait, je n'avais fait qu'obéir à un regret sincère de m'être immiscé dans sa vie, mais j'étais sans le vouloir tombé sur une idée qui allait donner un sens nouveau à son existence. Au lieu de se regarder toujours comme le cadet, exploité, opprimé, payé d'ingratitude, il se voyait devenu celui qui décide, qui apporte une vie nouvelle à une entreprise usée, mourante, sauvant à la fois la tradition et lui-même.

– Je te crois capable de faire tout cela et davantage, dis-je. Parles-en à Renée, vois ce qu'elle en pense. Je ne veux pas te forcer.

– Renée… – il demeura un moment plongé dans ses réflexions, le sourcil froncé, puis, avec une certaine gaucherie, une certaine hésitation : Ce pourrait être la solution pour tous les deux, reprit-il.

Nous ne sommes pas très heureux ensemble, tu le sais. Si je l'emmenais loin d'ici, tout pourrait changer. Elle a l'impression de perdre son temps et sa jeunesse à Saint-Gilles ; si nous voyageons, si nous nous faisons des relations, si elle a une certaine activité à déployer, elle cessera de s'ennuyer, d'être insatisfaite, et moi je deviendrai un compagnon plus agréable. Je ne lui ferai plus l'effet d'un rustre comme ici.

Il regardait droit devant lui une nouvelle image de lui-même, et, chose curieuse, je le voyais moi aussi avec une pitié presque douloureuse, cet homme que Paul souhaitait devenir, portant des vêtements plus seyants, une cravate plus voyante, jouant au ping-pong sur un transatlantique, buvant des cocktails dans un bar avec Renée. Je voyais, par ses yeux, Renée lui sourire, élégante et soignée, et leur couple environné de la petite auréole de succès qui les rendrait plus aimables l'un pour l'autre.

– Puis-je en parler à Renée ce soir même ? fit-il brusquement. Avant que tu n'aies le temps de changer d'avis ?

– Je ne changerai pas d'avis. Bonne chance, Paul.

Et bêtement, comme un personnage de comédie démodée, je lui tendis la main qu'il serra, l'air roide, comme pour sceller un pacte. Je me demandais si c'était là le pardon de mes récentes erreurs personnelles ou s'il s'étendait à un passé où je n'étais pour rien.

Paul se retourna et entra dans le château. Je restai à contempler les bêtes blanches et noires qui se découpaient sur le fond sombre des arbres, à respirer la première fraîcheur du soir qui montait des hautes herbes.

Je voulus profiter de la solitude et du silence et prier pour Françoise morte à cause de ma folie et de ma négligence, prier comme je ne serais plus capable de le faire à sa messe spéciale ni dans la chapelle de l'hôpital où je jouerais le rôle de son mari, où je serais obligé de mentir et de tromper.

La cloche de l'église sonnant le glas rompit lugubrement le silence et j'allai rejoindre les autres dans le vestibule. Je compris que nous ne traverserions pas le village à pied comme le dimanche, mais que nous nous rendrions cérémonieusement à l'église en voiture. La Renault et la Citroën furent toutes deux amenées devant la terrasse, l'une conduite par Gaston en uniforme, l'autre par Paul.

Les trois femmes, déjà en grand deuil, suivies de Marie-Noëlle vêtue d'un manteau d'hiver de couleur sombre, montèrent en voiture selon un ordre de préséance réglé d'avance : la comtesse, moi-même et la petite dans la Renault ; Paul, sa sœur et sa femme dans la Citroën.

Nous roulâmes lentement sur le pont, préfigurant le cortège funèbre du vendredi, et, toujours avec la même solennelle ordonnance, descendîmes de voiture après un trajet de deux minutes, entrâmes à l'église et prîmes nos places au premier rang comme à la messe du dimanche.

Je me demandais, à genoux, quelles prières humbles ou ferventes s'élevaient de l'âme de ceux qui m'entouraient et s'ils imploraient le repos pour Françoise disparue ou le pardon pour eux-mêmes ; et il me sembla que ces deux demandes devaient se confondre, l'objet suprême de toutes ces prières étant l'abolition de l'angoisse et de la peine. Les voiles dans lesquels s'enveloppaient la mère, sa fille, et sa bru, leur prêtaient une ressemblance, si bien qu'elles avaient un peu l'air de trois aspects d'un même personnage, du triptyque d'une même allégorie. Qu'éprouvaient-elles, je n'aurais pu le dire, mais la petite, dont la tête aux cheveux courts ne portait pas de voile, semblait le symbole d'un bien évanoui, de l'innocence perdue, de la jeunesse disparue pleurée par ces formes voilées.

L'office terminé, nous remontâmes en voiture pour aller à Villars nous recueillir quelques instants dans la chapelle. Chose curieuse, le spectacle n'était pas pénible, macabre, comme je m'y attendais. Le visage cireux et infiniment détaché à présent de Françoise n'avait plus les traits de celle que nous avions tous trahie mais faisait penser à je ne sais quel personnage momifié, lointain, découvert après des siècles dans une tombe égyptienne. J'observais l'enfant, craignant ses larmes ou son effroi, mais je ne vis rien de semblable. Elle regardait avec intérêt les deux religieuses, les cierges, les fleurs, et je me rendis compte que pour elle comme peut-être pour nous tous, le chagrin et le regret n'avaient pas leur place ici mais uniquement la curiosité et un vague étonnement. En quittant la chapelle, Renée fut la seule à pleurer. Je la vis sortir son mouchoir et Marie-Noëlle détourna le regard en rougissant, gênée par les larmes d'une grande personne.

Il était près de huit heures et demie quand nous rentrâmes au château où le curé dîna avec nous. La comtesse, que je n'avais encore jamais vue dans la salle à manger, prit place en face de moi au bout de la table et sa présence, en dépit des récents événements, mit soudain dans la pièce je ne sais quelle chaleur et quelle élégance. Ce repas de deuil en prenait presque l'aspect d'un dîner de Nouvel An et je m'attendais incongrûment à voir Gaston apporter l'oie ou la dinde. Il aurait dû y avoir des petits fours dans des collerettes de papier plissé et une boule de gui pendue au plafond. Les voix, d'abord assourdies, s'élevèrent peu à peu au cours du repas et, une fois le dessert terminé et le plateau du café porté au salon où nous suivîmes la comtesse, l'on eût presque dit qu'après le départ des domestiques nous allions nous mettre à jouer aux petits jeux et à faire griller des marrons dans la cheminée. Mais lorsque le curé eut pris congé, la comtesse donna pour la première fois des signes de faiblesse ; je vis son visage devenir soudain couleur de cendres. Des gouttes de sueur perlaient à son front et coulaient sur ses joues, et son regard errant à travers la pièce perdit toute vie et toute attention. Paul avait été reconduire le curé et ni Blanche, ni Renée, ni la petite occupée à feuilleter un livre, ne s'aperçurent de rien.

Je lui dis tout bas :

– Je vais t'accompagner à ta chambre.

Elle me regarda sans paraître comprendre, je la soutins de mon bras et elle s'y abandonna en tremblant. Je dis à voix assez haute pour être entendu des autres :

– Je crois que le mieux serait que nous voyions ensemble les listes dans ta chambre.

Elle se redressa, s'appuya plus fermement à mon bras, et, comme nous nous dirigions vers la porte, elle lança d'une voix nette et sans effort :

– Bonsoir, bonsoir tout le monde. Ne vous dérangez pas. Nous avons des questions à discuter là-haut, Jean et moi.

Ils se levèrent tous et Blanche s'avança en disant :

– Tu n'aurais pas dû descendre, maman. C'était un trop gros effort pour toi.

Sa voix avait juste l'acidité nécessaire pour provoquer une riposte, et sa mère, lâchant mon bras, se retourna aussitôt et lui rétorqua :

– Quand j'aurai besoin de tes conseils, je te les demanderai. Il y a quatre cents enveloppes à écrire avant demain soir. Vous feriez peut-être bien de commencer dès maintenant ; la petite pourrait vous aider.

Nous montâmes ensemble l'escalier. Elle s'arrêta un instant sur le palier du premier étage pour reprendre son souffle et demanda :

– Pourquoi ai-je dit ça ? Quatre cents invitations à quoi ?

– A l'enterrement, dis-je, à l'enterrement, vendredi.

– L'enterrement de qui ?

– De Françoise, répondis-je. Françoise est morte aujourd'hui.

– Naturellement, dit-elle. Je l'avais oublié un instant. Je pensais à l'époque où nous faisions des listes pour le mariage de Blanche. Les invitations étaient imprimées mais elles n'ont pas servi.

Elle me reprit le bras et nous gravîmes le second étage. Comme nous nous engagions dans le couloir qui conduisait à la chambre de la tour, j'eus l'impression que les ombres se rassemblaient autour de nous, et que le silence devenait plus profond, que nous reculions dans un passé toujours présent.

Charlotte nous ouvrit la porte et je vis tout de suite à son visage qu'elle avait peur. Elle me lança un regard soupçonneux, angoissé, et, quand la comtesse eut passé devant elle, elle me dit tout bas :

– Les boîtes ne sont plus dans le cabinet de toilette.

– Je sais, dis-je. C'est moi qui les ai enlevées.

– Pourquoi ça ? fit-elle. J'en aurai besoin ce soir.

– Non, dis-je.

Je rejoignis la comtesse à l'intérieur de la chambre.

– Déshabille-toi et couche-toi, maman. Tu dormiras ou tu ne dormiras pas. Ça ne fait rien. Je passerai la nuit auprès de toi.

Son ombre projetée au plafond, ombre de sorcière monstrueuse et dominatrice, rejoignait les lourds rideaux et les tentures du lit mais, quand elle se tourna vers moi, son mouvement rapetissa l'ombre qui se ramassa vers le sol, et je retrouvai le sourire de la femme qui tenait sa cour dans la salle à manger et qui avait donné un air de fête à notre deuil, opposant au drame son ironie et son orgueil.

– C'est le monde renversé, dit-elle. Il y a bien longtemps qu'un de nous n'a veillé au coucher de l'autre. Tu as eu plus de quarante de fièvre à douze ans. Je suis restée près de toi à te baigner le visage. C'est ça que tu te proposes de me faire cette nuit ?

Elle rit et me fit signe de sortir de la chambre, puis appela Charlotte. Je redescendis au salon où je trouvai les autres en train d'éteindre les lampes et prêts à regagner leurs chambres. Marie-Noëlle se dirigeait vers l'escalier, la main dans celle de Blanche, son petit visage blême de fatigue à la fin de la terrible journée.

– Tu viendras me dire bonsoir, papa ?

– Oui, promis-je, et j'entrai dans la salle à manger pour y chercher une cigarette.

En revenant dans le vestibule, je vis que Renée, au lieu de suivre les autres, m'avait attendu au pied de l'escalier. Cela me rappela le premier soir où, dans ce même vestibule, j'avais soudain entendu son pas derrière moi et où elle m'était apparue en peignoir, les cheveux épars. Elle n'était plus, ce soir, ni amoureuse, ni furieuse, ni chagrine, mais assagie et quelque peu honteuse, comme si elle acceptait que le drame de ce jour dût dresser entre nous une barrière définitive.

– Alors, tu veux te débarrasser de nous, de Paul et de moi ? dit-elle. Tu préparais cela depuis ton retour de Paris ?

Je secouai la tête.

– Rien n'était moins préparé. C'est ce soir sur la terrasse que l'idée m'est venue. Si elle te déplaît, n'y pense plus.

Elle ne répondit pas tout de suite, elle semblait réfléchir, puis elle me dit :

– Tu as changé, Jean. Je ne parle pas de ce qui s'est passé aujourd'hui et du choc terrible que cela a été pour toi ; non, le changement remonte à quelque temps déjà. Tu n'es plus le même.

– En quoi ai-je changé ?

Elle haussa les épaules.

– Ce n'est pas seulement que tu as changé envers moi. Je me rends compte maintenant qu'il ne s'agissait pour toi que d'un jeu ces derniers mois. Tu t'ennuyais, tu n'avais rien à faire, et je me suis trouvée là. Mais tu as changé en toi-même, tu es devenu plus dur, plus fermé.

– Plus dur ? dis-je. J'aurais cru le contraire. Plus mou, plus faible à tous égards.

– Oh ! non ! – elle me regarda pensivement : Je ne suis pas la seule à l'avoir remarqué. Paul a dit la même chose, il y a un jour ou deux, quand tu t'es brûlé la main. Tu es devenu plus lointain, pas seulement à mon égard, mais envers tout le monde. C'est pourquoi nous avons été si étonnés tous les deux que tu nous proposes de voyager au lieu de voyager toi-même. Ta conduite de cette semaine donnait plutôt l'impression que tu n'aspirais qu'à une chose : t'en aller d'ici.

Je la regardai, déconcerté.

– Ma conduite donnait cette impression ? répétai-je.

– Franchement, oui.

– Ce n'est pas vrai, dis-je. Je n'ai pas cessé de penser à vous tous, nuit et jour. Le château, la fabrique, maman, la petite, toute la famille, vous étiez continuellement dans ma pensée. Je ne voudrais surtout pas m'en aller.

Elle paraissait incrédule.

– Je ne te comprends pas, dit-elle. A vrai dire, je ne t'ai sans doute jamais compris. Et si, un moment, je l'ai cru, j'étais folle. Tu n'as jamais été amoureux de moi, n'est-ce pas ? Pas une minute ?

– Je ne suis pas amoureux de toi à présent, Renée, dis-je. Pour le passé, je ne puis dire, mais je ne crois pas.

– Tu vois ! Tu es plus dur. Tu as changé. Tu ne prends même plus la peine de feindre. – elle se tut, puis, lentement, comme à regret, ajouta : Paul ne l'a pas dit, mais je suis sûre qu'il le croit et je commence à le croire aussi : as-tu fait ce contrat froidement, tout bien pesé, en escomptant la possibilité de... de ce qui est arrivé aujourd'hui ?

Elle parlait à voix basse, mais je percevais dans son ton une espèce de sombre feu, un mélange d'horreur et d'admiration à l'idée que l'homme dont elle s'était éprise avait pu agir de la sorte, et qu'elle avait eu elle-même je ne sais quelle part dans ses plans.

– Si tu crois que j'ai signé ce contrat en pensant que Françoise mourrait, non, Renée.

Elle retint son souffle.

– J'en suis heureuse, dit-elle enfin. Ce soir, dans la chapelle, je me suis sentie tout à coup... écrasée par tout ce qui s'est passé. Il y a une semaine, je n'aurais jamais pu quitter Saint-Gilles, mais maintenant... – elle se retourna et commença à monter l'escalier :

Maintenant, je sais que je ne peux pas continuer à vivre ici. Il faut que je m'en aille, c'est notre seul espoir, à Paul et à moi.

Je la regardai s'éloigner, disparaître à l'angle du couloir et je me demandai si c'était bien véritablement la mort de Françoise qui lui avait fait honte ou si ma réserve, mon indifférence, avaient tué son désir.

J'éteignis l'électricité et, tout en montant l'escalier dans les ténèbres, je me dis que ce qui était arrivé à ces deux êtres, Paul et Renée, ne provenait pas de moi, n'était pas dû à l'être solitaire qui avait vécu ma précédente vie, et que ce n'était pas non plus l'œuvre de Jean de Gué dont j'étais devenu l'ombre, mais celle d'un troisième personnage, qui n'était ni lui ni moi mais une fusion de nous deux, un personnage sans existence charnelle, guidé non par une pensée mais par l'intuition et qui nous avait tous deux libérés.

Marie-Noëlle avait réclamé que j'aille lui dire bonsoir. Je grimpai l'escalier de la tourelle et tournai la poignée de la porte, m'attendant à la trouver encore habillée ou en prière. Mais la dure journée s'était enfin terminée pour elle. Elle était couchée et dormait. L'image de la chapelle ne l'avait pas laissée insensible comme je l'avais cru. Deux bougies brûlaient au pied de son lit, le canard prosterné entre elles. La petite fille tenait entre ses bras, sur sa poitrine, un bébé de celluloïd au crâne défoncé et, sur un morceau de papier fixé à la tête du lit, étaient inscrits ces mots : « Ici reposent les restes mortels de Marie-Noëlle de Gué, qui a quitté ce monde en l'an de grâce 1956 et dont la foi en la Sainte Vierge apporta paix et repentir à l'humble village de Saint-Gilles. »

Je soufflai les bougies et fermai les volets, en laissant la fenêtre ouverte. Puis je redescendis l'escalier de la tourelle et, gagnant l'aile opposée du château, me dirigeai vers une autre chambre dans une autre tour.

Ici, pas de bougies allumées, rien qu'une petite lampe de chevet. La femme couchée là ne dormait pas comme sa petite-fille. Ses yeux, enfoncés dans son visage blême et las, se posèrent sur les miens.

– Je croyais que tu ne viendrais plus, dit-elle.

Je poussai le fauteuil placé près du poêle et l'approchai du lit. Je m'y assis et lui tendis la main. Elle la saisit et la garda serrée dans la sienne.

– J'ai envoyé Charlotte dans sa chambre. Je lui ai dit : « C'est M. le comte qui s'occupe de moi ce soir. Je n'ai pas besoin de vous. » C'est ce que tu voulais, n'est ce pas ?

– Oui, maman, répondis-je.

Elle serra plus fort ma main et je compris qu'elle la tiendrait ainsi toute la nuit comme une sauvegarde contre les ténèbres et que je ne devrais pas bouger, pas la retirer, car cela eût dénoué le lien et perdu le sens.

– J'ai réfléchi, dit-elle. Dans quelques jours, quand tout sera terminé, je quitterai cette chambre et je m'installerai en bas, dans celle que j'habitais autrefois : c'est plus pratique. Je surveillerai mieux ce qui se passe.

– Comme tu voudras, dis-je.

– Enfermée ici, je perds la mémoire. Je ne sais plus si je suis au présent ou au passé. Et j'ai des cauchemars.

Le tic-tac bruyant de la pendule dorée posée à côté du lit, et le mouvement du balancier visible à travers un globe, égrenaient lentement les minutes.

– La nuit dernière, reprit-elle, j'ai rêvé que tu n'étais pas au château, tu étais reparti te battre dans la Résistance et je lisais la lettre que tu m'avais fait remettre en cachette, la nuit où Maurice Duval a été tué. Je la lisais et je la relisais, à croire que ma tête allait éclater. Puis tu m'as donné de la morphine et je n'ai plus rêvé.

A Villars, Béla avait une petite pendule lumineuse dans un étui de cuir, les aiguilles se détachaient en blanc sur un cadran noir, et le tic-tac rapide et si ténu qu'on l'entendait à peine ressemblait au battement rapide d'un cœur humain.

– Cette nuit, si tu rêves, dis-je, je serai là. Cela ne fera rien.

Je me penchai en avant et, de ma main brûlée, tournai le commutateur. L'obscurité tomba aussitôt sur moi, m'enveloppa. Le désespoir tapi dans l'ombre m'envahit et la mère se mit à parler et balbutier dans un demi-sommeil que je ne pouvais pas partager, que je ne pouvais qu'écouter en même temps que le bruit de la pendule. Elle criait parfois, maudissait quelqu'un, priait ; une fois, elle eut un fou rire ; mais jamais, poursuivie par ses pensées fragmentaires, elle n'appela au secours ni ne lâcha ma main. Elle s'endormit peu après cinq heures et, penché au-dessus d'elle, je la contemplai. Son visage n'était plus un masque hagard, épouvanté, cachant des mois et des années de tourments ; il était paisible, détendu, étrangement beau et rajeuni.

CHAPITRE XXIV

Je savais qu'elle allait maintenant continuer à dormir, et que je pouvais la laisser. Je quittai le fauteuil et sortis de la chambre, descendis l'escalier de la maison silencieuse, entrai dans le salon et, ouvrant les volets, me glissai sur la terrasse. Je traversai le fossé, remontai l'allée des marronniers et atteignis le rond-point où la chasseresse de pierre se dressait au centre de la rose des vents. L'air avait la clarté froide d'avant l'aube, et le ciel, perdant son opacité nocturne, pâlissait et semblait reculer devant le défi du jour ; les étoiles devenaient moins vives, plus lointaines, et le petit bouquet des Pléiades se couchait déjà à l'ouest au-dessus des arbres. Du haut du terre-plein, je contemplai le château et le village, la petite église dont la flèche perçait le ciel, et le groupe de maisons pressées qui semblait former avec elle une seule demeure familière, adossée aux collines qui se renflaient vers l'est et à la forêt environnante, tout cela qui faisait de Saint-Gilles un seul tout : château, église et village.

Je m'assis sur le socle de la chasseresse et j'attendis le jour. Lorsque le ciel pâlit et que la lumière s'étendit, que le village et le château prirent forme et substance, la terre émergea dans toute sa réalité. Une moiteur chaude s'en évaporait au soleil levant, mêlant l'humidité de la nuit à la rosée du matin pour féconder le sol. Une brume blanche, tiède et spongieuse, habillait les arbres, prête à se dissiper devant leurs ors rouges, et, comme par miracle, dès que le soleil atteignit le plateau surplombant le village, le village lui-même s'éveilla. En un instant, sembla-t-il, de la fumée monta d'une cheminée, un chien aboya, des vaches meuglèrent. Je n'étais plus un solitaire contemplant de loin le monde, incapable d'agir, mais un membre de la communauté : je faisais partie de Saint-Gilles. Je pensais au curé en train de s'éveiller et j'imaginais son visage candide s'assombrissant au souvenir du malheur qui avait frappé le château ; il devait prier pour la famille éprouvée, essayant de la protéger de sa foi comme d'un talisman étendu sur toute la congrégation. Je pensais aux villageois que je ne connaissais pas et qui étaient venus la veille, par respect pour Françoise, assister à la messe, debout, courbant la tête et baissant les yeux. Ernest, le conducteur du camion, était présent, et Julie aussi avec son petit-fils Pierre. J'eus tout à coup la conviction profonde que ce n'était pas la curiosité d'un étranger, le goût du pittoresque, qui m'attiraient vers eux, mais un sentiment plus intense, plus intime, un intérêt pour leur bonheur qui ressemblait à de l'amour, mêlé à quelque chose de presque douloureux. Cet élan si puissamment ressenti n'était pas personnel, il ne se confondait pas avec le simple désir de leur faire du bien, il s'étendait, au-delà du village, au-delà de cette famille endormie qui me paraissait mienne, embrassant le profil d'une colline, la courbe d'un chemin de sable, la vigne accrochée à la gentilhommière, les arbres de la forêt.

Ce sentiment pénétrait tout mon être, à la manière dont la douleur physique de la brûlure avait, trois jours auparavant, touché tous les nerfs de mon corps ; les deux sensations se confondaient : le mal déchirant et absurde du samedi avait déchaîné ce feu intérieur.

Tandis que j'étais assis sur le socle de la statue, le soleil montait à l'horizon et dissipait la brume. Le château se découpait nettement, bien qu'encore endormi, puis les volets d'une chambre de la tour ouest s'ouvrirent avec un brusque claquement qui me parvint à travers le parc. Je vis une silhouette se dresser dans l'encadrement de la haute fenêtre, le regard dirigé non pas vers moi, la statue et le rond-point, mais levé vers le ciel. C'était Blanche, cette créature curieusement lointaine qui se croyait seule à contempler l'aurore ; et le geste dont elle avait rejeté les volets de sa chambre me fit penser qu'elle aussi avait peut-être veillé toute la nuit. Maintenant, affamée d'un sommeil qui ne viendrait plus, elle décidait de tenir douze heures encore et, inondant d'air et de lumière sa froide cellule, acceptait le jour avec un peu de regret.

Je me levai et me dirigeai vers le château. Elle ne m'aperçut que lorsque je fus sous sa fenêtre. Je la vis écarter les bras vers les battants comme pour les refermer, mais je ne lui en laissai pas le temps.

– Ma main me fait mal, lui criai-je. Tu veux bien me refaire mon pansement ?

Elle ne répondit pas et s'enfonça dans sa chambre en laissant toutefois la fenêtre ouverte. J'en conclus que son silence exprimait son mépris habituel pour moi mais qu'elle ne me refuserait pas ses soins.

A la porte de sa chambre, je frappai et, n'ayant pas reçu de réponse, tournai la poignée et entrai. Elle était debout près d'une table en train de dérouler une compresse neuve. Son expression était fermée. Elle portait un peignoir brun foncé et ses cheveux peignés en arrière étaient épinglés en chignon sur la nuque, comme dans la journée. Le lit était déjà fait et recouvert. Ici, aucun désordre, aucun objet hors de sa place ; le chaos de la nuit d'insomnie n'avait pas laissé de trace dans cette morne chambre à laquelle seules des fleurs au-dessus du prie-Dieu prêtaient un peu de vie et de couleurs. C'étaient des dahlias, les mêmes fleurs, les mêmes flammes, que celles que Béla avait achetées au marché de Villars pour remplir son petit salon de lumière et de chaleur.

Blanche tendit la main sans me regarder et j'y posai la mienne. Elle défit le pansement dont Béla l'avait enveloppée le dimanche soir. Elle dut reconnaître que ce n'était pas celui qu'elle m'avait fait elle-même le samedi mais n'en manifesta pas de surprise ; elle agissait comme une automate, silencieuse, insensible.

– Si tu avais prononcé un vœu de silence, lui dis-je, tu l'as rompu hier à l'hôpital. Il n'est plus valable.

Elle ne répondit pas et continua de soigner ma main.

– Il y a quinze ans, repris-je, une mort nous a séparés. Il a fallu une autre mort, hier, pour délier ta langue. Ne serait-il pas plus simple pour nous deux et pour notre famille de mettre fin à ce silence ?

Ma main soudain dénudée apparaissait sans défense. Je pouvais la remuer, serrer le poing, je n'avais plus mal. Blanche prit la compresse neuve et en couvrit la blessure. J'éprouvai une sensation de bien-être, de fraîcheur, de propreté.

– Cela serait plus simple pour toi, dit-elle sans lever les yeux. C'était également plus simple pour toi de laisser Françoise mourir. Cela facilite ta vie. Elle n'est plus sur ton chemin.

– Je ne l'ai pas laissée mourir, dis-je.

– Tu as menti à propos de ton sang, dit-elle. Tu as menti à propos du contrat. Tu as toujours menti à propos de tout. Je ne veux pas te parler ni maintenant ni à l'avenir. Nous n'avons rien à nous dire.

Elle avait terminé le pansement. Elle lâcha ma main. Ce geste était définitif, il me congédiait.

– Tu as tort. J'ai beaucoup de choses à te dire. Si tu me reconnais comme chef de famille, il faut que tu m'entendes, même si tu me désapprouves.

Elle me jeta un bref regard, puis, s'éloignant, alla ranger la boîte de compresses dans une commode.

– Te voir à la tête d'une fortune te donne peut-être un sentiment de pouvoir, fit-elle, mais ne te rend pas plus digne de respect. Je ne te considère pas comme le chef de famille ; personne ne te reconnaît pour tel. Tu n'as jamais rien fait pour justifier ce titre.

Je contemplai autour de moi l'austère décor, les images du Christ flagellé, du Christ crucifié qui l'entouraient lorsqu'elle reposait dans ce lit haut et étroit et je lui dis :

– C'est pour cela que tu as accroché ces tableaux sur tes murs ? Pour te rappeler que tu ne peux pas pardonner ?

Elle se retourna et, la bouche amère et dure, darda sur moi des yeux hostiles.

– Ne raille pas mon Dieu, dit-elle. Tu as détruit tout le reste dans ma vie. Laisse-le moi.

– Tu aurais accroché ces images dans la gentilhommière ? Elles auraient fait partie de la dot que tu comptais apporter à Maurice Duval ?

J'avais enfin abattu les barrières de sa réserve. L'ancienne douleur affleura comme une flamme embrasant sa bouche et ses yeux.

– Comment oses-tu parler de lui ? dit-elle. Comment oses-tu seulement prononcer son nom ? Crois-tu que j'oublie un seul instant du jour ou de la nuit ce que tu lui as fait ?

– Non, dis-je, tu n'as pas oublié. Moi non plus. Tu ne peux pas me pardonner, peut-être ne puis-je me pardonner moi-même. Alors, pourquoi avons-nous été tous deux si émus hier matin en découvrant que Marie-Noëlle était descendue dans le puits.

Ce que j'avais espéré, et redouté aussi, se produisit alors. Des larmes montèrent à ses yeux et coulèrent sur ses joues. Ce n'était pas le chagrin d'une perte ou d'un malheur soudain mais l'angoisse des années libérée par l'innocence. Elle alla à la fenêtre et resta debout, immobile, à regarder au dehors. Je ne voyais que son dos sans défense et j'y sentais l'émotion qu'elle ne me montrait pas. Je songeais à sa vie perdue ici, emprisonnée dans des pensées amères qui la gonflaient comme une marée, assise, couchée, lisant, priant. Quand elle se retourna enfin, elle avait les yeux secs, le visage composé, mais plus vulnérable à cause du chagrin auquel elle s'était abandonnée devant moi.

– Cette exhibition a dû te plaire, dit-elle. Enfant déjà, cela t'amusait de me voir pleurer.

– En ce temps-là peut-être, dis-je. Plus maintenant.

– Alors, qu'attends-tu ? Pourquoi restes-tu ici ?

Je ne pouvais pas demander pardon d'une chose que je n'avais pas faite. Le bouc émissaire ne peut que porter la faute.

– L'autre jour, j'ai regardé l'album de photos, dis-je. J'ai trouvé celles de notre enfance. Et les autres aussi. Des groupes pris à la verrerie avec Maurice.

– Et alors ? Pourquoi me dis-tu cela ?

– Pour rien, répondis-je. Sinon que je voudrais que ce qui s'est passé il y a quinze ans n'ait jamais eu lieu.

Ce que je disais là était sans doute inattendu et guère dans le caractère du personnage, aussi me regarda-t-elle un moment, surprise, hors de ses gardes, puis, voyant que je parlais sincèrement, sans cynisme ni raillerie, elle demanda tout bas :

– Pourquoi ?

Je n'avais que ma propre vérité à lui donner. Si elle ne la croyait pas, qu'y faire ?

– Son visage m'a plu, dis-je. Je n'avais jamais regardé ces photos. J'ai compris, en tournant les pages, qu'il était bon, et que les ouvriers devaient l'aimer et le respecter. Je me suis dit qu'il avait dû être tué par jalousie, que l'homme qui avait tiré ou ordonné que l'on tire sur lui n'avait pas agi par patriotisme mal compris, mais parce qu'il l'enviait, parce que Maurice Duval valait mieux que lui.

Elle me regardait avec incrédulité. Ce que j'exprimais là devait être si étranger à tout ce que son frère aurait pu lui dire qu'elle ne parvenait pas à comprendre.

– Tu crois que je mens, repris-je. Non. C'est la vérité. Je pense jusqu'au moindre mot.

– Si tu éprouves le besoin de te confesser, ce n'est pas à moi qu'il faut venir, dit-elle. Il est quinze ans trop tard.

Elle allait et venait par la chambre, faisant les gestes de remettre en ordre des objets déjà parfaitement rangés, se réfugiant dans l'activité pour déguiser son émotion.

– A quoi cela peut-il nous servir à présent ? demanda-t-elle. A quoi bon venir ici t'accuser ? Tu ne peux reconstruire le passé. Tu ne peux pas faire revenir Maurice. Tu n'as même pas eu le courage de le tuer toi-même ; tu es allé cette nuit-là à la verrerie, prétendant que tu étais seul, lui demandant de te cacher ; il est descendu, il a ouvert la porte pour te faire entrer, et il t'a trouvé là avec ta petite bande d'assassins. Que Dieu te pardonne, Jean, moi, je ne peux pas.

Elle retourna près de la fenêtre, par où un air frais et pur entrait dans la chambre. Je m'approchai d'elle, elle ne recula pas et cela m'apparut comme un pardon.

– Vous avez toujours été contre Maurice, maman et toi, dit-elle. Tout au début, quand il est venu travailler à la fabrique, nous étions encore adolescents, toi et moi ; tu l'as envié à cause de l'estime où papa le tenait, et pourtant tu ne t'intéressais pas toi-même à la verrerie et tu n'y allais pour ainsi dire jamais. Mais, quand papa l'a nommé directeur, tu t'es mis à le détester, je te revois riant avec maman dans le salon, et maman disant : « Serait-il possible que l'altière Mlle de Gué soit enfin devenue amoureuse ? »

Elle ne me regardait pas ; ses yeux étaient fixés vers les lointains du parc et son profil devenait celui de la jeune fille de l'album, déjà sombre, déjà réservée, chérissant son secret.

– La moquerie a toujours été votre arme à maman et à toi, reprit-elle. Parce que Maurice sortait du peuple, vous affectiez de le mépriser. Papa n'était pas ainsi, il comprenait. Il n'aurait jamais essayé d'empêcher notre mariage comme tu l'as fait. Avec l'armistice et l'Occupation, ta chance est venue. C'était si facile alors de déguiser un assassinat en acte d'héroïsme ! C'est arrivé dans d'autres familles. Nous n'avons pas été la seule !

Elle eut un geste de la main. Tout était révolu, le passé était le passé. Elle regarda autour d'elle l'alcôve ménagée dans la tour simple et nue comme une cellule de couvent, le prie-Dieu dans le coin, le crucifix.

– A présent, j'ai ceci au lieu de la gentilhommière, dit-elle. Si j'ai cédé hier matin à l'émotion, tu sais pourquoi.

Je crois que ce qui me la rendait le plus chère, à moi l'étranger, fut qu'elle continuât à me tutoyer. La coutume d'une vie entière n'était pas rompue par un silence de quinze ans. L'espoir de l'avenir, s'il existait, résidait là.

– Je veux que tu ailles dans la gentilhommière et que tu en prennes possession, dis-je. Je veux qu'elle redevienne vivante comme au temps où Maurice l'habitait, et que tu diriges la fabrique à sa place.

Elle me regardait, trop stupéfaite pour répondre. Je me hâtai de poursuivre pour ne pas lui laisser le temps de se reprendre et de refuser mon offre.

– J'ai dit à Paul qu'il pouvait partir, dis-je. C'est uniquement par devoir qu'il dirige la verrerie depuis la guerre, tu le sais – cela ne l'intéresse pas. Renée et lui devraient voyager. C'est la seule chance qu'ils aient encore de sauver leur union, sans parler du reste. Paul n'a jamais eu l'occasion de montrer ce qu'il vaut en affaires et dans les rapports humains, en dehors de Saint-Gilles. Il serait temps de lui laisser donner sa mesure.

Ce fut sans doute l'ardeur de ma voix, excluant toute ironie, qui l'étonna le plus. Elle s'assit machinalement et m'observa en serrant les bras de son fauteuil.

– Il faut qu'un membre de la famille assume la direction de la verrerie, dis-je. Moi, je ne peux pas. Je n'en connais pas le premier mot et je n'ai pas envie d'apprendre. Comme tu le disais toi-même, je n'y ai jamais pris le moindre intérêt. Si tu avais épousé Maurice, vous vous en seriez occupés ensemble, et vous en auriez fait quelque chose au lieu de la laisser pourrir et se démoder comme c'est le cas.

Quand Marie-Noëlle sera grande, cette verrerie lui appartiendra. Ce pourra être sa dot, si elle se marie. De toute façon, la seule personne qui la comprend et qui l'aime, c'est toi. Je veux qu'elle te soit confiée, que tu en sois responsable, à cause de Maurice, à cause de Marie-Noëlle.

Elle se taisait toujours. Elle n'aurait pas été plus abasourdie si je l'avait giflée.

– La maison t'attend, repris-je. Voici quinze ans qu'elle t'attend avec les tableaux, la porcelaine, les tables, les chaises, jusqu'à ses livres et tous les objets dont vous vous seriez servis ensemble. Tu perds ton temps ici, tu ne t'en rends pas compte ? Tu fais les menus, tu donnes les ordres à Gaston et aux autres domestiques qui sauraient parfaitement sans cela ce qu'ils ont à faire, et tu donnes à la petite des leçons dont une bonne gouvernante pourrait parfaitement se charger… Ta tâche est à la verrerie, à la gentilhommière, tu pourrais recommencer à faire des modèles, des maquettes, à créer des bibelots précieux comme ce château que la petite a retrouvé dans le puits. Alors, au lieu de livrer des flacons d'odeur et des fioles pharmaceutiques à une maison comme Carvalet qui ferait mieux de les acheter en gros, tu déciderais ta production en vue des marchés que Paul te découvrirait, une production qui demande un artisanat raffiné, du goût, de la culture, des qualités qui ont fait jadis Saint-Gilles et qui pourraient le refaire.

Je me tus, épuisé, vidé soudain de toute énergie, de toute pensée. Et, de même que le contact de la main de la mère dans la nuit m'avait chargé du poids de ses fantômes et de son passé, de même les yeux de Blanche peu à peu vidés de leur amertume, éclairés par l'attention, la pensée, la bonté, annonçaient sa guérison, la fin de sa peine et de sa solitude, à mesure que ceux-ci devenaient miens et me courbaient sous une masse de ténèbres que je devais porter et subir.

Je lui dis :

– Je suis fatigué. Je n'ai pas dormi.

– Moi non plus, dit-elle. Et je me suis aperçue que je ne pouvais pas prier.

– Nous sommes quittes, répondis-je. Nous avons tous les deux plongé dans les profondeurs. La petite nous y avait précédés et elle n'a pas eu peur. Quand tu iras à la verrerie, Blanche, il y a une chose que tu pourras faire. Donne l'ordre à tes ouvriers de nettoyer le puits et de retrouver la source. Il devrait y avoir de l'eau.

Je la laissai assise dans sa chambre et regagnai mon cabinet de toilette. Je me jetai sur le lit de camp, fermai les yeux et dormis sans rêve. Il était plus de dix heures lorsque Gaston me réveilla en me secouant par le bras et me rappela que le commissaire m'attendait à onze heures à Villars.

Je me levai, me rasai, pris un bain et m'habillai, après quoi il me conduisit en ville.

Berthe et la femme de Gaston avaient demandé à m'accompagner pour se rendre une dernière fois à la chapelle. Elles m'attendirent dans la voiture pendant ma brève visite chez le commissaire. Celui-ci me montra les notes qu'il avait prises en vue de son rapport, concluant au caractère accidentel de la mort de Françoise.

En sortant du commissariat, je me heurtai à un homme qui m'attendait. Je reconnus Vincent, le commis de Béla à « L'Antiquaire du Pont ». Il tenait un petit paquet à la main.

– Excusez-moi, monsieur, dit-il. Madame n'a pas pu vous joindre. Ce paquet est arrivé hier de Paris. Elle sait qu'il est arrivé trop tard. Elle est navrée. Mais elle tenait à ce que je vous le remette pour la petite fille.

Il me tendit le paquet.

– Qu'est-ce que c'est ? demandai-je.

– On avait cassé des bibelots de porcelaine, dit-il, et votre petite fille était venue demander au magasin s'ils étaient réparables. Madame vous a dit, je crois, qu'ils ne l'étaient pas. Mais elle en a commandé de tout pareils à Paris. Elle vous prie de ne pas dire à la petite fille que ce ne sont pas les mêmes. Elle pense qu'elle sera plus heureuse si elle ne le sait pas et si elle les garde à présent en souvenir de sa mère en croyant que ce sont les anciens qu'on a réparés.

Je le remerciai puis, hésitant, lui demandai :

– C'est tout ce que madame vous a chargé de me dire ?

– Oui, monsieur le comte, avec ses bien sincères condoléances.

Je remontai dans la voiture où Gaston, sa femme et Berthe m'attendaient patiemment, et nous allâmes tous les quatre à la chapelle de l'hôpital d'où l'on ramènerait le corps de Françoise le lendemain au château. Elle semblait s'être encore éloignée, au cours des quelques heures écoulées depuis la veille au soir, être devenue inaccessible, avoir remonté dans le temps. La femme de Gaston fondit en larmes et me dit :

– C'est beau la mort. Mme Jean a l'air d'un ange du paradis.

Je n'étais pas de son avis. La mort est une exécutrice qui fauche des fleurs avant leur épanouissement.

En arrivant à Saint-Gilles, j'aperçus Marie-Noëlle qui m'attendait sur la terrasse. Elle accourut se jeter dans mes bras, et, quand la voiture se fut éloignée vers le garage me dit :

– Grand-mie est descendue de bonne heure, il n'était même pas onze heures. Elle est en train de préparer le salon pour maman. Maman y restera demain toute la journée pour que les visiteurs puissent lui rendre un dernier hommage.

Elle paraissait excitée, impressionnée. Je remarquai qu'elle portait le médaillon épinglé à sa robe sombre.

– Mme Yves aide Grand-mie, continua-t-elle. C'est Grand-mie qui l'a demandée. Elle dit que c'est la seule personne qui se rappelle comment on avait tout organisé quand Grand-père est mort. Elles sont en train de discuter sur la position de la table.

Elle me prit par la main et me conduisit au salon. J'entendis un bruit de voix dont le désaccord élevait le timbre. J'entrai dans la pièce avec l'enfant : les volets étaient toujours fermés, mais l'on avait allumé les lampes et disposé le canapé et les fauteuils vers le centre de la pièce. Une longue table recouverte d'une nappe de dentelle était dressée entre les fenêtres et la porte. La comtesse était assise dans un fauteuil près de cette table, écoutant avec impatience Julie, debout devant elle, une autre nappe sur le bras.

– Moi, je vous assure, madame la comtesse, disait la vieille concierge de la verrerie, que la table était beaucoup plus au centre et que ce n'est pas cette nappe-là qu'on avait mise, mais une nappe damassée, celle-là même que je viens de retrouver au fond de l'armoire de la lingerie, fourrée n'importe comment et qui a bien l'air de ne pas avoir été touchée depuis qu'on s'en était servi justement pour M. le comte.

– Vous dites des bêtises, répondit la comtesse. C'était celle en dentelle. Celle en dentelle vient de ma mère. Ça doit faire plus de cent ans qu'elle est dans la famille.

– Ça, c'est très possible, madame la comtesse, dit Julie. Je ne discute pas. Je me rappelle parfaitement la nappe de dentelle ; on l'avait sortie pour les baptêmes des enfants et ça faisait magnifique avec les gâteaux dessus. Mais pour un deuil, c'est autre chose. La nappe blanche damassée est plus convenable pour rendre hommage à Mme Jean comme on l'a mise en 1938 pour M. le comte.

– Celle en dentelle tombe mieux, dit la comtesse. On la prendrait pour une nappe d'autel, M. le curé lui-même s'y tromperait.

– M. le curé, je ne dis pas, fit Julie, il est myope. Mais monseigneur ne s'y trompera pas, lui, il a un œil de lynx.

– Ça m'est égal, dit la comtesse. Moi je préfère celle en dentelle. Ça fait peut-être un peu plus chichi que la toile damassée mais tant pis. Je tiens à ce que ma belle-fille ait ce qui se fait de mieux.

– Dans ce cas, dit Julie, n'en parlons plus. Va pour la nappe de dentelle. Et on va remettre la damassée dans la lingerie où elle restera de nouveau vingt ans sans que personne s'en occupe. Qui est-ce qui veille sur les belles choses du château à présent, je me le demande bien ! Ah ! ce n'était pas comme ça dans le temps.

Elle soupira en repliant la nappe damassée sur un coin de la table.

– Comment voulez-vous qu'il en soit autrement avec les domestiques qu'on a aujourd'hui ? répliqua la comtesse. Ils n'ont plus aucune conscience dans leur travail.

– Ça, c'est la faute de la patronne, dit Julie. Les bonnes patronnes font les bons serviteurs. Je me rappelle quand vous descendiez à la cuisine, après ça personne ne parlait plus pendant une demi-heure, tellement on avait peur. Des fois, on ne pouvait même pas manger. C'est comme ça que ce doit être. Mais aujourd'hui… – elle secoua la tête : Ce n'est plus la même chose. Quand je suis arrivée ce matin, la petite Germaine écoutait la radio. Il faut dire que c'était un office relayé depuis une cathédrale, mais tout de même…

Elle fit un geste, laissant la phrase inachevée.

– J'ai été malade, dit la comtesse. Je n'avais plus les choses en main. Ça va changer maintenant.

– Je l'espère, dit Julie. Il est temps.

– Vous dites ça parce que vous êtes jalouse, dit la comtesse. Vous avez toujours aimé venir ici fourrer votre nez dans ce qui ne vous regarde pas.

– Ça me regarde, dit Julie. Tout ce qui vous arrive à vous, madame la comtesse, ou à la famille, me regarde. Je suis née à Saint-Gilles. Le château, la verrerie, le village, c'est ma vie.

– Vous êtes un tyran, dit la comtesse. On m'a dit que votre bru était partie avec un mécanicien, tellement vous lui rendiez la vie impossible. Maintenant vous avez André et votre petit-fils à vous toute seule. Vous devez être contente ?

– Moi un tyran ! protesta Julie. Y a pas plus facile que moi dans le monde, madame la comtesse. C'est ma belle-fille qui m'asticotait du matin au soir. C'est une bonne chose pour mon André qu'elle soit partie. Bon débarras.

– Vous n'êtes pas assez occupée, dit la comtesse, c'est ça votre malheur. Toute la journée à flâner dans la cour de la fabrique avec vos quatre poules. A l'avenir, vous pourrez venir au château deux journées par semaine pour m'aider à remettre les choses en ordre. Mais c'est moi qui avais raison pour la nappe de dentelle.

– Vous êtes libre d'avoir votre opinion, madame la comtesse, dit Julie, je ne discuterai pas avec vous, mais on ne me fera pas démordre que, pour les obsèques de M. le comte, on avait mis la damassée.

Elles s'observaient au-dessus de la table, avec une compréhension mutuelle totale. Puis la comtesse parut s'apercevoir de ma présence et me dit bonjour.

– Tout s'est bien passé ?

– Oui, maman.

– Le commissaire n'a rien dit de nouveau ?

– Non.

– Alors on peut procéder aux arrangements prévus. Tu devrais aider Renée à faire les enveloppes. Blanche s'est évaporée. Je ne l'ai pas vue de toute la matinée. Je suppose qu'elle est à l'église comme d'habitude. Maintenant, sauvez-vous tous les deux, nous avons à faire, Julie et moi.

Nous rencontrâmes Gaston dans le vestibule. Il tenait à la main le paquet que j'avais laissé dans la voiture.

– Monsieur le comte a oublié ça, dit-il.

Je pris le petit paquet et montai dans la chambre du premier, toujours suivi par la petite.

– Qu'est-ce que c'est ? demanda-t-elle. Tu as acheté quelque chose ?

Je ne répondis pas. Je dénouai la ficelle et écartai le papier, découvrant un chat et un chien en porcelaine de Copenhague identiques à ceux qui avaient été cassés. Je les mis à leur place sur la table et regardai Marie-Noëlle. Elle souriait, les mains jointes.

– On ne se douterait jamais, dit-elle. On ne dirait pas qu'il leur est arrivé quelque chose. Ils sont parfaits. Ils sont exactement comme s'ils n'avaient jamais été cassés. Maintenant je me sens pardonnée.

– Que veux-tu dire, pardonnée ? demandai-je.

– Je faisais des excentricités, dit-elle. Je ne faisais pas attention. Et c'est comme ça qu'ils se sont cassés et ç'a a rendu maman malade. Je voudrais pouvoir les mettre demain dans le salon entre les cierges, comme images.

– Je ne crois pas que ce soit très faisable, dis-je. Cela paraîtrait bizarre. Laissons-les ici parmi tous ces objets qui lui appartenaient : cela reviendra au même.

Nous descendîmes à la bibliothèque où les listes étaient préparées sur le bureau, mais personne n'écrivait les enveloppes, ni Paul, ni Renée, ni Blanche.

– Où sont-ils ? demandai-je à la petite. Où est allé tout le monde ?

Elle avait déjà pris une enveloppe et y copiait le premier nom de la liste d'une écriture soigneuse et penchée.

– Je ne dois pas le dire, me répondit-elle, parce que Grand-mie ne le sait pas. Tante Renée est dans sa chambre où elle inspecte ses vêtements d'hiver. Elle m'a dit en grand secret qu'oncle Paul et elle doivent partir tout de suite après l'enterrement. Ils vont voyager et elle dit que, plus tard, ils auront peut-être même un petit appartement à Paris. Elle m'a dit qu'elle m'y ferait venir si Grand-mie et toi vous voulez bien.

– Oncle Paul aussi est là-haut en train d'inspecter ses vêtements ? demandai-je.

– Oh ! non, répondit-elle, lui il est à la verrerie. Et tante Blanche n'est pas du tout à l'église, elle l'a accompagné. Ça aussi c'est un secret. Ils ont peur que, si on le dit à Grand-mie, elle veuille les empêcher. Tante Blanche est allée voir les meubles de la maison du directeur. Elle m'a dit que c'était la première fois qu'elle y était entrée depuis quinze ans. Elle dit que c'est dommage que personne n'y vive et qu'il faut la rendre de nouveau habitable.

– Tante Blanche a dit ça ?

– Oui, elle me l'a dit ce matin. Elle va s'en occuper. C'est pour ça qu'elle y est avec oncle Paul.

Pendant quelques instants, la petite fille s'appliqua en silence à ses adresses. Puis, levant la tête en mordillant le bout de son porte-plume :

– Il me vient une idée un peu terrible, dit-elle. Je ne sais pas si je dois la dire ou pas.

– Vas-y, fis-je.

– Eh bien, c'est que, tout d'un coup, depuis que maman est morte, chacun a ce qu'il veut, dit-elle. Grand-mie qui aime que tout le monde s'occupe d'elle est descendue. Oncle Paul et tante Renée vont voyager, et ça leur fait plaisir. Tante Blanche est allée à la maison du directeur où elle devait habiter il y a très longtemps, avant que je sois née : elle me l'avait dit un jour en secret. Même Mme Yves est tout affairée dans la lingerie et elle se sent importante. Toi, tu as l'argent que tu voulais et tu vas pouvoir dépenser autant qu'il te plaira. Et moi… – elle hésita, les yeux troublés, un peu tristes : Moi, je n'ai pas de petit frère et je t'aurai toujours à moi toute seule.

Je la regardais tandis qu'une phrase oubliée ou refoulée remontait à ma conscience. Il s'agissait de convoitise, d'appétits… J'entendis la sonnerie du téléphone dans le vestibule. Cet appel soudain qui interrompait ma pensée m'irrita car ce que l'enfant venait de me dire me paraissait soudain très important et méritant une juste réponse.

– Dis, reprit-elle, est-ce que toutes ces choses seraient arrivées si maman n'était pas morte ?

Sa question redoutable, fatale, me parut secouer les fondations de toute foi.

– Oui, me hâtai-je de répondre. Elles devaient arriver, elles seraient forcément arrivées. Elles n'ont rien à faire avec la mort de maman. Si elle avait vécu, tout cela serait arrivé quand même.

Elle gardait un air sceptique, insatisfait.

– Quand le bon Dieu arrange les choses, tout est pour le mieux, dit-elle, mais quelquefois le diable se déguise pour nous tenter. Tu te rappelles ce qu'il dit dans saint Matthieu : « Toutes ces choses je te les donnerai, si tu veux bien me suivre et m'adorer » ?

La sonnerie du téléphone s'était tue. Gaston répondait dans le vestiaire. Quelques instants plus tard, son pas résonna dans la salle à manger, se dirigeant vers nous.

– Ce qu'il faut savoir, continua Marie-Noëlle, c'est qui nous donne les choses que nous désirons : Dieu ou le diable. C'est forcément l'un des deux, mais comment le savoir ?

Gaston parut sur le seuil et dit :

– On demande monsieur le comte au téléphone.

Je me levai et me rendis au vestiaire. Je pris le récepteur d'un modèle ancien et j'écoutai.

– Allô ? dis-je.

Quelqu'un me dit :

– Ne quittez pas, d'une voix vague et qui semblait venir de loin.

Puis, une minute plus tard, une autre voix, une voix d'homme, me parvint :

– Je voudrais parler au comte de Gué.

– C'est moi, répondis-je.

Il y eut un silence. Mon interlocuteur lointain devait hésiter, réfléchir à ce qu'il allait me dire.

– Qui parle ? demandai-je. Que voulez-vous ?

Alors très bas, dans un chuchotement, la voix répondit :

– C'est moi. Jean de Gué. Je viens de voir le journal. Je rentre.

CHAPITRE XXV

Mon instinct refusait. Ma pensée, mon corps, mon esprit s'unissaient en révolte contre lui. Il n'existait plus. Il n'était pas réel. Le chuchotement au bout de la ligne téléphonique était imaginaire, c'était un effet de la fatigue. J'attendis sans répondre. Au bout d'un instant, il reprit :

– Vous êtes là ? Le remplaçant ?

J'entendis à ce moment un pas dans le vestibule, celui de Gaston ou d'un autre, peu importe, et la prudence reprenant ses droits, le personnage conventionnel qui donne des ordres, en reçoit, et fait des projets, répondit à l'appareil.

– Oui, dis-je. Je suis là.

– Je téléphone de Deauville, reprit l'autre. J'ai votre voiture. Je compte être à Saint-Gilles dans la soirée. Il ne faut pas que j'arrive avant la nuit, d'ailleurs. On pourrait me voir. Je propose que nous nous rencontrions à sept heures.

La froide assurance avec laquelle il s'exprimait, persuadé que je me soumettrais à ses plans, me le fit haïr encore davantage.

– Où ? demandai-je.

Il y eut un silence pendant lequel il réfléchit. Puis il dit à voix basse :

– Vous connaissez la maison du directeur à la verrerie ?

Je pensais qu'il allait proposer l'hôtel du Mans où il m'avait joué son premier – et son dernier – tour. C'eût été un terrain neutre. Le choix de la gentilhommière était un défi.

– Oui, répondis-je.

– Je laisserai la voiture dans une allée des bois, dit-il, et je viendrai par le verger. Attendez-moi dans la maison. Vous m'ouvrirez. Je vous y retrouverai aussitôt que je pourrai, à partir de sept heures.

Il ne dit pas au revoir. J'entendis le déclic de son appareil raccroché et ce fut tout. Je sortis du vestiaire. Gaston et Germaine passaient et repassaient dans le vestibule, apportant des plateaux de la cuisine à la salle à manger pour le couvert du déjeuner. J'entendis une voiture, la Citroën, s'arrêter devant le château. Ce devaient être Blanche et Paul qui rentraient de la fabrique. Nous serions bientôt tous réunis autour de la table.

Je me sentais maître de moi, malgré la violence de l'émotion qui me possédait. C'était moi le propriétaire à présent et lui l'intrus. Le château était mon château, ces gens mes gens, la famille dont j'allais partager le repas était ma famille, ma chair, mon sang. Elle m'appartenait comme je lui appartenais. Il ne pouvait plus venir la réclamer.

J'entrai dans le salon, la comtesse y était encore, assise dans son fauteuil et contemplant la disposition des meubles qu'on venait de modifier une fois de plus. Julie était partie, emportant la nappe damassée. La comtesse était seule.

– Qui a téléphoné ? demanda-t-elle.

– Rien d'important, répondis-je. Quelqu'un qui a appris par le journal.

– Dans le temps, dit-elle, personne n'aurait téléphoné en un moment pareil. C'est un manque de tact. On envoie une lettre de condoléances et des fleurs. Les gens n'ont plus aucune éducation.

Je m'approchai d'elle et lui pris la main.

– Je veux savoir comment tu te sens, dis-je. Je n'ai pas pu te le demander tout à l'heure devant Julie.

Elle leva la tête et me sourit.

– Nous devions veiller tous les deux, n'est-ce pas ? Toi tu t'es endormi dans ton fauteuil, mais moi je n'ai pas fermé l'œil. Si tu crois que tout ça va être facile, tu te trompes.

– Je n'ai jamais dit que ce serait facile, répondis-je. Ça va être très dur pour toi au contraire.

– Mais je dois renoncer à mon repos et à mes rêves pour tes beaux yeux, c'est bien ça, n'est-ce pas ? Tu as envie de m'avoir là et je n'ai qu'à obéir. Et qui me dit que tu ne vas pas changer d'avis et me faire remonter là-haut ?

– Ah ça, non, non !

Ma soudaine violence l'amusa. Elle tendit la main et me tapota la joue.

– Tu es un enfant gâté, voilà le malheur, dit-elle. Julie et moi étions d'accord ce matin pour reconnaître que nous sommes tous tes martyrs. Si je tombe malade, ce qui me semble fort probable, ce sera ta faute. – elle se tut, puis, regardant autour d'elle avec satisfaction, dit : Tu sais, j'ai été favorablement impressionnée par Françoise à la chapelle. Pour la première fois, elle avait de la race. Je serai fière de voir tout ce monde s'incliner demain devant elle. C'est une grande consolation de ne pas avoir honte de sa bru quand elle est morte.

Gaston entra annoncer le déjeuner de sa nouvelle voix feutrée, sa voix de deuil, et, comme nous passions dans le vestibule, la comtesse me dit :

– L'aspect sera tout autre quand le salon sera rempli de fleurs. Des lis surtout, tant pis pour la dépense. Après tout, c'est Françoise qui paie. On lui doit bien ça.

Les autres étaient déjà dans la salle à manger. Je trouvai à Paul et à Blanche des visages de conspirateurs, non pas sournois ni fermés, mais pareils à ceux d'enfants qui partagent un heureux secret. Quand Blanche ayant dit les grâces comme d'habitude me dévisagea, sans sourire mais avec je ne sais quelle confiance nouvelle, je compris qu'une chose avait été accomplie ce matin-là : sinon un terme au silence, du moins une purification de la douleur.

Comme la mère s'asseyait en face de moi, je dis :

– Maintenant que tu as repris la place qui t'appartient, j'ai l'intention d'opérer d'autres changements encore. J'en ai déjà parlé avec Blanche et avec Paul et Renée. Paul ne dirigera plus la verrerie. Il va voyager et emmènera Renée.

Ma déclaration ne l'émut pas. Tendant un bout de rognon sur sa fourchette aux fox-terriers couchés à ses pieds, elle répondit :

– Excellente idée. Il y a longtemps qu'ils auraient dû partir. Malheureusement nous n'en avions pas les moyens. Qui va le remplacer ? Pas Jacques, tout de même ! Il n'a pas l'autorité.

– Blanche, répondis-je. Elle s'y connaît mieux qu'aucun de nous. A l'avenir, elle habitera la gentilhommière.

Même cela la laissa froide. Je ne sais pas trop ce que j'attendais. Une insulte à Blanche, peut-être, de l'ironie, en tout cas un torrent de paroles. Au lieu de cela, elle lâcha presque placidement :

– J'ai toujours dit que Blanche avait la bosse des affaires. Je me demande d'où elle la tient, sûrement pas de moi. Et votre père n'était pas un aigle. Il considérait la verrerie comme une tradition de famille, pas comme une maison de commerce. Mais Blanche... – elle leva la tête et considéra sa fille : Blanche fera venir des touristes ici en moins de rien. Un magasin devant les grilles où l'on vendra des petits modèles en verre du château et de l'église, et Julie fabriquera des glaces dans sa loge. Ça se serait fait depuis longtemps si la guerre n'était intervenue.

Elle continuait à manger. Paul me lança un regard et, se tournant vivement vers sa mère :

– Alors, tu ne désapprouves aucun des deux projets ?

– Désapprouver ? répéta-t-elle. Pourquoi les désapprouverais-je ? Ces arrangements me conviennent parfaitement. Qu'est-ce que Blanche pourrait bien faire ici, puisque j'ai décidé de descendre tous les jours désormais ? – elle émietta un bout de pain : Et Renée également. – elle regarda sa belle-fille : Quand les femmes ne sont pas assez occupées, elles font des bêtises. Elles tournent à la piété ou bien elles prennent des amants.

Il n'y eut donc pas de discussion. La petite disait vrai. Chacun avait ce qu'il voulait. La satisfaction brillait sur les visages et j'eus soudain la vision de ce qui allait se passer : j'imaginais Paul et Renée s'installant avec leurs bagages dans la nouvelle voiture que je leur achèterais, arrivant à Paris où ils se sentiraient un peu provinciaux, un peu gênés, mais vite grisés par la liberté ; j'imaginais Blanche dans la gentilhommière, triant les meubles, examinant les livres, découvrant peut-être un dessin oublié, trouvant elle aussi sa liberté, l'évasion hors de son amertume.

Tout en suivant ces visions, je sentis sur moi le regard de Marie-Noëlle.

– Eh bien ? lui dis-je. Qu'y a-t-il ?

– Je pensais seulement, me répondit-elle, que tu as fait des projets pour tout le monde sauf pour toi. Qu'est-ce que tu feras, toi, quand tout le monde sera parti ?

Sa question éveilla l'attention des autres. Ils me considérèrent tous avec curiosité. Blanche elle-même leva la tête, m'observa un court instant puis baissa les yeux.

– Moi, je resterai ici, dis-je, au château, à Saint-Gilles. Je n'ai aucune intention de m'en aller. Je resterai ici toujours.

En disant ces mots, je compris ce que j'avais à faire. Je me rappelais le revolver d'ordonnance dans le tiroir du bureau. Samedi, je m'étais brûlé la main pour ne pas laisser voir que je ne savais pas me servir d'une arme à feu. Aujourd'hui, c'était différent. Il n'y aurait pas de spectateurs. Le tireur le plus maladroit du monde ne peut pas manquer une proie à bout portant. Je n'éprouverais ni remords ni regret. Il serait reçu comme il le méritait. Le lieu même du rendez-vous qu'il avait choisi, cette maison du directeur, soulignerait encore l'acte de justice. Le seul point qui me contrariait était la nécessité de brûler ma voiture. Non que je la considère encore comme mienne depuis qu'il s'en servait et, d'ailleurs, elle appartenait à un passé que j'avais oublié. Le plan, conçu en un instant, prenait forme, se précisait. Moi aussi, je pourrais me rendre par les bois à la maison du directeur, traverser le verger et entrer par la fenêtre comme je l'avais déjà fait deux fois. La rencontre serait sans témoin. Je regardais devant moi et ne voyais rien d'autre que les arbres sombres de la forêt et la terre humide. Levant enfin les yeux, je vis que les convives continuaient de m'observer d'un air surpris et étrangement contraint. Ma dernière réponse avait peut-être été un peu trop véhémente. Marie-Noëlle, la seule dont la spontanéité surmontait toutes les gênes, s'écria :

– Quand il y a un silence et que personne ne dit rien, c'est qu'il y a un ange dans la pièce. Germaine me l'a dit. Moi je ne suis pas sûre. Ce pourrait être un démon.

Gaston apportait les légumes. L'ange était passé. Tout le monde se mit à parler à la fois, sauf moi. La mère me regarda en prononçant silencieusement des lèvres :

– Qu'est-ce qu'il y a ?

Et je secouai la tête d'un geste qui voulait dire : « Rien. » Je le voyais monter en voiture à Deauville, conduire avec désinvolture, sûr du petit univers qui l'attendait, le petit univers rendu soudain plus maniable, ses problèmes résolus par la fortune longtemps désirée qui se trouvait à présent à sa portée. Je me demandais s'il avait l'intention de me congédier avec une poignée de main et un sourire, et de reprendre l'existence qu'il s'était amusé quelques jours à rejeter. S'il en était ainsi, ses plans ne se réaliseraient pas. C'était moi la substance à présent et lui l'ombre. L'ombre était indésirable et pouvait bien mourir.

Après le déjeuner, l'occasion attendue s'offrit à moi. Blanche et la petite montèrent pour la leçon. La mère invita les autres à voir la disposition du salon. Je me rendis dans la bibliothèque, m'approchai du bureau et ouvris le tiroir. Je vis le canon du revolver à côté de l'album de photographies. Je le sortis et vérifiai qu'il était chargé. Pourquoi le gardait-il là ? En vue de quel danger, dans quel bizarre dessein ? L'arme allait aujourd'hui servir contre lui. C'est pour en arriver là qu'il l'avait laissée chargée pendant des années. Je la glissai dans la poche de mon veston, montai dans le cabinet de toilette et la rangeai au fond d'un tiroir près des boîtes contenant la morphine et la seringue.

En redescendant, je me rendis compte que j'avais agi juste à temps. Ils entraient dans la bibliothèque. Le salon était à présent une pièce réservée attendant la cérémonie du lendemain. Paul s'assit au bureau, Renée à la table, et tous deux se mirent à copier des adresses. La mère s'installa dans un fauteuil d'où elle pouvait surveiller leur travail. Elle me tendit la main.

– Tu es agité, dit-elle. Qu'y a-t-il dans ta tête ?

Je la regardai et me dis que ce n'était pas son fils que j'allais tuer mais un être isolé, sans cœur, sans aucun sentiment, ni pour elle ni pour qui que ce fût. Elle m'avait reconnu pour son fils. Tout ce qu'il n'avait pas su faire pour elle, moi je le ferais désormais.

– Je veux enterrer le passé, dis-je. Voilà tout ce qu'il y a dans ma tête.

– Tu as fait de ton mieux pour le ressusciter, avec ton plan concernant Blanche, remarqua-t-elle.

– Non, dis-je. Tu ne comprends pas.

Elle haussa les épaules.

– Comme tu voudras. Je ne demande pas mieux, si ça marche.

Tout cela évidemment est une manœuvre pour te rendre la vie plus agréable. Viens t'asseoir près de moi.

Elle me désignait le fauteuil voisin du sien. Je m'y assis, tenant sa main. Au bout d'un moment, je m'aperçus qu'elle dormait. Paul tourna la tête et dit :

– Elle en fait beaucoup trop, Charlotte le remarquait justement tout à l'heure. Elle le paiera un peu plus tard. Tu devrais l'arrêter.

– Non, dis-je, cela vaut mieux ainsi.

Renée me regarda du bout de la table où elle écrivait.

– Elle devrait faire sa sieste là-haut comme d'habitude, dit-elle. Paul a raison. Elle sera complètement épuisée après l'enterrement.

– J'en prends le risque, dis-je. C'est moi le responsable.

Le long après-midi traînait. On n'entendait pas d'autre bruit que le grattement des plumes sur les enveloppes. Je regardai le visage de la mère endormie et je m'avisai tout à coup qu'il fallait que je parte avant son réveil, et avant que la petite descendît. Paul me tournait le dos. Renée ne me regardait pas non plus. Personne ne devait savoir où j'allais. Une impulsion pareille à celle qui vous porte à toucher du bois pour conjurer un danger me fit baiser la main de la mère. Puis je me levai et sortis de la pièce. Personne ne leva la tête, personne ne me rappela.

J'allai prendre le revolver dans le cabinet de toilette et sortis par la grande porte de la terrasse, puis contournai le château pour gagner la grille du jardin. Je m'arrêtai un instant dans une première cachette, sous le cèdre, et j'aperçus César sortant de son chenil. Il leva la tête en reniflant et son regard se porta de mon côté. Il me vit mais n'aboya point. Il n'agita pas non plus la queue. Il m'acceptait comme faisant partie de Saint-Gilles, mais je n'étais pas encore son maître. Le devenir allait être une de mes tâches. Je m'enfonçai sous les marronniers et sortis du parc. Jamais la forêt ne m'avait paru plus belle ou plus tutélaire sous le soleil qui dorait les feuilles tombantes.

Arrivé au pré attenant au terrain de l'usine, je m'étendis par terre et attendis. Je ne tenais pas à entrer dans la gentilhommière avant le départ de Jacques, avant la fin de la journée de travail. Je me rappelais avoir vu des bidons d'essence dans le hangar qui servait de garage au camion. J'aurais besoin d'essence. Couché à la lisière du bois, j'apercevais le panache de fumée qui sortait de la cheminée de la fabrique et je commençais à m'impatienter, à m'agiter. J'aspirais au départ des ouvriers.

Près de deux heures s'écoulèrent ainsi. Je ne pouvais dire exactement, n'ayant point de montre, mais l'air fraîchit tout à coup, le soleil avait disparu derrière les arbres et je pris conscience du silence. Tous les bruits de la fabrique s'étaient tus. J'allai m'agenouiller derrière une haie pour regarder le verger. Il n'y avait plus personne dans la cour. Les fenêtres du bureau étaient fermées ; tout semblait désert. Je traversai le verger en rasant les haies et me trouvai devant le mur de la gentilhommière. J'attendis un instant puis, dissimulé par la vigne, jetai un regard par la fenêtre du bureau. La pièce était vide, Jacques était rentré chez lui, et j'avais la maison à moi tout seul. Je la contournai pour gagner la façade opposée et entrai par la fenêtre. La pièce révélait de nombreux indices du passage de Blanche et de Paul. Certains des meubles avaient déjà été déplacés, l'on avait tiré des tables et des chaises vers le centre de la pièce, l'on avait bougé les tableaux. Blanche n'avait vraiment pas perdu de temps. Elle savait ce qu'elle voulait. La pièce n'était plus une coquille où gisait le passé, elle attendait la vie qu'on allait lui rendre.

Je m'assis pour attendre, moi aussi. J'attendais l'homme que j'avais décidé de tuer. Le soleil quitta la pièce, les ombres s'épaississaient. Dans une demi-heure, moins peut-être, il ferait nuit et, quand il viendrait frapper à la vitre ou à la porte, il se heurterait au revers de son crime. C'est lui et non moi qui se trouverait revenu de quinze ans en arrière.

Je vis le bouton de la porte tourner puis, hors d'usage, se détacher et tomber par terre. La porte ne s'ouvrit pas car j'avais fermé le verrou. Je traversai la pièce, ramassai le bouton de la porte et le revissai. Lentement, j'ouvris le verrou, tenant braqué le revolver. Je tirai le battant de la porte dont le bas frottait sur le sol dallé. Ce devait être ainsi que Maurice Duval avait ouvert la porte dans la nuit pour le trouver debout sur le seuil. Puis j'entendis une exclamation, et une voix qui n'était pas la sienne dit :

– Bonjour. Il y a quelqu'un dans la maison ?

Ce n'était pas Jean de Gué, c'était le curé. Nous nous regardâmes, moi interdit, lui souriant et hochant la tête jusqu'au moment où ses yeux virent le revolver et changèrent de regard.

– Permettez ?... dit-il.

Et, tendant la main, il me retira l'arme avant que j'eusse compris ce qui se passait. Il la déchargea, mit les balles dans la poche de sa soutane et le revolver aussi.

– Je n'aime pas ces objets-là, dit-il. Nous en avons vu assez comme ça pendant la guerre et pendant l'Occupation. Ils ont fait beaucoup de dégâts et ils pourraient bien en faire encore.

Il branla du chef et, comme je restais sans voix, me tapota le bras et reprit :

– Ne soyez pas fâché. Vous vous féliciterez un jour que je vous l'aie retiré. Vous vous prépariez à vous détruire, n'est-ce pas ?

Je ne répondis pas sur-le-champ. Enfin je dis :

– Oui, mon père.

– Très bien, fit-il, n'en parlons pas. C'est une affaire qui ne regarde que votre conscience et Dieu. Je n'ai pas à vous demander ce qui ne va pas. Mais j'ai à sauver une vie quand je peux. Si c'est ce que je viens de faire, je m'en réjouis bien humblement. – il regarda autour de lui la pièce qui s'obscurcissait : J'ai été voir André Yves, dit-il. Il paraît qu'il pourra recouvrer l'usage de son bras. C'est bien heureux. Il a beaucoup d'endurance. Il me disait il y a peut-être une semaine : « Il vaudrait sans doute mieux que j'en finisse », et moi je lui ai dit : « Non pas, André. L'avenir commence aujourd'hui. C'est un don que nous trouvons chaque matin au réveil. Servez-vous-en, ne le rejetez pas. »

Le curé se tut puis, désignant les meubles, il reprit :

– C'est vrai ce que Mlle Blanche m'a dit tout à l'heure au château ? Elle va peut-être habiter ici, et c'est vous qui le lui avez proposé ?

– Si elle vous l'a dit, c'est que c'est vrai, répondis-je.

– Alors vous ne voudriez tout de même pas faire quelque chose qui l'amène à changer d'avis, dit-il. Vous connaissez le dicton : « Deux torts ne font pas une raison. » Peut-être que si je n'étais pas passé par ici, il serait arrivé quelque chose qui aurait fait de la peine à tout le monde. Il y a eu assez de drames dans votre famille sans que vous en ajoutiez encore.

– Je n'ajoutais pas de drame, mon père, dis-je. J'espérais au contraire en supprimer la cause.

– En vous détruisant ? Quel bien en fût-il résulté pour vous ou pour eux ? C'est en vivant que vous pourrez recréer leur monde. J'en vois déjà les signes annonciateurs dans cette gentilhommière. Voilà ce qu'il faut et pas seulement ici à la verrerie, mais au château aussi. La vie et non la mort.

Il attendait que je répondisse. Je ne dis rien.

– Alors au revoir, fit-il en hésitant devant la porte ouverte. Je ne peux pas offrir de vous raccompagner. Je suis venu sur mon tricycle. Je ne vois pas la voiture. Comment allez-vous rentrer ?

– Je suis venu à pied et rentrerai de même, répondis-je.

– Eh bien, venez avec moi, proposa-t-il. Je roule très lentement, vous savez. – il sortit sa montre : Il est déjà plus de sept heures. On vous cherche peut-être au château. Je sais en tout cas quelqu'un qui vous attend avec impatience : la petite. Je ne suis pas un compagnon bien gai sur la route, mais je voudrais tout de même vous ramener avec moi.

– Pas maintenant, mon père. Je voudrais être seul.

Il hésitait encore, de l'angoisse dans les yeux.

– Ça ne me plaît pas beaucoup de vous laisser là après ce que je viens de découvrir. Vous seriez encore capable de faire quelque chose que vous regretteriez !

– Non, dis-je. Vous avez rendu cela impossible.

Il sourit.

– J'en suis heureux. Je ne le regretterai jamais. Quant à votre revolver… – il tapota sa soutane – peut-être vous le rendrai-je un jour. Cela dépendra de vous. Bonsoir.

Il sortit dans la pénombre. Je le regardai passer devant le puits sans y jeter un regard et traverser la cour des hangars. Je refermai la porte et remis le verrou. La pièce était à présent remplie d'ombres, le jour était fini. Comme je m'approchais de la fenêtre qui donnait sur le verger, je vis quelqu'un se dresser, revolver au poing, enjamber la barre d'appui et entrer. Il rit tout bas en dirigeant son arme vers ma poitrine et dit :

– J'ai déjà fait cela une fois, mais, ce soir, c'était plus facile. Pas de sentinelles sur la route, pas de fils de fer. Et, au lieu d'une bande de gars capables de me dénoncer ou de me faire chanter, ce bon M. le curé qui se trouvait justement passer par là. Reconnaissez que la chance est toujours de mon côté. J'ai eu raison, n'est-ce pas, de venir armé ? C'est le seul accessoire que je ne vous aie pas laissé dans ma valise au Mans.

Il avança deux des chaises que Blanche avait déplacées le matin.

– Asseyez-vous, dit-il. Vous pouvez baisser les bras. Ceci n'est pas une menace, seulement une précaution. J'ai toujours un revolver sur moi depuis 1941.

Il s'installa à califourchon, face à moi, sur la seconde chaise, posant son revolver sur le dossier.

– Ainsi vous projetiez de vous débarrasser de moi et de rester à Saint-Gilles ? La soudaine perspective d'une fortune vous a tourné la tête. Vous n'avez pas pu résister ? Je vous comprends. C'est ce que j'ai moi-même éprouvé.

CHAPITRE XXVI

Je ne voyais pas ses yeux, je distinguais vaguement ses traits qui étaient les miens. La pénombre rendait sa présence à la fois plus sinistre et plus facile à supporter.

– Qu'est-il arrivé ? Comment est-elle morte ? L'annonce du journal parle d'un accident.

– Elle est tombée par la fenêtre de sa chambre, répondis-je. Elle avait laissé choir le médaillon que vous lui avez rapporté de Paris et c'est en essayant de le rattraper…

– Elle était seule ?

– Oui. Il y a eu une enquête. Le commissaire a trouvé tout normal et le permis d'inhumer a été signé. On la ramène demain à Saint-Gilles et l'enterrement aura lieu vendredi.

– Je l'ai lu dans les journaux. C'est pour ça que je suis rentré.

Je ne fis pas de commentaire. Ce n'était pas l'enterrement de sa femme qui le ramenait mais ce que la mort lui rapporterait par la suite.

– Vous savez, dit-il, je n'aurais jamais cru que vous feriez ça. Quand je vous ai laissé dans cette chambre d'hôtel, il y a exactement une semaine aujourd'hui, je vous imaginais courant à la police, racontant votre histoire, arrivant à la faire admettre, après beaucoup d'explications compliquées. Au lieu de cela… – il rit –, vous avez réussi à vivre un mensonge pendant sept jours pleins. Mes félicitations. Quels services vous auriez pu me rendre il y a douze ou quinze ans ! Dites-moi, personne ne s'est douté de rien ?

– Personne, répondis-je.

– Ni ma mère ni la petite ?

– Elles moins encore que quiconque.

Dire cela me donna une satisfaction bizarre et presque cruelle. Il n'avait manqué à personne, personne ne l'avait regretté.

– Je me demande ce que vous avez appris, dit-il. Cela m'amuse infiniment de penser à la façon dont vous avez pu vous y prendre avec Renée, par exemple, qui commençait déjà à être pesante avant mon départ. Je me demande comment vous avez calmé Françoise et si, par une politesse mal comprise vous avez essayé de parler à Blanche. Quant à ma mère, dorénavant, ses besoins relèvent entièrement de la médecine. Il va falloir l'envoyer dans une clinique, aux soins d'un spécialiste. Je m'en suis déjà occupé à Paris.

J'eus un regard pour le revolver posé sur le dossier de sa chaise. Impossible de m'en emparer. Habile à la riposte, il devancerait mon geste.

– Ce n'est pas la peine de l'envoyer à Paris, dis-je. Mais il lui faudra des soins médicaux ici. Elle veut se passer de drogue. Je suis resté toute la nuit dernière près d'elle. Elle a bien commencé.

Je sentais son regard sur moi dans l'obscurité.

– Que voulez-vous dire ? Vous avez passé toute la nuit près d'elle. Qu'avez-vous fait ?

Je me rappelai le fauteuil à côté du lit, les demi-rêves, le silence, les ombres menaçantes qui paraissaient fondre et passer. Lui parler de cette nuit maintenant eût semblé ridicule. Rien n'y avait été atteint que le sommeil.

– Je suis resté assis près d'elle et elle a dormi, dis-je. Je lui ai tenu la main.

Son rire à la fois contagieux et insupportable s'éleva dans la pièce obscure.

– Mon pauvre ami ! s'écria-t-il. Vous vous imaginez que c'est comme ça qu'on guérit une morphinomane ? Ce soir, elle sera hors d'elle et il faudra que Charlotte lui en donne double dose.

– Non, dis-je. Non.

Mais le doute s'emparait de moi. Tout à l'heure déjà, quand je l'avais laissée endormie dans son fauteuil, elle semblait souffrante et à bout de forces.

– Et quoi d'autre ? questionna-t-il. Racontez-moi ce que vous avez fait d'autre.

Quoi d'autre ? Je fouillais ma mémoire.

– Paul, dis-je. Paul et Renée. Ils quittent le château, ils quittent Saint-Gilles. Ils vont voyager au moins six mois par an.

Je le vis hocher la tête.

– Cela va hâter la destruction de leur ménage. Renée trouvera l'amant qu'elle cherchait et Paul sentira plus que jamais son infériorité. Mettez-le dans le monde et il aura l'air de ce qu'il sait bien qu'il est : un provincial, un rustre. Quel manque de tact, permettez-moi de le dire, quel défaut de finesse. Quoi encore ?

Je me rappelai avoir joué aux quilles étant enfant. On lançait la boule, et les quilles dressées au bout de l'allée basculaient et tombaient par terre. Voilà ce qu'il était en train de faire de mes projets conçus avec amour. Il paraissait à présent que ce n'était pas de l'amour mais une sentimentalité fourvoyée.

– Vous avez refusé le contrat Carvalet, n'est-ce pas ? repris-je. Moi j'en ai signé un nouveau. La verrerie ne fermera pas. Personne ne perdra son emploi. Vous ferez face aux pertes par un apport de capital.

Cette fois, il ne rit pas. Il siffla. Son air déçu me ravit.

– Je pense que je pourrai le résilier. Ça prendra un peu de temps. Vos autres manœuvres sont des gaffes négligeables, mais celle-ci est de taille. Même avec la fortune de Françoise derrière moi, soutenir une industrie mourante n'a rien d'amusant. Qui chargiez-vous de diriger l'affaire en l'absence de Paul ?

– Blanche.

Il se pencha en avant sur sa chaise, rapprochant son visage du mien. Je voyais à présent ses traits et aussi ses yeux. Je retrouvai mes impressions de l'hôtel du Mans. Sa ressemblance avec moi m'indignait.

– Vous avez parlé à Blanche ? fit-il. Et elle vous a répondu ?

– Oui. Elle est venue ici ce matin. Je lui ai dit que la verrerie était sienne désormais. Elle peut en faire ce qu'elle veut ; elle peut en faire une dot pour Marie-Noëlle.

Il garda un moment le silence. Le bouleversement de ses prévisions devait l'avoir secoué. Je l'espérais. Je désirais par-dessus tout lui voir perdre son assurance. Il ne la perdit pas.

– Savez-vous, dit-il lentement, savez-vous que cela pourrait réussir à la longue ? Si Blanche recommençait à faire des modèles et si nous fabriquions une camelote bon marché qui attire les touristes, sans plus nous préoccuper de Carvalet et des maisons de ce genre, nous pourrions nous créer un marché dans la région qui couperait l'herbe sous le pied à tous les autres. Au lieu d'aller au Mans par Villars et la route nationale, les touristes feraient le détour par Saint-Gilles. Je crois que, sans vous en douter, vous avez trouvé là quelque chose. – il se tut : Oui, reprit-il, plus j'y réfléchis, plus l'idée me plaît. Quel idiot j'étais de n'y avoir pas pensé ! La conduite odieuse de Blanche envers moi rendait tout projet de ce genre inconcevable. Comme cela aura été adroit de votre part de flatter sa vanité ! C'est ce que vous avez fait ? je suppose. Elle s'estimait très haut comme dessinatrice autrefois, elle et son freluquet prétentieux. Si elle s'installe ici, ce sera probablement en voile de veuve et en se racontant qu'ils étaient secrètement mariés. – il sortit un paquet de cigarettes de sa poche, m'en tendit une, et alluma la sienne : Vous ne vous en êtes pas trop mal tiré dans l'ensemble. Et Marie-Noëlle, qu'est-ce qu'elle fait dans tout ça ? Elle n'a pas eu de nouvelle vision cette semaine ? Elle n'a pas fait de rêves ?

Je ne répondis pas. L'insulte à l'enfant était le suprême péché. Il pouvait blasphémer la mère, railler la sœur et le frère, mais je refusais de livrer Marie-Noëlle aux flèches de son ironie.

– Elle va très bien, dis-je. Elle a bien surmonté les émotions d'hier.

– Ça ne m'étonne pas ! Elles ne s'entendaient pas toutes les deux. Françoise était jalouse de la petite, et la petite le sentait. Maintenant, enfin, vous savez ce que c'est d'avoir une famille abusive. Et vous étiez prêt à la supporter pour l'argent ! Vous étiez venu ici dans cette gentilhommière résolu à me tuer pour continuer à vivre dans l'aisance jusqu'à la fin de vos jours !

Il recula sur sa chaise en soufflant la fumée de sa cigarette, et son visage rentra dans l'ombre. Il ne restait plus que sa silhouette.

– Vous ne me croirez pas, dis-je, mais je n'ai pas pensé à l'argent. J'aime votre famille, c'est tout.

Ma déclaration réveilla son rire.

– Vous avez l'audace de venir me dire que vous aimez ma mère qui est assurément la femme la plus égoïste, la plus rapace, la plus monstrueuse que j'ai rencontrée de ma vie ; vous aimez Paul, un crétin, un faible, et un être désagréable par-dessus le marché ; vous aimez Renée, pour son corps sans doute qui est séduisant, je vous l'accorde, mais dont l'esprit ressemble à une boîte vide ; vous aimez Blanche, tellement déformée par ses refoulements et ses déceptions que le seul plaisir qu'elle tire de la vie est de s'agenouiller devant un crucifix dégouttant de sang. Et vous allez sans doute me dire que vous aimez ma fille pour sa douceur et son innocence qui ne sont que de la comédie, je peux vous le dire, car ce qu'elle aime en vérité c'est qu'on la cajole et l'admire.

Je ne le contredis point. Ce qu'il disait était vrai selon ses conceptions et peut-être aussi selon les miennes. Seulement, voilà, cela ne comptait pas.

– J'en conviens, dis-je. Votre famille est telle que vous la décrivez. Mais cela ne m'empêche pas de l'aimer. Ne me demandez pas pourquoi. Je ne pourrais pas vous répondre.

– Moi j'ai de l'affection pour eux, dit-il. C'est compréhensible. Ils faisaient partie de ma vie. Mais vous, vous n'avez aucune raison. Vous ne les connaissez que depuis six jours. Vous êtes un incorrigible sentimental.

– Peut-être.

– Vous vous êtes considéré comme un sauveur ?

– Non. Comme un imbécile.

– Voilà au moins de la franchise. Et qu'est-ce qui va se passer maintenant, à votre avis ?

– Je ne sais pas. Cela dépend de vous.

Il se gratta la tête avec le canon de son revolver.

J'aurais pu sauter sur lui alors, mais je n'aurais pas réussi à le terrasser.

– En effet, dit-il. Ce qui se passe à Saint-Gilles dépend de moi. Je peux poursuivre votre programme si ça me plaît. Ou le déchirer, selon mon humeur. Et vous ? Allons-nous nous enfoncer dans la forêt et creuser une tombe ? Je pourrais facilement brûler votre voiture. Personne ne se mettrait à votre recherche. Vous disparaîtriez purement et simplement. C'est arrivé à d'autres.

– Si c'est cela que vous décidez, dis-je, allez-y. Je suis à votre merci. A moins que vous ne préfériez me jeter dans le puits.

Je ne le voyais pas mais je devinai son sourire.

– Vous avez déterré cela aussi ? Quel fouineur ! J'avais cru cette boue figée depuis des années. Cela a dû vous choquer ?

– Ça ne m'a pas choqué. Mais vos mobiles m'ont intrigué.

– Mes mobiles ? répéta-t-il. Ils pouvaient vous intriguer en effet. Vous n'avez pas été envahis depuis 1066. La sécurité donne à tous vos compatriotes un petit air supérieur qui n'est pas supportable. Nous sommes parfois brutaux mais, Dieu merci, nous ne sommes pas des hypocrites. Et l'image que vous vous êtes faite de Maurice Duval, vous l'aimez aussi ?

Je réfléchis un moment. Aimer, le mot était-il trop fort ?

– Je l'ai regretté, dis-je. Ce que j'ai entendu dire de lui m'a paru bien.

– N'en croyez rien, dit-il. Un arriviste comme tous ceux de sa classe. Il s'est immiscé dans les bonnes grâces de mon père en pensant à son avenir. Blanche était son gros atout et je l'ai empêché de le jouer. Ce n'est pas très chic, vous savez, de vivre confortablement et de pactiser avec l'envahisseur pour sauver sa peau.

Je ne pouvais répondre. Cette querelle n'était pas la mienne, cette guerre n'était pas ma guerre. Je savais seulement que des gens avaient souffert et étaient morts.

– A quoi bon, dis-je, discuter Duval ou votre famille ? J'ai mon idée à moi sur eux. Rien de ce que vous pourrez dire ne l'entamera. Si vous avez l'intention de me tuer, comme j'avais l'intention de vous tuer, finissons-en. Je suis prêt.

– Je ne suis pas sûr d'avoir envie de vous tuer, dit-il. C'est inutile, il me semble. Nous les avons bien trompés une fois, pourquoi ne recommencerions-nous pas ? Je vous ferais signe, on conviendrait d'un rendez-vous, moi je disparaîtrais de nouveau une semaine ou un mois et vous me remplaceriez. Qu'en pensez-vous ? Évidemment, j'aurai peut-être défait tout votre ouvrage dans l'intervalle. Mais quelle importance ? Cela ajouterait du piquant à vos séjours.

Je le haïssais trop pour pouvoir lui répondre et, attribuant mon silence à la réflexion, il poursuivit :

– Vous ne devez pas avoir rencontré ma Béla, dit-il. Le temps aura manqué, et, sans doute, l'occasion. Elle a un magasin à Villars et je l'appelle Béla parce qu'elle prétend descendre des rois de Hongrie.

Elle fait la cuisine comme un ange et ce n'est qu'un de ses charmes. Je vais la voir de temps en temps pour chasser l'ennui. Bien entendu, si nous nous mettons d'accord, elle fera partie du marché. Vous ne regretterez pas la visite que vous lui ferez, c'est moi qui vous le dis.

Et, comme je ne répondais toujours pas :

– Cela ajoutera même un certain piment à la chose, dit-il, si je puis penser à mon retour que vous avez réussi à mystifier Béla comme les autres.

Je me levai de ma chaise. Il m'imita aussitôt en braquant sur moi son revolver.

– Finissons-en, dis-je. Je n'ai plus rien à ajouter.

– Moi si, répliqua-t-il. Vous rendez-vous compte que vous ne m'avez pas posé une seule question ? Vous n'avez pas envie de savoir ce que j'ai fait la semaine dernière ?

Cela ne m'intéressait pas. Il avait téléphoné de Deauville. Je supposais qu'il y avait séjourné. Ce n'était pas un plus mauvais endroit qu'un autre pour une évasion.

– Non, dis-je. Franchement, ça m'est égal. Ça ne me regarde pas.

– Mais si, ça vous regarde, insista-t-il. Cela vous regarde énormément.

– En quoi ?

– Asseyez-vous, et laissez-moi vous instruire.

Il alluma un briquet que je reconnus, à la lueur de la flamme, comme étant le mien. Je m'aperçus alors que la veste qu'il portait était également à moi, mais ce n'était pas celle que j'avais au Mans.

– Voyez-vous, dit-il, j'ai joué le jeu, tout comme vous. Si vous preniez ma place – je ne pouvais en être sûr, il s'agissait d'un pari –, il n'était que juste que j'occupe la vôtre. J'ai été à Londres. J'ai habité votre appartement. Je ne suis rentré qu'aujourd'hui en avion.

Je le regardai, ou, plutôt, je regardai son ombre. Quand je pensais à lui, la semaine passée, ç'avait été comme à un fantôme, à quelqu'un qui n'existait plus, une ombre, un spectre. Ce spectre, si je lui avais accordé de la chair et des os, je l'aurais peut-être placé à Paris, dans le Midi, en Italie, en Espagne, n'importe où mais pas dans mon existence à moi, dupant mon monde à moi.

– Vous êtes allé chez moi ? dis-je. Vous vous êtes servi de mes affaires ?

La duplicité, l'injure me semblèrent si outrageantes que je ne pouvais y croire. Quelqu'un avait dû s'y opposer.

– Pourquoi pas ? dit-il. Vous le faisiez bien à Saint-Gilles. Je vous laissais ma famille. Vous en avez usé avec elle comme vous venez de me le dire. Ce n'est pas ma manière, je l'avoue, mais c'était un risque à courir. Vous ne pouvez pas m'en vouloir d'avoir agi symétriquement.

J'essayai de réfléchir. J'essayai de me représenter la scène. Le portier me disait tout juste bonjour et bonsoir. La femme de ménage ne venait qu'à dix heures et demie, quand j'étais déjà sorti. Le soir, quand je ne dînais pas avec mes amis, je faisais ma cuisine moi-même. La plupart des gens me croyaient encore absent pendant cette dernière semaine de vacances. Il n'y avait aucune raison pour qu'on m'écrivît ou me téléphonât. J'aurais voulu trouver la preuve qu'il mentait.

– Comment avez-vous su où aller ? dis-je. Comment vous y êtes-vous pris ?

– Mais, pauvre nigaud, répondit-il, votre carte était dans votre valise, votre calepin, vos chèques, vos clefs, votre passeport – tout ce dont je pouvais avoir besoin. Endosser votre très discrète personnalité était la chose la plus facile du monde. Je me suis bien amusé. Votre appartement était un havre de calme. Après les complications de Saint-Gilles, je me suis cru au paradis. J'ai fouillé vos tiroirs, lu toutes vos lettres, déchiffré vos notes de conférences, touché vos chèques ; votre signature un peu gauche est heureusement assez facile à imiter. J'ai passé cinq jours dans une oisiveté totale. C'était ce dont j'avais besoin.

L'ironie et la justice de la situation m'apparurent enfin. Moi j'avais joué avec des vies humaines, pas lui. J'avais fait de mon mieux pour transformer sa famille ; il s'était contenté de bâiller et de prendre ses aises. J'étais intervenu dans son existence, il n'avait fait qu'espionner la mienne. Puis je me dis qu'il était tout de même rentré. L'annonce de la mort de Françoise, si promptement insérée dans les journaux par le notaire, l'avait atteint à Deauville.

– Si ma solitude londonienne vous plaisait tant, qu'est-ce qui vous a ramené en France ?

Je sentis qu'il m'épiait dans l'ombre. Il ne répondit pas tout de suite, et, quand il répondit, ce fut presque avec gêne.

– Voilà ce dont je dois m'excuser, dit-il, mais pas plus que vous, je pense, qui, en changeant le contrat, m'avez infligé de très grosses pertes. Le fait est... – il s'interrompit pour choisir ses mots –, le fait est que cinq jours à Londres m'ont suffi. Je n'aurais pas pu continuer à mener votre terne et vertueuse existence. Quelqu'un aurait bien fini par arriver, des amis auraient écrit, les gens de l'Université auraient cherché à se mettre en rapport avec vous, et, bien que je n'aie jamais douté jusqu'ici de ma faculté de me mettre dans la peau d'un autre ni de ma parfaite connaissance de l'anglais – l'exercice ne m'a pas manqué pendant la guerre dans aucun des deux domaines – ce qui m'a fait défaut, c'est votre suprême confiance. La méthode la plus facile, pour utiliser votre nom et votre personnage, était de changer votre genre de vie. A vrai dire, c'est ce que j'ai fait.

Je ne comprenais pas. J'avais peine à le suivre.

– Que voulez-vous dire ? Comment avez-vous pu changer ma vie ?

Je l'entendis soupirer dans l'obscurité.

– Cela va peut-être vous donner un choc, dit-il. Tout comme ce que vous avez fait à Saint-Gilles vient de m'en donner un à moi. Pour commencer, j'ai envoyé votre démission à l'Université. Ensuite, j'ai informé votre propriétaire que je me rendais à l'étranger et désirais résilier immédiatement le bail de votre appartement, et, comme la crise du logement sévit aussi gravement à Londres qu'à Paris, il n'a été que trop heureux de mon ou plutôt de votre départ. J'ai donné des ordres à une salle de ventes pour qu'on mette votre mobilier aux enchères. Finalement, ayant appris par votre banque le montant de votre dépôt, j'ai fait un chèque et touché cette somme. Il s'agissait, si vous vous rappelez bien, de deux cents livres. Ce n'est pas la fortune, mais cela aurait pu me suffire un mois ou deux, en attendant qu'un autre événement arrive.

J'essayais de saisir ce qu'il me racontait là, de me rendre compte qu'il parlait de quelque chose qui s'était réellement passé, de me projeter dans le personnage que j'avais été. Mais je ne voyais que cette ombre vêtue de mes habits, et qui, en quelques heures, avait détruit la vie du personnage en question.

– Et le change français ? dis-je. Comment auriez-vous changé deux cents livres sterling en francs ? On ne vous aurait donné que ce qu'on alloue aux touristes, et j'en avais déjà dépensé les trois quarts.

Il jeta son mégot par terre et l'écrasa sous son pied.

– Ça, dit-il, c'était le bouquet ! J'ai un ami qui s'adonne à ce genre de tractations et qui m'a réglé cela en quelques heures. Je n'aurais jamais su qu'il était à Londres si vous ne lui aviez pas donné vous-même votre adresse. Je n'arrive pas à comprendre pourquoi, mais cela a été pour moi une chance providentielle. Quand il a téléphoné lundi matin, je me suis senti à la limite de l'étonnement, et c'est alors que j'ai compris que vous étiez à Saint-Gilles. Enfin voici : si je ne vous tue pas, et si vous n'acceptez pas mon petit projet de mystification consistant à partager de temps à autre la vie l'un de l'autre, qu'allez-vous faire ? Vous n'avez aucun avenir.

Le sens de ses paroles s'imposait enfin à moi. A moins de me ridiculiser en écrivant à l'Université qu'il y avait eu une erreur, que j'avais décidé de ne plus démissionner, j'étais sans emploi. Je n'avais pas d'argent en dehors d'un ou deux très modestes placements. Je n'avais plus d'appartement et, si je ne rentrais pas à Londres dare-dare, je n'aurais plus de meubles. Je n'existais plus. Le moi qui avait vécu à Londres était parti pour toujours.

– Je n'avais aucune envie de rentrer ici, reprit-il. Je comptais m'amuser un petit moment avec votre argent, mais de ce côté-ci de la Manche. Mon ami est un as en matière de change et il m'aurait procuré les devises où bon m'aurait semblé. Je pensais commencer par m'installer dans un petit trou de Sicile ou de Grèce. J'aurais emmené Béla. J'aurais peut-être fini par me lasser avec le temps, mais pas si vite. Les Hongroises ont un charme étrange. On les a dans la peau comme on dit. Mais voilà... – il s'interrompit et je devinai son haussement d'épaules : La mort de la pauvre Françoise a modifié mes plans. Au lieu d'un hobereau ruiné, je me vois, avec un peu de chance, milliardaire. Le sort, enfin l'organisation qui décide de ces choses, a fait ce que je souhaitais.

Il se leva, braquant toujours son revolver sur moi.

– C'est curieux, reprit-il, et cela prouve une certaine faiblesse de caractère. Mais, en dehors de l'argent et du bouleversement soudain de mes projets, en rentrant de Deauville cet après-midi, je me suis senti ému. La campagne était très belle, dans des tonalités exquises. Après tout, c'est mon pays. Le château, Dieu sait, tombe en ruine et le domaine est à l'abandon, mais ça ne fait rien. L'endroit où l'on est né, ça compte. Je le néglige, je lui en veux, je me débats contre son influence ; j'en veux à ma mère exactement pour la même raison. Et pourtant, en rentrant de Deauville, j'ai eu envie de la voir… – il rit et je lui vis faire un geste de la main : Je ne sais trop comment dire, mais elle me manquait. C'est une diablesse, un monstre, mais je la comprends et elle me comprend. Vous ne pouvez pas en dire autant au bout de vos sept jours.

Tout à coup, il me secoua l'épaule avec cordialité, presque avec affection.

– Allons, je n'ai pas envie de vous tuer. A beaucoup d'égards, je vous suis reconnaissant de ce que vous avez fait. – il sortit un portefeuille, le mien : Cela vous suffira un bout de temps. Je n'ai évidemment plus aucune raison de vous rouler chaque fois que vous aurez envie de recommencer la mystification, même pour quelques jours, je serai ravi de vous rendre service. Qu'en dites-vous ? On joue une nouvelle charade ? On se déguise ?

Je pensais au curé. J'essayais de me rappeler ce que le curé avait dit. Quelque chose sur l'avenir et le cadeau que chaque jour représentait. Il devait être de retour au village, en train de ranger son tricycle. Au château, on attendait le dîner. On devait se demander où j'étais. Marie-Noëlle, inquiète de mon absence, m'attendait sur la terrasse. Je retirai lentement ma veste.

L'échange des vêtements dans la nuit était sinistre, terrifiant. Il constituait, à chaque nouvelle pièce d'habillement que je quittais, une perte du moi que j'avais trouvé. Quand je fus enfin devant lui, nu, et toujours devant le canon de son revolver, je laissai tomber :

– Achevez-moi. Je n'ai pas envie de vivre.

– Vous dites des bêtises ! On ne refuse pas de vivre. D'ailleurs je n'ai aucune envie de vous tuer. Ce n'est plus nécessaire.

Tout en parlant, il avait commencé de se déshabiller et, voyant que je manquais de dextérité en endossant les vêtements qu'il quittait, il me demanda :

– Qu'avez-vous fait à votre main ?

– Je me suis brûlé, dis-je, en touchant le feu.

– Quel feu ? demanda-t-il. Il y a eu le feu au château ?

– Non, répondis-je, un feu de feuilles dans le parc.

– Quelle imprudence ! Vous auriez pu vous estropier pour de bon. Alors, vous n'allez pas pouvoir conduire la voiture ?

– Si, dis-je. Cela va mieux.

– Passez-moi votre pansement. Je ne peux pas me présenter sans.

Ces vêtements qui m'avaient appartenu paraissaient rétrécis, étriqués. Le tissu en était mou. Ils ne m'allaient pas. Le complet qu'il avait choisi dans la penderie de mon appartement était de ceux que je mettais rarement. Debout devant lui, vêtu, prêt, j'avais l'impression de porter des habits devenus trop petits, comme un homme qui aurait essayé de remettre un de ses costumes d'enfant.

Il soupira avec satisfaction.

– Voilà qui va mieux, dit-il. Je me sens de nouveau moi-même. – il s'approcha de la fenêtre. Il faut mieux sortir par ici, c'est plus sûr. Cette commère de Julie est peut-être dans sa loge. Encore une de ces vieilles canailles sur laquelle vous avez dû vous attendrir.

Il sortit par la fenêtre et je le suivis. L'odeur du verger remplissait l'air. Mon épaule frôla la vigne au passage.

– Je suis obligé de vous demander de marcher devant moi. Je m'en excuse, dit-il. Je vais vous indiquer l'endroit où j'ai laissé votre voiture.

Je traversai le verger et le champ. Je distinguai la silhouette du vieux cheval blanc devant la haie. Il hennit à notre vue et s'éloigna.

– Pauvre Jacob ! dit mon compagnon, il est très vieux. Toutes ses dents sont gâtées, il ne peut même pas se nourrir convenablement. Je lui tirerai une balle dans la tête un de ces jours pour mettre fin à ses souffrances. Vous voyez, moi aussi, je fais du sentiment à mes heures.

Les bois sombres se rapprochaient et je ne savais pas s'il avait vraiment renoncé à son projet de me tuer et d'en finir pour de bon avec moi. J'avançais en trébuchant dans l'obscurité, les broussailles et la mousse, sans présent ni passé, sans cœur ni pensée.

– Voici la voiture, fit-il tout à coup.

La Ford familière, constellée de boue, était arrêtée au bord du chemin forestier. Elle me sembla rapetissée comme mes habits. Je touchai le capot.

– Montez, dit-il.

Je m'installai sur le siège bien connu et allumai les phares.

– Rejoignez la route en marche arrière, ordonna-t-il.

Il s'assit à côté de moi et nous gagnâmes la route de la forêt jusqu'au haut de la côte. A nos pieds s'étalaient les lumières du village ; l'horloge sonnait huit heures.

– Ce ne sera peut-être pas facile, dis-je lentement. Ils ont changé. Je parle de votre mère, de Blanche, de Paul, de Renée. Il n'y a que la petite qui soit restée la même.

Il rit.

– Même si elle avait changé, je la reprendrais vite. Je suis la seule personne au monde qui compte pour elle.

Nous suivîmes l'allée de tilleuls et traversâmes le pont. J'arrêtai la voiture devant la grille.

– Je ne vais pas plus loin, dis-je. Ce serait imprudent.

Il descendit et resta un moment immobile, flairant l'air comme un animal.

– Ça fait du bien. L'air natal. Saint-Gilles…

Maintenant enfin, toutes décisions prises, il vida son revolver et le mit dans sa poche, ainsi que les balles.

– Bonne chance, dit-il – puis avec un sourire : Écoutez.

Il mit deux doigts dans sa bouche et lança un long sifflement aigu auquel César répondit sur-le-champ. Le chien se mit à aboyer, non pas avec violence, et comme il aurait fait devant un inconnu, mais avec une espèce d'excitation heureuse, qui finit en gémissements de joie.

– Vous ne connaissez pas ce tour-là ? demanda-t-il. Non, évidemment. Où l'auriez-vous appris ?

Il sourit en agitant la main et franchit la grille. Je regardai dans la direction de la terrasse et distinguai une petite silhouette éclairée par l'imposte vitrée de la porte-fenêtre. C'était Marie-Noëlle. Quand elle vit l'homme qui se dirigeait vers elle, elle poussa un cri et descendit le perron en courant à sa rencontre. Je le vis la recevoir dans ses bras et monter le perron. Ils disparurent à l'intérieur du château. Le chien gémissait toujours. Je remontai en voiture et m'éloignai.

CHAPITRE XXVII

J'agissais machinalement. Je ne me rappelle pas avoir réfléchi à quoi que ce soit. Je fis tourner la voiture dans l'allée de tilleuls et rejoignis la route de Villars. Le chemin m'était devenu si familier que, même dans l'obscurité, je le suivais sans y penser. Je conduisais prudemment, car ma main blessée restait maladroite et la partie de mon cerveau qui fonctionnait encore me disait que je ne pouvais me permettre de faire une faute et de nous jeter dans un fossé, la Ford et moi. Mon attention se concentrait sur le volant et la route, dans un effort qui excluait de mon esprit tout autre objet. Aucune image de la vie que je venais de quitter ne s'agitait dans ma conscience. L'on eût dit qu'à l'entrée du comte de Gué dans son château, une espèce de rideau de fer s'était abattu, me laissant seul au-dehors, et m'obligeant à me cacher, à chercher le couvert de l'obscurité.

L'entrée à Villars m'apporta un curieux soulagement. Les grandes routes étaient pleines de menaces, c'étaient des cellules nerveuses reliées à Saint-Gilles. Villars était libre et éclairé, des gens allaient et venaient dans les rues. Je passai devant la place du marché et arrêtai la voiture tout près de la Porte de Ville. Je regardai du côté du canal et aperçus la haute fenêtre de Béla grande ouverte derrière son balcon, et la pièce éclairée. Béla était chez elle. A la vue de cette lumière et de cette fenêtre ouverte, quelque chose en moi s'éveilla qui s'était figé depuis que j'avais changé de vêtements avec Jean de Gué dans la nuit. Un rideau de fer s'était abattu entre le château et moi, mais non entre cette femme et moi. Elle n'était pas incluse dans l'interdit. La lumière de sa fenêtre était aimable et rassurante. Elle était réelle aussi, elle évoquait des valeurs vraies. Il me parut que ce qui importait avant tout était la faculté de distinguer le faux du vrai, et que je l'avais perdue. Béla me dirait, Béla saurait.

Je descendis de voiture, franchis la passerelle et, escaladant le balcon, entrai par la fenêtre ouverte. La pièce était vide, mais Béla était dans la maison. Je l'entendais remuer dans la cuisine, de l'autre côté du couloir. J'attendis et elle me rejoignit presque aussitôt. Elle parut sur le seuil, me contempla, puis referma la porte derrière elle et vint à moi.

– Je ne t'espérais pas, dit-elle, mais ça ne fait rien. Si j'avais su que tu viendrais, je t'aurais attendu pour dîner.

– Je n'ai pas faim, dis-je. Je ne veux rien.

– Tu as l'air souffrant… Assieds-toi, je vais te chercher à boire.

Je m'assis dans le grand fauteuil. Je ne savais pas ce que j'allais lui dire. Elle me versa du cognac et me regarda le boire. L'alcool me réchauffa mais je restais engourdi. Je tâtai le bras du fauteuil solide sous ma main et y puisai une sensation de sécurité.

– Tu viens de la chapelle de l'hôpital ?

Je la dévisageai. Il me fallut un moment pour comprendre sa pensée.

– Non, dis-je, non. J'y ai été ce matin. – je me tus, puis : Merci pour les bibelots de porcelaine. Cela a fait plaisir à la petite. Elle croit que ce sont les mêmes qu'on a réparés. Tu as eu là une bonne idée.

– Oui, dit-elle. Cela valait mieux ainsi.

Elle me regardait avec compassion. Il est certain que je lui paraissais bizarre et mal à l'aise. Elle devait me croire encore sous le coup de la mort de Françoise. Il était sans doute préférable de la laisser dans cette idée. Mais je n'en étais pas sûr. J'avais faim d'un sentiment qui s'adressât à moi-même.

– Je suis venu, dis-je, parce que je ne suis pas sûr de te revoir.

– Je comprends, répondit-elle. C'est tout naturel. Les jours prochains, les semaines à venir vont être durs pour toi.

Les jours prochains, les semaines à venir… n'existaient pas. Ce n'était pas facile de lui expliquer cela.

– Et la petite fille ? demanda-t-elle. Comment va-t-elle ?
– Elle a été merveilleuse. Elle va très bien.
– Et ta mère ?
– Ma mère aussi.

Elle continuait de m'observer. Je vis son regard fixé sur mes vêtements. Elle ne reconnaissait pas ce costume. Il n'était pas foncé comme celui que je portais depuis la mort de Françoise, mais fait d'un tweed de tons mélangés. Cette chemise, cette cravate, ces chaussettes, ces souliers, elle ne les avait jamais vus. Un curieux silence descendit entre nous. Il me sembla que je devais me justifier, m'expliquer.

– Je tiens à te remercier, dis-je. Tu m'as témoigné beaucoup de compréhension toute cette semaine. Je t'en suis très reconnaissant.

Elle ne répondit pas. Et tout à coup, je perçus une révélation dans son regard, l'éclair d'intuition qui visite une grande personne écoutant la confession d'un enfant. Elle s'agenouilla près de moi.

– Alors, il est revenu, l'autre ? fit-elle.

Je la regardai sans répondre. Elle posa les mains sur mes épaules.

– J'aurais dû m'en douter, reprit-elle. Il a lu l'annonce dans le journal. Ça l'a ramené aussitôt.

Ses paroles me firent éprouver un tel soulagement que toute ma contrainte, toute mon angoisse fondirent. C'était comme la fin d'une hémorragie, l'apaisement d'une douleur, la cessation d'une épouvante. Je reposai mon verre de cognac et fis quelque chose de puéril et d'absurde : je mis ma tête sur son épaule et fermai les yeux.

– Pourquoi toi ? Pourquoi toi et personne d'autre ? Pourquoi pas la mère, pourquoi pas l'enfant ?

Je sentis ses mains sur ma tête, douces, calmantes. C'était l'abandon, c'était la paix.

– Je ne suis sans doute pas facile à tromper, dit-elle. Mais je ne m'en suis pas aperçue tout de suite. Je n'aurais rien deviné à ton aspect ni à ton langage, pas plus qu'ils n'ont deviné là-bas. Ce n'est que plus tard que j'ai su.

– Qu'ai-je fait ? demandai-je.

Elle rit d'un rire qui n'était ni moqueur, ni facile, ni joyeux, mais qui avait une étrange qualité de chaleur et de compréhension.

– Il ne s'agit pas de ce que tu as fait, dit-elle, mais de ce que tu as été. Il faudrait qu'une femme soit bien obtuse pour confondre deux hommes différents quand ils font l'amour.

Je me sentis légèrement rebuté. Mais peu importait puisqu'elle était près de moi.

– Tu possèdes quelque chose qu'il n'a pas, dit-elle. C'est à cela que j'ai compris.

– Qu'est-ce ?

– Appelle cela tendresse si tu veux, je ne connais pas d'autre mot, dit-elle.

Puis elle me demanda mon nom.

– John. Nous partageons même cela. Dois-je te raconter ce qui s'est passé ?

– Si tu veux. J'en devine une grande partie. Le passé est terminé pour vous deux. C'est l'avenir maintenant qui compte.

– Oui, mais pas le mien, le leur.

En prononçant ces mots, je compris avec une espèce d'ardente conviction que ce que je disais était juste et vrai. L'ancien moi du Mans était mort. L'ombre de Jean de Gué était abolie elle aussi. Quelque chose d'autre prenait leur place qui n'avait pas encore de substance, de chair, de sang, mais était né de sentiments qui ne pouvaient pas mourir, qui ressemblaient au feu qui couve.

– Je les aime, dis-je. Je leur appartiens pour toujours. Je voudrais que tu le comprennes. Je ne les reverrai jamais, mais je vis par eux.

– Je comprends, fit-elle, et on pourrait dire la même chose d'eux. Ils vivent par toi.

– Si je pouvais le croire, dis-je, alors peu importerait tout le reste. Alors tout serait bien ainsi. Mais il y est retourné. Tout va recommencer comme avant, tout : l'insouciance, le malheur, la souffrance, le chagrin. S'il doit en être ainsi, je préfère aller tout de suite me pendre au premier arbre…

Je vis par-dessus son épaule l'ombre encadrée par la fenêtre, et le rideau de fer devint transparent ; il me sembla que j'étais avec lui au château, je le voyais sourire, je voyais sa mère le regarder, je voyais l'enfant, et Blanche, et Paul et Renée, je voyais Julie et son fils André.

– Je veux qu'ils soient heureux. Pas de son bonheur à lui, mais de celui qui est enfoui en eux, enfermé, et que j'ai découvert. Béla, il existe, je l'ai vu comme une lumière, comme un élan qui attend d'être libéré.

Je me tus, me demandant si ce que je disais n'était pas absurde. Je ne pouvais pas m'expliquer.

– C'est un démon, repris-je, et ils lui appartiennent de nouveau.

– Non, dit-elle, voilà ton erreur. Ce n'est pas un démon. C'est un homme comme les autres, comme toi.

Elle se leva et ferma les rideaux, puis, revenant à moi :

– Rappelle-toi que je le connais bien, dit-elle. Je connais ses faiblesses et sa force, ses qualités et ses défauts. Si c'était un démon, je ne perdrais pas mon temps à Villars. Il y a beau jour que je l'aurais quitté.

Je désirais la croire, mais je doutais. Que vaut le jugement d'une femme amoureuse ? Elle était forcément aveugle à ses tares. Peu à peu, je lui dis ce que je savais, les fragments du passé que j'avais rassemblés au cours de la semaine écoulée. Je voulais accabler Jean de Gué, mais c'était l'ombre, celui qui avait agi et parlé à sa place que mes paroles condamnaient.

– C'est inutile, dis-je enfin. Je ne parle pas de l'homme que tu connais.

– Si, répondit-elle. Mais tu parles de toi en même temps.

C'était cela le danger. Lequel de nous était réel ? Qui vivait et qui était mort ? Il me sembla tout à coup que, si je me regardais dans un miroir, je n'y verrais rien.

– Béla, dis-je, retiens-moi. Dis-moi mon nom.

– Tu es John, répondit-elle, tu es John qui a changé de place avec Jean de Gué. Tu as vécu sa vie pendant une semaine. Tu es venu deux fois ici dans ma maison et tu m'as aimée comme John et non comme Jean de Gué. Est-ce réel cela pour toi ? Cela t'aide-t-il à te retrouver toi-même ?

Je touchai ses cheveux, son visage et ses mains. Il n'y avait en elle rien de faux, de factice.

– Tu nous as donné quelque chose à tous, dit-elle, à moi, à sa mère, à sa sœur, à sa fille. J'ai appelé cela tendresse. Quoi que ce soit, on ne le détruira point. Cela est semé et continuera à grandir. Désormais nous te chercherons en Jean et non pas Jean en toi. – elle sourit et mit les mains sur mes épaules : Tu te rends compte que j'ignore tout de toi ? dit-elle. Je ne sais ni d'où tu viens ni où tu vas, je sais seulement que tu t'appelles John.

– Il n'y a rien d'autre à savoir, dis-je. Restons-en là.

– S'il n'était pas revenu, qu'aurait-il fait ?

– Il aurait voyagé. Il voulait t'emmener avec lui. Il me l'a dit, du moins. Aurais-tu accepté ?

Elle ne répondit pas tout de suite. Pour la première fois, je la vis déconcertée.

– Il est mon amant depuis trois ans, dit-elle enfin. Il m'est familier. Il fait partie de ma vie de tous les jours. Je crois qu'il m'aime beaucoup. Mais il en trouverait vite une autre.

– Non, dis-je, il n'en trouvera jamais d'autre.

– Qu'est-ce qui te rend si sûr de cela ?

– Tu oublies que j'ai vécu sa vie pendant une semaine.

Je regardai la fenêtre et les rideaux qu'elle avait tirés pour la masquer.

– Pourquoi as-tu fermé les rideaux ?

– C'est un signal, dit-elle. Il ne vient pas quand ils sont fermés. Cela signifie que je ne suis pas seule.

La même pensée nous était venue à elle et à moi. Après avoir dîné, dit bonsoir à la petite, et laissé sa mère seule dans la chambre de la tour, il pourrait bien prendre sa voiture, rouler de Saint-Gilles à Villars, et franchir la passerelle comme je venais de le faire. Il était chez lui ici comme là-bas. C'était lui le propriétaire, moi l'intrus.

– Béla, dis-je, il ne sait pas que je suis venu ici. Il peut ne jamais l'apprendre, à moins que Gaston n'y fasse allusion, ce qui est peu probable. Ne le lui dis pas, veux-tu ?

Je quittai le fauteuil. Elle demanda :

– Que vas-tu faire ?

– Quitter cette maison avant qu'il y vienne. Si je le connais tant soit peu, il aura besoin de toi cette nuit.

Elle me regarda pensivement.

– Je n'ai qu'à laisser les rideaux fermés, dit-elle.

Comme elle prononçait ces mots, je me rappelai ce qu'il m'avait fait. Je me rappelai qu'il n'avait pas seulement repris sa vie mais qu'il avait détruit la mienne. Je n'avais plus de situation, plus de toit, plus rien, en dehors de ce costume, de ma Ford et d'un portefeuille contenant un peu d'argent français.

– Je t'ai posé tout à l'heure une question à laquelle tu n'as pas répondu. Je t'ai demandé si tu serais partie avec lui en voyage comme il le projetait.

– Je pense que oui, dit-elle, si j'avais senti qu'il avait besoin de moi.

– Ç'aurait été une décision soudaine, un parti à prendre sur-le-champ. Rappelle-toi qu'il n'aurait pas pu se montrer à Villars de crainte d'être reconnu.

– Il ne serait pas venu à Villars, dit-elle. Il aurait écrit ou télégraphié, ou même téléphoné pour me demander d'aller le rejoindre.

– Et tu y serais allée ?

Elle hésita l'espace d'une seconde.

– Oui, dit-elle, oui, j'y serais allée.

Je regardai vers la fenêtre.

– Quand j'aurai quitté ta maison, ouvre les rideaux. Je vais partir par l'escalier et la porte de la rue.

Elle me suivit dans le couloir.

– Et ta main ?

– Ma main ?

– Tu n'as pas de pansement.

Elle entra dans la salle de bain et en sortit un paquet de compresses semblables à celles dont elle s'était servie le dimanche. Tandis qu'elle pansait ma main, je songeais à Blanche qui m'avait soigné de la même façon au matin, je songeais à la mère dont la main avait tenu la mienne toute la nuit. Je me rappelais aussi l'étreinte ferme et chaude de la petite fille.

– Veille sur eux, dis-je. Tu es la seule qui le puisse. Peut-être t'écoutera-t-il. Apprends-lui à les aimer.

– Il les aime déjà. Je te l'affirme et il faut que tu le croies. Ce n'est pas seulement l'argent qui l'a ramené.

– Je me le demande, je me le demande…

Quand elle eut pansé ma main et que je fus prêt à partir, elle me dit enfin :

– Où vas-tu ? Que vas-tu faire ?

– J'ai une voiture dehors, celle qu'il m'a prise la semaine dernière. Celle dans laquelle il voulait t'emmener en Sicile ou en Grèce.

Elle descendit l'escalier avec moi et s'arrêta un moment à l'entrée du magasin obscur avant d'ouvrir la porte cadenassée et de me laisser partir dans la nuit, puis elle me demanda d'une voix troublée :

– Tu ne vas pas te faire du mal ? Tu ne t'es pas dit : « Tout est fini ? »

– Non, dis-je, rien n'est fini. Peut-être que tout commence.

Elle tira les verrous de la porte.

– Il y a une semaine, j'étais un homme nommé John, un raté qui ne savait que faire de sa vie. Je pensais à aller dans un lieu où on me l'aurait peut-être appris. C'est alors que j'ai rencontré Jean de Gué, et, au lieu d'aller dans ce lieu, je suis arrivé à Saint-Gilles.

– Et te voilà redevenu John, dit-elle, mais tu n'es pas un raté. Tu as appris à Saint-Gilles ce que tu pouvais faire de ta vie.

– Je n'ai rien appris. Les choses se sont transformées. Le raté est tombé amoureux de Saint-Gilles. Le problème reste entier. Qu'est-ce que l'amoureux va faire de sa vie ?

Elle ouvrit la porte. Les boutiques et les maisons d'en face avaient toutes leurs volets fermés. Il n'y avait personne dans la rue.

– Tu as répandu ton amour, dit-elle, mais tu n'en es pas débarrassé pour autant. C'est comme l'eau d'un puits. Tout au fond, la source demeure. – elle me mit les bras autour du cou et m'embrassa : Tu m'écriras ?

– Je crois.

– Et tu sais où tu vas ?

– Je sais où je vais.

– Tu y resteras longtemps ?

– Je n'en ai aucune idée.

– C'est très loin ?

– Non, chose curieuse, c'est à une cinquantaine de kilomètres d'ici.

– Tu espérais qu'on t'y aiderait à faire quelque chose de ta vie manquée. Penses-tu qu'on pourra te dire à quoi employer ton amour ?

– Oui. Et je crois que la réponse sera celle que tu m'as donnée.

Je l'embrassai puis sortis dans la rue. Je l'entendis fermer et verrouiller la porte derrière moi. Je passai sous la Porte de Ville, montai dans ma voiture et sortis mes cartes. Elles étaient là où je les avais laissées, dans la pochette à côté du siège du conducteur. Je trouvai la route que j'avais marquée d'une croix bleue la semaine précédente. Les dix derniers kilomètres seraient peut-être difficiles dans l'obscurité, mais, en suivant la forêt du Perche à ma droite, j'arriverais à la forêt de la Trappe et trouverais l'abbaye au sortir de Mortagne. Je devais pouvoir faire cela en un peu plus d'une heure, une heure et demie peut-être.

Je reposai la carte et, jetant un regard vers la fenêtre de la petite maison, constatai que les rideaux étaient ouverts. La lumière de la pièce tombait sur le canal et la passerelle. Je fis reculer et tourner la voiture, et je m'engageai dans l'avenue. En passant devant l'hôpital, je vis la Renault arrêtée au bord du trottoir. Elle n'était pas devant l'entrée de l'hôpital, mais devant la petite porte de la chapelle. La voiture était vide et je n'aperçus pas Gaston. Celui que cette voiture avait amené là était venu seul se recueillir.

Je gagnai le carrefour au sortir de la ville, tournai à gauche et pris la route qui menait vers Bellême et Mortagne.

DU MÊME AUTEUR
AUX ÉDITIONS PHÉBUS

Le Général du Roi

Mary Anne

L'Amour dans l'âme

Le Vol du Faucon

La Maison sur le rivage

DANS LA MÊME COLLECTION

DOMAINE ANGLO-SAXON

JOHN CALVIN BATCHELOR
Antarctica
Nouvelles Aventures de la comète de Halley

NEIL BISSOONDATH
Retour à Casaquemada
L'Innocence de l'âge

RICHARD D. BLACKMORE
Lorna Doone

T. CORAGHESSAN BOYLE
Water Music
La Belle Affaire

JOHN BUCHAN
Salut aux coureurs d'aventure !

W. WILKIE COLLINS
Pierre de Lune
La Dame en blanc
Armadale
Sans nom
Histoires regrettables

JOHN COWPER POWYS

Wood and Stone

Owen Glendower

I. Les Tours de Mathrafal

II. Les Forêts de Tywyn

RODERICK CONWAY-MORRIS

Djem

JOHN CRANNA

Les Visiteurs

SIR ARTHUR CONAN DOYLE

La Compagnie blanche

Sir Nigel

JOHN MEADE FALKNER

Moonfleet

ELIZABETH GOUDGE

L'Arche dans la tempête

RICHARD HUGHES

Cyclone à la Jamaïque

Péril en mer

ROBERT IRWIN

Nocturne oriental

Les Mystères d'Alger

Cadavre exquis

MEYER LEVIN

Crime

NORMAN LEVINE

Pourquoi habitez-vous si loin ?

NORMAN LEWIS

Torre del Mar

Le Chant de la mer

Naples 44

l'Ile aux chimères

LUDWIG LEWISOHN
Le Destin de Mr Crump
Crime passionnel

RICHARD LLEWELLYN
Qu'elle était verte ma vallée !

ROSE MACAULAY
Les Tours de Trébizonde

GEORGE MACKAY BROWN
Le Dernier Voyage

THOMAS MALLON
Henry et Clara

A.E.W. MASON
Les Quatre Plumes blanches

JAMES MORIER
Les Aventures de Hadji Baba d'Ispahan
Les Aventures de Hadji Baba en Angleterre

FRANK NORRIS
Les Rapaces

JOSEPH O'CONNOR
Les Bons Chrétiens

JULIA O'FAOLAIN
Gens sans terre

O.HENRY
Contes du Far West

CHARLES PALLISER
Le Quinconce
Les Faubourgs de l'enfer
Le Destin de Mary
La Clé introuvable
Le Secret des Cinq-Roses
Trahisons

MERVYN PEAKE
Titus d'Enfer

TIM PEARS
Un été brûlant

JOHN B.PRIESTLEY
Adam au clair de lune

GARLAND ROARK
Le Réveil de la « Sorcière rouge »

RAFAEL SABATINI
Pavillon noir
Captain Blood
Le Faucon des mers

SIEGFRIED SASSOON
Mémoires d'un chasseur de renards

JACK SCHAEFER
Shane

OLIVE SCHREINER
La Nuit africaine

IRWIN SHAW
Le Bal des maudits

SAMUEL SHELLABARGER
Capitaine de Castille

CHARLES SIMMONS
Les Locataires de l'été

WALLACE STEGNER
Vue cavalière

JOHN STEINBECK
Le Règne éphémère de Pépin IV

WILLIAM TREVOR
En lisant Tourgueniev
Ma maison en Ombrie

Le silence du jardin
Le Voyage de Felicia

RICHARD WATSON
Les Chutes du Niagara

KATHLEEN WINSOR
Ambre
D'or et d'argent

HERMAN WOUK
Ouragan sur le « Caine »

HELEN ZAHAVI
True romance

Cet ouvrage
réalisé pour le compte des Éditions Phébus
a été mis en pages par In Folio,
reproduit et achevé d'imprimer
en décembre 2004
dans les ateliers de Normandie Roto Impression s.a.s.,
61250 Lonrai
N° d'imprimeur : 04-3332

Dépôt légal : août 1998
I.S.B.N. : 2-85940-532-1
I.S.S.N. : 1285-6002